ALDÉBARAN DIVISÉE

MALLORY SAJEAN 2

PHILIPPE MERCURIO

NOGARTHA.FR

Rejoignez l'équipage du *Sirgan* !

Inscrivez-vous à la newsletter et recevez gratuitement :

- La nouvelle « Station en péril » (ebook et audio)
- Le guide illustré de l'univers de Mallory Sajean (ebook réservé exclusivement aux abonnés)
- Le début du roman fantasy « L'arbre au bout du monde »

Visitez nogartha.fr

Copyright © 2019 Philippe Mercurio
Tous droits réservés
ISBN : 9791097258108
Dépôt Légal : Janvier 2019
Illustration de couverture : © 2019 Sariya Asavametha

I
RETROUVAILLES

Mallory Sajean abandonna les commandes du *Sirgan*. À travers les vitres blindées du cockpit se dessinait une étoile orange quarante fois plus grande que le Soleil : Aldébaran. La pilote tendit ses mains jointes au-dessus de la tête, allongeant ses bras recouverts de tatouages sensitifs. Reflet de son humeur égale, quelques roses à peine entrouvertes ornaient sa peau claire. Avec un grognement, elle quitta son siège et, une fois debout, poursuivit sa séance d'étirements.

Alors qu'elle s'efforçait de toucher la pointe de ses pieds sans plier les genoux, elle lança :
— Jazz ? T'es réveillé ?

Une voix jaillit des haut-parleurs de bord :
— Oui, Capitaine. J'étais songeur, simplement. Quand tu tortures ton corps d'athlète devant mes objectifs, il m'arrive de me rappeler que j'ai été un homme...

Presque triste, le ton de Jazz interpella Mallory. Elle se redressa et arrangea sa chevelure brune coupée en carré plongeant. Le geste révéla un visage ovale aux traits réguliers. Ses yeux noirs légèrement bridés se posèrent sur une des caméras réparties dans tout le vaisseau :

— Nostalgique ? Je croyais que ce genre de besoin avait disparu avec tes glandes…

Jazz n'était plus qu'un cerveau, prisonnier d'un complexe appareil le maintenant en vie. Connecté aux réseaux de contrôle du navire, il faisait office de copilote tout en remplaçant une IA standard. Il appartenait à la catégorie peu répandue des « Intelligences Naturelles ».

— Bien sûr ! Sans ça, je serais devenu fou depuis longtemps ! La réflexion est purement intellectuelle…

Un sourire dessiné sur ses lèvres pleines, Mallory observa l'immense étoile.

— Puisque tes neurones sont excités, fais-moi un topo du coin.

Adoptant un ton professoral, Jazz se lança dans une description du système :

— Aldébaran compte une douzaine de planètes. La plus importante est Solicor. Une ville-monde de trois cent milliards d'habitants. Rien à voir avec Kenval et ses étendues sauvages abandonnées aux mutants[1]. Ici, c'est l'hypercivilisation, pas un mètre carré n'a échappé à l'urbanisme. La population se compose majoritairement de gibrals et de xilfs. Les deux peuples sont nés sur cette planète et ont toujours vécu ensemble. Les gibrals fabriquent et vendent des navires de plaisance, principalement des paquebots et des yachts, mais ça, tu le sais déjà…

— Exact. Des bâtiments magnifiques… et un peu trop pesants à mon goût. Parle-moi plutôt des xilfs…

— Ah, ceux-là… Difficile de trouver beaucoup d'informations sur eux. Apparemment, s'ils cohabitent très bien avec les gibrals, ils se méfient de toutes les autres espèces. Ils vivent en clans, dans les profondeurs de la ville-

---

[1] Voir Mallory Sajean 01

monde. Leur physionomie est particulière. Tiens, regarde...
Une image apparut au-dessus des commandes du *Sirgan*, projetée par le *navcom* de bord. Mallory la détailla, intriguée. Elle eut du mal à se représenter la créature. Son buste évoquait un large rondin de bois. La partie supérieure se séparait en deux branches, juste au niveau d'une large bouche. Chacun de ces deux cous était surmonté d'un énorme globe oculaire dont la texture alvéolée ressemblait à s'y méprendre à celle des yeux de mouches. Sur les côtés du corps cylindrique jaillissaient trois paires de bras terminés par des pinces de crabe. En guise de jambes, quatre pattes, longues et minces au point de paraître fragiles comme du verre, soutenaient l'équivalent du bassin. Mallory repéra quelques chiffres en bas de l'image : en moyenne, les xilfs mesuraient près de deux mètres.

L'Intelligence Naturelle poursuivit :
— Je n'ai pas trouvé beaucoup plus, si ce n'est une vague théorie à propos d'une symbiose entre eux et les gibrals...
— OK. Et pour le reste des habitants ?
— De tout ! La production navale d'Aldébaran attire une multitude de gens ! De la compagnie spatiale cliente au simple ouvrier itinérant, tu croiseras des individus venus des coins les plus obscurs de la galaxie.

Oubliant l'étoile géante, Mallory fronça les sourcils. Elle se remémorait les instructions reçues lors de son départ :
— Et au milieu de tout ça, nous avons un ambassadeur vohrn qui a l'air de péter les plombs. Je me demande pourquoi Hanosk a insisté pour que je sois chargée de le surveiller. C'est pas mon rayon...

Mallory avait encore de la peine à intégrer l'idée que les vohrns, de grands aliens bipèdes à la peau écailleuse et dépourvus de l'équivalent d'une tête, étaient devenus ses employeurs permanents. Hanosk était un de leurs principaux dirigeants et, de fait, le « patron » de Mallory.
— Les vohrns sont tout sauf des imbéciles, répliqua Jazz. Je suis sûr qu'ils ont d'excellentes raisons, ou de t'envoyer

ici ou de ne t'avoir rien révélé.

— Justement ! On a eu affaire à un milliardaire psychopathe, un cyborg tueur capable de se reproduire et un génocide programmé...[2] Même s'ils ne m'avaient pas tout dit à l'époque, je n'étais pas dans le noir complet ! Maintenant que je bosse pour eux, je me demande ce qui serait assez grave pour qu'ils refusent de me mettre au courant.

— Bah ! Peu importe, nous allons le découvrir tout seuls. Ne me dis pas que ta légendaire curiosité s'est fait la malle ! Et puis, tu ne seras pas fâchée de revoir ton ami Laorcq Adrinov, n'est-ce pas ?

Mallory sentit un sourire coupable lui étirer les lèvres. Jazz ne la connaissait que trop : son intérêt pour l'ex-militaire ne lui avait pas échappé. *Qui sait ? Cette enquête pourrait finir par devenir amusante !*

Quittant le cockpit, elle emprunta la coursive qui traversait son vaisseau courrier d'un bout à l'autre. Elle parvint à la cambuse du *Sirgan*. La petite cuisine paraissait encore plus étroite que d'ordinaire : Torg, colosse de deux mètres quarante recouvert d'une fourrure noire zébrée de rouge, y était installé. Il appartenait à l'espèce rare des *cybrides*, créatures mi-animales, mi-artificielles, conçues par un peuple aujourd'hui éteint.

Plutôt bruyamment, il se livrait à l'une de ses deux occupations favorites : engloutir les réserves de nourriture du vaisseau, la seconde étant de taper très fort sur tout ce qui pouvait menacer Mallory.

À chaque bouchée, sa grande tête hémisphérique, pourvue de larges yeux bleus, basculait en arrière pour dévoiler une immense gueule aux dents pointues. Il mangeait comme un trou noir avale les navires imprudents...

La pilote se glissa sur le petit bout de banc laissé libre par le géant et se serra contre lui. Fidèle à ses habitudes, il abandonna un instant son festin pour lui ébouriffer les

---

[2] Voir Mallory Sajean 01

cheveux avec sa grosse main à six doigts.

— Tu fais bien de te remplir la panse, déclara-t-elle. J'ai l'intuition qu'on va avoir très vite besoin de tes forces...

À 37 000 kilomètres de Solicor, en orbite géostationnaire, un gigantesque anneau d'acier et de composite servait à la fois d'astroport et de chantier naval. Avec une densité de population battant tous les records, il était hors de question de recevoir les navires directement sur la planète. La section de cette titanesque station orbitale avoisinait les cinq kilomètres, parfois plus en certains endroits. Avec une circonférence de 273 000 kilomètres, sa masse atteignait des valeurs difficiles à appréhender pour un humain. La surface de l'anneau se hérissait de docks et de baies d'arrimage, où les navires suivaient le cycle immuable de leur vie : naissance, réparations et démantèlement.

Losange noir mat, le *Sirgan* glissa parmi les paquebots construits par les gibrals. Comparé à ces mastodontes, le vaisseau courrier semblait insignifiant. À chacune de ses extrémités, des réacteurs permettaient d'influer sur sa trajectoire, tandis que le groupe synergétique, large tube qui le traversait en longueur, fournissait la puissance nécessaire au voyage entre les étoiles.

Tout en manœuvrant, Mallory observait les paquebots aldébarans. À première vue, ils paraissaient monolithiques : des cubes ou des parallélépipèdes massifs... Quand le *Sirgan* parvint à proximité de l'un d'eux, le bloc devint un enchevêtrement de modules plus sophistiqués les uns que les autres. Il s'agissait de véritables villes spatiales et non de simples navires. Certains possédaient jusqu'à dix propulseurs synergétiques, parfois plus...

— Capitaine ! Tu dors ? lança Jazz.

Fascinée par les vaisseaux en construction, la pilote s'aperçut qu'elle allait passer devant le dock qui leur avait été assigné. Trop fière pour admettre son erreur, elle vira brutalement en direction du quai et répondit :

— Relax ! Je cherchais la meilleure trajectoire...

Jazz se réfugia dans un silence boudeur. Pour se faire pardonner, elle accosta en douceur : seule la légère vibration des grappins d'arrimage magnétique vint ponctuer la manœuvre.

Elle réalisa qu'elle avait hâte de revoir Laorcq. Le grand militaire balafré et flegmatique lui manquait.

Elle fila jusqu'à sa cabine, se rafraîchit et enfila l'une de ses éternelles tenues noires et près du corps, accompagnée de lourdes bottes tout aussi sombres. Unique touche de couleur, sa veste en cuir bordeaux, dont les multiples griffures témoignaient de ses précédentes aventures.

Elle retrouva Torg devant le sas, impatient de quitter le bord :

— J'ai passé trop de temps enfermé ! Je veux bien prendre un peu l'air !

Ils franchirent ensemble la double porte séparant l'intérieur du *Sirgan* du monstrueux spatioport orbital. À la surprise de Mallory, les lieux étaient vides. Elle s'attendait à découvrir toutes sortes d'aliens en transit et ne trouvait qu'un étroit couloir désert. Heureusement, des vitres, légèrement concaves pour résister au vide spatial, se succédaient sur le côté gauche. Solicor occupait tout le panorama. À la surface de la planète, une ligne nette marquait la frontière entre jour et nuit. Alors que la vague d'obscurité avançait, les continents s'illuminaient en totalité, reléguant les océans au statut d'espaces noirs et sans vie. Ce violent contraste entre ombre et lumière artificielle donnait à Mallory l'impression de contempler une reproduction.

Elle et Torg suivirent un moment le couloir à moitié vitré. Accompagné d'une sonnerie stridente, un hologramme de la largeur du passage apparut brusquement devant eux : un grand X rouge.

Sur la droite, un élément de la cloison s'escamota, pour révéler le canon menaçant d'une mitraillette automatisée.

Paraissant sortir de l'arme, une voix neutre déclara :
— Équipement dangereux détecté : Cybride, catégorie A. Veuillez décliner identité et permis.

Mallory soupira. En l'absence de comité d'accueil, elle avait presque oublié qu'ils devraient se soumettre à des contrôles, comme sur n'importe quel autre monde.
— Capitaine Sajean. Permis ZK746, délivré par le corps diplomatique vohrn.

La trappe dissimulant la mitraillette se referma et l'hologramme disparut. Ils reprirent leur chemin et aboutirent devant une porte coulissante gris mat.

Entre eux et le panneau s'afficha un nouvel hologramme écarlate, cette fois de forme sphérique, agrémenté du mot « Patientez » en une dizaine d'idiomes courants.

Mallory s'en détourna et s'approcha de l'une des grandes vitres du couloir. Appuyant son front dessus pour voir le plus bas possible, elle découvrit un tube de plusieurs mètres de diamètre qui plongeait vers la surface de la planète.
— Un ascenseur orbital, c'est le luxe ici ! constata-t-elle.

Autrefois solution économique pour rejoindre les stations spatiales, ce mode de transport était devenu obsolète, supplanté par des réacteurs conventionnels de plus en plus fiables et aux coûts d'exploitation inférieurs.

Le texte affiché par l'hologramme vira au vert pendant une seconde et disparut. La porte coulissa et dévoila une cabine équipée de larges banquettes. Mallory et Torg s'installèrent. Une demi-heure après, ils débarquaient sur Solicor.

L'ascenseur s'ouvrit sur un hall noir de monde. Une masse compacte, composée de toutes les espèces connues de ce secteur de la galaxie. La pilote vit des êtres à fourrure, à plumes, couverts d'écailles ou présentant d'étranges

11

combinaisons des trois. De nombreux gibrals parsemaient la foule : d'apparence vaguement humanoïde, ils différaient des terriens par un cou d'un mètre de long, aucune pilosité et une peau bleu pâle. La caractéristique notoire de ces aliens était sans conteste leur œil unique, trois fois plus volumineux que celui d'un humain. Écho d'anciennes légendes, l'aspect de ces cyclopes frappait les terriens plus qu'aucun autre...

Mallory s'efforça de lâcher des yeux les gibrals, ne serait-ce que par peur de les offenser. Les xilfs brillaient par leur absence. Elle crut en apercevoir un se faufiler dans la cohue, mais il s'évanouit parmi la multitude de créatures.

Enfin, elle distingua au milieu de la foule la silhouette qu'elle cherchait inconsciemment : un homme grand et large d'épaules. Coupés court, ses cheveux poivre et sel laissaient à nu une cicatrice qui s'étalait de sa nuque jusqu'à la tempe droite.

— Laorcq ! cria-t-elle en levant un bras.

Visibles sur le dos de ses mains, ses tatouages sensitifs se muèrent en de superbes roses rouges, trahissant sa joie de retrouver l'ancien militaire. Pourtant, elle ne savait pas trop comment se situer par rapport à lui. Au moment où elle croyait s'être rapprochée de lui, il avait disparu pour assouvir une vieille vengeance et elle ne l'avait pas revu depuis. Elle se demanda d'où venait sa soudaine impatience après tout ce temps. *Je ne me suis pas bercée d'illusions sans m'en rendre compte, si ? Mince. On dirait que je retombe en adolescence, je dois me reprendre sinon...*

Ses pensées s'arrêtèrent net. À côté de lui se trouvait une femme blonde. Tirée à quatre épingles, son attitude rigide donnait à sa tenue ordinaire l'allure d'un uniforme.

— Alrine Lafora ! Qu'est-ce que cette flic autoritaire fait avec lui ? s'étonna Mallory, un pincement de jalousie au ventre.

OK. Les illusions étaient bien là, admit-elle en son for intérieur, acceptant le verdict de ses tripes. Tâchant de ne rien laisser paraître, elle appela de nouveau Laorcq, assez fort pour percer le brouhaha de la foule.

L'homme la chercha des yeux, cependant il aperçut en premier Torg et ses deux mètres cinquante. Il s'approcha du cybride et découvrit la pilote derrière un gibral plus grand que la moyenne.

— Mallory ! Torg !

Il franchit en deux pas rapides la distance qui les séparait, abattit ses mains sur les épaules de Mallory et lui planta un baiser sur la joue. Elle n'en fut que plus désorientée : elle n'avait jamais vu l'ancien militaire de si bonne humeur. D'un autre côté, il restait le même. Une barbe de trois jours lui mangeait le visage, presque aussi longue que ses cheveux. Sans lâcher Mallory, il lança :

— Comment vas-tu ? Ça fait dans les six mois...

— Huit. Et tu devais être pressé, vu que tu as disparu du jour au lendemain.

Ça sonne comme une réprimande, réalisa-t-elle. Pour changer de sujet, elle enchaîna :

— Je suppose que tu en as fini avec Morsak ?

Il ôta les mains de ses épaules, toute trace de joie envolée.

Bravo, continue de t'enfoncer, se reprocha-t-elle intérieurement.

— Oui, répondit Laorcq. Une pourriture pareille ne méritait pas de s'en tirer. Tu avais raison : la vengeance n'a rien réparé, mais au moins, je peux aller de l'avant.

Tout en prononçant ces derniers mots, sa tête se tourna légèrement en direction d'Alrine Lafora.

Mallory comprit aussitôt que son instinct ne l'avait pas trompée. Quelque chose existait entre ces deux-là. Sur ses bras, les roses disparurent pour ne laisser que des boutons.

Elle décida de se réjouir pour lui. Avec une femme et un enfant assassinés, Laorcq avait eu plus que sa part de malheur. Il était temps pour lui de vivre à nouveau. Après tout, elle ne pouvait s'en prendre qu'à elle : elle aurait dû se montrer entreprenante quand elle l'avait eu près d'elle...

Torg ne maîtrisait absolument pas les subtilités des

13

relations humaines, mais il devait avoir senti le désarroi de sa capitaine. Il se glissa derrière elle, lui passa un bras devant les épaules et la tira contre lui en un geste protecteur. Il s'adressa à Laorcq sur un ton conspirateur :
— Jazz est content que tu sois ici, même s'il ne l'admettra jamais. Tu devrais trouver un moment pour aller sur le *Sirgan* et lui dire bonjour...
La remarque du cybride fut une diversion bienvenue. Mallory se détendit alors que Laorcq répondait :
— Avec plaisir. Il devra juste attendre un peu. On a pas mal de boulot devant nous...

Les trois humains et le cybride quittèrent le hall de l'ascenseur orbital. Mallory fut étonnée par l'horizon dégagé. Elle s'attendait à se retrouver entourée de dizaines de bâtiments rivalisant de hauteur, et découvrait une esplanade qui s'étendait à l'infini. Cette monotonie architecturale était seulement rompue par les taches colorées que formaient de petits parcs à la végétation foisonnante. Mallory eut l'image saugrenue d'un chirurgien fou s'amusant à greffer des carrés de jungle sur la peau métallique de la ville-monde. Ici des arbustes bleus et délicats, là un amas de branches épaisses aux feuilles brunes et à l'écorce jaune. Enfin, au loin, réduit à l'aspect d'un fil noir se perdant dans le ciel orangé, se dressait un autre ascenseur.

À mille lieues de se douter de l'humeur maussade de Mallory, Alrine Lafora marchait à ses côtés. Derrière les deux femmes venaient Torg et Laorcq.

Alrine, auparavant lieutenante dans la police de Kenval, lui expliqua sa présence. Tout comme Mallory et l'ex-militaire, elle avait été recrutée par le dirigeant vohrn

Hanosk. Elle faisait maintenant partie de leur division spéciale, composée de membres issus de divers peuples. Créée en réponse à la tentative de génocide contre les vohrns, le but de cette unité était d'investiguer sur une série d'évènements similaires et d'établir s'ils étaient liés à l'apparition d'une espèce inconnue.

Prenant le mutisme de Mallory pour une forme de timidité, Alrine s'efforça de démarrer une conversation :

— Solicor n'a rien de commun avec Kenval. Quand nous sommes arrivés, je m'attendais à tous les défauts d'une grande ville, cependant les gibrals et les xilfs ont su ordonner à la perfection l'aménagement de la planète.

Ce sujet eut le don de distraire la pilote. À l'origine, opter pour une telle profession n'avait rien eu d'un hasard : elle ne demandait qu'à voyager et découvrir des civilisations différentes à chaque escale...

Ayant obtenu l'attention de Mallory, Alrine continua sur sa lancée :

— Quatre cents niveaux recouvrent tous les continents et une partie des océans. Quel que soit l'endroit, leur hauteur et leur nombre sont toujours identiques. Ce qui donne un aspect uniforme à la surface visible...

Mallory était impressionnée. Autant d'étages... Le sol devait se trouver deux kilomètres plus bas. Alrine poursuivit ses explications. Chaque couche possédait au moins vingt pour cent d'espace dédié à la végétation et, à intervalles réguliers, s'ouvraient de larges puits qui traversaient l'ensemble de la superstructure. Les gibrals occupaient principalement les niveaux supérieurs, tandis que les xilfs s'étaient établis près du sol.

— Au début, j'ai commis l'erreur de juger cette répartition selon nos standards. Pour moi, les gibrals formaient une élite et les xilfs, relégués tout en bas, étaient une sorte de classe ouvrière. Puis j'ai appris que les cyclopes bleus avaient abandonné à regret les premiers étages au profit des xilfs. Je n'ai pas réussi à découvrir la raison de cet arrangement.

Pas du genre à s'appesantir trop longtemps sur ses ennuis, Mallory laissa définitivement de côté ses sentiments emmêlés pour Laorcq et revint au travail :

— Quand les vohrns vous ont-ils envoyés ici et pourquoi ?

— Nous sommes là depuis un bon mois, répondit Alrine. Ils nous ont chargés d'enquêter sur une dizaine d'humains et quelques aliens qui se seraient mis à agir étrangement.

Une mission similaire à celle de Mallory. Elle se demanda si une sorte de folie collective risquait de se répandre. Avec trois cents milliards d'habitants, l'idée avait de quoi être effrayante...

Elles continuèrent ainsi pendant plusieurs minutes, échangeant le peu qu'elles savaient. Torg et Laorcq se mêlèrent à la conversation.

Enfin, après avoir fait le point sur les questions logistiques et budgétaires, ils parvinrent à l'un des grands puits mentionnés par Alrine. Large d'au moins cinq cents mètres, il plongeait abruptement vers la surface de la planète, que Mallory eut du mal à distinguer dans la lumière déclinante d'Aldébaran. Sur tout le pourtour du puits étaient érigés des tubes antigravs. Entièrement transparents, ils laissaient voir une multitude d'usagers occupés à passer d'un niveau à l'autre.

— L'ambassade vohrne est au 167e, indiqua Laorcq à son attention. Je t'envoie l'adresse exacte.

Joignant le geste à la parole, il activa le navcom dissimulé dans sa vieille montre en acier. Il manipula une série d'icônes holographiques visibles de lui seul et lui transmit les coordonnées. Le bracelet en argent qu'elle portait au poignet gauche émit une légère vibration, accusant réception.

Le petit groupe se sépara sur la promesse d'un repas le lendemain. Mallory soupira. Elle regardait d'un œil envieux le couple s'éloigner. *T'as passé trop de temps enfermée à bord du Sirgan*, se dit-elle pour se secouer. *La prochaine fois qu'un mec valable se présentera, ne traîne pas pour en profiter...*

Elle saisit la main droite de Torg et marcha jusqu'à un tube antigrav pour s'y jeter, entraînant le cybride avec elle.

Une fois à l'étage indiqué par Laorcq, ils suivirent les instructions retranscrites par le navcom de Mallory sous forme de pointillés lumineux projetés au sol.

Une importante portion du quartier était dévolue à l'enclave vohrn. Mallory et Torg s'approchèrent de l'entrée. Une porte coulissante composée de deux panneaux en opposition interdisait l'accès à l'ambassade. Hormis quatre petits ronds de verre bleu placés à hauteur d'yeux et formant un carré, elles étaient dépourvues de toute fioriture. Mallory fixa les lentilles : il s'agissait d'un système de reconnaissance physique. Familière avec la technologie des vohrns, elle attendit que les panneaux s'écartent.

Ce qu'ils refusèrent obstinément de faire. Mallory commençait à se poser des questions quand elle entendit un son étouffé parvenir de l'intérieur. Un claquement, qui lui rappela celui d'un tir...

— Torg ! Ouvre-moi cette saleté de porte !

Le cybride réagit immédiatement au ton employé par sa capitaine. Fort de ses deux cents kilos et d'une puissante musculature, il s'approcha et frappa violemment du pied l'un des panneaux, qui se déforma à mi-hauteur. Là où la jonction s'établissait parfaitement avec l'autre partie, se trouvait désormais un espace qui lui permit de glisser ses gros doigts renforcés d'acier. S'arc-boutant, il poussa de toutes ses forces sur la moitié intacte. Elle ne résista qu'une maigre seconde avant de reculer dans son logement, accompagnée d'un grincement métallique à faire serrer les dents.

Dès que l'ouverture fut suffisamment large, Mallory se faufila sous le bras poilu du cybride et jeta un œil à l'intérieur. On aurait dit qu'un ouragan s'était déchaîné entre les murs de l'ambassade...

II
COMPLICATIONS

Mallory fit quelques pas à l'intérieur du bâtiment. Il baignait dans une lumière blanche et crue, ce qui suscita une certaine perplexité chez la pilote : d'ordinaire, les vohrns se passaient de toute idée d'éclairage. Son regard s'attarda brièvement sur l'habituel mélange de béton et d'îlots de végétation qu'elle connaissait de l'architecture vohrn. Les plantes avaient été piétinées, de la terre et des branches brisées jonchaient le sol. Elle poursuivit son examen, s'assurant que le hall d'entrée était bien désert.

Avec un grognement réprobateur, Torg vint se placer devant elle :

— Laisse-moi passer en premier ! À quoi ça me sert d'avoir la peau assez épaisse pour arrêter les balles si tu t'obstines à te balader à découvert ?

Elle n'eut pas le temps de répondre. De nouveaux claquements retentirent sèchement, ne laissant cette fois aucun doute sur leur origine : il s'agissait d'armes à feu.

Le cybride se mit aussitôt en mouvement et traversa le

hall, Mallory à deux pas dans son sillage. Au fond, une porte en verre dépoli s'escamota et ils entrèrent dans une pièce meublée d'un long bureau trop haut pour des humains. Un alien gisait sur le sol. Surprise, Mallory reconnut un xilf. De près, la similitude avec un insecte était d'autant plus frappante. Seul l'aspect de sa carapace s'en écartait : la pilote la trouva similaire à l'écorce d'un vieux chêne.

L'un des deux globes oculaires portait une plaie d'où coulait un liquide bleuâtre. Leurs innombrables facettes formaient une surface qui rappelait à Mallory les rayons d'une ruche. À la jonction de la paire de cous, des mandibules remuaient faiblement. Impossible de déterminer si l'alien était toujours en vie ou si cela tenait du réflexe postmortem.

Des coups de feu retentirent une fois encore, ponctués d'un cri.

Torg se figea et tourna ses grands yeux bleus vers Mallory :

— Une humaine ? s'exclamèrent-ils à l'unisson.

La petite pièce ne comportait que deux issues. Celle qu'ils venaient d'emprunter et une autre d'apparence identique, placée à l'opposé. Abandonnant le cadavre de l'alien, ils se dirigèrent vers la deuxième porte. Mallory resta prudemment derrière son garde du corps : les tirs provenaient de là.

Le panneau de verre coulissa, révélant un amphithéâtre assez vaste pour accueillir un millier de personnes. Entre les rangées de fauteuils conçus pour s'adapter à toutes sortes de morphologies, trois xilfs trottinaient sur leurs longues pattes en brandissant des revolvers.

Torg avança de quelques pas. Apparemment, les aliens aux yeux énormes étaient trop occupés pour lui prêter la moindre attention. Mallory découvrit très vite pourquoi : à l'autre bout de la salle en arc de cercle, deux humains et un vohrn couraient entre les sièges. Courbés dans l'espoir d'offrir une cible réduite, ils tentaient d'échapper aux xilfs.

Par réflexe, Mallory porta la main à son bracelet navcom

et chercha à l'activer. Devant son visage, un message holographique apparut :

CONNEXION IMPOSSIBLE

Sans perdre de temps à se demander pourquoi, elle réagit aussitôt :

— Torg, charge-toi des xilfs ! Ils ont dû se débrouiller pour bloquer le réseau !

— D'accord. Par contre, fais-moi le plaisir de rester à couvert ! grogna-t-il en se lançant vers les aliens insectoïdes.

Mallory enrageait. Devoir se planquer pendant que Torg intervenait était en parfaite opposition avec son caractère. *Si seulement j'avais un de ces flingues vohrns à balles hypertrophes !*

Peu encline à se servir d'armes létales, ces pistolets faisaient son bonheur. Leurs munitions augmentaient cent fois de volume à peine sorties du canon. Chaque tir envoyait ainsi une boule gélatineuse d'un mètre de diamètre percuter ses cibles, avec assez de force pour assommer un bœuf centaurien...

Elle aurait donné cher pour disposer de l'un de ces revolvers en cet instant. Tout en se promettant de ne pas quitter l'ambassade sans réclamer d'artillerie, elle dut assister à l'intervention du cybride en simple spectatrice.

Elle le vit se précipiter sur les xilfs. Trop massif pour passer inaperçu, il fut immédiatement repéré.

Elle s'attendait à ce qu'ils ouvrent le feu sur lui, mais ils se tournèrent les uns vers les autres et baissèrent leurs armes. Elle se demandait à quoi rimait ce comportement, quand Torg arriva sur eux.

En dépit de sa carrure imposante, il était extrêmement rapide.

— Merde ! jura Mallory. Il va les casser en morceaux comme des brindilles !

Elle regrettait déjà de ne pas lui avoir dit de garder les xilfs en vie, si possible... Et fut abasourdie, quand elle vit à quelle vitesse ils étaient capables de bouger.

Les trois aliens esquivèrent Torg avec une facilité déconcertante. Ils étaient si agiles que Mallory saisissait à peine leurs mouvements. Le cybride s'acharna en vain, arrachant au passage plusieurs sièges. Ses larges mains aux griffes d'acier fendaient l'air, là où une fraction de seconde auparavant se tenait l'un de ses adversaires. Les xilfs tournaient autour de lui telles des guêpes dont il aurait dérangé le nid. Grâce à de longues pattes et un poids réduit, ils bondissaient en tous sens. Torg réussit tout juste à effleurer l'un d'entre eux d'une de ses griffes. Une simple éraflure sur la carapace de l'alien...

Malgré leur avantage, les xilfs abandonnèrent le combat. Abasourdie, Mallory les vit longer une rangée de sièges et disparaître soudainement, avalés par le sol et laissant derrière eux un Torg essoufflé et enragé...

Tout danger immédiat écarté, Mallory alla à la rencontre des deux humains et du vohrn. De loin, il ressemblait à un humanoïde décapité... Il était grand, presque autant que Torg, et ne portait rien d'autre qu'une sorte de toge dont l'épais tissu pourpre indiquait son rang élevé. Ses bras et ses jambes étaient nus, ainsi que ses pieds, lui permettant de se déplacer dans un silence absolu. De son torse saillait une excroissance conique qui abritait un organe sensoriel aussi délicat qu'élaboré. Ce rostre large d'une vingtaine de centimètres à sa base équivalait chez eux à la tête. Grâce à lui, les vohrns pouvaient voir, entendre, et, sous certaines conditions, accéder au subconscient d'un être vivant.

En s'approchant de lui, Mallory nota que sa peau écailleuse était du ton le plus sombre qu'elle ait pu observer

chez l'un d'eux : un gris très foncé, presque noir.
Il avança lestement dans sa direction. Nantis de genoux articulés vers l'arrière, les vohrns avaient une démarche d'oiseaux, ajoutant à leur étrangeté.
Arrivé à moins d'un pas, il se pencha vers elle.
— Qui êtes-vous, terrien ? énonça une voix morne.
Un boîtier traducteur était fixé à son rostre.
— Terrienne, corrigea automatiquement Mallory.
Les longs bras de l'extraterrestre tressaillirent, signe qu'elle avait appris à assimiler à une manifestation d'impatience.
— Capitaine Mallory Sajean, vaisseau courrier privé le *Sirgan*, précisa-t-elle. C'est Hanosk qui...
Sans plus se préoccuper d'elle, l'alien aux écailles sombres venait de lui tourner le dos et quittait les lieux. Elle eut du mal à retrouver contenance. Jamais un vohrn ne s'était comporté si grossièrement avec elle ! *Les soupçons d'Hanosk se confirment. Si ce vohrn est l'ambassadeur, il ne tourne vraiment pas très rond...*
Cette indélicatesse digérée, elle focalisa son attention sur les deux humains : un homme et une femme. Durant sa conversation avec l'ambassadeur, ils s'étaient tenus à l'écart, et semblaient attendre patiemment qu'elle s'intéresse à eux. La femme l'égalait à peu près en taille, mais bénéficiait d'une silhouette nettement plus musclée et d'épaules larges. Ses cheveux rouge vif étaient attachés en une longue queue-de-cheval, faisant ressortir une peau noire. Elle portait une tunique sans manches et un pantalon simple, assortis à sa chevelure.
Un éclat métallique attira le regard de Mallory. Elle observa l'humaine vêtue d'écarlate et la découvrit tatouée d'un réseau de lignes argentées, qui formaient de délicates volutes sur toutes les parties visibles de son corps. Les traits étaient si fins que Mallory les distinguait seulement quand ils reflétaient l'éclairage.
L'effet était saisissant et elle s'aperçut avec une certaine

gêne qu'elle fixait carrément la femme en rouge. Se reprenant, elle nota que la belle rousse était essoufflée et tremblait légèrement.

Devenir la cible de trois aliens armés ne devait pas lui arriver très souvent...

À côté d'elle se tenait un homme brun d'une trentaine d'années. Au contraire de son accompagnatrice, il affichait un calme surprenant, comme si tout cela n'avait rien d'exceptionnel pour lui. Il portait un costume élaboré, composé de plusieurs pièces superposées. Une mode très répandue, qui consistait à utiliser les matériaux les plus fins possible pour cumuler les couches de tissus. Il tendit une main à Mallory :

— Cole Vassili, je représente Milankovic, un conglomérat des colonies martiennes.

La poigne de l'homme était ferme, presque trop. Ses yeux noisette la scrutèrent avec curiosité, puis se détournèrent en direction de la femme en rouge :

— Et voici Deïna Volke, ma guide sur Solicor...

Cette dernière se contenta d'un léger hochement de tête. Apparemment, elle faisait des efforts pour maîtriser les tremblements qui l'agitaient.

Reconnaissant là sa propre attitude, Mallory devina que Deïna Volke n'aimait pas laisser paraître de faiblesse.

Elle déclina de nouveau son identité et Vassili reprit la parole :

— Vous êtes arrivés juste au bon moment ! Sans votre intervention, les xilfs auraient réussi à tuer l'ambassadeur vohrn. Je dois avouer que votre collègue m'intrigue. Serait-ce... ?

— Un cybride ? Oui, confirma-t-elle.

— Incroyable ! Ils sont devenus tellement rares. Je n'aurais jamais imaginé en voir un ici.

Il eut un large sourire. Mallory réalisa qu'il était terriblement séduisant. Elle s'attarda sur ses traits réguliers : une mâchoire bien dessinée, un nez ni trop grand ni trop petit, lèvres et pommettes à l'avenant... Son visage aurait pu servir de modèle dans un cabinet de chirurgie plastique. *Pas naturel pour un sou,* conclut-elle, *néanmoins très réussi...*

La voix profonde et chaude de Torg la tira de ses pensées :

— Ils sont passés par le sol ! Le niveau inférieur est rempli d'appareillage et de conduits. Je ne peux pas m'y glisser...

Revenant à sa mission, elle remisa dans un coin de sa mémoire le physique appétissant de Cole Vassili et rejoignit son garde du corps.

Il se tenait entre les rangées de sièges. À ses pieds béait une ouverture circulaire. Intriguée, Mallory s'accroupit et posa la main sur le bord de la découpe.

— Froid. Ça veut dire qu'elle a été pratiquée à l'avance...

Elle fronça les sourcils. Les choses se compliquaient à grande vitesse...

Songeuse, elle effleura son navcom et s'aperçut que la connexion était rétablie. Elle appela aussitôt Laorcq, qui ne répondit pas, ni Alrine quand elle essaya de la joindre à son tour. S'efforçant de chasser toute trace d'irritation de sa voix, elle laissa un message pour expliquer brièvement ce qui venait de se passer.

Elle balaya du regard l'amphithéâtre et constata que Vassili et sa guide avaient également disparu. Déçue de n'avoir pu discuter un peu plus longtemps avec eux, elle ouvrit ensuite une ligne vers le *Sirgan* et informa Jazz de la tournure des évènements.

— Eh bien ! s'exclama-t-il. Avec nos copains à écailles, on ne s'ennuie jamais ! Par contre, tes deux terriens m'intriguent. Je te rappelle que notre petite bande est censée être une exception : officiellement, les humains et les vohrns se contentent de relations diplomatiques réduites au strict minimum.

— Ne soit pas aussi parano, lui reprocha la pilote. Ils avaient l'air de citoyens normaux, limite zomblots...

La contraction argotique entre zombie et boulot laissa Jazz

indifférent :
— Mouais... Je ne suis pas convaincu. Donne-moi leurs noms, je vais faire des recherches. De toute façon, je n'ai rien d'autre à faire accroché là-haut tout seul...
Mallory capitula. Après tout, Jazz pouvait finir par mettre la main sur un élément utile...
Un gros doigt se planta soudainement entre ses côtes, la faisant sursauter. Une plaisanterie dont le cybride était coutumier et qui avait le don de le réjouir.
— Torg ! Ne fais pas ça, protesta-t-elle. Allons plutôt retrouver le maître des lieux. Il n'a peut-être pas envie de me parler, mais il nous doit des explications !

En revenant en arrière, ils découvrirent que le xilf qui se trouvait au sol dans l'espèce de bureau avait disparu. Mallory eut beau chercher, elle ne repéra aucune preuve qu'un être vivant avait été victime de violence. Pas une goutte de sang ni le moindre objet abîmé. *Génial*, songea-t-elle. *Tout ce qu'il nous reste, c'est un trou dans le plancher ! Même avec une flic dans l'équipe, on va pas aller loin...*
Une fois dans le hall d'entrée, la pilote et le cybride s'efforcèrent de retrouver l'ambassadeur vohrn. Ils parcoururent la pièce de long en large, essayant en vain d'ouvrir toutes les portes.
Lorsque la dernière d'entre elles refusa de leur laisser le passage, Mallory céda à la colère et lui flanqua un coup de pied.
— Bordel ! Qu'est-ce qui lui arrive à ce vohrn ?
Elle examina le hall d'un regard noir, pour n'y voir que de petites créatures à mi-chemin entre organique et mécanique. Ces dernières s'affairaient à remettre en ordre les

compositions végétales abîmées et nettoyaient la terre répandue sur le dallage.

Réagissant à son humeur, les tatouages qui ornaient les bras de Mallory se muèrent en un entrelacs de ronces vert foncé. Elle ouvrait la bouche pour annoncer à Torg qu'ils partaient, quand la porte qu'elle avait malmenée coulissa dans un chuintement étouffé.

— Ah ! Enfin, lança-t-elle en se retournant. Vous pourriez...

Les mots restèrent coincés dans sa gorge.

L'alien était debout, au centre d'une salle complètement vide. Les murs et le sol étaient nus, d'un gris uni et lisse. Il en allait tout autrement pour le plafond. Une sorte de magma gélatineux le recouvrait, donnant l'impression qu'un morceau d'océan noir et épais s'apprêtait à engloutir l'extraterrestre en lui tombant dessus.

Inquiet, Torg se rapprocha de Mallory, prêt à l'arracher de là où elle se tenait au moindre incident.

La matière visqueuse s'agitait selon un rythme irrégulier, formant des vaguelettes d'où sourdait une lumière jaunâtre. Baigné de ce sinistre éclairage, le vohrn ressemblait à une ombre décharnée.

Du centre du magma jaillissaient de longs brins qui se tortillaient dans les airs avant de se rejoindre pour plonger dans le rostre de l'alien. Semblant enfin s'apercevoir de la présence de la pilote et du cybride, il recula et les tentacules liquides de rétractèrent brusquement vers le plafond.

Mallory le vit fouiller dans sa toge et en ressortir le traducteur.

— Terrien. Vous êtes intrusif. Pourquoi ?

Elle s'efforça de réagir avec indifférence.

— Pas terrien, terrienne ! Hanosk m'a chargée de vous livrer un colis. Il est à bord de mon navire. J'ai besoin de votre accord pour la douane.

Le vohrn fit un pas de côté et tendit une main aux doigts longs et déliés vers le mur. Dans ce que Mallory avait pris pour du béton massif, une trappe s'ouvrit et dégagea une niche. L'alien en extirpa une petite sphère.

Celle-ci se mit à briller tout en projetant une série d'hologrammes : il s'agissait d'un navcom. L'extraterrestre l'utilisa pour passer un appel, du moins ce fut l'interprétation de la pilote. Il lui était impossible de deviner ce qu'il faisait exactement avec.

Alors qu'elle pensait enfin parvenir à avoir un dialogue censé, il jeta platement :

— Vous pouvez partir.

Elle refusa de se laisser évincer aussi facilement.

— Pourquoi des xilfs vous ont agressé ?

L'alien se contenta de répéter sa phrase et l'accompagna cette fois d'un geste destiné à déclencher la fermeture de la porte.

Sans réfléchir, Mallory la bloqua du pied, tout en se félicitant intérieurement de porter ses lourdes bottes de pilote.

L'ambassadeur agita les bras violemment et se précipita sur elle, la prenant au dépourvu : jamais un vohrn ne lui avait manifesté d'hostilité. Elle sentit Torg lui enserrer la taille et la tirer hors d'atteinte, tout en pivotant pour s'interposer. Comme toujours, le cybride avait réagi avec promptitude.

L'alien se figea brusquement sur le seuil de la pièce, dont il rechignait apparemment à sortir :

— Je ne sais pas.

Torg s'adressa à Mallory :

— Ça suffit, on s'en va !

Au ton employé par son garde du corps, elle comprit que l'extraterrestre lunatique commençait sérieusement à l'exaspérer. Têtue, elle se dégagea de son étreinte et déclara :

— Non ! On ne part pas sans que monsieur l'ambassadeur me procure de quoi me défendre.

Puisque le vohrn semblait enfin adopter un comportement normal, elle voulait en profiter. Gardant ses distances, elle lui dit :

— J'ai besoin d'un pistolet à balles hypertrophes et de munitions appropriées. À la douane, c'est tout juste s'ils ont laissé passer Torg !

Cette fois encore, le vohrn se contenta d'envoyer des consignes par l'intermédiaire de son navcom avant de les congédier.

Une fois sortis de l'ambassade, tandis qu'ils déambulaient dans les larges couloirs sans fin de la ville-monde, le cybride ne put se retenir :

— Tu exagères ! Pourquoi ne pas demander des armes à Laorcq ou Alrine ?

— Bah ! Comment veux-tu que je sache s'il tourne rond ou pas ? Je n'allais pas me satisfaire d'un bonjour et au revoir !

— Tu prends trop de risques. Si je n'avais pas été là, il aurait pu te tuer.

— Et toi tu t'inquiètes trop. Sans toi, je n'aurais pas agi ainsi, ajouta-t-elle avec la vague impression de mentir.

Une vibration à son poignet lui permit de couper court à la conversation. Son navcom projeta devant ses yeux le nom de la personne qui l'appelait : Laorcq Adrinov.

Il venait d'avoir son message et lui proposait de la rejoindre. Ils convinrent d'un rendez-vous dans un bar situé à quelques blocs.

En chemin, elle se prit à espérer qu'il serait seul…

III
GASTRONOMIE

Cole Vassili entra dans son appartement et jeta sa veste sur un fauteuil en grognant de contrariété. La brune tatouée et son grand cybride étaient tombés à point nommé, pourtant leur intervention l'insupportait : il détestait être redevable à qui que ce soit. En fait, peu de choses ne le mettaient pas dans une colère noire.

Sans vraiment se rappeler comment il en était arrivé là, il nourrissait un dégoût prononcé pour ses semblables. Il méprisait les faibles et jalousait les puissants, séduisait avec facilité, mais trouvait l'acte sexuel répugnant. À deux doigts de la folie pure, il oscillait en permanence entre dépression et rage.

Sa seule source de réconfort provenait d'un objet d'origine inconnue, dont il était entré en possession dans le système d'Altaïr : le *ktol*.

Il n'était alors qu'un jeune employé d'une firme spécialisée dans les blindages composites. De passage sur une station spatiale, il officiait en tant qu'assistant, assurant des tâches administratives tandis que son supérieur négociait de juteux contrats avec les marchands d'Altaïr.

Un alien au visage porcin l'avait abordé dans un corridor isolé pour lui remettre un objet sphérique, recouvert d'une multitude de pics aussi fins que des têtes d'aiguilles. Peu intéressé par ce qui semblait être une babiole sans valeur, il avait tenté de refuser l'offre de l'extraterrestre. Celui-ci s'était contenté de plaquer le ktol dans la main de l'humain, de façon à en planter quelques pointes dans sa paume.

Cole s'était retrouvé plongé dans un océan de sensations exquises. Une fois revenu à lui, l'alien avait disparu, le laissant seul avec l'objet. Depuis, il s'en servait tous les jours, sans se demander pourquoi on lui avait donné. Plus puissant que n'importe quelle drogue, le ktol était devenu le centre de sa vie.

Lors de brefs moments de lucidité, il lui arrivait de s'étonner d'une coïncidence dérangeante : son mal-être empreint de misanthropie semblait s'être enraciné en lui durant cette période. Il s'appesantissait rarement sur l'idée. Après tout, cela représentait un faible prix à payer en échange d'un bonheur sur commande.

Au fil du temps, Cole avait affiné son usage de l'objet et découvert que sa position sur son corps influait sur la qualité de ses perceptions et, à sa grande surprise, qu'aucun effet ne se manifestait en présence d'autres personnes.

Dévoilant une musculature à faire pâlir d'envie un culturiste, il ôta le reste de ses vêtements et s'approcha d'un meuble dont il ouvrit un tiroir. Il en tira une sorte d'oursin blanc comme un os : le ktol. L'artefact posé délicatement au creux de la main, il s'allongea sur le lit. Il laissa passer une minute, puis plaça le ktol entre ses pectoraux. La boule hérissée bougea soudain d'elle-même et ses pointes mordirent dans la chair de l'homme. Une mince rigole de sang coula le long de ses côtes. Derrière ses paupières closes, ses yeux s'agitèrent.

Avec délice, il retrouva l'univers chaud et doux créé par le ktol. Il baignait dans des teintes liquides tandis que des sons légers le caressaient. Pendant qu'il dérivait au sein de cet environnement bienveillant, sa condition d'humain devenait un lointain souvenir et le temps n'existait plus.

Sa conscience était sur le point d'être engloutie dans un néant de plaisir quand quelque chose d'inhabituel se produisit : le voile de bonheur artificiel qui l'enveloppait se déchira brusquement, le laissant abasourdi.

Il se tenait nu sur une bande rocheuse, au bord d'une mer couleur de rouille. Un vent froid lui fouettait le visage et les vagues s'abattaient sur le rivage pour se fracasser en une pluie fine et glaciale. Au loin, il distinguait les ruines d'une ville aux bâtiments de pierre. Une dizaine de hautes tours se détachaient du reste de la cité détruite. Brisée net, l'une d'elles avait écrasé tout un quartier sous sa masse. Malgré l'absence de repère, Vassili eut la certitude de n'avoir jamais vu de construction aussi colossale.

Tournant la tête, il s'aperçut qu'il n'était pas seul. Un non-humain se tenait près de lui. La créature était à l'échelle de la ville de pierre. Immense, elle dépassait les quatre mètres. Sa peau brun clair recouvrait un épais enchevêtrement de muscles et ses bras ressemblaient à des troncs noueux. Elle portait une tunique ornée de motifs géométriques complexes, taillée dans une étoffe moirée.

Vassili fut pris d'une peur violente, de celle que l'on ressent une fois confronté à ses phobies. Tétanisé, il ne bougea pas d'un pouce quand le monstre se pencha sur lui. Un visage disproportionné, d'où jaillissaient six paires d'yeux de différentes dimensions, examinait l'humain terrifié. Sous ces globes oculaires, une bouche dépourvue de lèvres traçait un long trait, telle une cicatrice mal refermée. Bien qu'elle restât scellée, une phrase retentit avec un écho douloureux dans le crâne de l'homme :

— Nous sommes les primordiaux.

Il ne fallut pas longtemps à Mallory et Torg pour arriver au bar mentionné par Laorcq. L'unique accès se trouvait au fond d'un couloir violemment éclairé par des lampes UV. Sous cette lumière artificielle, la fourrure de Torg paraissait encore plus sombre qu'à l'accoutumée et ses zébrures ressortaient d'un rouge de braise. Au bout du corridor, Mallory découvrit un pan de mur ressemblant à du marbre, au centre duquel brillait un cercle lumineux. Dès qu'elle eut posé une main dessus, le panneau en pierre s'escamota et dévoila un immense espace de forme cubique.

Suivie de son garde du corps, la pilote entra et se demanda aussitôt comment elle allait trouver Laorcq.

L'endroit était envahi de grosses bulles de verre flottantes, assez grandes pour contenir deux, voire quatre, fauteuils et une table basse. Plusieurs centaines de ces salons sphériques nageaient dans les airs.

Volant à un mètre au-dessus du sol, un petit robot argenté vint à sa rescousse. Son système interne avait identifié le monde d'origine de Mallory. Il s'adressa à elle en terrien :

— Bienvenu au *Cerdvar*. Avez-vous réservé ?

Elle annonça qu'ils devaient rejoindre Laorcq. En guise de réponse, une trappe s'ouvrit brusquement sur le flanc de la machine. Prenant Mallory et Torg au dépourvu, un film translucide en jaillit et les enveloppa, pour former une des nombreuses bulles qui occupaient le club.

Le robot bondit vers le centre du grand bâtiment, entraînant la sphère et ses deux passagers. Les salons volants circulaient selon une chorégraphie savamment orchestrée. Certaines des bulles qui les emprisonnaient étaient impénétrables au regard, d'autres permettaient d'observer les clients installés à l'intérieur. Mallory aperçut une sorte d'étoile de mer géante, recouverte d'un pelage long et blanc. La créature alternait entre immobilité totale et soudains mouvements pour saisir des morceaux de viande flottants en apesanteur devant elle. Mallory n'aurait su dire s'il s'agissait du représentant d'un peuple venu d'un monde inconnu ou d'un animal captif...

L'étrange extraterrestre oublié, elle découvrit Laorcq dans la bulle vers laquelle le robot les traînait. Les deux sphères entrèrent en contact et fusionnèrent. Mallory et Torg se retrouvèrent face à Laorcq. Confortablement assis dans un fauteuil, il les accueillit en lançant :

— À peine arrivée et déjà prise dans une fusillade ! Tu m'impressionnes.

Un brin agacée par la légèreté de son ton, elle lui jeta une pique à son tour :

— Ouais, pourtant ça ne m'empêche pas de répondre quand mes collègues ont une urgence.

Laorcq haussa les épaules.

— On a tous besoin de tranquillité de temps à autre.

Mallory soupira intérieurement. Elle imaginait sans mal à quoi cette « tranquillité » était destinée.

Cependant, alors qu'elle et Torg s'installaient, elle ne put se retenir :

— Du coup... Toi et Alrine ?

La question à moitié formulée eut le don de mettre Laorcq mal à l'aise. Il se lança dans une explication passablement embrouillée. Au final, Mallory comprit qu'en dépit de différences certaines, Alrine et lui se complétaient à merveille.

Maintenant qu'elle savait à quoi s'en tenir, elle réorienta la conversation vers sa mission :

— L'ambassadeur vohrn du coin a un gros problème. C'est vrai que je ne les côtoie pas depuis longtemps, mais sa conduite diffère totalement de celle d'Hanosk ou des autres...

En quelques phrases, elle évoqua le magma noir aperçu

lors de sa discussion avec l'ambassadeur.

Elle vit le front du balafré se plisser sous l'effet d'une intense réflexion. Il enchaîna :

— Il n'est pas le seul à dérailler. Alrine et moi avons été envoyés ici, car des gibrals haut placés présentent des symptômes similaires. Peu importe les tests effectués, ils paraissent sains d'esprit, mais ont un comportement incohérent.

— Donc, les vohrns comptent sur nous pour découvrir le dénominateur commun, devina Mallory.

— Va savoir. J'ai passé six mois avec plusieurs d'entre eux, et je suis toujours surpris par leur logique. Peut-être qu'ils se servent de nous pour jeter de l'huile sur le feu et voir ce qu'il en ressortira…

Laorcq se pencha vers la table ronde placée devant lui et effleura un motif du bout des doigts. Le meuble s'ouvrit sur un ensemble de petites boules multicolores qui s'envolèrent dans l'espace clos. D'un geste précis, il s'empara de l'une d'entre elles et la porta à ses lèvres.

Mallory l'imita. Dans sa bouche, la bulle se transforma en une gorgée d'un breuvage légèrement alcoolisé et rafraîchissant. Quant à Torg, il se contenta de laisser son immense gueule grande ouverte, gobant les billes liquides par douzaines.

Une fois désaltéré, l'ex-militaire balafré reprit :

— Cette tentative contre l'ambassadeur m'intrigue. J'irai volontiers dans les niveaux inférieurs me frotter aux xilfs.

— Tu espères quoi ? rétorqua Mallory. Ils t'éviteront comme la peste.

— Tu as oublié ce que je t'ai dit : jeter de l'huile sur le feu et voir ce qu'il en ressort. Du coup, j'aimerais t'emprunter Torg pour aller faire ma petite promenade chez eux…

Mallory réagit instinctivement :

— Tu veux me priver de Torg ? Et si j'ai besoin de lui ?

— On n'en aura pas pour longtemps. Profites-en pour te reposer un peu. Allez… En plus il a dû passer le gros du

voyage dans son caisson de stase.
Il s'adressa directement au cybride :
— Je suis sûr que t'as envie de te dégourdir les pattes.
— Oui ! approuva Torg. Et j'ai hâte de revoir des xilfs.
Mallory accepta à contrecœur et grommela :
— N'essaie pas de leur taper dessus, OK ? Il y a peu de chance que tu croises ceux de l'ambassade.
Gobant une dernière bille colorée, elle savoura brièvement la boisson et décida que le repos attendrait : elle trouverait bien quelque chose à faire de son côté.

Après avoir pris congé de la pilote, le cybride et Laorcq quittèrent le bar pour emprunter un puits antigrav. Ils parvinrent sans encombre au secteur dévolu aux xilfs. À une telle profondeur, l'ancien militaire s'était attendu à de sombres et étroits corridors en béton et il découvrait avec étonnement de vastes espaces, illuminés par un habile système drainant les rayons d'Aldébaran à travers une multitude de puits de lumière.

De grandes arches en bois jaune soutenaient le plafond. Elles étaient si nombreuses qu'elles formaient une gigantesque toile d'araignée. En observant les murs et le sol, il s'aperçut qu'ils étaient eux aussi recouverts de boiseries. Taillées dans une essence bleu foncé, elles s'ornaient parfois de veines rouges.

Au pied de cette étrange charpente déambulaient diverses espèces, majoritairement des xilfs. Au moins les trois quarts de la population du coin, estima l'ancien militaire.

— Et si on testait la cuisine locale avant d'attaquer ? lança Torg, dont l'appétit ne connaissait guère de limite.

Un léger rire secoua Laorcq.

— Si tu peux sûrement avaler n'importe quoi, c'est loin d'être mon cas. Enfin, sait-on jamais : je te suis !

Guidés par l'odorat du cybride, ils s'enfoncèrent parmi les pylônes de bois. En avançant, ils découvrirent à la base de chacune des arches un emplacement dévolu à de petites échoppes. La plupart appartenaient à des xilfs. Serrées les unes contre les autres, ces boutiques minuscules s'ornaient de panonceaux lumineux aux couleurs criardes et aux caractères illisibles. Pour le grand bonheur de Torg, la plupart proposaient de quoi se nourrir : un véritable marché alimentaire.

— Un peuple comme je les aime, déclara-t-il en lorgnant avec gourmandise ce qui ressemblait à une chrysalide géante.

Laorcq considéra le brasero au-dessus duquel rôtissait un gros cocon. À en juger par la couche de gras carbonisé le recouvrant, le barbecue datait d'au moins un siècle...

Le xilf qui tenait le stand en question inclina l'un de ses yeux sphériques vers Torg :

— Gatid norx do ?

Interloqués, l'humain et le cybride se regardèrent. Ils avaient pourtant tous deux activé la fonction traducteur de leurs navcoms...

L'alien pencha son deuxième œil et répéta dans un autre langage :

— Voulez-vous goûter ?

Torg ne se fit pas prier... Il engloutit une portion d'un bon demi-kilo et déclara :

— Encore.

Fataliste, Laorcq dut se résoudre à payer pour la totalité de l'étrange rôti, tout en s'abstenant d'y toucher : il s'en dégageait un fumet qui évoquait le crottin de cheval.

L'intermède culinaire terminé, ils poursuivirent leur exploration. Un détail intrigua grandement Laorcq : il ne voyait aucun gibral dans les parages.

Il se mit à douter du bien-fondé de son idée. On les remarquait vraiment de loin. Un humain balafré et un géant noir et rouge ne risquaient pas d'apprendre ce qui avait motivé l'attaque contre l'ambassade vohrn. En y réfléchissant, il commençait à se demander s'il arriverait à en savoir un peu plus sur les xilfs. Il lui fallait trouver un moyen de gagner la confiance de l'un d'eux ou, à défaut, de quelqu'un qui les connaissait.

Laorcq regarda alentour, espérant un coup de chance. Il s'avisa que beaucoup de xilfs se dirigeaient dans la même direction.

Il se rapprocha des extraterrestres en de longues enjambées et se planta devant l'un d'eux :

— Que se passe-t-il ? Pourquoi cet attroupement ?

Pressé de poursuivre son chemin, le xilf lui répondit succinctement :

— Concours d'ingurgitation !

Sur le coup, il crut à une défaillance des programmes traducteurs. Puis il vit une lueur inquiétante briller dans les grands yeux bleus du cybride. Peu enclin à perdre encore du temps pour satisfaire la passion de Torg pour la bonne chère, il s'efforça de couper court :

— Eh ! Tu viens d'engloutir trois kilos de viande. Ça ne te suffit pas ?

— Rien à voir. J'ai une revanche à prendre sur les xilfs, ils m'ont rendu fou furieux à l'ambassade.

Laorcq maugréa :

— Évidemment. Aucun rapport avec la possibilité de remplir le trou noir qui te sert d'estomac...

Torg ne l'écoutait plus. Suivant le flot d'aliens, ils aboutirent devant un espace dégagé. Les omniprésentes colonnes de bois formaient un cercle au centre duquel se tenait un xilf. Laorcq l'observa attentivement : il tutoyait les deux mètres de haut, sa carapace paraissait plus épaisse que celle de ses congénères et était d'une couleur claire, presque blanchâtre. Sur ses globes oculaires, certaines facettes se détachaient des autres par une teinte noire. Des caractéristiques qui suggéraient un âge avancé.

Le vieux xilf se lança dans un bref discours. De nouveau, les navcoms furent incapables de fournir une traduction. Le cybride ne se laissa pas démonter pour si peu. Interpellant un alien à proximité, il lui réclama des explications.

Laorcq apprit ainsi que le concours consistait à avaler vivantes des créatures de plus en plus grosses, jusqu'à abandon. Le dernier en lice serait déclaré vainqueur.

Quatre des extraterrestres firent un pas en avant, montrant ainsi leur volonté de concourir. Sous le regard réprobateur de Laorcq, Torg les imita.

Le vieil alien alla rejoindre les spectateurs, tandis que d'autres xilfs jaillirent d'entre les piliers de bois entourant l'arène. Ils entassèrent au centre une multitude de boîtes en plastique. Certaines faisaient la taille d'un pouce et d'autres approchaient les deux mètres.

Les participants durent ensuite verser un droit d'entrée. Encore une fois, Laorcq dut mettre la main à la poche. Ce détail réglé, le concours commença.

Les concurrents xilfs s'avancèrent et saisirent les plus petites boîtes. Ils les ouvrirent et en avalèrent le contenu : un ver annelé dont le corps rose se tortillait vigoureusement. Après avoir observé comment les autres participants s'y prenaient, Torg les imita.

Sous le regard consterné de Laorcq, se succédèrent ainsi des myriapodes verts gros comme le poing, une pieuvre poilue qui émit un cri déchirant au moment de glisser entre les mandibules des xilfs, une sorte d'huître si large que le cybride dut en attraper la coquille à deux mains.

À chaque fois, la tête hémisphérique du colosse basculait en arrière, révélant sa grande gueule garnie de dents acérées.

— Hum... Pas mal ça, commenta-t-il en déglutissant un organisme qui ressemblait étrangement à une amibe d'un mètre de large.

Laorcq fit semblant de ne rien entendre. Il observait les xilfs, dont le corps filiforme dévoilait une impressionnante capacité à se distendre. Leurs troncs se changeaient en de véritables barriques, s'étirant au fur et à mesure des exploits culinaires des aliens.

Il contemplait la scène avec une vague envie de vomir : tout cela était assez répugnant. Par politesse, il s'efforça de ne rien laisser paraître : les standards humains, ici, tout le monde s'en balançait...

Le premier abandon survint au moment de consommer un serpent-scolopendre exsudant un liquide marron et épais, dont l'odeur évoquait la réglisse.

L'un des extraterrestres mordit dedans et mâcha. Au lieu d'avaler la bouchée, ses deux cous et les yeux qui les terminaient se mirent à trembler. Il régurgita brutalement le contenu de son estomac gonflé.

Deux des xilfs ayant capitulé au tour suivant, le cybride et un dernier alien s'affrontaient maintenant en duel. D'autres créatures improbables furent dévorées sans pitié. À la surprise de Laorcq, Torg jeta l'éponge le premier. Le gagnant fut acclamé par les spectateurs et on lui remit un disque en bois gravé de symboles xilfs : une sorte de laissez-passer lui permettant de se servir gratuitement sur tous les stands du marché pendant plusieurs jours...

Torg s'approcha du vainqueur et le félicita. L'alien accueillit le compliment de bon cœur :

— Je n'ai remporté la partie que de très peu ! Votre capacité d'ingurgitation mérite le respect.

La foule se dispersant, Laorcq en profita pour les rejoindre. Il assista à une conversation sur la qualité de la nourriture en provenance de différents systèmes solaires.

Rien de tel que des goûts communs pour faire tomber les barrières entre individus, nota Laorcq avec bonne humeur. Torg parut enfin se rappeler qu'il n'était pas là que pour son ventre. De ses six doigts, il désigna l'humain balafré à son nouvel ami :

— Frrrj, laisse-moi te présenter Laorcq Adrinov, un collègue terrien !

Ne sachant s'il convenait de tendre la main pour serrer une

des six pinces de l'alien, il se contenta d'incliner légèrement le buste.

Ils échangèrent quelques civilités, parlèrent encore un peu gastronomie, puis Laorcq décida de mettre les pieds dans le plat :

— Pardonnez-moi si j'aborde un sujet délicat, mais nous avons besoin d'en apprendre plus sur votre peuple. Des évènements graves ont eu lieu dans les niveaux supérieurs. Comprendre les liens qui vous unissent aux gibrals nous aiderait beaucoup.

Frrrj se tut aussitôt. Avec la quantité de xilfs autour d'eux, Laorcq se demanda s'il ne venait pas de commettre une grosse bourde...

Comme à regret, Frrrj déclara :

— Nous n'évoquons pas ce sujet. Ces choses font partie du cycle naturel.

Le xilf eut alors un mouvement singulier : ses globes oculaires géants s'écartèrent puis se rapprochèrent à plusieurs reprises.

— Vous êtes étrangers, je ne devrais pas parler. Je vais transgresser nos règles, car Torg et son solide appétit m'ont impressionné. Suivez-moi.

Frrrj les guida vers un endroit calme, presque désert. Les prenant de court, il adopta un ton très différent :

— Je sais pourquoi vous êtes là. Nous possédons deux mémoires. Une pareille à la vôtre et une partagée, dans laquelle nous pouvons envoyer les souvenirs de notre choix. Tous les xilfs savent qu'une humaine accompagnée d'un cybride est intervenue quand nous avons attaqué l'ambassadeur vohrn Jarvik !

IV
DISPARITION

Tandis que Laorcq et le cybride plongeaient vers les profondeurs de Solicor, Mallory découvrait la ville-monde. Loin d'être un enchevêtrement de couloirs obscurs, chaque niveau disposait de larges espaces ouverts, où de hauts bâtiments s'étiraient jusqu'à toucher le plafond. L'effet était saisissant. Elle avait l'impression de déambuler dans une cité souterraine, installée dans une immense caverne bardée de béton et de composite.

Au gré de sa promenade, Mallory se remémora sa conversation avec le grand balafré. Apparemment, il pensait qu'elle se tiendrait à carreau en l'absence de Torg. *Il se trompe ! Je ne vais pas attendre sagement, sans rien faire, qu'ils reviennent des secteurs xilfs...*

Guidée par son navcom, elle débarqua dans le hall de l'hôtel où Alrine et Laorcq séjournaient. La pilote fonça droit sur le comptoir, où un hologramme tactile permettait de communiquer avec l'Intelligence Artificielle en charge des lieux.

D'un revers de la main gauche, elle balaya la projection, signalant sa présence.

— La chambre au nom de Laorcq Adrinov, demanda-t-elle.

D'une voix neutre, l'IA se contenta de répondre :
— Je ne suis pas autorisé à vous transmettre l'information. Toutefois, je peux avertir les occupants de votre arrivée.

Mallory acquiesça sans s'irriter. Après tout, elle aurait pris les mêmes précautions.

Abandonnant l'hologramme, elle alla s'installer dans un fauteuil en verre, placé contre un mur recouvert de disques en plastique larges d'un pouce, qui évoquaient des écailles noires et luisantes. Entre le dossier du siège frôlant les deux mètres de haut et l'étrange revêtement pareil à une peau de dragon, elle eut l'impression de s'être transformée en une reine barbare. Assise sur son trône de cristal, elle régnait sans partage sur dix mètres carrés de moquette...

Un large sourire éclairant ses traits, elle étendit les jambes avec un soupir d'aise et patienta.

Quand Alrine la rejoignit, elle parut étonnée de la trouver d'aussi bonne humeur.

— Mallory. Où est passé Laorcq ?
— Parti avec Torg s'amuser un peu chez les xilfs.

Le visage de la policière s'assombrit. Apparemment, elle avait une idée assez précise de la façon dont un vétéran et un cybride pouvaient « s'amuser ».

Mallory ajouta, en mentant sans vergogne :
— Il m'a dit de demander ton aide. Je voudrais en savoir plus sur l'ambassadeur vohrn. En particulier sur ses activités récentes...

Alrine croisa les bras, ne cachant pas ses soupçons quant à cette requête. Sous son regard scrutateur, Mallory s'efforça de prendre un air innocent tout en conservant sa pose nonchalante dans le grand fauteuil. Elle comprit que la policière n'était pas dupe, pourtant cette dernière accepta.

— Je vois. Il faut bien commencer quelque part. Transmets-moi l'identifiant de ton Intelligence Naturelle. Je vais la faire bénéficier de mes accès. Hanosk m'a accordé le

plus haut niveau...
La pilote ne perdit pas une seconde. Avec un tel niveau d'autorisation, Jazz pourrait décortiquer l'emploi du temps du vohrn et, surtout, les vidéos de surveillance de l'ambassade.
En attendant, les deux femmes abandonnèrent le hall pour s'installer dans un des salons destinés à la clientèle. Par une large baie vitrée qui donnait sur l'un des gigantesques puits, elles purent contempler un des tubes antigravs et l'impressionnante masse d'individus qui y circulaient en permanence.
Avant qu'elles ne se lassent du spectacle, Jazz les recontactait :
— Mesdames, c'est le bordel. Jarvik, notre nouvel ami vohrn, ne fait pas son boulot ! Ces trois dernières semaines, c'est à peine s'il a mis les pieds à son bureau. Il s'est baladé à droite à gauche et a quitté Solicor à plusieurs reprises. Le journal de bord de sa navette mentionne un séjour sur Volda, une planète du système censée être déserte. Je vous envoie des adresses, mais franchement c'est maigre.
— J'en fais mon affaire, clama la policière en se levant. Une seule info peut suffire pour remonter une piste.
Manifestement, elle ne supportait pas plus l'inactivité que Mallory. *Un bon point pour elle.* Elles sortirent de l'hôtel et se rendirent directement à l'un des lieux indiqués par Jazz.
Il s'agissait de la demeure d'un riche armateur gibral. Située juste sous la surface de la ville-monde, son importante superficie dénotait le statut élevé de son propriétaire. Les deux humaines furent reçues avec une retenue évidente. On n'autorisa leur présence que dans une pièce vide, pourvue d'une verrière en guise de plafond.
Mallory dut faire un effort pour ne pas reculer face au gibral qui les accueillit. À l'instar de ses congénères, il possédait un cou interminable surmonté d'une tête ornée d'un œil unique. Il différait des siens par une stature conséquente et le nombre incalculable de cicatrices qui marquaient sa

peau bleue et glabre.

La pilote donna un coup de coude à sa compagne :

— Ça commence fort : on vient voir le proprio et on nous envoie le videur...

Alrine ne se laissa pas distraire. Rompue à ce jeu, elle utilisa son navcom en guise de traducteur et entreprit d'interroger le grand cyclope.

Pour Mallory, le dialogue sembla se résumer à un échange de platitudes. Pourtant, quand elles quittèrent l'endroit, la policière avait l'air satisfaite :

— Ah ! Je vais pouvoir ajouter son patron à la liste des types qui agissent en dépit du bon sens. Ça ne m'étonne pas, je dois dire...

— Pas mal, la félicita Mallory, mais ça ne nous avance pas tellement, non ?

Alrine eut un sourire en coin :

— J'ai aussi obtenu un autre élément : je sais où l'ambassadeur Jarvik a passé une partie de son temps : sur un chantier naval.

Agacée par ces informations délivrées au compte-gouttes, Mallory reprit les choses en mains :

— Parfait. On y va tout de suite.

Alrine allait objecter, quand la pilote l'interrompit d'un geste avant d'effleurer son navcom : elle recevait un appel.

Visible d'elle seule, une image s'afficha. Mallory découvrit avec surprise Deïna Volke, la femme rousse rencontrée à l'ambassade. Sans préambule, celle-ci déclara :

— Capitaine Sajean, je suis désolée de vous déranger. Je n'ai personne d'autre à qui demander de l'aide...

Mallory fronça ses fins sourcils noirs. Cela n'augurait rien de bon.

— Je vous écoute...

— Vous souvenez de mon employeur, Cole Vassili ?

Mallory se rappelait très bien ce grand brun aux yeux noisette, puisqu'il lui avait tapé dans l'œil. Jouant l'indifférente, elle acquiesça platement et laissa Deïna

poursuivre :
— Il a disparu et j'ai trouvé des traces de sang dans son appartement...

Cent cinquante niveaux plus bas, Laorcq poursuivait sa conversation avec Frrrj, sous les yeux attentifs de Torg. Le terrien était stupéfait par la révélation de l'alien. La capacité des xilfs à mettre leurs souvenirs en commun avait de profondes implications. Cela équivalait à disposer naturellement d'un réseau d'informations ! Dire qu'il avait fallu à l'humanité des milliers d'années avant de bâtir son premier...

Dans un geste évident d'énervement, les six bras de Frrrj se déplièrent et les pinces dont ils étaient munis claquèrent dans le vide :

— Nous avons une bonne raison d'en vouloir à Jarvik. Plus il passe de temps avec les gibrals et plus ils deviennent fous ! Si cela continue ainsi, nous risquons de tous périr.

— Je ne comprends pas, avoua Laorcq. Que font les gibrals pour vous mettre en danger ?

— Ils ont quasiment cessé de prendre du *nilac* !

La réponse laissa Torg et Laorcq pantois. Ce dernier réclama des explications au xilf. Réticent au début, l'alien accepta de parler, à condition qu'il obtienne leur aide en retour.

Malheureusement, cette exigence entrait en conflit avec les obligations de neutralité des vohrns et de leurs agents vis-à-vis de la politique solicorienne...

Enfin, a priori, songea Laorcq. Tout à sa réflexion, il frotta machinalement ses cheveux poivre et sel coupés court. À l'évidence, un lien existait entre tous ces aliens qui perdaient les pédales. Si les vohrns voulaient comprendre ce qu'il se passait, ils allaient devoir s'impliquer d'une manière ou d'une autre.

Il soupira. Si jamais il se trompait, il allait découvrir les limites de la patience d'Hanosk. D'un autre côté, en recrutant Mallory et lui, le dirigeant vohrn devait se douter que l'improvisation deviendrait la règle. Donc...

— D'accord, déclara-t-il. On marche avec vous. Maintenant, expliquez-nous votre histoire de « nilac »...

Frrrj dut remonter loin en arrière, à une époque où Solicor était encore une planète à l'état sauvage.

Hormis une vive intelligence, xilfs et gibrals n'avaient pas plus en commun que les singes et les pieuvres terrestres. Ils vivaient dans des zones différentes, suivant des rythmes décalés. Les aliens aux gros yeux se contentaient d'un mode de vie simple tandis qu'en trois siècles seulement les cyclopes bleus passèrent de l'équivalent de l'âge de bronze à la révolution industrielle.

Comme sur de nombreux mondes, cette période apporta son lot de pollution et les désagréments associés : Solicor fut petit à petit recouverte de béton et d'acier, obligeant les xilfs à se parquer dans de minuscules enclaves. Cette modification radicale de l'environnement engendra une mutation du système immunitaire des gibrals qui se fragilisa.

Les choses auraient pu continuer à dégénérer, cependant plusieurs facteurs contribuèrent au rapprochement des deux peuples.

Les gibrals découvrirent que le nilac leur permettait de vivre normalement malgré un métabolisme défaillant. Il s'agissait d'un épais mucus, expectoré par les xilfs pour construire des habitats semblables à des nids d'hirondelles. Grâce à un processus simple, les gibrals en extrayaient un sérum injectable, contenant les molécules nécessaires à leur survie.

Un simple sursis. Les cyclopes bleus s'aperçurent que la population xilfe diminuait de manière alarmante : faute d'un

sol sain où croître, les larves xilfs parvenaient rarement au stade adulte.
Un hasard de l'évolution avait doté les gibrals d'une particularité similaire à celle des marsupiaux. Ils possédaient une poche ventrale, dans laquelle les petits cyclopes se développaient avant de devenir autonomes.
En échange d'un apport régulier de nilac, les gibrals acceptèrent de couver les larves xilfs. Chaque peuple contribuant à la sauvegarde de l'autre, la symbiose se poursuivit au fil des millénaires...
Ces informations assimilées, Laorcq résuma :
— Les gibrals ne veulent plus de nilac, donc vous craignez qu'ils cessent de s'occuper de vos petits... Jusque-là, je vous suis, mais je ne vois pas le rapport avec l'ambassadeur Jarvik.
Les globes oculaires de Frrrj frémirent au bout de ses deux cous. L'humain associa à juste titre cette réaction à de la colère. L'extraterrestre lança :
— Il est à l'origine de l'idée ! Il a promis aux gibrals un soutien technique et financier pour fabriquer un équivalent du nilac dans des usines !
Laorcq fronça de nouveau les sourcils. Cela n'avait aucun sens. Les vohrns préféraient de loin établir des échanges profitables avec les autres peuples et, même s'ils disposaient d'une puissante force militaire, prônaient un respect certain de la vie. En outre, la disparition des xilfs ne leur rapporterait absolument rien.
— Je peux vous assurer que les vohrns n'ont rien contre vous, je vous le garantis, plaida Laorcq. Si Jarvik se comporte ainsi, les circonstances ou quelqu'un doivent l'y contraindre.
— Dans ce cas, aidez-nous à découvrir quoi ou qui. Si rien n'est fait, nombre de mes congénères vont céder à la violence.
Sur ces mots, Frrrj abandonna l'humain et le cybride. Au moins, ils en savaient un peu plus long. Ils quittèrent le

marché sous-terrain pour les niveaux supérieurs, avec un sentiment d'urgence : si rien n'était fait, Solicor risquait de sombrer dans la guerre civile...

Mallory scruta l'image affichée par son navcom. Sous les volutes argentées qui ornaient sa peau noire, Deïna semblait réellement inquiète. Toutefois, la disparition de son client était trop récente. Elle pouvait avoir une explication banale, tout comme les traces de sang dans son logement.

La pilote opta pour un compromis. Elle allait continuer à enquêter sur Jarvik et Alrine partirait à la recherche de Cole Vassili. Elle se serait volontiers chargée de retrouver l'homme d'affaires, mais elle avait l'intuition que de terribles choses se tramaient derrière les agissements irrationnels de l'ambassadeur vohrn.

Elle espérait que rien de grave n'était arrivé à Cole. L'homme lui avait plu. Si cela n'était que physique, elle comptait bien s'assurer du reste.

Un instant, elle se demanda si envoyer Alrine à son secours n'était pas une erreur stratégique. *Non, la grande blonde était avec Laorcq, aucun risque. Si ? Alors...*

Mallory chassa ces pensées légères. Elle verrait plus tard. Pour l'instant, elle avait un chantier spatial à visiter.

Avant de la quitter, Alrine lui communiqua les coordonnées exactes du chantier. En chemin pour l'ascenseur orbital du secteur, elle appela l'Intelligence Naturelle de son navire :

— Jazz ? Je dois aller fureter sur un paquebot en construction. Est-ce que tu peux me bricoler une couverture grâce aux accès donnés par Alrine ?

— Bien sûr, Capitaine ! Laisse-moi réfléchir...

Jazz prit un moment et poursuivit :
— Et si tu étais une spécialiste mandatée par Hanosk en vue d'acheter une dizaine de paquebots ?

Mallory eut un grand sourire : une excellente idée. Avec ses connaissances en matière de navigation, elle pourrait jouer son rôle facilement.

— Parfait ! confirma-t-elle.

— OK. J'envoie un courrier au bureau de l'armateur, signé par l'ambassade vohrn. Ils vont t'accueillir à bras ouverts là-bas...

Quelques minutes plus tard, Mallory parvint à l'ascenseur. À peine installée dans la confortable cabine, elle fonça à travers les couches supérieures de l'atmosphère, puis dans le vide spatial. Les minutes s'écoulèrent en mettant à rude épreuve l'impatience de la pilote. Enfin, après une légère secousse, les portes coulissèrent en silence et elle se retrouva de nouveau à bord de l'immense anneau artificiel entourant Solicor.

Elle découvrit qu'un système de transport par tube le traversait en totalité. Placés dans l'axe de la gigantesque structure, deux tunnels étanches contenaient des capsules cylindriques qui circulaient dans les deux sens, tout le long de l'axe intérieur de la station. Chaque « rame » pouvait recevoir des centaines de passagers. Parcourir les 273 000 kilomètres de circonférence de l'anneau prenait à peine plus de deux heures, arrêts inclus.

Mallory se livra à une estimation rapide : *un joli cent cinquante mille kilomètres par heure ! Le double de la vitesse des ascenseurs orbitaux. Pas mal...*

Les deux arrêts qu'elle passa lui permirent de constater combien les gibrals maîtrisaient les techniques antigravs. Malgré les accélérations fulgurantes, nécessaires pour franchir de telles distances en si peu de temps, rien ne transparaissait à l'intérieur de la rame.

Parvenue à destination, elle avait l'étrange sensation de ne pas avoir bougé. Autour d'elle, un flot continu d'aliens allait et venait. Une majorité de gibrals, mais de nombreux spicans se mêlaient à eux. De haute stature et pourvus de quatre bras, ces derniers faisaient d'excellents manutentionnaires et ouvriers. Rien d'étonnant à en rencontrer dans les parages d'un chantier spatial. Mallory aperçut également des réguliens, des humanoïdes à la peau verte et dotés d'un trou en guise de nez. De longues silhouettes vêtues de houppelandes rouges et aux visages dissimulés derrière des cagoules assorties retinrent son attention : des marchands d'Altaïr. Réputés pour la qualité des armes qu'ils fabriquaient, ils entretenaient un mystère absolu sur leur apparence réelle.

Mallory avança d'un pas résolu à travers cette foule bigarrée, suivant du coin de l'œil les instructions affichées par son navcom. Enfin, elle parvint aux bureaux de l'armateur.

Devant elle, la porte coulissa pour dévoiler un des cyclopes bleus. Il pencha son grand cou vers Mallory et la fixa de son œil unique. Après l'avoir soigneusement examinée, il déclara :

— Vous êtes l'humaine envoyée par les vohrns.

Mallory acquiesça. Elle allait poursuivre en expliquant la raison de sa présence, lorsque le gibral ajouta :

— Venez avec moi. Il vous faut une tenue pour sortir et visiter un des navires en construction.

Elle eut un doute. Tout se déroulait trop facilement. Il ne l'avait même pas questionnée ou sommée de prouver son identité. Voilà qui était intrigant : elle savait à quel point il pouvait être difficile de pénétrer sur un vaisseau en cours d'assemblage.

Entre les consignes de sécurité et les risques d'espionnage industriel, il arrivait souvent que les travailleurs se fassent refouler à l'entrée s'ils ne pouvaient présenter des accréditations valides.

Son instinct lui soufflait la prudence. Discrètement, elle rouvrit la ligne avec Jazz. Pas besoin de lui donner d'explications, il comprendrait qu'elle prenait des précautions.

Le gibral la mena à un vaste magasin encombré de rayonnages qui croulaient sous un entassement de combinaisons spatiales. L'alien bleu émit un son aigu, à mi-chemin entre sifflement et bourdonnement. En réaction à ce signal, un petit drone cubique jaillit d'entre les étagères et s'immobilisa devant eux.

— Cet appareil va scanner votre morphologie afin de trouver une tenue appropriée, l'informa le cyclope.

Mallory se plia volontiers à la contrainte. La plupart du temps, elle se retrouvait dans des scaphandres trop grands pour elle...

Une fois les mesures relevées, le robot volant se précipita entre les rayonnages et revint auprès d'elle en tenant une combinaison par une pince. Tandis qu'elle s'équipait, le drone répéta son manège au bénéfice du gibral.

Le casque verrouillé, le premier réflexe de Mallory fut de s'assurer que la synchronisation entre le navcom de la tenue et le sien était établie.

Le cyclope la guida ensuite jusqu'à un sas. À peine le cycle de dépressurisation effectué, il s'ouvrit sur une colossale structure d'acier.

Le navire en construction ressemblait à un squelette envahi de fourmis crachant des étincelles : les milliers de robots et d'ouvriers occupés à souder les pièces composant l'ossature du mastodonte.

Impressionnée par le spectacle, Mallory avança sur la passerelle qui se déroulait devant elle et menait au chantier. Elle s'aperçut tardivement que le gibral ne l'avait pas suivie...

— Merde ! À quoi il joue ? s'emporta-t-elle.

Un mouvement fugace attira son regard. Elle leva la tête et découvrit, le long d'un assemblage métallique qui semblait s'étendre à l'infini, une dizaine d'ouvriers en combinaison spatiale. De très grands bipèdes, dotés de quatre bras épais.

Des spicans ! conclut la pilote. La direction dans laquelle ils progressaient ne lui laissa aucun doute : ils fonçaient droit sur elle. Les outils qu'ils tenaient à la main paraissaient étrangement menaçants...

V
APESANTEUR

Alrine était agacée. Elle appréciait Mallory, même si la petite dure à cuire n'en faisait vraiment qu'à sa tête ! Pire, la policière s'était fait avoir en accordant ses accès à l'Intelligence Naturelle du *Sirgan*. Habituée à travailler avec des Intelligences Artificielles, elle n'avait pas réalisé l'ampleur de sa bourde : si une IA ne s'écartait jamais de ses prérogatives, Jazz ne se gênerait pas, au contraire !

Pour couronner le tout, cette histoire de disparition tombait comme un cheveu sur la soupe. Alrine se demandait s'il existait un lien avec les aliens au comportement anormal, quand elle s'aperçut que ses pas l'avaient menée à la demeure de Cole Vassili. À suivre le fil de ses pensées tout en écoutant machinalement les instructions de son navcom, elle ne s'était pas rendu compte du chemin parcouru.

Debout devant la porte, Deïna l'attendait. Alrine lut sans peine l'inquiétude sur son visage. La rousse aux tatouages argentés hésita brièvement, et s'approcha d'elle :

— Lieutenante Lafora ?

Alrine confirma et vit le soulagement se peindre sur les traits de son interlocutrice.

— Merci d'être venue. Je ne savais plus quoi faire. Les gibrals n'ont rien voulu entendre. Pour eux, hors de question d'ouvrir un dossier si la disparition n'a pas duré au moins deux jours...

Alrine haussa les épaules. Cela ne la surprenait en rien : il en allait autant sur n'importe quel monde. S'il fallait enquêter dès que quelqu'un découchait, tripler les effectifs des forces de l'ordre ne suffirait pas à compenser le surcroît de travail.

Pourtant, l'expérience d'Alrine lui soufflait de creuser l'affaire. D'après la description que Mallory lui en avait faite, Cole Vassili n'avait pas le profil à se réveiller dans un endroit inconnu après une nuit trop mouvementée. Précédant Deïna, elle poussa la porte de l'appartement et s'avança sur le seuil.

Elle découvrit une pièce d'une trentaine de mètres carrés, meublée sobrement. Les murs, le sol et le plafond déclinaient des tons bruns et ocres tandis que des lampes sur pied disposées dans chaque coin baignaient l'ensemble dans une douce lumière jaune. L'effet chaleureux était gâché par l'état du lit. Le matelas était en travers et les draps froissés formaient une boule de tissu par terre. Alrine se retourna vers Deïna :

— Vous êtes entrée, je suppose ?

— Oui. Par contre, je n'ai touché à rien.

La policière fit la moue. Cinquante pour cent de bons réflexes... Mieux que prévu, mais insuffisant pour ne pas brouiller les pistes.

Elle glissa une main dans sa veste et en sortit un objet de forme ovoïde, semblable à un petit œuf métallique : un *renifleur*. L'appareil posé au creux de sa paume, elle tendit le bras et ordonna :

— Scan ADN complet.

Le renifleur s'envola brusquement, et, tel un bourdon de

chrome en colère, fila d'un bout à l'autre de l'appartement à plusieurs reprises, projetant un champ lumineux verdâtre. Il finit par ralentir, pour se stabiliser devant le visage d'Alrine et émettre trois bips.

Elle récupéra l'objet tandis que son navcom interprétait les données récoltées. La pièce contenait les traces d'ADN de Cole en quantité importante et des fragments d'une vingtaine d'autres individus d'espèces variées.

Rien d'inattendu. Alrine s'approcha du matelas et contempla une tache brunâtre : le sang qui inquiétait tant Deïna.

Plantée légèrement en retrait, celle-ci l'observait. Alrine la dévisagea et décida d'être directe :

— De quel type est votre relation avec Cole Vassili ?

Au lieu de paraître embarrassée par la question personnelle, un vague amusement transparut dans les yeux de la guide :

— Professionnelle, uniquement. Monsieur Vassili est membre d'un puissant consortium. S'il lui arrive malheur, je risque de perdre une bonne partie de ma clientèle... Éviter ce genre de désagrément relève de mes fonctions. S'il est vraiment important pour ses employeurs, ils pourraient aller jusqu'à me poursuivre en justice.

Alrine retint un soupir. Ici aussi, les grandes corporations avaient plus de poids que n'importe quel individu.

— D'accord. Savez-vous où il était censé aller aujourd'hui ?

La rousse hésita :

— À l'ambassade vohrn...

— Et vous vous êtes assurée qu'il ne s'est pas rendu là-bas avant de nous appeler, n'est-ce pas ?

Deïna avoua que non et tenta de se justifier :

— Quand j'ai vu le sang sur le lit, j'ai essayé de le joindre et comme il ne décrochait pas, j'ai cru...

La policière l'interrompit de nouveau, contenant mal une soudaine irritation :

— Cru quoi ? Qu'il avait saigné du nez ? Que son coup d'un soir lui avait griffé le dos ?

Profondément gênée, Deïna resta muette. Alrine se calma, regrettant déjà son accès de colère. Puisqu'elle était là, autant en finir. D'un revers de la main, elle balaya l'affichage de son navcom, et demanda une connexion avec l'ambassade. Après ce que lui avait dit Mallory au sujet du vohrn, elle préférait éviter de s'y rendre.

Une Intelligence Artificielle lui répondit :

— Monsieur Vassili s'est bien présenté chez nous. Il est ensuite reparti en compagnie du gibral Kreygn. Ils devaient visiter un secteur où installer des locaux en vue d'une possible collaboration entre les vohrns et Milankovic, son employeur.

Alrine coupa la communication. Par réflexe professionnel plus que par véritable intérêt, elle consulta la base de données de la police de Solicor au sujet du gibral.

En lisant les résultats projetés par son navcom, elle fronça les sourcils. Kreygn avait été condamné pour de multiples crimes et portait un traqueur. Moyen commode de garder à l'œil les récidivistes, il s'agissait d'une puce implantée directement dans l'os.

Finalement, il y a peut-être du concret derrière cette pseudo disparition... Faisant jouer ses droits d'accès, elle obtint la localisation du gibral. Il se trouvait à une trentaine de kilomètres de là, dans une zone signalée « non cartographiée ». Intriguée, elle interrogea Deïna à ce sujet.

— Rien d'extraordinaire, répondit-elle. Le secteur en question doit être en travaux. Dans ce cas, l'agencement des couloirs et la position des ascenseurs changent au gré des besoins du chantier. J'ai l'habitude des niveaux en construction. Si vous souhaitez y aller, mieux vaut que je vous accompagne.

Alrine pesa le pour et le contre. À l'évidence, Deïna voulait se rendre utile, cependant avoir une civile dans les pattes pouvait s'avérer une très mauvaise chose. D'un autre

côté, pourquoi perdre du temps à errer dans des couloirs alors qu'elle avait une guide sous la main ?
— C'est d'accord. On y va ensemble.
Deïna la mena à travers le dédale de la ville-monde avec l'assurance procurée par une longue expérience. Très vite, Alrine s'aperçut qu'une bonne partie des passages qu'elles empruntaient ne figuraient pas sur les plans des navcoms. La guide était efficace : un quart d'heure suffit à couvrir la distance vers le secteur indiqué par le traqueur du gibral.
Toutefois, une surprise les attendait : l'endroit n'était pas en travaux, mais à l'abandon.
En voyant l'étroit couloir sale et mal éclairé qui s'ouvrait devant elles, Alrine regretta d'avoir accepté l'offre de Deïna : une disparition qui n'en était pas une, un alien criminel, un homme d'affaires injoignable et une IA dont les informations ne correspondaient pas à la réalité... Tous les ingrédients étaient réunis pour un coup foireux. La policière aurait été beaucoup plus à l'aise avec Laorcq à ses côtés.
Elle décida de l'appeler. Il lui répondit immédiatement :
— Alrine ! Torg et moi avons eu une intéressante conversation avec les xilfs. Tu n'imagines pas...
— Pas maintenant, s'il te plaît, le coupa-t-elle. J'ai besoin de renforts.
Elle résuma la situation en quelques mots.
— En effet, c'est louche, lui confirma-t-il. On vous retrouve tout de suite. Garde ta ligne ouverte, je te raconte notre balade chez les xilfs.
Sur ses gardes, la policière les attendit en compagnie de Deïna. La voix de Laorcq lui narrait les exploits de Torg et les informations obtenues de Frrrj.
Tout en l'écoutant, Alrine s'inquiétait de plus en plus. Elle songea à s'éloigner du secteur abandonné pour y retourner après. Ses pensées revenaient sans cesse à la même idée : une piste trop facile à suivre et un coin à l'écart des zones fréquentées, voilà qui sentait bon le traquenard.
Ses craintes furent très vite justifiées : Laorcq et Torg

étaient encore à vingt niveaux, quand cinq aliens dont la silhouette évoquait un croisement de crustacé et de centaure foncèrent vers elles...

Alrine les contempla avec dépit : des orcants ! L'espèce contre laquelle les humains avaient lutté pour la domination du système de Procyon. En temps normal, les chances qu'ils passent leur chemin tranquillement auraient été des plus minces. Dans le contexte actuel, ils ne pouvaient qu'être là pour s'en prendre à elle et Deïna.

La policière jura entre ses dents. Elle ne disposait que de son arme de service, un malheureux revolver de petit calibre. Tout juste de quoi érafler la carapace de ces aliens quadrupèdes. Deïna s'était figée, tendue sans être paniquée pour autant. Alrine nota avec soulagement la capacité de la guide à rester calme. Du bout des lèvres, elle murmura à l'attention de Laorcq :

— Trop tard. Cinq orcants, autant d'armes à feu.

Elle n'eut pas le loisir d'en dire plus. Un des aliens bondit vers elle et lui plaça le canon de son pistolet contre le front :

— La ferme, cracha-t-il à travers un boîtier traducteur. Donnez vos navcoms et le revolver. Vite !

Alrine obtempéra, imitée par Deïna. Les orcants les poussèrent ensuite à l'intérieur de la zone à l'abandon...

Entre Mallory et la monumentale Aldébaran béait un gouffre d'espace, que l'étoile géante baignait d'un éclat orangé. Comme si la pilote ne se sentait pas assez minuscule, la structure du vaisseau inachevé paraissait s'étendre à l'infini sur les côtés, en haut et en bas. Elle se retourna, pour découvrir la porte du sas fermée. *Évidemment. Pas la peine d'aller vérifier si elle est verrouillée...*

Isolée en plein chantier naval avec une horde extraterrestre se précipitant sur elle, Mallory laissa de côté les questions qui lui venaient à l'esprit. Apprendre comment et pourquoi des spicans s'apprêtaient à nuire à une humaine pouvait attendre.

Les grands aliens à quatre bras à sa poursuite, elle s'enfonça vers le cœur de l'immense paquebot en construction. Poutrelles et panneaux métalliques saillaient de toutes parts, offrant une multitude d'abris qui constituaient également des obstacles. Un véritable labyrinthe en trois dimensions.

Dès les premières secondes, une course poursuite mortelle s'engagea : dans un tel environnement, la moindre maladresse pouvait s'avérer fatale. Pire, Mallory réalisait avec effroi que sa maîtrise de l'apesanteur était des plus rouillées. Au bord de la panique, elle perdit un temps précieux avant de retrouver les bons réflexes. Le silence absolu dans lequel elle évoluait exacerbait sa tension.

Concentrée sur sa progression, elle faillit manquer une prise quand la voix de Jazz jaillit dans les écouteurs de sa tenue spatiale :

— Mallory ! Que se passe-t-il ? À entendre ta respiration, tu vas faire une crise cardiaque !

— J'ai une troupe de spicans aux fesses et je dois me balader en gravité zéro ! C'est le moment d'avoir une idée de génie si tu veux pas te trouver une autre capitaine !

À bord du *Sirgan*, Jazz bascula aussitôt en mode d'urgence. Un cocktail de stimulant se diffusa dans le réseau sanguin qui le maintenait en état, accélérant ses capacités cognitives. Les systèmes du vaisseau accordèrent une priorité maximale aux requêtes de l'Intelligence Naturelle et devinrent ainsi une légion cybernétique à ses ordres.

Armé des autorisations prodiguées par Alrine, Jazz balaya la toile informatique de Solicor en une poignée de secondes. Le stockage de données des chantiers navals fut forcé et décrypté dans la foulée. L'analyse des plans du paquebot en construction s'apparenta à une formalité.

Revenant difficilement à un train de pensée normal, il rouvrit la ligne vers sa capitaine :

— C'est bon. Tu vas foncer vers le tube synergétique numéro trois. Il a été mis en service récemment, je t'envoie l'itinéraire.

Avec soulagement, Mallory vit s'afficher un schéma du navire de plaisance dans un coin de sa visière, tandis que le chemin à suivre était mis en surbrillance devant elle.

Au gré de sa course effrénée, les réflexes lui revenaient, facilitant sa progression. Sa respiration devint plus régulière, ses gestes plus assurés. Enhardie, elle commença à se jeter d'une partie à l'autre de la structure en construction, prenant le risque de partir à la dérive en échange d'une avance confortable sur ses poursuivants.

Elle parvenait en vue du groupe propulseur, quand un choc brutal la projeta contre une poutre, où elle rebondit avant de s'échouer une centaine de mètres plus loin. Une multitude de signaux rouges apparurent brièvement sur sa visière. Par chance, la combinaison avait conservé son intégrité. Elle regarda autour d'elle, fouillant des yeux l'amas de métal et de composite où elle avait fini.

Presque trop tard, elle découvrit son agresseur : un robot ovoïde, équipé de bras extensibles terminés par des appendices préhensiles. Grâce à ses membres démesurés, il se mouvait comme un singe dans une jungle de fer. Passant d'une plateforme à l'autre, il s'accrochait aux poutres qui constituaient le squelette du vaisseau et se balançait vers l'avant. Mallory comprit qu'il s'était contenté de la percuter de toute sa masse...

Peu encline à subir de nouveau le même traitement, elle bondit énergiquement sur la droite au moment où la machine folle se jetait sur elle. Entraîné par une importante inertie, le robot heurta durement la structure d'acier là où Mallory se tenait un instant plus tôt. Elle n'eut pas le temps de se réjouir : les spicans n'étaient pas loin derrière elle. Reprenant sa course, elle s'élança vers le tube synergétique indiqué par Jazz.

Toujours guidée par son navcom, elle aboutit devant une écoutille qui s'ouvrait en manœuvrant un levier à l'épaisseur d'un bras. Elle l'empoigna solidement et, profitant de l'apesanteur, balança son corps vers l'avant d'une franche poussée de ses deux jambes. Elle effectua une sorte de salto sans lâcher prise et parvint ainsi à basculer le lourd levier. Déverrouillée, la trappe s'escamota d'un seul coup. Mallory la franchit et s'introduisit au cœur du système de propulsion. Elle découvrit un immense cylindre aux parois lisses et sombres. Il devait mesurer près de mille mètres de long pour cinq cents de diamètre.

Si elle avait une vague idée du plan de Jazz, elle était certaine que la moindre erreur lui coûterait la vie : une simple mise à feu du tube libérerait assez d'énergie pour arracher une lune à son orbite...

— Jazz ? Je suis dans le propulseur, confirma-t-elle.

— Bien. À quelques mètres de toi se trouve un panneau de maintenance. Connecte-toi dessus et ne t'inquiète pas pour les autorisations : je t'ai enregistrée dans le système.

Mallory suivit les instructions de son Intelligence Naturelle. La combinaison qu'elle portait était équipée d'un mince filin terminé par un connecteur standard. Le branchement établi, son navcom émit le bip caractéristique du transfert de données.

N'y tenant plus, elle demanda :

— Bon. Tu m'expliques ce qui va se passer ?

— J'ai injecté de nouvelles commandes dans le microprogramme du groupe synergétique. À mon signal, le tube s'activera partiellement et sera parcouru de brutales décharges d'énergie. Tes poursuivants seront réduits en particules...

— Et moi ? s'enquit Mallory sur un ton peu convaincu.

— Tu ne risques rien ! J'ai calculé le tout pour qu'une zone sûre se forme. Les coordonnées viennent d'être enregistrées dans ton navcom. Dépêche-toi de t'y rendre !

Les spicans s'engouffraient déjà dans le système de propulsion, empruntant la trappe restée ouverte. Mallory prit position dans la zone sécurisée, une centaine de mètres plus loin. Alors que les aliens fonçaient vers elle, la voix de Jazz jaillit à travers le navcom :

— C'est parti !

Malgré la combinaison spatiale, Mallory sentit ses cheveux se dresser sur sa nuque.

Le tube parut briller par endroits, se peignant d'un vert phosphorescent. Un premier flash apparut et tout s'accéléra : une multitude d'éclairs zébrèrent le gigantesque cylindre. Au lieu de disparaître aussitôt, comme elle s'y attendait, ils gagnèrent en intensité et fusionnèrent en de véritables torrents d'énergie. Pris dans ce maelström, les spicans furent frappés un à un et réduits à néant. Dès que la foudre touchait l'un d'eux, son scaphandre semblait s'illuminer de l'intérieur avant d'éclater soudainement tel un ballon trop gonflé. Il ne restait des spicans qu'un amas de cendre flottant dans le tube, un brouillard macabre déchiré par les trombes électriques.

En dépit de sa visière polarisée, les yeux de Mallory souffraient de la luminosité dégagée par l'orage artificiel. À l'attention de Jazz, elle lança :

— Arrête maintenant ! Ils sont tous morts !

Pas de réponse. Elle vit les flashs diminuer d'intensité puis reprendre de plus belle.
— Jazz ! hurla-t-elle. J'ai dit stop !
— Désolé Capitaine, j'ai perdu le contrôle du tube...

Au moment où la communication avec Alrine s'interrompit, Laorcq jura copieusement, attirant le regard des non-humains autour de lui. Trop inquiet pour se préoccuper des réactions qu'il suscitait, il se tourna vers Torg :
— On se grouille ! Alrine et la guide se sont fait coincer par une bande d'orcants. On va rapidement savoir ce que vaut la parole de Frrrj !
Sur ces mots, il tenta de joindre le xilf. L'extraterrestre ne répondit pas tout de suite, mettant la patience de Laorcq à rude épreuve :
— Humain, pourquoi me contacter si vite ?
— Nous avons besoin vous. Deux des nôtres sont prisonniers dans une zone désaffectée. Cinq orcants sont impliqués, peut-être plus.
— Vous n'avez encore rien fait pour nous et vous réclamez notre appui. Ce n'est pas très bon signe.
Laorcq laissa échapper un grognement de dépit :
— Si nous les affrontons en sous-nombre, nous risquons d'y rester ! Une fois morts, on ne vous aidera pas beaucoup...
L'argument porta. Frrrj accepta d'envoyer une dizaine des siens. Ils les rencontrèrent une centaine de mètres plus loin. Pour les rejoindre aussi aisément, les minces aliens aux gros yeux de mouche devaient être dans les parages. Laorcq en déduisit que les xilfs les surveillaient. Vu les circonstances, il

n'allait pas s'en plaindre...

Instinctivement, il nota les éraflures qui ornaient leur corps et la présence de baudriers lestés d'armes. Il s'agissait a priori de combattants expérimentés. Rassuré, il pressa le pas, guidant la petite troupe vers les coordonnées transmises par Alrine.

Ils parvinrent rapidement au secteur abandonné et s'engouffrèrent dans le couloir mal éclairé, pour découvrir qu'il se divisait en plusieurs chemins. L'endroit formait un véritable enchevêtrement de corridors et de puits d'accès à d'autres niveaux. Heureusement, la piste laissée par les orcants se révéla facile à suivre. Les pattes aux extrémités pointues des centaures à carapace avaient marqué le sol.

Six xilfs se séparèrent du groupe. Craignant que l'on cherche à les piéger comme Alrine et Deïna, ils s'éparpillèrent au gré de nouveaux embranchements. Approbateur, Laorcq nota qu'ils bloquaient systématiquement toutes les portes.

Enfin, Laorcq et ses compagnons débouchèrent près d'un large passage. Avec un signe de la main, il indiqua aux aliens de rester en arrière. Il s'agenouilla au bord de l'ouverture et avança prudemment la tête, en demeurant dans l'ombre du couloir. Il observa les lieux : un vaste espace dégagé, sorte de hall bardé de panneaux en composite, baignant dans la lueur orangée d'une rangée de projecteurs. Probablement un secteur destiné à recevoir des modules d'habitation.

Tout au fond se situaient trois portes à doubles battants, gardées par les cinq orcants.

Il recula et chuchota à l'attention de Torg et des xilfs :

— Quelque chose cloche. Enlever deux personnes et attendre sagement qu'on vienne leur tomber dessus ? Ça n'a aucun sens...

Le cybride plia ses deux mètres cinquante vers l'humain. Avec le plus grand sérieux, il déclara :

— J'ai une idée. On fonce les réduire en miettes, mais on en laisse un ou deux en vie et on les interroge pour savoir ce qu'ils voulaient faire.

Les xilfs qui les accompagnaient approuvèrent immédiatement le plan du cybride. Laorcq porta une main à son front et soupira. Torg s'embarrassait rarement de subtilité, pas besoin de l'encourager...

Il s'efforça de tempérer leur ardeur :

— Je n'ai qu'une arme et Torg ne sera efficace qu'au corps à corps. Je ne pense pas que les attaquer de front soit une bonne idée.

L'un des xilfs exhiba alors un objet tiré de son baudrier : on aurait dit deux stylos, reliés entre eux par un fil d'acier tressé.

— Nous allons passer par le niveau supérieur.

Le xilf en question, nommé Drizzl, prit la tête du groupe et les guida dans le dédale de tunnels. Ils franchirent une distance qui parut interminable à Laorcq et Torg, montèrent le long d'une échelle, marchèrent de nouveau, dévalèrent un escalier métallique couvert de rouille et, enfin, s'arrêtèrent au beau milieu d'un couloir.

Drizzl s'accroupit sur ses quatre jambes aussi fines que des pattes de cigognes et disposa son étrange appareil par terre. L'un des stylets se planta fermement dans le sol tandis que l'autre se mit à parcourir un cercle autour de lui.

— Les orcants sont juste en dessous, affirma Drizzl. Dès que l'ouverture sera prête, nous nous jetterons sur eux.

Laorcq allait lui reprocher d'agir dans la précipitation, puis se ravisa. Au moins, il savait maintenant comment les xilfs s'étaient introduits dans l'ambassade vohrne.

Il tapota sa montre, dans laquelle se dissimulait son navcom. Celui-ci était capable de détecter la présence d'êtres vivants dans un rayon de quelques mètres, et ce à travers de nombreux matériaux.

Un hologramme s'afficha, montrant les cinq silhouettes des orcants en rouge orangé. De l'autre côté de la ligne bleue d'une cloison se tenaient deux formes différentes, plus petites et de couleur moins vive : Alrine et Deïna.

Bon. Il n'y a pas d'orcant avec elles. On peut se permettre de foncer...

À peine cette conclusion tirée, l'appareil du xilf cessa de tourner en rond. La surface du cercle fraîchement tracé se désagrégea, comme si le sol perdait sa cohérence. Dans un nuage de poussière un trou circulaire apparut à leurs pieds.

Sans laisser à quiconque le temps de réagir, Torg se jeta pieds joints à travers. Un répugnant bruit d'œuf brisé retentit. Laorcq se pencha au-dessus du trou : le cybride venait d'atterrir sur un orcant qu'il avait écrasé brutalement sous ses cent quatre-vingt-dix kilos. Manquant de glisser sur l'amas de viscères répandu, il se lança aussitôt sur les autres ravisseurs...

VI
SABORDAGE

Jazz était furieux de sa propre bêtise. Trop sûr de lui, il avait lancé l'ouragan énergétique dans le tube sans prendre la peine de vérifier la stabilité de son programme. S'il ne trouvait pas une solution dans les trois dixièmes de seconde qui suivaient, Mallory serait vaporisée...

De nouveau sous l'emprise des stimulants, le cerveau intégré au *Sirgan* décortiqua une deuxième fois les plans du paquebot en construction. Il repassa au crible les diagrammes du propulseur synergétique.

Deux dixièmes de seconde.

Il découvrit une échappatoire, mais elle impliquait la destruction du vaisseau. *Rien à foutre. La vie de la petite importe plus qu'un monumental tas de ferraille.*

Un dixième de seconde.

Il injecta une nouvelle série de commandes dans l'unité de contrôle. Le déferlement d'énergie cessa dans la foulée, remplacé par une vibration si forte que le tube paraissait prêt de se briser en morceaux.

Jazz effectua un pénible retour au rythme de la pensée humaine et bascula sur la ligne du navcom :

— Mallory ! Dégage ! Vite ! Jette-toi dans le vide en prenant le plus d'élan possible ! Tout va péter dans une minute max !

À l'intérieur de l'immense tuyère, la pilote réagit tout de suite. Un point d'appui déniché, elle cala ses pieds contre la paroi, plia les genoux et, d'une franche détente, se jeta sans hésitation dans le vide spatial.

Tandis qu'elle s'éloignait du paquebot à une lenteur exaspérante, elle remarqua :

— Le chantier naval est plein de monde. Ça va être un vrai massacre !

De nouveau pris en faute, Jazz jura copieusement avant de déclarer sur un ton d'excuse :

— Je viens de forcer les systèmes du propulseur à lancer une alarme générale.

Les employés quittèrent aussitôt leurs postes. Contrairement à Mallory, ils parvinrent à rejoindre des nacelles de secours : de simples cubes nantis de réacteurs conventionnels, capables d'une unique manœuvre, prédéfinie par le protocole d'évacuation. Elles s'écartèrent du chantier en un rien de temps, pareilles à des guêpes qui auraient soudainement décidé d'abandonner leur nid.

De son côté, Mallory poursuivait sa course dans le vide. Emportée par son élan, elle s'éloignait en marche arrière. Elle avait tout le loisir de contempler le gigantesque anneau qui entourait Solicor. Il projetait une ombre sur l'équateur de la planète, la coupant en deux hémisphères où le blanc des nuages se confondait avec la surface grise de la ville-monde. Un panorama spectaculaire, relégué au second plan par le drame qui se jouait sous ses yeux : victime de l'emballement du tube synergétique trafiqué par Jazz, le paquebot inachevé s'était arraché de son emplacement et se démantelait petit à petit. Un vortex d'énergie pure remplaçait désormais le propulseur et distordait la carcasse du léviathan spatial mort-né. Mallory vit des débris de la taille d'un cargo s'en détacher et partir à la dérive.

Un frisson d'angoisse la parcourut quand elle imagina les dégâts que pourrait causer l'un d'eux s'il plongeait vers la planète surpeuplée...

Heureusement, les gibrals avaient prévu cette éventualité : une armada de vaisseaux équipés de grappins magnétiques et de bras de manutention arriva sur les lieux. Ils entreprirent immédiatement de contenir la colossale hémorragie d'acier et de composite.

Sur la ligne toujours ouverte, Jazz marmonna tel un gosse obligé d'avouer une bêtise :

— Bon. Entre l'alarme et la flotte de sécurité, il ne devrait pas y avoir de morts ni de blessés...

Réduite à l'impuissance, Mallory ne put s'empêcher un commentaire acerbe :

— Rien qu'un navire de plaisance parti en miettes et dont je ne préfère pas imaginer le prix. J'espère que tu n'as pas laissé de traces. Si jamais on nous accuse d'avoir provoqué sciemment la destruction d'un paquebot, même les vohrns ne pourront pas nous couvrir...

— Ne t'inquiète pas pour ça, aucune chance que l'on remonte jusqu'à moi. Ah ! Je t'ai envoyé l'aéroglisseur. Au moins, trimbaler ce jouet aura servi à quelque chose.

— Bonne idée ! Ça grouille de vaisseaux de la sécurité ici, j'ai peur que l'un d'eux ne me découvre...

— Relax ! Tu devrais apercevoir l'aéro d'ici deux, trois minutes.

Effectivement, elle repéra peu après le petit appareil en

forme de larme. Sa coque rouge sombre flotta vers elle, tandis qu'une des portières en élytre s'ouvrait.

Conçu à l'origine pour le vol en atmosphère, l'aéro avait été modifié et amélioré par les vohrns : il pouvait naviguer d'une planète à l'autre. Sa capacité à rester indécelable par la majorité des systèmes de détection compensait largement son rayon d'action limité. Conquis de haute lutte à son ancien propriétaire, un assassin lancé à ses trousses par un industriel véreux, Mallory l'avait réclamé en guise de bonus à la signature de son contrat avec les vohrns.

Dès qu'il fut assez proche, elle agrippa le siège du pilote et se glissa aux commandes. La portière se rabattit et l'habitacle se repressurisa rapidement, au grand bonheur de Mallory qui put ainsi se débarrasser du casque de sa combinaison.

Elle empoigna le volant en forme de U, mais ne mit pas le cap vers le *Sirgan*. Elle venait de se souvenir d'une des informations découvertes par Jazz : l'ambassadeur Jarvik s'était rendu récemment sur Volda, une autre planète du système d'Aldébaran.

Une lueur de malice éclaira ses yeux sombres. Pour le moment, ceux qui avaient tenté de la tuer devaient la croire morte dans la destruction du navire. *Autant en profiter.* Elle quitta l'orbite de Solicor, décidée à apprendre ce que pouvait tramer le vohrn dérangé.

Après des heures de navigation, Mallory toucha au but. Elle observa les éléments projetés devant elle par le navcom de bord. À première vue, Volda n'était qu'une malheureuse planète naine inapte à accueillir la vie. Quand elle put la distinguer directement à travers les vitres de l'aéro, la vision d'un astre noir et uniforme confirma son impression.

Elle se demanda si elle n'avait pas suivi une fausse piste. Il n'y avait rien à tirer d'un monde pareil…

Pourtant, un nouvel ensemble de données remplaça soudainement les informations officielles. Le radar embarqué signalait un vaisseau à proximité et, chose plus surprenante encore, des traces d'activité récentes à la surface de Volda.

Intriguée, Mallory se dirigea vers le navire inconnu. En restant assez loin, son minuscule appareil ne serait pas détecté.

Pendant quelques minutes de vol à vitesse modérée, elle se fia aux coordonnées indiquées par le navcom. Enfin, elle découvrit ce qu'elle prit tout d'abord pour le navire le plus étrange qu'il lui avait été donné de rencontrer. Elle pensa avoir affaire à un gigantesque croiseur vaguement sphérique et, aussi incroyable que cela pouvait paraître, dépourvu de tube synergétique. Un examen attentif révéla une concentration de milliers d'appareils de faible tonnage. De forme octogonale, ils présentaient tous la même épaisseur, pour une envergure variant du simple au quadruple.

Cette multitude de vaisseaux évoluait en une formation serrée, qui les inscrivait dans une bulle avoisinant les cent kilomètres de diamètre. D'où la confusion au premier regard...

Ce n'est pas un grand navire, mais un essaim !

La curiosité l'emporta sur la prudence : la pilote se risqua un peu plus près. L'aggloméra d'octogones lui évoqua une fleur de chardon, les arêtes vives des coques géométriques figurant les épines. Et, tout comme celles de la plante, elle eut l'intuition que s'y frotter ne serait pas agréable.

Sans cesser de surveiller l'essaim, elle ouvrit une connexion avec le *Sirgan* :

— Jazz ? Je t'envoie les images de navires inconnus. Essaie de voir si tu as des infos dessus.

L'Intelligence Naturelle répondit après une poignée de secondes :

— Que dalle, Capitaine. Ces machins sortent de nulle part. Et franchement, ils ont une sale gueule. Puis-je te suggérer de déguerpir vite fait ?

Mallory considéra à peine l'idée. Les vohrns ne l'avaient pas engagée pour qu'elle se sauve à la moindre alerte.

— Non. Les scans ont relevé de l'activité sur Volda. Je

veux y jeter un œil avant de rentrer...

À la vue de leur compatriote soudainement broyé sous la masse de Torg, les orcants stupéfaits furent paralysés. Le cybride en profita pour se précipiter sur le plus proche et l'assomma d'un formidable coup de son poing renforcé d'acier, tandis que les xilfs tombaient un à un du trou pratiqué dans le plafond pour se joindre à la mêlée.

Au bord de l'ouverture circulaire, Laorcq ne distinguait que des ombres. Les xilfs bougeaient assez vite pour sembler invisibles. Avec la grâce de danseurs, ils esquivèrent les lourdes tentatives d'attaque des orcants et frappèrent sans pitié. Nantis d'armes blanches à mi-chemin entre sabres et aiguilles géantes, ils éliminèrent les ravisseurs avant qu'ils ne puissent ouvrir le feu. Au désespoir de Laorcq, qui doutait fort d'avoir un survivant à interroger. Les aliens aux yeux de mouches ne brillaient pas par leur finesse.

Quand, suspendu au bout d'un mince filin, il toucha la surface du niveau inférieur, tout était déjà fini.

— Eh bien, entre la bouffe et la baston, tu as trouvé de bons copains...

Torg, qui fréquentait les humains depuis des années, répondit par un sourire se voulant complice. Hélas, avec sa bouche presque aussi large que sa tête et ses rangées de dents pointues, l'effet était plutôt glaçant...

Laorcq reporta son attention sur les extraterrestres étalés au sol. Une chose le gênait :

— C'est étrange. Les orcants sont plus coriaces que ça, normalement. Ils avaient l'air... Je ne sais pas, endormis ou drogués.

— Pas faux, admit Torg. Ils ne m'ont pas touché une seule

fois.

Le cybride se pencha sur l'un des corps et s'en saisit d'une main, pour l'exhiber telle une vulgaire poupée de chiffons :

— Regarde, celui-là est encore vivant ! On va pouvoir l'interroger.

Agréablement surpris, Laorcq lui demanda de garder un œil dessus avant de se diriger vers la pièce où se trouvaient Alrine et Deïna.

La porte était maintenue fermée par une simple barre d'acier. Il la fit glisser de son logement et pénétra à l'intérieur. Les deux femmes étaient indemnes, si l'on faisait abstraction de l'humeur massacrante de la policière :

— Envoyée sur une fausse piste et coincée par cinq crétins. J'ai l'impression d'être une bleue ! C'est nul.

Laorcq comprit aussitôt que la fierté d'Alrine en avait pris un coup. Au lieu de tenter vainement de la réconforter, il s'efforça de canaliser sa colère :

— On a fait un prisonnier, tu devrais l'interroger...

Le regard dur, Alrine redressa les épaules et quitta la pièce :

— Avec plaisir !

Laorcq exhorta Deïna à suivre la policière. Il ne voulait rien perdre de la scène qui s'annonçait.

Une fois dans le grand hall à la charpente métallique, Alrine contempla le carnage perpétré par ses sauveteurs. Quatre cadavres orcants, dont un semblait être passé sous un rouleau compresseur... Les sourcils froncés, elle s'approcha de Torg et pointa du doigt l'alien écrabouillé :

— C'est ton œuvre, je suppose ?

Le cybride émit un grognement coupable et fixa le sol d'un air gêné. Alrine bénéficiait d'un don peu commun : la capacité de gronder un géant invincible comme s'il s'agissait d'un gosse.

Laorcq eut un sourire en découvrant que la guide observait Alrine avec de grands yeux. Le spectacle était d'autant plus improbable que Torg tenait toujours à la main l'orcant

inconscient...
Alrine se pencha vers ce dernier. D'un geste brusque, elle planta ses index et majeur raidis sous la mâchoire proéminente de l'alien. Laorcq se souvint qu'à cet endroit, les orcants possédaient une minuscule zone pareille aux ganglions humains et hypersensible.
L'extraterrestre revint à lui en braillant. Torg passa dans son dos et attrapa son autre bras pour l'immobiliser complètement. La policière fixa l'alien droit dans les yeux et lança :
— Réveillé ? Parfait. Nous allons pouvoir discuter tranquillement...
Alrine étant tout à son affaire, Laorcq se tourna vers Deïna :
— Pas trop chamboulée ?
La femme secoua la tête.
— Non, mais je ne comprends rien... Nous étions à la recherche de Cole Vassili. L'IA de l'ambassade nous a envoyées ici et soudainement ces orcants nous ont agressées avant de nous enfermer !
Il attendit qu'elle se calme un peu et poursuivit :
— Avez-vous vu ou entendu un détail qui pourrait nous aider ?
Elle réfléchit brièvement, puis déclara :
— L'un d'eux m'a examinée en détail. Après, il s'est mis à discuter avec les autres. Il n'a pas débranché son traducteur tout de suite. Il parlait d'une humaine portant des tatouages...
Laorcq contempla le fin réseau de lignes argentées qui parcourait la peau noire de Deïna. Les orcants avaient fait erreur sur la personne. Si on la remplaçait par Mallory dans l'équation, l'incident prenait du sens : la pilote venait de fourrer son nez dans les affaires de Jarvik. Cela n'était en rien une coïncidence si l'IA de l'ambassade avait envoyé Alrine et la guide dans les pattes de porte-flingues, justement à la recherche d'une femme tatouée.

Laorcq n'aimait pas la tournure des évènements. Sans l'aide des xilfs, même Torg n'aurait pu régler leur compte à cinq orcants, aussi endormis fussent-ils. À l'évidence, Jarvik avait orchestré le tout pour se débarrasser de Mallory. Restait à savoir si la disparition de Vassili avait été également provoquée par le vohrn.

— Nous allons continuer à enquêter sur votre client, mais sans vous, expliqua-t-il à Deïna. En attendant, pas un mot à qui que ce soit et tenez-vous loin de l'ambassade et de Jarvik.

Ayant terminé avec elle, Laorcq demanda à deux des xilfs de l'accompagner jusqu'à un secteur où elle serait en sécurité.

Il regarda l'humaine s'éloigner, encadrée par les extraterrestres filiformes, puis rejoignit Alrine.

L'air dépité, elle grogna :

— Nous allons avoir besoin d'une autopsie ! J'ai posé deux questions à l'orcant et il s'est écroulé raide mort, sans rien lâcher.

Laorcq réfléchit un instant :

— Un blocage cérébral ?

La policière fit la moue :

— Je ne pense pas, ça a été beaucoup trop soudain. J'espère qu'un légiste pourra nous en dire plus.

L'accumulation de faits et de comportements insensés rendait Laorcq soupçonneux. Il décida de remettre les cadavres orcants aux xilfs. Curieusement, Frrrj lui paraissait être la seule personne digne de confiance sur Solicor. La rude sincérité dont il avait fait preuve n'y était sans doute pas étrangère...

Les humains et Torg se séparèrent des xilfs en quittant les lieux. Revenus dans les zones habitées, Laorcq et Alrine s'apprêtèrent à prendre la direction de leur hôtel. Ils s'aperçurent que les passants étaient agités, comme si quelque chose de particulièrement grave s'était produit.

Dans son dos, Laorcq entendit la voix du cybride :

— Je n'arrive pas à joindre Mallory. J'ai un mauvais

pressentiment.

S'assurant que Torg et Alrine puissent également écouter, Laorcq ouvrit une ligne vers le *Sirgan*. Ils eurent droit à un résumé des récentes aventures de la pilote. Quand Jazz leur raconta la bourde commise avec le propulseur du navire en construction, le cybride s'emporta :

— Quoi ? Tu as failli la tuer ? Espèce de bout de viande en conserve !

Toujours en orbite autour de Volda, Mallory contemplait l'agrégat de navires inconnus avec un malaise croissant. Qu'ils ne figurent dans aucune banque de données était des plus curieux. Qui avait pu construire et mener dans un système aussi peuplé une flotte d'une telle envergure sans laisser de traces ?

La tête pleine de questions, elle mania d'un geste sec les commandes de l'aéro. Il vira à cent quatre-vingts degrés et fonça sur Volda.

La petite planète ressemblait à une boule de charbon. Alors qu'elle emplissait progressivement la baie du cockpit, le navcom de bord guida la pilote vers la surface, en direction des signes d'activité détectés plus tôt.

Le terrain était étrangement uniforme. De loin en loin se trouvait un vague relief, mais pas un seul pic ou le moindre canyon. Mallory avait l'impression de parcourir un monde aplati et lissé mille fois par une armée de bulldozers, au point que son histoire elle-même avait été effacée.

Au milieu de ce désert monotone se dressait un cylindre de béton presque aussi sombre que le roc de la planète. Sur l'étendue froide et sinistre qui recouvrait cet astre, la présence d'un bâtiment semblait incongrue. Il était nettement plus large que haut et, constata la pilote, pourvu d'au moins trois ouvertures.

La disposition des lieux était une calamité : si l'aéro pouvait se rendre invisible et ne laisser aucune trace de son passage aux abords d'un monde tel que Solicor, il en allait tout autrement sur une planète déserte. La moindre dépense d'énergie ferait l'effet d'une éruption solaire et serait aisément détectée.

Mallory se trouvait contrainte d'atterrir à une grande distance, pour ensuite approcher à pied, le plus discrètement possible.

Près d'une heure de marche en combi spatiale ! Un vrai bonheur…

Elle posa l'aéro derrière une succession de faibles bosses qui ne méritaient pas le nom de colline. Frappée d'une idée soudaine, elle fouilla chaque recoin de l'habitacle en maugréant :

— Allez ! Je suis sûre d'en avoir laissé traîner un !

Elle faillit renoncer, quand sa main heurta un objet métallique qui se glissa sous le siège passager. Elle l'extirpa de sa cachette et poussa un soupir de soulagement. Elle tenait son arme favorite : un revolver à balles hypertrophes.

Grâce aux billes gélatineuses qu'il crachait et dont la taille centuplait aussitôt sorties du canon, un simple coup au but pouvait mettre hors d'état de nuire n'importe quel agresseur.

Ravie de sa trouvaille, elle appela de nouveau Jazz :

— Je suis sur Volda. Je vais aller visiter un bâtiment qui ne devrait pas être là. Si je ne t'ai pas donné signe de vie d'ici trois heures, préviens les autres…

Il ne dissimula pas son inquiétude.

— Tu n'écoutes jamais rien ! Je le sens pas ce coin, avec ses vaisseaux bizarroïdes et sa planète morte ! On pourra revenir accompagnés de renfort. En trois heures tu peux te faire tuer de dix mille façons, bordel. Sois raisonnable pour une fois…

— Pour l'instant, j'ai disparu dans l'explosion du

paquebot en construction. Autant en profiter. Et j'ai retrouvé un de mes jouets dans l'aéro, j'ai de quoi me défendre... Je te laisse, je préfère opter pour le silence radio au cas où.

— Tête de mule ! s'emporta Jazz juste au moment où elle coupait la liaison.

L'arme rangée dans une poche placée le long de sa cuisse, elle attrapa le casque de sa combinaison et s'en coiffa de nouveau. Des pictogrammes apparurent sur la visière, d'abord orange avant de changer pour un vert rassurant.

Elle ouvrit la portière, permettant au vide spatial d'engloutir l'air de l'habitacle d'une bourrasque. Ses pieds s'enfoncèrent dans une mince couche de poussière charbonneuse, lui donnant l'étrange impression de marcher sur de la neige noire. Derrière elle, l'aéroglisseur se referma et devint progressivement translucide puis invisible. Sur cette planète monochrome, son camouflage optique faisait merveille...

Comme prévu, Mallory mit une heure pour parvenir à proximité du bâtiment cylindrique. Elle s'arrêta et posa un genou à terre, profitant d'un faible relief de terrain pour se dissimuler.

Les trois ouvertures qu'elle avait remarquées, probablement des sas, étaient closes. Il lui fallait trouver un autre moyen de s'introduire à l'intérieur. Elle scruta les murs de béton à la recherche d'une issue de secours ou de la grille d'un échangeur thermique. Un mouvement près de l'édifice attira son regard. L'endroit était surveillé par des caméras-drones.

— Et merde. J'aurais dû m'en douter, se reprocha-t-elle tout haut.

Elle imaginait déjà Jazz se moquer d'elle quand elle rentrerait bredouille, faute d'avoir pu se glisser dans le bâtiment. Les drones balayaient avec soin les alentours, lui interdisant toute approche. Elle en compta cinq, qui allaient et venaient le long de la construction cylindrique. Agacée, elle porta la main à son arme. Elle fut envahie d'une envie furieuse de jouer au tir aux pigeons, mais dut se retenir. Si elle les détruisait, l'alerte serait immédiatement donnée et elle se retrouverait en vilaine posture. La patience n'étant pas son fort, elle prit sur elle pour rester sans bouger, à observer les lieux.

Elle songeait sérieusement à renoncer et repartir, quand les battants de la porte à proximité s'écartèrent, livrant passage à un groupe d'individus. Elle découvrit des êtres dont la silhouette évoquait de grands humains. Du moins au premier abord. La forme des scaphandres ne correspondait pas tout à fait. Ils portaient une large caisse montée sur une barge antigrav. Après avoir parcouru quelques centaines de mètres, ils s'immobilisèrent et abandonnèrent leur fardeau. La grosse boîte flottait au bord d'une aire nettement délimitée. À bien y regarder, Mallory comprit qu'il s'agissait d'une étendue artificielle, probablement une piste d'atterrissage. Afin de la camoufler, elle avait été recouverte de la même poudre noire qui dissimulait toute la surface de Volda.

Les grands bipèdes retournèrent à l'intérieur du bâtiment, pour en ressortir avec un autre conteneur, qu'ils rangèrent à côté du précédent. Ils répétèrent ce manège à quatre reprises, avant de revenir inspecter les larges boîtes.

Mallory les observa désactiver un à un les supports antigravs, laissant les caisses se poser au sol.

Apparemment, ils s'organisaient en vue du chargement à bord d'un vaisseau. Elle était persuadée que se présenteraient des navires octogonaux issus du gigantesque essaim. L'occasion pour elle d'en voir un de très près et peut-être de découvrir un de leur membre d'équipage.

Enfin, les extraterrestres se retirèrent, abandonnant les six containers au milieu de l'étendue de poussière noire. Mallory soupira : le transporteur pouvait arriver dans dix minutes ou dans plusieurs heures...

VII
FUITE

Cole Vassili reprit brutalement conscience. Allongé sur le dos, un froid glacial le torturait et il sentait qu'une substance poisseuse le recouvrait. Il ouvrit les yeux et aperçut un plafond bas d'un gris pâle, parsemé de moisissures. Une faible lumière nimbait la pièce, lui donnant l'impression de voir en noir et blanc. Il examina avec attention l'épais liquide dont il était barbouillé.

Du sang. Le sien.

À première vue, il avait saigné par tous les pores de la peau. Un souvenir émergea de son esprit embrouillé. Un visage immense, presque difforme, et six paires d'yeux braqués sur lui.

— Le ktol ! comprit-il.

L'étrange objet lui avait agi sur lui. Ou plutôt, ses créateurs. Il aurait pu croire à un rêve, que le gigantesque alien était sorti de son imagination, pourtant sa situation prouvait le contraire.

Il se rappelait précisément des propos de cet alien qui

s'était présenté comme un « primordial » :

— Tu nous serviras. Ton corps nous appartiendra et nous le modèlerons selon nos besoins, ta conscience s'accordera avec la nôtre.

À ce moment, une brûlure s'était répandue de son plexus à l'ensemble de son organisme. En réponse à la promesse du primordial, le ktol lui avait injecté une substance destinée à le transformer.

Ses souvenirs s'arrêtaient là. Il ignorait où il se trouvait exactement et comment il y était parvenu.

Il réalisa qu'il tenait toujours le ktol, ses pointes profondément enfoncées dans la paume. Il tenta d'ouvrir la main, mais elle refusa de lui obéir. Pris d'une soudaine panique, il se servit de l'autre pour essayer d'écarter les doigts crispés autour de l'objet extraterrestre. Ils ne firent que serrer un peu plus, générant une vague de douleur.

Le ktol n'en avait pas terminé, comprit Vassili. Lentement, insidieusement, un lien étroit s'établissait entre lui et l'artefact. Sa conscience s'altéra, d'abord sous la contrainte, puis dans un abandon total quand il cessa de lutter. Les barrières entre lui et le ktol rompues, il fut assailli d'images et de sensations qui n'étaient pas les siennes. Il s'aperçut que l'objet possédait une mémoire et un embryon de volonté.

Suivant les consignes de ses créateurs, il s'évertuait à le transformer en un serviteur docile et performant. Pendant des années, il avait instillé en lui une répugnance absolue envers ses semblables. À chaque fois que l'humain s'était servi du ktol, les drogues diffusées dans son organisme avaient subtilement altéré sa personnalité, le changeant en un agent dévoué à la cause des primordiaux.

Être ainsi dépouillé de son identité génétique aurait dû le terrifier, pourtant il réalisa avec une étrange indifférence qu'il avait un profond désir de transcender sa condition d'humain. Il se demanda brièvement si ce sentiment lui était propre ou induit par le ktol. La question fut effacée de ses pensées. Une infime partie de lui tenta de se rebeller, pour être aussitôt étouffée.

Débarrassé de ces freins mentaux, Vassili accueillit avec un détachement clinique la douleur générée par sa métamorphose.

Les vagues d'inconscience et de souffrance formèrent un cycle qui se répéta une dizaine de fois, l'éloignant progressivement de sa nature fondamentale. À chaque réveil, il se sentait devenir dénué de faiblesse, plus fort, plus capable.

Loin d'Aldébaran, dans un système en bordure de la galaxie, le primordial rompit le lien vers le ktol en émettant un son satisfait. Il avait choisi son nouveau jouet avec discernement. Après des millions d'années de pratique, les risques d'erreur étaient limités…

D'une ancienneté sans commune mesure, les primordiaux avaient affronté et triomphé de toutes sortes de périls, tant extérieurs qu'intérieurs. Guerres, maladies, religions, catastrophes naturelles… Une longue histoire qui comptait tous les drames possibles.

Cette réussite avait prélevé son tribut : ils n'étaient plus qu'une poignée, toutes traces concrètes de leur existence annihilées par le passage du temps.

Aussi puissants que patients, ils considéraient la galaxie et les évènements s'y déroulant comme un spectacle auquel ils pouvaient participer s'ils en avaient l'envie.

Leur grand plaisir consistait à manipuler d'autres peuples. Une sorte de divertissement, dont ils avaient élevé la pratique au rang d'un art. Ils se gardaient pourtant d'agir directement. Grâce à des dizaines de milliers de ktols disséminés dans tous les mondes connus, ils bénéficiaient d'autant d'agents en sommeil. Simples victimes d'une dépendance forte, les adeptes du ktol devenaient de parfaits subordonnés dès qu'un primordial décidait de déclencher une métamorphose.

La rencontre de Cole Vassili avec l'ambassadeur vohrn à la raison vacillante avait suscité l'intérêt de l'un d'eux. Aboutissement des délicates interventions réparties sur des siècles, le système d'Aldébaran allait bientôt être le théâtre d'une tragédie...

Figée, sans rien d'autre à regarder qu'une demi-douzaine de caisses, Mallory s'aperçut que le sommeil la gagnait. En fait, elle ne se souvenait plus vraiment à quand remontait sa dernière nuit. Entre la fusillade à l'ambassade et la course poursuite sur le paquebot en construction, elle n'avait pas pris une seconde pour se reposer. Ses yeux étaient sur le point de se fermer pour de bon. Heureusement, un appareil se présenta aux abords du cylindre de béton, la tirant de sa torpeur. Elle se sentit presque déçue : il ne s'agissait pas de l'un des octogones découverts en orbite de Volda.

L'architecture du vaisseau ne laissa place à aucun doute. De forme à peu près cubique, il était juste assez volumineux pour embarquer les caisses à côté desquelles il venait d'atterrir. Il disposait d'un seul propulseur synergétique, d'à peine un mètre de large.

Un Tal série 50 en configuration cargo, reconnut la pilote. Il s'agissait d'un utilitaire intrasystème, très répandu et un peu vieillot. Normalement, une immatriculation figurait en grandes lettres de chaque côté de la carlingue.

— Et merde. Il a fallu qu'il se pose en me montrant la poupe ! grogna Mallory qui cherchait en vain une inscription.

En effet, si elle put parfaitement voir l'intérieur de la soute quand la rampe s'abaissa, sa position lui masquait toutes les autres faces du cargo. Tout juste distingua-t-elle un caractère qui évoquait un « S », ou peut-être un « 5 ».

Deux hautes silhouettes jaillirent de la soute. Des spicans, reconnaissables à leurs quatre bras. Avec une aisance qui trahissait une longue habitude, ils empoignèrent les containers tels de vulgaires petits colis pour les charger dans le cargo.

La rampe se releva, et, sous l'impulsion des réacteurs d'appoint, le vaisseau quitta le sol. Mallory tenta en vain d'apercevoir son identifiant : il fila dans le ciel piqueté d'étoiles sans changer d'orientation.

Déçue de n'avoir rien découvert de concret, elle scruta de nouveau le bâtiment et les caméras-drones qui volaient autour. Elle caressa brièvement l'idée de s'y introduire, mais y renonça. Elle ne savait rien du nombre d'individus œuvrant à l'intérieur, ni des moyens dont ils disposaient pour repousser un éventuel intrus.

Décidée à revenir avec des renforts, elle entreprit de rejoindre l'aéroglisseur. Elle avançait d'un bon pas. Le mystérieux édifice et son contenu disparurent rapidement derrière elle. Autour d'elle, le terrain plat se couvrait du même manteau noir et épais. À l'horizon, l'étoile géante Aldébaran était réduite à une grosse orange boursouflée.

Mallory échafaudait de multiples théories au sujet du vaisseau inconnu et de ce qui pouvait se tramer sur Volda. Contrebande ? Laboratoire clandestin ? Une simple installation isolée pour entreposer des produits dangereux ?

Hypothèses qu'elle écarta aussitôt : rien ne collait avec les problèmes rencontrés sur Solicor.

Abandonnant ces réflexions, elle s'aperçut qu'elle marchait sur les empreintes laissées à l'aller. En l'absence d'atmosphère, elles resteraient dessinées au sol pendant des siècles.

Ce qui n'était pas bon du tout. Prise d'un mauvais

pressentiment, elle jeta un œil par-dessus son épaule.

Lancées à vive allure, trois motos antigravs se rapprochaient d'elle...

L'aéroglisseur était encore trop loin. Elle n'avait pas le choix : si elle voulait quitter Volda, il lui fallait se débarrasser de ses poursuivants.

— Ça y est, je suis grillée. Quand Jazz va l'apprendre, je vais avoir droit à une tirade sur les risques insensés ! marmonna-t-elle en tendant la main vers son pistolet à balles hypertrophes.

L'arme dégainée, elle visa avec soin l'un des motards qui la rattrapaient et pressa la détente. La boule gélatineuse issue du court canon le frappa de plein fouet. Mallory ne s'attendait pas à un effet aussi impressionnant. Conducteur et moto parurent heurter un mur invisible, contre lequel le véhicule vola en éclats et l'alien s'écrasa comme un moustique sur un pare-brise. Dans la foulée, le projectile se vaporisa.

Les réflexes acquis durant les mois d'entraînement avec les vohrns prirent le dessus : sans y penser, elle tira de nouveau et fit subir un sort identique aux deux autres poursuivants.

Elle ne se trouvait pas hors de danger pour autant. L'alerte était donnée et les occupants du cylindre de béton s'apercevraient vite que leurs camarades avaient été mis hors d'état de nuire.

Elle se lança dans une course effrénée en direction de son appareil. Courir en scaphandre était loin d'être aisé. La tenue entravait ses mouvements et sa respiration trop vive générait un voile de buée sur la visière. La plaine noire et uniforme lui paraissait s'étendre à l'infini devant elle. Elle devait également se faire violence pour ne pas regarder en arrière tous les dix pas et perdre de précieuses secondes.

Elle interrogea son navcom :

— Délai avant retour à l'aéro ?

La réponse s'afficha sous forme d'un compte à rebours au

bord de sa visière : un peu moins de dix minutes.
Mallory étouffa un juron et força l'allure. Les chiffres changèrent : sept minutes.

Les poumons en feu et le cœur battant violemment contre ses côtes, elle fonça en avant, guidée par la projection holographique de son navcom. Focalisée sur son objectif, elle ne pensait plus qu'à la maîtrise de son souffle et à l'attention qu'elle prêtait à chacun de ses pas : une chute serait catastrophique, en dépit de la faible pesanteur. Malheureusement, elle laissait derrière elle des empreintes immanquables pour d'éventuels poursuivants.

Enfin, elle aperçut une bosse noire qui ressortait sur la morne surface de Volda. Elle touchait au but. À la vue de son aéroglisseur, elle réussit à puiser dans ses ultimes forces et se jeta dans un sprint. Dès qu'elle fut assez près, la portière se releva automatiquement et elle franchit les trois derniers mètres en un seul bond, flottant vers le siège du conducteur.

Elle agrippa les commandes et lança l'appareil en ligne droite. Sur le tableau de bord, un écran affichait les images des caméras de rétrovision. Mallory y dénombra cinq motos.

— Désolée, mais je n'ai plus envie de jouer !

Sur ces mots, elle tira brusquement sur le volant en U. L'aéro se cabra et fonça vers les étoiles...

Torg n'était pas content du tout. Jazz venait de lui faire un rapport complet. Non seulement Mallory avait frôlé la mort, mais elle s'était lancée tête baissée vers Volda, tandis qu'un navire inconnu croisait dans les parages.

Et pendant ce temps, que faisait-il ? Il traînait avec Laorcq et Alrine à la recherche de Vassili... L'intérêt de sa capitaine pour l'homme d'affaires n'arrangeait rien. Doté d'un instinct de protection animal et un brin possessif, le cybride voyait en lui un importun à écarter au plus vite.

Sa mauvaise humeur se traduisait par un mutisme inhabituel. Alors qu'ils traversaient une esplanade noire de monde, Laorcq l'interpella :

— Arrête de t'inquiéter pour Mallory, ça ne changera rien.

Torg se contenta de répondre par un grognement. Autour d'eux, une foule bigarrée vaquait à ses occupations : l'émoi suscité par la destruction du chantier naval s'était déjà dissipé. Le cybride découvrit qu'une multitude de créatures aux origines diverses logeaient dans les niveaux supérieurs de Solicor, de même que de nombreux humains. L'excellente réputation des navires aldébarans attirait tous les peuples.

Çà et là, de petits espaces garnis de plantes ou d'arbres formaient des taches de couleur. En fonction de la flore d'où ils provenaient, leurs feuilles variaient du vert clair au rouge en passant par toute une gamme de violet ou de bleu.

Si Torg appréciait ces îlots de végétation, il détestait le plafond : un écran de plusieurs milliers de mètres carrés. Écrasant l'immense esplanade de sa présence, il diffusait des publicités en continu.

Torg s'efforça d'ignorer le monstrueux affichage et reporta son attention sur ses compagnons.

Grâce aux accréditations d'Alrine, une IA de la police gibrale les avait informés de l'utilisation du navcom de Vassili pour une transaction. Une fois les coordonnées reçues, ils s'étaient mis en route.

— Nous ne sommes plus très loin, affirma la grande blonde. J'ai hâte d'en finir avec cette histoire et de reprendre le travail confié par Hanosk. Ça m'étonnerait que Cole Vassili ait le moindre lien avec le comportement anormal de l'ambassadeur vohrn.

Parvenus à destination, ils découvrirent un petit établissement qui bordait la place sur une dizaine de mètres : une sorte de café, où de nombreux humains se trouvaient.

L'agacement de Torg se transforma en colère :

tranquillement installé à une table, l'objet de leur recherche sirotait une boisson couleur émeraude tirée d'une délicate carafe en cristal. L'homme paraissait très à son aise et pas le moins du monde victime d'un enlèvement...
Le cybride et ses collègues terriens entrèrent, décidés à obtenir des explications.
Comme averti par un sixième sens, Vassili tourna la tête vers eux et les regarda approcher.
Torg l'observa en détail : brun, à peine trente ans, probablement beau selon les normes humaines. Vêtu avec élégance, il dégageait toute l'arrogance que pouvaient conférer jeunesse et réussite professionnelle.
Le cybride ne put s'empêcher de le comparer à Laorcq, qu'il avait appris à apprécier : un peu plus âgé, celui-ci portait une tenue simple et les cheveux coupés ras. À l'opposé des traits délicats et figés de l'homme d'affaires, il arborait sans complexe une cicatrice sur la tempe et des yeux gris incapables de dissimuler le moindre sentiment.
Quand ils se retrouvèrent face à face, Torg comprit immédiatement que ces deux-là se détestaient déjà.
Apparemment, Alrine avait aussi relevé ce détail. Elle accéléra le mouvement et passa devant Laorcq, pour se planter au bord de la table occupée par Vassili. Elle se présenta, expliqua la raison de leur présence et ajouta :
— Deïna Volke était si inquiète de votre disparition soudaine... Et on vous découvre assis dans un bar.
L'intéressé haussa les épaules, se montrant guère concerné :
— Je ne me souviens de rien. Je me rendais à mon appartement et d'un coup je me suis réveillé dans un secteur à une quinzaine de blocs d'ici. On a dû m'agresser avec une arme paralysante. En tout cas, tous mes biens de valeur ont été volés, sauf mon navcom, heureusement.
Torg décida que Vassili se moquait de la policière.
Sans céder à la provocation, elle enchaîna :
— Il doit y avoir une raison à cet enlèvement ! Vous ne

pouvez pas revenir à votre train-train quotidien si facilement. Je ne pense pas qu'il s'agisse d'un crime crapuleux. N'y a-t-il pas quelqu'un qui pourrait vous en vouloir ?

Vassili la regarda de biais et déclara d'un ton agacé :

— Si, justement. Des concurrents, des collègues et d'autres encore. Je travaille pour un important consortium : avec un poste tel que le mien, les risques font partie du boulot.

Sur ces mots, il se leva et entreprit de contourner Torg et les deux humains. Apparemment pris d'une idée soudaine, il demanda au cybride :

— Au fait, où est passée la jolie nana, celle aux fleurs tatouées sur les mains et les bras ?

Avant qu'il ne puisse répondre, Laorcq jeta sèchement :

— En quoi ça vous concerne ?

Le grand brun lui adressa un sourire moqueur et s'en alla sans un mot de plus. Un air contrarié s'afficha sur le visage du balafré, tandis qu'Alrine soupirait :

— Il t'a délibérément provoqué et tu es tombé en plein dans le panneau.

Torg se dit que les deux mâles s'étaient livrés à une sorte de rituel. *Les terriens sont vraiment compliqués parfois. Pourquoi Laorcq ne l'a pas frappé ?*

De son côté, il était content : la corvée était expédiée plus vite que prévu. Son moral monta encore d'un cran à l'apparition d'un signal visuel de son navcom. Jazz venait de leur envoyer un message :

« *Mallory sera à bord du Sirgan dans trois heures. Ramenez vos fesses.* »

Il informa aussitôt les humains.

Avant de quitter le café, Alrine lui demanda de patienter. Elle ouvrit une ligne vidéo qu'elle partagea avec lui et Laorcq :

— J'appelle Deïna pour la prévenir que Vassili est sain et sauf.

Une fois à l'image, la guide exprima son soulagement

avant de se confondre en excuses pour les avoir entraînés dans une enquête inutile :
— Je me sens stupide ! Sans ma crainte d'un enlèvement, nous ne serions pas tombées aux mains des orcants...
— Pas la peine de vous en faire, la rassura la policière. Puisqu'on voulait s'en prendre à nous, n'importe quel prétexte aurait fini par faire l'affaire. C'est plutôt votre client qui m'ennuie. Depuis combien de temps travaillez-vous pour lui ?
— Trois semaines, répondit Deïna.
À la surprise de Torg, Alrine décida de faire confiance à Deïna :
— Il nous dissimule quelque chose. Probablement rien d'important, cependant sa présence auprès de l'ambassadeur vohrn pose problème. Jarvik ne tourne pas rond et cela inquiète ses congénères. (La policière manipula les projections holographiques de son navcom.) Je viens de vous transmettre mes coordonnées complètes et celles de mes collègues. Si jamais vous voyez ou entendez quoi que ce soit...
— Je vous tiendrai au courant, affirma la guide. Je vous dois bien ça.
Avant de couper la communication, Alrine la remercia tout en l'exhortant à la prudence : il n'était pas tout à fait exclu que Vassili soit de mèche avec les orcants qui les avaient séquestrées.
Ils quittèrent ensuite les lieux pour un ascenseur orbital. La foule était terriblement dense. Prendre place dans la confortable cabine prit plus de temps que l'ascension elle-même. Une fois sur l'anneau, ils empruntèrent le « métro » circulaire jusqu'au secteur où était amarré le *Sirgan*.
Après une exposition prolongée à la surpopulation et l'urbanisme effréné de Solicor, Torg retrouva l'intérieur étroit, mais calme, du *Sirgan* avec soulagement. Alors que les deux humains s'installaient dans la cambuse, le cybride alla se nicher dans le cockpit.

Quand Mallory se présenta enfin à bord de son aéroglisseur, l'odeur d'un bon repas avait envahi la coursive du vaisseau courrier et Torg dormait, affalé sur la place du copilote. Dès qu'il remuait dans son sommeil, le fauteuil grinçait comme pour protester contre cet imposant fardeau.

L'aéro rouge sang se glissa dans la soute du *Sirgan* et Mallory s'en extirpa une fois la pression rétablie. Elle nota immédiatement l'odeur appétissante.

— Jazz ? Laorcq est ici ? demanda-t-elle en se remémorant que l'ancien militaire avait le don de transformer les rations spatiales en plats savoureux.

— Oui, dans la cuisine, en compagnie d'Alrine, répondit l'Intelligence Naturelle sur les interphones de bord. Torg est en train de martyriser le siège du copilote avec son gros derrière...

Elle eut un large sourire et ses tatouages s'épanouirent en une multitude de roses rouges : l'équipage au complet, un repas et du repos en perspective ! Elle ne pouvait pas rêver mieux.

Tout le monde se retrouva à la cambuse, où Mallory apprit qu'Alrine et Deïna avaient échappé à un enlèvement par des orcants. De son côté, elle leur narra ses aventures sur Volda. Jazz en profita pour râler :

— Tu n'écoutes rien ! Ça ne t'a pas suffi de risquer la mort sur le chantier spatial ? Il t'a fallu remettre le couvert quelques heures plus tard !

Laorcq et Torg ne se firent pas prier pour se ranger du côté de l'Intelligence Naturelle. Une vague de fatigue s'abattit à retardement sur la pilote. Elle n'eut pas le courage de les contredire et quitta la table sur la promesse un peu forcée de ne plus se jeter sans réfléchir sur la moindre piste.

Pour la première fois depuis l'arrivée du *Sirgan* dans le système, Mallory put se reposer.

Elle dormit d'une traite et se réveilla en pleine forme.

Elle repoussait les draps pour se lever, quand la voix de Jazz jaillit dans sa cabine :

— Capitaine ! C'est la panique sur Solicor ! Les aliens aux gros yeux de mouches veulent déclarer la guerre aux gibrals. Selon eux, les cyclopes auraient détruit des milliers de larves xilfes...

VIII
JEU

À peine habillée, Mallory jaillit dans la coursive du *Sirgan*. Arrivée devant les cabines d'Alrine et de Laorcq, elle frappa du poing contre chaque porte et cria :

— Debout vous deux ! Ça va mal sur Solicor !

Elle déboula dans le cockpit et se jeta dans son siège. À l'initiative de Jazz, le navcom de bord projeta des images issues de différentes chaînes d'information de la planète.

La pilote vit des xilfs et des gibrals s'affronter à mains nues. En fond sonore, des journalistes d'autres espèces se demandaient comment les choses avaient pu basculer d'une situation tendue à un pugilat en si peu de temps.

Rien de tout cela ne l'aidait à comprendre ce qui se passait.

— Jazz, tu as parlé de larves xilfes…

— Ah ! C'est vrai, tu n'es pas encore au courant. Une symbiose unit les xilfs et les gibrals. À force de bétonner Solicor, ils ont frôlé l'extinction. Les gibrals se sont bousillé

97

le système immunitaire et les xilfs n'ont plus de sol sain pour que leurs larves s'y développent. Les cyclopes survivent grâce au « nilac », une substance produite naturellement par nos copains aux gros yeux. En échange, les femelles gibrales prennent en charge les rejetons xilfs dans une poche ventrale, comme celles des kangourous...

— Des mères porteuses ?

— Ça résume assez bien, oui...

Mallory fronça les sourcils. Sur ses bras, les roses de ses tatouages sensitifs se refermèrent pour revenir à l'état de boutons, tandis que des ronces venaient les entourer.

— Et ils se seraient mis à tuer les larves du jour au lendemain ?

— Je sais : ça n'a aucun sens.

Laorcq et Alrine s'introduisirent à leur tour dans le cockpit, suivis de près par Torg. Ils n'avaient presque rien perdu de l'échange entre Mallory et l'Intelligence Naturelle. Le balafré fut forcé de s'asseoir à la place du copilote pour que tout le monde tienne dans le petit espace. Il passa une main sur sa vieille montre en acier, activant le navcom intégré.

— Je t'envoie les coordonnées de Frrrj, notre ami xilf. Espérons qu'il pourra nous en dire plus...

Mallory lui lança aussitôt un appel. Au-dessus du tableau de bord, une projection de l'alien apparut. Il prit un instant pour observer qui le contactait et déclara :

— Humains... Je me demande pourquoi j'ai réclamé votre assistance. Vous ne m'avez été utiles en rien. La guerre civile risque d'éclater encore plus tôt que je ne le craignais. Que me voulez-vous ?

Mallory tourna ses yeux sombres vers Laorcq, lui faisant clairement comprendre qu'il devait se débrouiller avec l'extraterrestre acariâtre.

— Il n'est peut-être pas trop tard, tenta-t-il. Grâce aux vohrns, nous pourrions arriver à limiter les dégâts, mais nous avons besoin d'informations précises, pas le tissu de

conneries déballé à la télé.
　Les globes oculaires de Frrrj s'agitèrent.
　— Les vohrns ? Je vous l'ai déjà dit : leur ambassadeur est à l'origine de la folie qui s'est emparée de certains gibrals ! Si d'autres approchent d'Aldébaran, la situation va empirer !
　Laorcq se raccrocha à l'indice livré par son interlocuteur :
　— Pourquoi « certains » ? Et que s'est-il passé exactement ?
　Cette fois, le xilf se mit carrément à trembler de tous ses membres et ses six pinces claquèrent à répétition :
　— Au lieu de confier nos enfants à des femelles gibrales pour qu'elles les prennent au sein de leur poche, les gérants de la couveuse du secteur 534 ont coupé les chambres de stase. D'autres gibrals sont intervenus, mais un millier de nos larves ont péri.
　Un pesant silence s'abattit dans le cockpit du *Sirgan*. À la pensée de ces vies anéanties sans raison, Mallory sentit une boule de tristesse se former dans sa gorge. *Pas étonnant que les xilfs soient prêts à se jeter dans un conflit destructeur...*
　Tout comme elle, le reste de l'équipage n'en menait pas large.
　Frrrj parut se calmer un peu, du moins ne tremblait-il plus :
　— Trois des coupables sont en fuite. S'ils ne sont pas retrouvés rapidement et jugés sans merci pour leur crime, mon peuple ne pourra contenir longtemps sa fureur. Ce sera la guerre.
　Avant que Laorcq puisse ajouter un mot, le xilf coupa la communication.
　Mallory se laissa aller contre son siège.
　— Eh bien, au moins on sait tout maintenant, soupira-t-elle.
　Alrine s'avança autant que lui permettait l'étroit poste de pilotage et l'imposante carrure de Torg. Elle posa un coude sur chacun des sièges et déclara :
　— Moi, je vois un seul point commun à tout ce bazar :

des individus perdent subitement la raison ou se comportent de manière aberrante. D'abord Jarvik, les gibrals et ensuite Cole Vassili.

À la mention de l'homme croisé à l'ambassade vohrn, Mallory eut un léger sursaut. La policière ne le remarqua pas, ou faisait mine de rien :

— Même les orcants qui nous ont enlevé Deïna et moi ne paraissaient pas d'aplomb...

Mallory fronça les sourcils :

— À quoi tu penses ? Une maladie qui rendrait les gens fous ? Du poison ?

— Ils nous semblent dérangés, mais d'un autre point de vue, leurs actes sont peut-être parfaitement justifiés...

Laorcq comprit où Alrine voulait en venir :

— Quand tout est fait pour déclencher une guerre, le conflit doit forcément profiter à quelqu'un...

— Attendez ! coupa la pilote. Vous croyez qu'ils sont manipulés d'une façon ou d'une autre ?

Sur les haut-parleurs de bord, la voix de Jazz lança, ironique :

— Avec une télécommande plantée dans la tête peut-être ?

Réalisant que l'idée n'était pas si bête, ou du moins contenait la graine d'une théorie valable, Mallory s'exclama :

— Les cadavres des orcants ! Il faut les examiner.

— C'était prévu quand on les a confiés aux xilfs, l'informa la policière. Avec tout ça, j'espère simplement qu'ils ne les ont pas laissé pourrir dans un coin...

Alors que tout le monde se dirigeait vers le sas et s'apprêtait à quitter le vaisseau, l'Intelligence Naturelle ajouta :

— Ah ! J'ai une autre information à vous communiquer : un croiseur vohrn se trouve à deux années-lumière du système.

Sur le point de déclencher l'ouverture, Mallory suspendit son geste.

— Hanosk est à bord ? demanda-t-elle.

— Oui. Ce serait une bonne idée de lui faire un petit rapport, non ?

Mallory mourait d'envie de savoir ce que l'examen des orcants liquidés par Torg et les xilfs allait révéler, mais elle devait tenir son employeur au courant des derniers évènements... Avec la vague impression d'en profiter pour s'accaparer Laorcq, elle déclara :

— OK. Alrine, tu es la seule à pouvoir réclamer une autopsie d'urgence. Prends Torg pour t'escorter : vu la situation, c'est plus sûr. On vous retrouvera ensuite.

La policière et le cybride partis, ils retournèrent au poste de pilotage. La communication avec le croiseur vohrn s'établit sans problème.

Un alien au corps couvert d'écailles anthracite apparut sur la projection du navcom. L'aspect d'Hanosk ne manquait jamais de dérouter les humains. Ses larges épaules surmontaient un haut buste, le long duquel pendaient des bras à la fois longilignes et musculeux. De prime abord, comme tous les vohrns, il paraissait dépourvu de tête...

Toujours très formel, Hanosk salua ses deux agents :

— Capitaine Mallory Sajean. Commandant Laorcq Adrinov.

Ceux-ci lui résumèrent la situation complexe de Solicor, et ses possibles ramifications. Jonglant avec les icônes de son navcom, la pilote accéda à la boîte noire de son aéroglisseur. Elle transmit à l'alien des clichés du navire inconnu.

À leur grande surprise, le dirigeant vohrn avoua une totale ignorance au sujet du vaisseau. Il prit rapidement sa décision concernant l'enquête :

— Vous allez immédiatement démettre l'ambassadeur

Jarvik de ses fonctions et l'escorter à mon bord. Je préfère m'abstenir de pénétrer dans le système d'Aldébaran en de telles circonstances, cela risque de provoquer un incident diplomatique. Vous allez recevoir les accréditations nécessaires.

Mallory et Laorcq ne perdirent pas un instant et quittèrent le *Sirgan*. Alors que la cabine d'un ascenseur orbital les ramenait vers la surface de la ville-monde, la pilote avoua :

— Ça m'ennuie de me présenter devant Jarvik les mains nues. S'il pète les plombs...

Le grand balafré la rassura :

— J'ai ce qu'il faut à l'hôtel. Alrine nous a procuré des armes de poing.

Alrine par-ci, Alrine par-là, moi qui pensais m'être rapprochée de lui. Tu parles... songea Mallory avec une once d'agacement.

Les portes s'ouvrirent sur une foule agitée. Gibrals et xilfs étaient invisibles, tandis que toutes les autres espèces semblaient courir au hasard, en proie à la panique.

Revenue à des considérations plus pragmatiques, la pilote déclara :

— On va prendre de quoi se défendre et on file à l'ambassade. C'est déjà la pagaille, pas la peine de laisser du temps à Jarvik.

Sur ces mots, ils s'avancèrent dans la cohue, manquant d'être piétinés à plusieurs reprises, dont une fois par un monstrueux alien à fourrure verte qui tenait du croisement entre gorille et éléphant.

Les niveaux inférieurs ne valaient pas mieux. Ici, le comportement de la foule était plus mesuré, mais l'étroitesse de certains passages ralentit les humains. Après une halte à l'hôtel de Laorcq et Alrine pour s'armer, ils se remirent en route. Chacun dissimulant sous sa veste un pistolet glissé dans un holster. Ils empruntèrent avec soulagement l'un des puits antigravs qui s'enfonçaient dans les entrailles de la ville. Ils atteignirent l'étage de l'ambassade, et progressèrent jusqu'au bâtiment en question sans rencontrer trop de monde. Mallory reconnut la double porte coulissante et son système de verrou biométrique, notant au passage qu'elle avait été réparée depuis que Torg l'avait forcée lors de l'attaque des xilfs.

Hanosk avait tenu sa promesse : ils disposaient maintenant d'un niveau d'accréditation qui leur permettait de passer outre les consignes données par Jarvik à l'Intelligence Artificielle de l'ambassade. En identifiant la pilote, l'IA déclencha l'ouverture.

Les battants s'écartèrent, pour dévoiler un intérieur baigné par la pénombre. Le temps que la vision de Mallory et Laorcq s'y accoutume, une silhouette anguleuse aux mouvements saccadés tendit un bras vers eux. Le fracas d'une rafale de mitrailleuse déchira brutalement le brouhaha de la rue...

Allongé sur son lit, Vassili tenait un morceau de métal avec lequel il jouait. Épais d'un bon centimètre, il pliait et se tordait avec une facilité déconcertante entre ses mains.

De toute évidence, les modifications opérées par le ktol l'avaient doté d'une force bien au-delà des capacités d'un banal terrien. Ses sens étaient également plus affûtés et la perception qu'il avait de son corps d'une incroyable précision. Petit à petit, il apprenait à contrôler le moindre organe comme il bougeait les doigts. À force d'expérimentation, il réussit à agir sur sa température corporelle, à simuler les états de joie, de colère, de peur et même de désir. Un rire léger et bref s'échappa de ses lèvres : si peu de choses demeuraient de son humanité, il paraissait plus vivant que jamais... Il se délecta à l'avance de la supériorité qu'allaient lui conférer ces nouvelles capacités.

Lassé de s'amuser avec le fragment métallique, il se leva et alla le poser sur le bureau installé dans un angle de la grande pièce. Il resta un moment debout devant le meuble, puis décida d'ouvrir l'un des tiroirs. Le ktol y était niché, boule de piquants blanchâtres et acérés. Il s'en saisit entre pouce et index pour mieux l'observer. Grâce à sa vue améliorée, il distinguait de minuscules barbelures à l'extrémité de chaque pointe et un fin réseau de canalisations dans lesquelles pulsait un liquide translucide.

Il tourna légèrement la main et l'objet vint se caler au creux de sa paume. Les pics mordirent dans la chair et aussitôt sa conscience fut happée hors de lui, transportée sur l'étrange monde aux ruines colossales...

L'immense cité de roc baignait dans une lumière rouge. L'étoile qui éclairait ce monde avait à moitié basculé derrière l'horizon et un cortège de cinq lunes irrégulières traçaient un arc de cercle dans le ciel pourpre.

Vassili réalisa qu'il connaissait la planète : Nalcoxa. Sa mémoire recelait une multitude d'informations transmises par le ktol. Elles remontaient à la surface de son esprit en fonction des besoins et des perceptions de l'humain modifié.

Sans surprise, il se rendit compte que le primordial se tenait à côté de lui. Le nom du monstrueux alien lui vint spontanément : Axaqateq.

De nouveau, la voix du titan résonna dans son crâne :

— La métamorphose est achevée. Je sais que tu as commencé à explorer les nouvelles possibilités de ton corps.

— Oui, c'est... grisant, répondit Vassili en s'apercevant que la conversation se déroulait dans le langage de primordiaux.

— Je dois t'avertir : ton espérance de vie a diminué d'un ou deux dixièmes, suite au stress subi par ton organisme.

L'homme haussa les épaules. Le ktol l'avait rendu indifférent à ce genre de considération. Axaqateq continua sur un tout autre sujet :

— Tu vas te rapprocher de l'humaine rencontrée à l'ambassade afin de gagner sa confiance.

Vassili disposait d'informations sur les primordiaux, mais ils avaient accédé au contenu de sa mémoire en échange. Il rétorqua :

— La fille tatouée et son cybride ? Quelle importance peuvent-ils avoir ?

— Ils travaillent pour les vohrns. D'ailleurs, reste éloigné de cette espèce à l'avenir. Il leur est possible de déceler les altérations du ktol sur un organisme tel que le tien. Utiliser l'humaine devient d'autant plus opportun.

Vassili demanda :

— Pourquoi tant d'attrait pour le système d'Aldébaran ?

— Les vohrns soupçonnent ce que nous savons déjà : ce secteur intéresse les saharjs, des guerriers artificiels autrefois au bord de l'extinction. Suivant la façon dont les évènements vont se développer, nous serons peut-être amenés à prendre parti pour l'un de ces peuples.

Vassili observa l'immense alien qui se tenait devant lui. Son large visage aux six grandes paires d'yeux donnait l'impression à l'humain d'être un insecte soumis à un minutieux examen. En particulier dans la lumière du couchant, qui faisait sinistrement luire les globes oculaires de l'extraterrestre.

Vassili se demandait quel but pouvaient poursuivre les primordiaux. D'un côté, ils en savaient plus que les vohrns et d'un autre ils comptaient sur lui pour glaner des détails. Ce paradoxe l'intrigua hautement.

Il avait gravi les échelons du consortium qui l'employait grâce à ses compétences, et surtout à un esprit retors. Esprit ayant survécu à la transformation orchestrée par le ktol. Découvrir ce qui motivait ses nouveaux maîtres et éventuellement l'utiliser à son avantage, allait s'avérer stimulant.

Axaqateq se redressa de toute sa hauteur et lui tourna le dos. Tandis qu'il s'éloignait, une dernière phrase retentit dans la tête de l'humain.

— Une fois ton travail accompli, je déciderai si le système d'Aldébaran mérite toujours mon attention. Pour l'instant, sa valeur au sein du jeu est bonne, mais si elle diminue, je me contenterai peut-être d'organiser sa destruction...

IX
POURSUITE

Seuls les réflexes de Laorcq, affûtés durant des années de service, sauvèrent Mallory. Dès que résonna le cliquetis métallique de l'arme, elle sentit la main du vétéran attraper son épaule pour la jeter à terre avec lui, hors du champ de tir du robot.

La pilote réagit à son tour. Imitant Laorcq, elle se releva et agrippa le pistolet qu'il lui avait confié avant de s'éloigner de l'entrée de l'ambassade. Dans son dos, la haute silhouette de la machine de guerre jaillit dans la rue.

Elle risqua un œil en arrière : leur agresseur ressemblait à un squelette de chrome bossu, tout en articulations et câblages renforcés. Il bougeait extrêmement vite, mais par à-coups, ce qui lui conférait la démarche d'un pantin sur le point de se briser. Si l'un de ses membres supérieurs était équipé d'une arme à feu, un autre évoquait un énorme couperet de boucher.

Une fois réfugiés derrière l'angle d'un mur, les deux terriens observèrent cette incarnation mécanique de la mort.

— Merde ! Je voudrais bien un adversaire à qui je pourrai simplement coller des beignes ! râla Mallory, en adepte des sports de combat.

Sur ses avant-bras et ses mains, les tatouages sensitifs dessinèrent d'épaisses ronces.

Laorcq sortit deux tubes d'une quinzaine de centimètres de long de sa poche intérieure. La pilote reconnut les réceptacles des combinaisons pare-balles qui leur avaient souvent sauvé la mise. Elle en prit un et avoua avec joie :

— Je ne sais pas ce que je ferais sans toi…

Le grand balafré lui rendit son sourire :

— Oh, tu te débrouillerais sûrement pour être assassinée une dizaine de fois, rien de méchant…

Une rafale crachée par la mitrailleuse du robot les obligea à se rencogner à l'abri. Ils entendirent le martèlement irrégulier du tueur d'acier qui se rapprochait pas à pas.

Laorcq redevint sérieux :

— C'est un garde de modèle assez standard en fait. Il faut se glisser derrière lui et faire sauter son pack énergétique, la sorte d'excroissance dans son dos.

— Ouais, de la routine tout ça… ironisa Mallory.

Sur ces mots, elle plaça le tube le long de sa cuisse et le serra sèchement. Un épais liquide bleu en jaillit et la recouvrit de la tête au pied pour former une combinaison intégrale. Cette tenue amortissait les chocs en répartissant leur intensité sur l'ensemble du corps, sans rendre son porteur invincible pour autant : un gros calibre ou une frappe puissante pouvaient saturer le système et causer de sérieuses blessures.

Laorcq activa également sa protection et ils se lancèrent tous deux à l'assaut de la machine mortelle.

Elle les accueillit par un tir de barrage qui les empêcha de se rapprocher. Les combinaisons des humains encaissèrent les impacts, mais le dégagement d'énergie faillit avoir raison d'eux. Sans entraînement, la pression exercée pouvait induire une perte de conscience.

L'inutilité de sa mitrailleuse constatée, le robot cessa le feu et opta pour une autre stratégie. Il bondit en avant et abattit la grande lame qui constituait son bras droit sur Mallory.

Elle esquiva en se jetant de côté et comprit dans la foulée qu'il s'agissait d'une feinte : la machine termina sa série de mouvements saccadés en un large arc de cercle en direction de Laorcq.

L'énorme couperet le cogna durement au niveau des côtes, le prenant par surprise. En partie absorbé, le choc lui brisa malgré tout un os.

Continuant sur sa lancée, Mallory roula vers l'avant et réussit à se placer dans le dos de son adversaire.

Le squelette d'acier levait à nouveau sa lame pour frapper l'homme blessé. Elle avança et colla son arme contre la bosse qui saillait entre deux plaques de fer jouant le rôle d'omoplates.

— Goûte-moi un peu ça ! cria-t-elle en pressant fermement la détente.

Le revolver confié par Laorcq bascula en mode rafale. Dans un fracas déchirant, une vingtaine de balles se précipitèrent l'une après l'autre contre la batterie renforcée. Les premières en percèrent le blindage et le reste éventra le mélange de composites et de polymères qu'elle contenait.

Dans un dernier à-coup, le robot s'immobilisa. À travers sa combinaison, Mallory sentait l'odeur de la substance qui composait le pack énergétique se mêler à celle du métal chauffé à blanc de son arme.

Avec un grognement, Laorcq se releva. Il massa ses côtes douloureuses et lâcha :

— À mon avis, notre ami Jarvik est déjà loin…

Il ne faisait que prononcer à voix haute les pensées de Mallory. Abandonnant le squelette d'acier planté au milieu de la rue à la curiosité des enquêteurs qui ne manqueraient pas de se présenter, ils entrèrent dans l'ambassade.

Leurs craintes furent confirmées : aucune trace du vohrn

aux écailles noires ni de quiconque d'ailleurs.

Mallory décida de jeter en premier un coup d'œil dans le « bureau » de Jarvik. La pièce était vide, comme elle s'y attendait. Elle leva les yeux au plafond et vit l'obscur liquide dont les ramifications enveloppaient le buste du vohrn lors de sa dernière visite.

La substance était au repos, parfaitement lisse, suspendue au-dessus d'elle telle une flaque de pétrole réfractaire à la gravité.

Les nouvelles accréditations de Mallory lui permirent de déverrouiller toutes les portes. Chacun de leur côté, ils fouillèrent méticuleusement l'ambassade, sans rien trouver de particulier. L'endroit était absolument désert.

Laorcq rejoignit la jeune femme :

— Laisse tomber. Il ne reste qu'à annuler définitivement son statut diplomatique et à dégager. Pas envie de m'expliquer avec la police du coin...

Mallory hocha la tête. Ils retournèrent dans le hall d'entrée où elle s'approcha d'un terminal d'origine vohrn, facilement reconnaissable à son aspect organique. Elle l'activa en le frôlant d'une main et décréta la révocation de Jarvik. Désormais, le vohrn à la raison défaillante n'avait plus accès au moindre appareil conçu par les siens et toutes ses lignes de crédit étaient gelées. De même, les forces de l'ordre du système d'Aldébaran étaient tenues d'aider à son arrestation.

Ce dernier point eut un effet inattendu, qui se manifesta sous la forme d'un appel d'Alrine :

— Le contrôle spatial vient de m'indiquer que Jarvik a quitté sans autorisation la surface de Solicor à bord d'une navette. Apparemment, il passait la douane juste au moment où tu l'as privé de son statut diplomatique...

— Pourquoi ne l'ont-ils pas coffré ? s'énerva la pilote.

Alrine soupira.

— J'ai posé la question. Tiens-toi bien, la réponse va te plaire : en tant qu'agent vohrn, tu as priorité sur la police locale, car il s'agit de leur ambassadeur... Comme tu le

devines, ils ont traduit « priorité » par « démerde-toi toute seule ».
 Mallory coupa la communication et fonça vers la sortie en jetant à Laorcq :
 — On file vers l'ascenseur orbital ! Je t'expliquerai en route.

Alrine déconnecta son navcom. Accompagnée de Torg, elle faisait maintenant route vers la morgue. Les xilfs s'étaient contentés d'y stocker les cadavres orcants, trop préoccupés par la crise actuelle pour les examiner. La policière s'était heurtée à la réticence de Frrrj, quand elle lui avait annoncé son intention de hâter l'autopsie : le seul médecin légiste disponible se trouvait être un gibral.
 Elle parvint à rassurer le xilf en lui affirmant qu'elle assisterait à toute l'opération avec le cybride. Pour une raison qui échappait à la policière, il avait gagné leur confiance.
 Après les émeutes consécutives à la destruction des larves xilfes, les rues de la ville-monde avaient pris un tout autre aspect. Discrets en temps normal, les aliens aux yeux de mouches avaient complètement disparu et les gibrals s'efforçaient de les imiter. Le peu d'entre eux qu'Alrine apercevait se déplaçaient en groupe et semblaient très pressés de quitter les espaces publics.
 Les cyclopes au long cou et à la peau bleue avaient l'air désorientés, ils paraissaient craindre d'être soudainement frappés de folie, à l'instar de leurs congénères infanticides.
 La présence du cybride rassurait Alrine. Traverser la ville tentaculaire alors qu'elle était vidée de sa substance avait un côté vaguement angoissant.
 Originaire de Kenval, Alrine était coutumière des

mégalopoles surpeuplées. Voir désertes de larges avenues d'ordinaire noires de monde la mettait mal à l'aise.

Elle jeta un œil au cybride. Marchant tranquillement près d'elle, il semblait plutôt se réjouir de la disparition de la foule. *Claustrophobe, se souvint la policière. Il doit avoir l'impression de mieux respirer.*

— Je n'aime pas ça, grommela-t-elle. Comme si la cité retient son souffle avant que tout dégénère...

— Tu penses trop, objecta Torg. La situation peut pourrir des jours durant. Et si ça tourne à la guerre civile, je doute qu'on nous attaque en premier...

La conversation tourna court, car ils venaient d'arriver à la morgue. L'établissement se dressait devant eux, tel un pilier de cent mètres de large. Recouvert d'un incongru assemblage de vitrages roses, il s'étirait jusqu'au plafond du niveau. Sa forme rappelait une colonne de pierre qui aurait été façonnée par l'érosion.

À l'intérieur, la folie rosâtre se poursuivait. La couleur pâle s'étalait partout, des murs au mobilier en passant par le sol.

Une bulle de verre trônait au milieu du hall. En son centre, un hologramme pivotait lentement sur lui-même : le caractère gibral désignant une Intelligence Artificielle. La policière et Torg se présentèrent devant.

— Lieutenante Alrine Lafora. Nous avons rendez-vous avec un de vos médecins légistes.

L'IA, qui n'était pas très bavarde, se contenta de leur attribuer un drone de guidage : une minuscule bille lumineuse qu'ils suivirent jusqu'à une large pièce circulaire où, au grand soulagement d'Alrine, le blanc et l'inox dominaient. Mises à mal par l'excès de rose, les rétines d'Alrine accueillirent le changement avec plaisir.

Parmi la trentaine de tables d'opération occupant les lieux, déambulait un gibral au dos et au cou voûtés. Vêtu d'une sorte de tunique gris clair, il donnait une impression de vieillesse renforcée par les nombreux replis que sa peau

formait sous son œil unique et le long de ses membres.
Il s'approcha de l'humaine et du cybride et, tout en les inspectant, attacha un boîtier traducteur juste sous sa mâchoire :
— Vous avez fait vite. Venez, nous allons commencer l'autopsie.
Le vieil alien les mena vers une table où se trouvait un orcant. L'extraterrestre mort dégageait une odeur repoussante. Il était étendu sur la surface d'acier polie, deux de ses quatre jambes relevées à quarante-cinq degrés.
Alrine étudia l'épaisse carapace marron qui le recouvrait, en se disant que ces multiples couches de chitine n'allaient pas faciliter l'examen. Des bras massifs reposaient le long d'un torse court et large. Six yeux verts saillaient d'une tête à la mâchoire proéminente.
Le gibral fit un geste de la main. À ce signal, un mince robot cylindrique jaillit d'une alcôve dissimulée dans le mur de la salle circulaire. Il s'approcha du grand cyclope et se transforma en un empilement de plateaux pivotant autour d'un axe, semblables à une série d'assiettes accrochées par un côté sur toute la hauteur d'un piquet. Chaque « plat » comportait une suite d'instruments chirurgicaux, allant du scalpel à des accessoires totalement inconnus de la policière.
L'alien se saisit d'un objet ressemblant à un entonnoir et se tourna vers le mort. Il pointa son outil vers un élément de la carapace qui formait l'équivalent d'un plastron. Aussitôt, une sorte de voile apparut entre l'appareil et la matière organique. Cette dernière disparaissait comme la neige au soleil. Une fine rigole de particules brunes s'écoulait le long du cadavre et filait vers les côtés de la table d'opération, engloutie par les orifices d'un système d'aspiration.
Le gibral parcourut tout le corps avec l'étrange outil. Bientôt, la dépouille de l'alien quadrupède ressembla à un des écorchés qui illustrent les traités de médecine.
Contemplant son œuvre, le légiste déclara :
— Un spécimen en excellent état, tout juste entré dans

l'âge adulte.

Il pencha son long cou vers la chair à nu de l'orcant et scruta la blessure infligée lors du combat avec les xilfs.

— Le coup fatal a été précis, porté entre deux plaques de la carapace pour se planter droit dans le cœur.

Son œil unique cligna rapidement et il recula la tête. Alrine supposa qu'un élément l'avait troublé. Il s'expliqua :

— Je note des marques post-mortem sur les bords de la plaie. Apparemment, un des xilfs chargés de convoyer les corps s'est livré à son propre examen.

Ce manque de soin agaça visiblement le vieux gibral : il continua en silence.

Le spectacle offert par la carcasse décortiquée n'était pas très ragoûtant, mais Alrine en avait vu d'autres. Dix ans de police dans les rues d'une mégapole de Kenval réservaient maintes scènes aptes à retourner l'estomac. Tandis que le cyclope poursuivait son travail à grand renfort de sondes à biopsie et de scanners, elle décida de relancer la discussion :

— Depuis combien de temps faites-vous ce boulot ?

— Trente-cinq révolutions, répondit platement le gibral.

Alrine fit un rapide calcul : à peu près cent dix années terriennes. *Voilà ce qu'on peut appeler une longue carrière.* Elle désigna le cadavre :

— Nous pensons que cet individu pourrait avoir été contrôlé par un moyen ou un autre, peut-être un implant ou des drogues...

— Les xilfs que vous aviez chargés de s'occuper des corps m'ont parlé de votre théorie. Elle n'est guère fondée. En particulier l'assertion selon laquelle des peuples aussi disparates qu'orcants, gibrals et vohrns aient pu être manipulés de manière identique. D'ailleurs, je vais vous décevoir : les scanners n'ont rien détecté et il en sera sûrement ainsi pour les analyses. Je doute fort de trouver autre chose que des substances illicites en vogue.

Torg grogna de dépit, tandis que la policière réfléchissait. Quel pouvait être le lien entre tous ces actes insensés, dans ce cas ? Comment les intérêts de personnes si différentes pouvaient-ils converger au point de les pousser à enfreindre leurs propres règles ?

Fixant le cadavre comme si elle pouvait le forcer à parler d'un simple effort de volonté, elle lâcha :

— Il faut absolument réussir à en prendre un vivant ! Si on...

Une série de messages fit biper son navcom et l'interrompit. Elle vit les regards de Torg et du légiste se perdre dans le vague, ils devaient recevoir les mêmes informations qu'elle :

Les gibrals coupables du massacre des larves xilfes venaient d'être retrouvés. Cernés par les forces de l'ordre, ils s'étaient tous suicidés en se jetant dans un système d'incinération d'ordures...

Alrine et le cybride quittèrent la morgue d'une humeur noire. Seul point positif, l'annonce avait permis le relâchement de la tension entre les deux espèces. Doucement, les rues reprenaient vie.

À l'intérieur de la morgue, le médecin légiste rangeait ses instruments dans le robot cylindrique et s'apprêtait à quitter les lieux. Il avait déjà oublié l'humaine et le cybride qui l'accompagnait. L'esprit anesthésié par la routine, il ne releva pas un bruit étrange, une sorte de bouillonnement. Le son provenait de sous une des tables en inox. Par terre, cachée derrière un pied du meuble, une petite créature semblable à une sangsue à quatre pattes achevait de se décomposer à grande vitesse, ne laissant bientôt qu'une tache verdâtre.

Jaillie de la blessure du cadavre orcant, elle était à l'origine des marques prises par le gibral pour le résultat d'un examen peu scrupuleux...

Mallory et Laorcq venaient de rejoindre le *Sirgan*. Sans avoir besoin de se consulter, ils se dirigèrent vers la soute. Tandis qu'ils parcouraient la coursive du vaisseau, la voix de Jazz tomba des intercoms de bord :
— Vous allez à la chasse à l'ambassadeur ?
— Exact ! confirma la pilote. Il n'a pas trop d'avance sur nous, par contre on est seuls : personne ne veut se mêler de ça...
L'Intelligence Naturelle se mit à rire :
— C'était à prévoir. Les vohrns ont beau être raisonnables et posés, il y aura toujours du monde pour se méfier d'eux... Au moins, ça me rassure : l'étroitesse d'esprit ne se limite pas à notre espèce...
Laissant Jazz philosopher, les deux humains débouchèrent dans la soute. Ils s'approchèrent de l'aéroglisseur en forme de larme, dont les portières se relevèrent automatiquement. Chacun prit place : au volant pour Mallory, en tant que passager pour Laorcq.
Elle démarra le petit appareil dans la foulée. Une fois l'habitacle refermé, Jazz enclencha les pompes destinées à évacuer l'air. L'espace de chargement du *Sirgan* devenait une sorte de sas géant. Dès que la pression atteignit le zéro, le hayon s'ouvrit et l'aéro se jeta dans le vide, obéissant instantanément aux impulsions de la pilote sur les commandes.
Le navcom de bord barbouilla le pare-brise de multiples données : position des navires alentour, vitesse, autonomie estimée, état de l'armement... La communication s'établit avec le *Sirgan*.

— Localisation de la navette vohrne ? demanda Mallory.

Doté des niveaux d'accréditation de la pilote, le navcom de l'aéro accéda au transpondeur du navire en fuite. Une nouvelle icône apparut sur l'affichage, accompagnée de chiffres.

— Il suit un vecteur frôlant Reival, la lune forestière de Solicor, commenta Jazz, qui recevait également ces informations. En vous débrouillant bien, vous le coincerez avant qu'il n'en dépasse l'orbite.

Mallory était dans son élément. L'appareil rouge sang lancé sur la bonne trajectoire, elle poussa les réacteurs au maximum. En dépit du système de régulation de gravité, l'accélération les colla contre le dossier de leurs sièges.

Sous la pression induite par la vitesse, Laorcq réussit à placer quelques mots :

— Allez... Avoue... Tu t'amuses comme une folle !

Sa mine réjouie et les roses écarlates de ses tatouages sensitifs répondaient parfaitement à la question.

L'espace d'un instant, elle songea que le fait de se sentir de nouveau proche de Laorcq n'était pas non plus étranger à ce soudain accès de joie. Pensée qu'elle oblitéra aussitôt : le moment ne se prêtait pas à ce genre de considération...

Un quart d'heure à plein régime fut nécessaire pour parvenir à portée de la navette vohrne. Sa silhouette se découpait sur le disque vert pâle de la grande lune Reival.

Mallory étudia rapidement la configuration de sa cible : de forme oblongue, son gabarit équivalait à celui du *Sirgan*. Chaque extrémité se terminait en une pointe creuse, marquant les limites de son tube synergétique.

Le volant en U dans une main, Mallory se servit de l'autre pour actionner un levier situé sur la console entre les sièges.

Deux fentes apparurent sur la coque de l'aéro, telles des incisions pratiquées par un scalpel invisible sur la peau synthétique de la carrosserie. Du fond de ces ouvertures, les canons d'armes automatiques avancèrent hors de leur logement.

Laorcq se pencha sur le navcom de bord et s'efforça de joindre l'ambassadeur. Mallory l'entendit essayer à plusieurs reprises, sans vraiment y croire. Contre toute attente, il finit par obtenir une réponse :
— Commandant Laorcq Adrinov. Vous outrepassez vos prérogatives. Cessez de me suivre et retournez sur la planète.
Mallory concentrée sur le pilotage, le balafré enchaîna :
— Désolé, votre statut a été révoqué sur ordre d'Hanosk. On rentre sur Solicor, et avec vous !
Des minutes s'écoulèrent, durant lesquelles Jarvik chercha à les semer. Ses tentatives eurent peu d'effet : Mallory disposait de compétences supérieures aux siennes et l'aéro supplantait les capacités de la navette. L'issue de la poursuite ne laissait aucun doute. L'alien reprit la parole :
— Partez. Vous n'êtes que des humains, vous ne pouvez...
Il s'interrompit soudainement et lança :
— Tirez sur moi.
Mallory regarda Laorcq avec des yeux arrondis. Avait-elle bien compris ? Jarvik n'était vraiment plus en possession de ses moyens. Haussant les épaules, elle déclara :
— Puisqu'il le demande...
Devinant ce qu'elle allait faire, Laorcq voulut lui dire d'attendre un peu :
— Mallo...
Trop tard.
Elle pressa un bouton rouge placé sur le volant, à proximité de son pouce droit. Sur une légère vibration retransmise à travers le châssis de l'appareil, une salve de gros calibre fut crachée par les mitrailleuses de l'aéro. À l'arrière de la navette vohrn, le tube synergétique fut réduit en miettes, déchiré par la rafale de plomb.
— C'est le seul endroit vulnérable, expliqua Mallory. Le reste est blindé.
— Merci, mais ce n'est pas le sujet, objecta le balafré. Comment va-t-on le remorquer vers Solicor ?

Elle sentit une vague de chaleur lui monter au visage. Elle avait agi en dépit du bon sens. *Il faut vraiment que je me reprenne ! Normalement, même dans le feu de l'action, je ne cesse pas de réfléchir pour autant !*

Sans succès, elle tenta de surmonter son embarras en se concentrant sur les données affichées par le navcom. En son for intérieur, elle finit par admettre que ses sentiments embrouillés pour le militaire la perturbaient plus qu'elle ne le croyait.

Heureusement, un évènement inattendu la tira de ce train de pensées.

Devant eux, la navette parut éclater en morceaux. En une dizaine de secondes, un amas de pièces métalliques et de composants divers forma une sphère en expansion. Quand les fragments furent suffisamment loin les uns des autres, Mallory distingua au centre un cube blanc qui devait mesurer deux mètres de côté : une capsule de secours.

À l'arrière du minuscule vaisseau, deux propulseurs à carburant simple s'allumèrent et l'orientèrent vers la surface émeraude de Reival…

X
JUNGLE

Sous les yeux de Mallory et de Laorcq, la capsule de secours cubique plongeait à travers l'atmosphère de Reival. Après avoir échangé un bref regard avec son passager, la pilote lança l'aéro à sa poursuite.

Très vite, le disque vert se mua en horizon et l'air se mit à rougeoyer autour du petit appareil. Les humains découvrirent une jungle sans fin, véritable océan de végétation parsemé d'arbres colossaux.

Lune de grande taille, Reival bénéficiait d'une gravité atteignant les deux tiers de la norme terrestre. Adaptées à la faible pesanteur, les plantes s'élevaient en d'immenses fouillis de lianes et de troncs.

Grâce aux indications des senseurs de l'aéro, Mallory apprit que le sol se trouvait à près de trois kilomètres sous la canopée. Comme pour illustrer ce fait, la capsule qu'ils poursuivaient plongea à travers l'étage supérieur de la forêt et disparut de la vue des humains et des radars.

— Génial. Tu parlais de s'amuser, on est servis ! lâcha-t-elle.

Laorcq ne dit mot. Son silence en disait beaucoup : traquer un vohrn dans une jungle où la plupart des arbres rivalisaient de hauteur avec des gratte-ciel n'allait pas être une partie de plaisir.

Mallory repéra des traces de passage à travers la canopée et s'y engouffra également. Elle stoppa l'aéroglisseur au fond d'un puits aux parois constituées de branches et de feuillages impénétrables.

Devant eux gisait la capsule de secours, l'écoutille béante. De minuscules créatures à fourrure, improbable croisement de lapins et de singes nains, y avaient déjà élu domicile. Petits primates aux longues oreilles tombantes, ils sautillaient sur le tableau de commande et poussaient des piaillements enthousiastes lorsqu'ils déclenchaient des bips d'alarme.

La végétation était luxuriante à l'excès, mais la faune rivalisait aisément dans cette débauche de vie. Tout autour du canot, l'humus grouillait d'arthropodes et de sauriens occupés à se dévorer les uns les autres.

À travers la vitre de la portière, Mallory vit un étrange serpent long d'une dizaine de mètres. Il se gavait d'hexapodes pareils à des cafards obèses. Épais d'à peine cinq centimètres, le corps du reptile évoquait un gros tuyau animé. Il formait une boucle sur le sol, qu'il resserrait lentement pour regrouper en tas les insectes évoluant par terre. Dès que ses victimes étaient assez nombreuses pour se monter dessus, il plongeait la tête dans l'amas grouillant et croquait dedans à pleines bouchées.

Mallory n'était pas très enthousiaste à l'idée de parcourir une jungle bouillonnante d'activité :

— Franchement, ça m'étonnerait que Jarvik ait fait plus de dix pas avant d'être bouffé par un truc avec plein de pattes et une grande gueule... Ça vaut pas le coup de...

— Si, trancha Laorcq. Ne me dis pas que tu as peur de petites bestioles ?

— C'est ça. Manipule-moi en jouant sur ma fierté.

Il eut un large sourire et ses yeux gris s'éclairèrent :
— Et ça marche à chaque fois, non ?
Mallory s'abstint de répondre.
— Allez, au moins l'air est respirable, la rassura-t-il après avoir consulté les instruments de bord.

Les deux humains activèrent de nouveau leur tenue de protection et abandonnèrent l'aéro pour se lancer sur la piste du vohrn.

Grâce au navcom de classe militaire de Laorcq, ils étaient en mesure de déceler les traces de l'alien en fuite. La moindre brindille cassée, écrasée ou la plus petite griffure dans l'humus était signalée par un hologramme vert clignotant.

Ils progressaient en suivant ces repères, souvent distraits par ce nouvel environnement. Tout autour d'eux, d'épais murs végétaux se garnissaient de plantes plus impressionnantes les unes que les autres. Ils durent se frayer un passage à travers un amas de marguerites rouges dont chaque pétale dépassait la taille d'un homme. Ils contournèrent ensuite un trou béant qui s'avéra être la gueule d'une gigantesque plante carnivore en forme d'entonnoir. Sous leurs yeux, un lapin singe chuta dans le redoutable piège et finit dans la mélasse jaunâtre qui en remplissait le fond. Ses tentatives frénétiques pour s'en extraire restèrent sans effet, il fut digéré en une poignée de secondes.

Ils s'engageaient sous les frondaisons d'un arbre aux branches aussi fines que des cheveux et couvertes de minuscules feuilles bleues, quand ils se retrouvèrent nez à nez avec une sorte de méduse.

De l'envergure d'un éléphant, son corps boursouflé planait lentement dans la faible pesanteur. Telle une membrane en plastique gorgée de liquide, sa panse se déformait pour glisser entre les troncs et les lianes. Quant au reste, elle le repoussait de sa masse.

Mallory l'observa avec étonnement :
— Je me demande comment un truc pareil arrive à flotter,

même en gravité réduite. Son gros ventre est peut-être rempli d'hélium.

— Possible, acquiesça distraitement Laorcq.

Ouvrant la voie, il devançait la pilote de quelques pas. Plus loin dans le dense écheveau de filaments aux feuilles bleues, il fit halte. Mallory le rejoignit et constata qu'une partie du sol s'était effondrée au passage de Jarvik. Elle s'accroupit au bord du trou et en examina l'intérieur.

Elle vit une large galerie de section circulaire, une sorte de tunnel qui courait dans l'épais matelas de végétation recouvrant la grande lune. Les parois étaient striées sur toute la longueur, comme si un engin de forage avait édifié la galerie.

Les hologrammes projetés par le navcom de Laorcq ne laissaient aucun doute. L'alien avait bien emprunté ce tunnel.

— Un passage souterrain... soupira Mallory. La dernière fois ça ne nous a pas trop réussi.

Les images d'un monstre de chair et d'acier lancé à leur trousse lui revenaient[3].

— C'est un vohrn un peu dérangé, pas un cyborg assassin... se contenta de répondre Laorcq en se jetant à travers l'ouverture.

Mallory sauta à son tour et ils parcoururent une petite centaine de mètres dans l'étroit boyau. L'air était chaud et humide, imprégné d'une légère odeur de végétation en décomposition. Les traces de Jarvik ressortaient sous la lumière crue issue des navcoms.

La galerie s'inclina ensuite brutalement, à tel point qu'ils devaient s'aider des mains pour ne pas glisser le long de la pente. Mallory se demandait si la descente n'allait pas durer éternellement quand le sol redevint plat. Dans la foulée, ils débouchèrent sur un immense espace vide où brillaient une multitude de boules allant du jaune pâle à l'orange vif.

Le temps de s'habituer à l'afflux de clarté, ils s'aperçurent

---

[3] Voir Mallory Sajean 01

que le plafond de cette grande salle souterraine était constitué par les racines d'un arbre, probablement un des géants dont ils avaient entrevu la cime depuis le ciel.

Mallory s'approcha d'une des sphères phosphorescentes. Elle crut tout d'abord avoir affaire à une sorte de grosse larve, lointaine cousine des lucioles terrestres. Un examen approfondi dévoila une autre nature : il s'agissait de bizarre chauve-souris à quatre ailes et autant de pattes, dont l'abdomen disproportionné émettait de la lumière.

Accrochées par de minuscules griffes aux parois et aux racines qui s'entrecroisaient au plafond, elles remuaient doucement, occasionnant des variations de teinte.

Mallory se tourna vers Laorcq. Occupé à retrouver la piste de Jarvik, il se concentrait sur les diagrammes projetés par son navcom et ne prêtait aucune attention aux créatures colorées. Elle constata que l'épaule droite du balafré se trouvait dangereusement proche d'une de ces lanternes animales. En trois enjambées vives et légères, elle fut sur lui et le tira par le bras afin de l'éloigner :

— Ces gros lampions sont des bestioles volantes ! lui expliqua-t-elle tout bas. Ne va pas les déranger !

Au moment où elle terminait sa phrase, le vohrn jaillit du fond la vaste salle souterraine et fonça sur eux...

Mallory se jeta au sol pour esquiver la charge brutale de l'alien, mais celui-ci en avait après Laorcq. Il se lança sauvagement contre lui, l'entraînant dans une roulade sur plusieurs mètres.

À ce spectacle, la pilote grimaça. Sans sa combinaison de protection, le choc aurait laissé Laorcq inconscient, voire pire. De surcroît, la surprise lui avait fait lâcher son arme, qui était allée se perdre dans un recoin inaccessible. Ne prenant même pas la peine de se relever, l'humain et le vohrn s'engagèrent dans un violent corps à corps.

Mallory savait que les chances de Laorcq étaient maigres. Si elle n'intervenait pas rapidement, la force brute de Jarvik le tuerait malgré sa tenue de combat.

La physionomie du vohrn rendait la lutte inégale : son épaisse peau écailleuse lui protégeait tout le corps. Laorcq enchaîna les directs sans effet notable. De son côté, l'extraterrestre le ceinturait de ses interminables bras noueux, dans une étreinte à broyer l'acier.

Un signal d'alarme apparut dans le champ de vision de la pilote : le navcom de Laorcq l'informait que sa combinaison arrivait en limite de résistance.

— Mallory ! Je vais pas tenir longtemps ! cria-t-il.

Hélas, confirmant ses craintes, la soudaine activité avait affolé les lanternes vivantes qui s'étaient mises à voler en tous sens. Très vite, elles formèrent un mur lumineux entre Mallory et les deux adversaires.

Braquant son revolver à balles hypertrophes vers cet obstacle, elle ouvrit le feu à plusieurs reprises pour se frayer un chemin vers eux. Elle progressait pas à pas, à une allure ridicule. Elle avait l'impression que le fait d'être dérangées avait multiplié par mille le nombre de chauves-souris ventrues et brillantes qui hantaient la caverne végétale.

À moins que toute cette agitation n'en ait attiré d'autres, se demanda la pilote en frappant l'une d'elles d'un geste sec et précis pour l'écarter de son visage. Elle serra son arme à deux mains et s'efforça d'avancer, tirant rafale après rafale. Elle laissait dans son sillage des piles de petits corps sphériques, dont la luminosité décroissait doucement. Enfin, elle fut assez près pour avoir Jarvik dans sa ligne de mire sans risquer de toucher Laorcq. Elle pressa la détente encore une fois, pour découvrir que ses munitions étaient épuisées.

— Et merde ! cria-t-elle, furieuse. Évidemment, c'est toujours pareil !

Abandonnant le revolver, elle se jeta dans la mêlée, pour être repoussée d'un violent coup de pied asséné par le vohrn. Dans sa précipitation, elle avait oublié que ses genoux s'articulaient à l'inverse des humains, et pensait avoir trouvé un angle d'attaque...

Le choc lui coupa le souffle malgré sa tenue de protection, et elle sentit le goût du sang sur sa langue. Cette fois, elle dut ramper pour rejoindre de nouveau des deux combattants. Autour d'eux, les lanternes orangées continuaient leur danse affolée, barbouillant ses rétines de traînées lumineuses.

Mallory ne répéta pas son erreur. Revenue à proximité des deux adversaires qui s'affrontaient au sol, elle resta prudemment hors de portée des jambes de Jarvik. Laorcq l'avait aperçue et s'efforçait de lui offrir une occasion d'approcher. Puisant apparemment dans ses dernières forces, il enchaîna une série de coups de poing et de tête contre le buste de l'alien.

Bien que protégé par son épaisse peau, il relâcha petit à petit sa prise, en particulier quand Laorcq parvint à le frapper directement sur le rostre. Il n'en fallut pas plus à Mallory : à quatre pattes, elle se lança sur Jarvik, qui tenta de la repousser d'une main. Elle esquiva de justesse et se jeta sur le bras de l'alien, pour l'enserrer entre ses jambes en une clef capable de ravager sur-le-champ les articulations d'un humain.

Dans le cas du vohrn, la pilote dut s'arquer avec force vers l'arrière, afin de peser assez pour qu'il lâche enfin Laorcq.

Aussitôt, celui-ci s'écarta et, à peine relevé, assena un brutal coup de pied en visant le rostre de Jarvik.

Le vohrn parut faiblir, mais parvint à se dégager de la prise de Mallory d'une rude secousse. Il roula ensuite sur un côté et recula lentement vers le fond de la caverne, en restant face à ses adversaires.

— Jarvik ! Ça suffit maintenant ! clama la pilote entre deux inspirations. Ça ne rime à rien ! Vous comptez vous planquer dans cette jungle jusqu'à la mort ?

Tout aussi essoufflé qu'elle, Laorcq ajouta en massant ses côtes meurtries :

— Hanosk est à bord d'un de vos croiseurs, juste à l'extérieur d'Aldébaran. Il vous aidera...

L'extraterrestre eut une réaction inattendue. Il avança vers les humains et s'arrêta pour tendre un bras. Ses doigts longs et fins aux nombreuses articulations s'agitèrent, pris de tremblements. Puis il tourna le dos et s'éloigna avant de s'écrouler à terre...

Stupéfaite, Mallory regarda le grand alien étalé sur le sol meuble de la grotte végétale :

— Alors ça...

— Ne nous arrange pas ! compléta le balafré. J'ai au moins trois côtes brisées et nous allons devoir traîner un alien de plus de cent kilos à travers une jungle !

Autour d'eux, les étranges chauves-souris lumineuses commençaient enfin à se calmer et, reprenaient petit à petit place sur les parois et le plafond.

Le flot d'adrénaline refluant, Mallory découvrait qu'elle avait également encaissé de jolis coups. Une de ses jambes la lançait au niveau de la cuisse et son estomac peinait à se remettre de sa rencontre avec le pied du vohrn.

Ce fut en boitillant tous deux qu'ils s'approchèrent de Jarvik. Elle se pencha sur lui et posa une main sur son torse, à la base du renflement conique formé par le rostre de l'extraterrestre. Rassurée, elle sentit une légère pulsation :

— Au moins, il est encore en vie...

Péniblement, ils parvinrent à redresser le vohrn inconscient. Ils le placèrent entre eux, prenant ses bras sur leurs épaules et rebroussèrent chemin.

Quitter la galerie fut particulièrement difficile. Mallory dut s'extraire en premier et tirer le vohrn à l'air libre, tandis que Laorcq le poussait par en dessous en faisait abstraction de la souffrance émanant de ses côtes meurtries. Si la gravité n'avait pas été inférieure à la norme terrestre, ils ne s'en seraient jamais sortis.

Épuisés et perclus de douleurs, ils durent ensuite se débarrasser d'un essaim de grosses guêpes noires. Dotées d'ailes rouges veinées de bleu, elles se confondaient avec les feuilles des arbres alentour.

Ces sortes de frelons paraissaient décidés à dévorer Jarvik. Même à travers les combinaisons protectrices, les humains purent sentir la piqûre de leurs dards. Quand Mallory aperçut son aéro, elle était trop exténuée pour crier victoire. Ils se contentèrent de charger Jarvik à l'intérieur et de décoller dès que les portières se refermèrent.

Laissant la nature hostile de Reival derrière eux, elle lança le petit appareil à pleine vitesse, en direction du croiseur vohrn. Elle avait la désagréable impression que l'extraterrestre était mal en point.

Le trajet s'étira à l'infini et la pilote dut lutter contre la fatigue. Quand la silhouette du monstrueux navire commandé par Hanosk se dessina sur fond d'étoiles, le soulagement l'envahit.

Ils abordèrent juste à temps : à l'arrière de l'aéroglisseur, le vohrn était pris de convulsions...

Tandis que Mallory appelait les vohrns pour leur demander une unité médicale, Laorcq se faufila à moitié entre les sièges avant de l'aéroglisseur pour tenter de limiter les violents soubresauts de l'alien.

— Il a vraiment l'air en sale état, déclara-t-il. J'espère que leurs sas sont rapides !

— Ne t'en fait pas pour ça. Ils ont un système d'appontage parfait...

Laorcq se souvint que Mallory était la seule de l'équipe à avoir voyagé à bord d'un croiseur vohrn. Trop occupé à contenir les tressaillements du vohrn, il ne lui demanda pas ce qu'elle sous-entendait.

Alerté par une variation de gravité, Laorcq abandonna l'alien mal en point et, découvrant le colossal navire vers lequel ils fonçaient, s'exclama :

— Eh ! Tu veux passer à travers la coque pour gagner du temps ou quoi ?

— Tu ne crois pas si bien dire, rétorqua-t-elle.

L'immense silhouette du croiseur emplissait désormais le pare-brise de l'aéro. Il évoquait vaguement l'enveloppe d'un dirigeable, sur laquelle saillaient des bulbes hémisphériques. Long de plusieurs kilomètres, il donnait l'impression d'accoster une station spatiale ou un gros astéroïde.

Un groupe synergétique le traversait de part en part, en un cylindre assez grand pour avaler un navire de la classe du *Sirgan*.

Au bout de quelques secondes, le regard de Laorcq accrocha le scintillement d'un champ de force. Mallory lança l'aéro dans cette direction.

Elle semblait avoir décidé de s'amuser aux dépens de lui. Accélérant encore, elle visa soigneusement le centre du voile d'énergie qui obstruait l'accès au vaisseau.

Le petit appareil se trouvait à moins de deux mètres, quand celui-ci se volatilisa pour leur livrer passage et réapparut en une fraction de seconde derrière eux. En face, un autre champ se présenta et le scénario de désactivation-activation se répéta. La combinaison des deux rideaux énergétiques fonctionnait comme un sas géant et ultra rapide, permettant d'aborder le croiseur en plein vide spatial aussi facilement que sous atmosphère.

Laorcq avait pâli. S'il se doutait que la pilote n'était pas suicidaire, il ne s'attendait absolument pas à apponter à une telle vitesse.

D'un geste assuré, elle freina sèchement l'aéro et le posa entre deux chasseurs vohrns. Un sourire narquois aux lèvres, elle commenta :

— Tu vois, quand je te dis que leurs sas sont efficaces...
En ce moment, il ne parvenait pas à saisir l'humeur de Mallory. Parfois, elle semblait ravie de travailler de nouveau avec lui, et un instant plus tard il aurait pu jurer qu'elle lui en voulait... Prudent, il se contenta d'un grommellement inintelligible ne l'engageant en rien et regarda à travers la vitre côté passager. Une rangée de chasseurs s'étendait jusqu'aux limites du pont. La forme arrondie de l'aéro contrastait nettement avec celles géométriques et acérées des appareils extraterrestres.

Les portières eurent à peine le temps de se relever que quatre vohrns se présentaient pour s'occuper de Jarvik. Les convulsions de l'ambassadeur s'étaient calmées, mais cela paraissait plutôt dû à une faiblesse générale qu'à une amélioration. Ses congénères se saisirent de lui avec délicatesse et l'allongèrent sur un brancard antigrav. L'un d'eux remit à Mallory une lampe volante d'aspect organique et ils quittèrent le pont sans un mot pour disparaître au sein de l'immense navire.

Laorcq contempla d'un œil dubitatif la grosse luciole. Projetant une lumière douce et dorée, l'étrange lanterne flottait dans l'air dans un bourdonnement à peine perceptible.

— On a vraiment besoin de ça ? demanda-t-il.

— Indispensable, affirma la pilote. Les navires vohrns sont dépourvus de tout éclairage, sauf pour les secteurs où se trouvent des végétaux. Le rostre des vohrns, c'est un peu comme un sonar : ils n'ont pas besoin de lumière. Tu verras, quand on se balade dans de longs couloirs sombres et déserts, ça donne un petit côté vaisseau fantôme très pittoresque...

Sur ces mots, la luciole commença à se mouvoir lentement, en une invite à la suivre.

— Allez, viens, poursuivit Mallory. C'est l'heure d'aller voir le chef...

Guidés par la lampe autonome, les deux humains traversèrent une partie du navire. Laorcq se rendit compte que Mallory n'avait pas exagéré : une obscurité impénétrable régnait à bord du croiseur et ils ne rencontrèrent personne. L'impression d'explorer un appareil à l'abandon était saisissante...

Pour ne rien arranger, les lieux baignaient dans un silence quasi absolu, les poussant inconsciemment à baisser la voix. Laorcq allait douter du bon fonctionnement de la luciole quand elle stoppa en face d'une large porte coulissante. Celle-ci s'ouvrit sur une grande salle, encombrée de pupitres de toutes les tailles. La texture des matériaux qui les composaient alternait entre biologique et synthétique. Un ou plusieurs vohrns étaient installés devant chacune de ces consoles.

À l'évidence, la lanterne volante les avait menés à la passerelle. Au centre de la pièce, une projection en trois dimensions luisait doucement, apportant un surcroît de lumière bienvenu.

Laorcq reconnut une représentation du système d'Aldébaran. Intrigué, il s'approcha un peu. Outre les différents astres, il repéra une icône entourée d'un cercle clignotant à proximité de la planète Volda : le groupe de vaisseaux inconnus débusqué par Mallory.

Une voix monocorde s'éleva dans leurs dos, les faisant sursauter :

— Capitaine Mallory Sajean et Commandant Laorcq Adrinov. J'ai besoin d'éclaircir certains points avec vous. La situation pourrait être nettement plus grave que nous le pensions.

Laorcq se retourna, pour découvrir Hanosk. L'alien dépassait les deux mètres de haut. Il devait lever les yeux pour fixer l'excroissance conique qui jaillissait en haut de son torse. En l'absence de tête, il avait pris l'habitude d'assimiler le rostre des vohrns à un visage. Au moins, cela lui fournissait un repère durant les conversations. Placé près de l'organe ultra-sensible, un boîtier traducteur émettait les phrases en langage humain.

Très vite, Mallory et Laorcq durent récapituler les

évènements depuis leur arrivée sur Solicor. Hanosk insista sur plusieurs éléments, en particulier sur l'étrange substance noire que la pilote avait découverte au plafond de l'ambassade, dans le « bureau » de Jarvik.

Le vohrn s'approcha de l'un des siens, un opérateur installé à l'une des consoles. Hanosk échangea avec lui pendant qu'il manipulait des commandes. Une série de données s'afficha devant eux. Le dirigeant extraterrestre se pencha pour les examiner puis revint vers ses agents :

— Cette substance devra être analysée, mais, d'après votre description, il s'agit d'une interface de communication avec une race de soldats biogène : les saharjs. Ils ont été produits et utilisés avant que mon peuple maîtrise la navigation spatiale. Nous les pensions éteints depuis...

L'alien s'interrompit brièvement et termina :

— Près de mille cinq cents de vos années.

— Comment ont-ils fait pour se dissimuler si longtemps ? demanda Mallory.

— Et pourquoi sortir de l'ombre maintenant et ici ? ajouta Laorcq.

— Nous ne savons pas ce qui les motive. Leur survie jusqu'à notre époque nous inquiète.

Mallory fronça les sourcils :

— Pourquoi ça ?

— Toutes les archives auxquelles nous avons accès sont formelles : les créatures artificielles biogènes étaient stériles et dotées d'une durée de vie limitée. Il pourrait s'agir d'un contingent mis en stase, cependant il est hautement improbable que du matériel de cette époque soit resté fonctionnel. L'hypothèse la plus vraisemblable, et aussi la plus préoccupante, serait qu'ils aient réussi à altérer leur code génétique afin de se reproduire...

XI
SQUISH

Une fois leur rapport terminé, Hanosk guida les deux humains jusqu'à une des zones du navire servant de réserve végétale. Les vaisseaux vohrns de fort tonnage suivaient tous une architecture similaire : une alternance de modules techniques, dévolus à des machineries complexes tels les propulseurs ou les contrôleurs de gravité, et d'autres sections qui contenaient des reproductions de biotopes issus de Cebalraï, leur système d'origine.

Passant brusquement de la pénombre à la clarté, Mallory et Laorcq durent se protéger les yeux avec les mains. Fixés au sommet du module jardin, des projecteurs sphériques imitaient le spectre du soleil vohrn.

Sous une intense lumière blanche s'étalait un espace rocheux parsemé de plantes grasses de la hauteur d'un homme. Les pierres étaient rouges et le sol recouvert d'une mince couche de gravier de même nuance. Les végétaux s'habillaient d'une écorce noire ou gris foncé, tandis que leurs feuilles adoptaient toutes les couleurs et formes possibles. Rondes et vertes, en lame de couteau et bleues, triangulaires et pourpres...

Après les corridors sombres et vides qu'ils venaient de parcourir, les humains restèrent un moment sans voix, suivant simplement Hanosk à travers ce paysage bariolé.

Quelques dizaines de mètres plus loin, l'alien fit halte et se tourna vers Mallory :

— Vous souvenez-vous de l'animal qui avait établi un lien télépathique avec vous ?

Le dirigeant extraterrestre se référait aux évènements survenus lors de sa première rencontre avec elle, dans le système de Procyon. Poursuivie par un cyborg assassin, elle avait pourtant pris le temps de sauver une créature indigène d'une mort certaine. Il s'agissait d'un jufinol nouveau-né, une sorte de gros ver doté d'un pelage arc-en-ciel, d'un museau pointu et de grands yeux lui conférant un regard de chien battu. Longs d'un bras à leur naissance, ces animaux atteignaient des dimensions éléphantesques une fois adultes.

— Bien sûr, répondit-elle. Comment va-t-il ? Je suppose qu'il a trouvé une mère adoptive ?

Ne voyant guère de rapport entre le petit jufinol et la situation actuelle, la pilote se demandait où voulait en venir son patron.

— Il se laisse dépérir et ne semble pas très intéressé par les contacts avec ses semblables.

Mallory en fut très attristée. Sans cette créature et sa capacité à lire les pensées, les choses auraient pu très mal tourner lors de l'invasion de mutants sur Kenval. *Peut-être est-ce ma faute ? J'aurais dû l'empêcher de forger un lien avec moi et le remettre dès que possible à des adultes de son espèce...*

Tout à ses idées moroses, elle n'entendait pas vraiment les paroles d'Hanosk :

—... et nous l'avons donc pris à bord avant de venir.

— Pardon ?

Les bras de l'alien s'agitèrent, signe d'exaspération.

— Je disais : le petit jufinol est ici, car nous estimons qu'il a simplement besoin d'être près de vous.

En effet, quelques pas plus loin, elle aperçut le ver multicolore. Il était roulé en boule au pied d'un arbuste dont les branches noires se couvraient de baies violacées et de fleurs aux pétales translucides.

La fourrure de l'animal était devenue terne et il remuait à peine. Pourtant, quand Mallory se fut suffisamment approchée pour qu'il perçoive sa présence, il se détendit tel un ressort et il bondit dans sa direction. Elle eut juste le temps d'ouvrir les bras pour le cueillir au vol. Il se blottit contre elle, son corps en travers du torse de l'humaine comme une ceinture de sécurité et le museau calé sur son épaule.

Le lien se rétablit entre eux et elle sentit un soulagement mêlé de joie la submerger. Ses tatouages sensitifs réagirent en couvrant sa peau de roses rouges.

— Je suis désolée... s'excusa la pilote. Je ne t'abandonnerai plus, promis !

Le jufinol émit un gazouillement apaisant. Incapable de lui en vouloir, il lui avait déjà pardonné.

Laorcq observa Mallory et son étrange ami. Il avait parfois du mal à concilier toutes les facettes qu'il connaissait d'elle. Dure, tendre, moqueuse, colérique... Il s'y perdait un peu. Alrine n'était pas aussi passionnée, mais offrait une constance rassurante dans son comportement.

De telles réflexions le surprirent. Était-il en train de rationaliser son choix ? Conneries ! trancha-t-il, avant de revenir à la raison de leur présence dans le système d'Aldébaran :

— Hanosk. La situation sur Solicor est vraiment tendue. Si c'est une espèce créée pour la guerre qui est derrière tout ça, les choses vont très vite dégénérer...

— Nous ne pouvons pas intervenir directement pour l'instant, expliqua l'alien. Pendant que nos médecins examinent Jarvik, vous et la capitaine allez prendre un peu de repos. Nous aviserons en fonctions des résultats. Quoi qu'il en soit, nous ne pourrons faire usage de la force. Si la stratégie des saharjs nous dépasse, il nous faudra abandonner Aldébaran...

Laorcq jeta de nouveau un œil à Mallory, toujours occupée à cajoler le bébé jufinol. Mieux valait qu'elle n'écoute pas : déclarer forfait pour des raisons politiques risquait de la mettre hors d'elle...

Il sentit sa une vibration à son poignet. *Alrine,* pensa-t-il aussitôt. Il s'écarta de Mallory et du vohrn pour décrocher. Il eut un large sourire quand l'image de sa compagne apparut devant lui :

— Alrine ! Comment ça va sur Solicor ?

Les traits un peu durs de la policière se tordirent :

— On revient doucement au calme. Je n'avance pas beaucoup pour autant : l'autopsie n'a rien donné de spécial. Et vous deux ? Vous avez réussi à arrêter Jarvik ?

Il lui narra alors leurs péripéties dans la jungle de Reival.

Elle eut une exclamation envieuse :

— Vous ne vous êtes pas ennuyés ! Ça change de l'avis de recherche pour un type que l'on retrouve tranquillement à siroter un verre.

Ils poursuivirent leur conversation sur des sujets plus personnels pendant quelques minutes. Quand il coupa la ligne, il se remémora la remarque à propos de Vassili. Avec la fuite de Jarvik, cette histoire était passée au second plan.

Il retourna vers Mallory et Hanosk pour les informer de la réapparition de l'homme d'affaires. La pilote parut se réjouir à l'idée que Vassili soit sauf. Par contre, quand il évoqua l'attitude désagréable et presque suspecte de ce dernier, il eut la vague impression qu'elle faisait la sourde oreille.

Le lendemain, Hanosk les retrouva dans une sorte de salon, où des sièges polymorphes les avaient accueillis durant la nuit. Les organes sensoriels massés dans le rostre conique de l'extraterrestre lui permettaient de voir clairement en dépit de l'obscurité absolue du vaisseau. Il repéra la luciole confiée à Mallory, posée dans un coin de la pièce. D'un simple effleurement, il la réactiva. La lumière qu'elle émit suffit à réveiller les terriens.

— Hanosk. J'ai l'impression de m'être juste assoupie, marmonna la pilote en ouvrant les yeux.

D'un geste, elle rejeta la mince couverture pareille à du cuir et étrangement chaude qui l'enveloppait. Installé sur ses cuisses, le jufinol s'ébroua en poussant des cris aigus.

Prenant la remarque de Mallory au pied de la lettre, l'alien déclara :

— Vous avez dormi durant sept de vos unités de temps appelées « heures ».

— OK, merci pour la précision...

Complètement éveillée, elle passa aux choses importantes :

— Dans quel état est Jarvik ?

— Il est inconscient, mais hors de danger.

Hanosk enchaîna en leur résumant le résultat des analyses effectuées sur l'ambassadeur. Le voile était levé sur au moins un mystère : les médecins vohrns avaient découvert une sorte de parasite logé près d'un point névralgique du système nerveux de l'alien. L'opération pratiquée pour l'en débarrasser avait été longue et difficile. De minuscules filaments jaillis de l'organisme étranger s'entremêlaient au réseau de nerfs de sa victime. Un détail avait particulièrement frappé les vohrns :

— La nature du parasite est sans conteste saharj. De nombreux éléments correspondent avec les informations dont nous disposons sur cette espèce réputée éteinte. Par contre, nous avons eu la surprise de constater qu'il s'agit en réalité d'un embryon.

Laorcq se tourna vers Mallory, une stupeur pareille à la sienne dessinée sur ses traits. Sensible à l'humeur inquiète de la pilote, le ver multicolore quitta ses cuisses et alla s'enrouler autour d'un de ses bras. Tout en s'extirpant du confortable siège, elle s'assura qu'elle avait bien saisi :

— Ils se servent de leurs propres enfants ? C'est dégoûtant !

Le sens de la remarque parut échapper à l'alien. Il plia ses genoux inversés par rapport aux humains, afin de se pencher vers elle.

— Notre théorie selon laquelle les saharjs seraient parvenus à modifier leur code génétique afin de se reproduire est confirmée. Nous avons la preuve qu'ils ont réussi à intégrer une partie du génome d'une autre espèce. Par recoupement, nous avons découvert que les gènes en question proviennent d'un peuple capable de transmission de pensées.

Elle comprit ce que cela impliquait :

— Merde ! Jazz ne s'était pas planté quand il parlait de télécommande.

Se levant à son tour, Laorcq gardait le silence. Il passa la main sur son menton et fit crisser sa barbe de trois jours. Mallory le connaissait assez pour savoir que ce tic indiquait une intense réflexion. Il la regarda, puis s'attarda sur le jufinol. Enfin, il hasarda une idée :

— Et si ton copain télépathe essayait de repérer les victimes des saharjs ?

— Une possibilité intéressante, qu'un de mes scientifiques a également évoquée, commenta Hanosk. Vous allez retourner sur Solicor et solliciter une entrevue avec un des gibrals que nous soupçonnons d'être parasités. Vous pourrez ainsi vérifier cette hypothèse.

N'ayant plus rien à ajouter, le grand alien à la peau écailleuse quitta les humains. Toujours guidés par la luciole biomécanique, ils rejoignirent le pont d'envol où se situait l'aéroglisseur de Mallory.

Elle découvrit avec plaisir que les vohrns avaient mis à profit la nuit pour le réviser et y charger des objets utiles : une mallette dans laquelle elle trouva un automate médical piloté par une IA, un assortiment d'armes, les munitions appropriées et, surtout, de petits barils contenant de la nourriture destinée au jufinol.

Quand ils prirent place dans l'aéro, le ver coloré abandonna le bras de Mallory pour aller se nicher sur la console qui séparait les deux sièges avant. Dès que le navcom de bord afficha l'autorisation de décollage, elle empoigna le volant.

Elle dégagea l'appareil d'entre les chasseurs vohrns et accéléra en direction du double champ de force isolant le pont du vide spatial. Trois heures plus tard, ils rejoignaient l'immense station en forme d'anneau qui ceinturait Solicor pour se faufiler discrètement dans la soute du *Sirgan*.

Laissant Laorcq déballer les nouveaux jouets confiés par les vohrns, Mallory fila jusqu'au poste de commande. Elle savourait avec un plaisir non dissimulé le bruit produit par ses lourdes bottes sur la grille métallique qui constituait le plancher de la coursive. Ces sons évoquaient pour elle le foyer. Le jufinol entortillé autour de son bras gauche réagissait à la sensation positive en émettant un léger ronronnement. Arrivée au cockpit, une voix familière l'accueillit : celle de l'Intelligence Naturelle du *Sirgan*...

— Alors ? Comment était l'*Urkein'Naak* ?

Mallory se demanda si elle avait correctement entendu :

— Qui ça ?

— L'*Urkein'Naak* ! insista Jazz. Le croiseur vohrn. Enfin,

vous avez passé vingt-quatre heures à bord et vous ne connaissez pas son patronyme ?

Mallory écarta la remarque d'un haussement d'épaules :

— On avait d'autres préoccupations... Et il veut dire quoi ce joli nom ?

— Brûleur de ciel... Quels poètes ces vohrns !

Jazz parut découvrir la présence du jufinol. D'un ton faussement exaspéré, il jeta :

— Encore cette bestiole ? D'où sort-elle ? Hanosk, je parie. Il aurait pu nous amener autre chose...

— Arrête un peu, il était en train de se laisser mourir. Et, contrairement à ce que tu crois, il pourrait nous être très utile.

— Ah bon ? On verra. Tiens, à ce sujet, c'est quoi son nom ?

Mallory se sentit embarrassée. Comment avait-elle pu passer outre ce « détail » ? Quoique... Quand on communique d'une simple pensée, cela n'était pas vraiment indispensable.

Malheureusement, Jazz sauta sur l'occasion de la taquiner :

— Pas de petit nom ? C'est l'asticot anonyme ? Sympa la maman adoptive... Allez, je vais lui en donner un, moi !

Il fit semblant de réfléchir et ajouta :

— Je propose un patronyme vohrn : Staq'Nolk !

Connaissant l'humour bancal de Jazz, Mallory lui demanda la traduction en humain.

— Heu... hésita-t-il. Plumeau à poils ?

Captant la signification du terme à travers l'esprit de la pilote, le jufinol émit un pépiement de protestation.

Sur un ton offensé, Jazz se plaignit :

— Ça va ! Si on peut pas rigoler sans qu'il nous fasse des « squiiiiicks » et des « squiiiiishs »... Eh ! Un instant. Et si on l'appelait Squish ?

— Il est parfait ce nom ! approuva Torg, qui venait de les rejoindre dans le poste de commande du *Sirgan*.

Mallory posa une main sur son front et soupira. *C'est foutu. Le sobriquet idiot va rester...*

Pendant leur séjour à bord de l'*Urkein'Naak*, Solicor avait retrouvé une apparente normalité. Tandis que Torg était revenu au *Sirgan* pour attendre le retour de sa capitaine, Alrine était restée sur la planète. Mallory vérifiait les principaux systèmes de son navire, quand Laorcq l'informa qu'il allait rejoindre la policière. Il ajouta :

— J'ai réparti les armes données par Hanosk en deux paquets, un dans la soute de ton vaisseau et un dans le coffre de l'aéro.

Elle ne prêta guère d'attention à ces détails. Imaginer Laorcq et Alrine ensemble avait suscité une brusque pointe de jalousie en elle. Après quasiment deux jours en compagnie du balafré, elle avait presque oublié l'existence de la grande blonde et sa relation avec lui.

Sans rien laisser paraître, elle le salua d'un ton nonchalant. Une fois encore, elle se retrouvait seule à bord du *Sirgan*. Jazz, Torg et Squish formaient à leur manière une famille, mais ne pourraient jamais replacer un autre humain...

Le jufinol ressentit sa peine et s'efforça de la consoler. Une onde de calme et de bienveillance envahit l'esprit de Mallory. Associée à son penchant naturel à affronter l'adversité, cette sensation balaya très vite toute morosité.

Ainsi, quand elle reçut un message de Cole Vassili lui proposant de le rejoindre sur Solicor, un appétit tout à fait normal guida ses actions.

Sans creuser les raisons cachées derrière l'invitation, elle décida qu'elle avait droit à un peu de bon temps elle aussi. La remarque de Laorcq concernant l'attitude de Vassili lui revint. Elle la chassa d'un haussement d'épaules. *Je parie qu'il s'est juste irrité de l'arrivée d'un cybride, d'une flic et d'un grand balafré pour le questionner. S'il n'a pas été aimable, c'est pas étonnant...*

Elle confia le *Sirgan* à Jazz et à Torg, et avec un pincement de culpabilité, fit comprendre au Jufinol qu'elle avait besoin de se rendre seule à la surface. Squish émit une légère plainte, puis se résigna : maintenant qu'il avait retrouvé Mallory, leur lien s'était suffisamment raffermi pour détecter sa présence depuis l'anneau orbital.

Garder le ver multicolore près d'elle ne l'aurait pas ennuyé, cependant il risquait de lui en révéler un peu trop à son goût sur les motivations de l'homme avec qui elle allait passer la soirée, voire la nuit. Elle se doutait qu'elle n'allait être qu'une aventure de plus pour lui, et n'avait aucunement envie d'en avoir la confirmation grâce au talent de Squish pour lire les pensées...

Vassili déambulait dans un quartier commerçant, au cœur de la ville-monde. Quelques semaines auparavant, il se serait félicité d'avoir convaincu la jolie brune tatouée d'accepter son invitation. Désormais, sa nature profondément modifiée par le ktol n'accordait aucune importance à ce type de relation. Il se conformait aux instructions des primordiaux : se rapprocher suffisamment de l'humaine pour qu'elle lui confie des informations sur les vohrns et les évènements en cours dans le système.

Il les transmettrait ensuite au primordial Axaqateq. Du moins, celles qu'il jugerait utiles de l'être. Grisé par le pouvoir que le ktol lui avait donné en le transformant, il caressait l'idée de se retourner contre son nouveau maître. Il ne disposait pas encore d'une stratégie clairement définie, mais rester l'esclave d'un alien, aussi puissant soit-il, ne lui

convenait pas.
 Il entrevoyait des possibilités vertigineuses, des plans qu'il pourrait exécuter s'il parvenait à se libérer du primordial tout en conservant les capacités conférées par le ktol.
 Un frisson de plaisir le parcourut à cette idée. *Bientôt...*
 Revenant à l'immédiat, il organisa son rendez-vous avec la pilote.
 Il se dirigea ensuite vers le restaurant qu'il avait soigneusement sélectionné afin de mettre son invitée à l'aise.

Niché dans un des niveaux les plus profonds de Solicor, le *Sillage* était tenu par un couple d'humains. L'endroit était petit et tout en sobriété. Une pièce carrée, basse de plafonds et aux couleurs chaudes sur lesquelles ressortaient des toiles sur fond blanc. La plupart étaient des estampes figurant des paysages du système solaire.
 Arrivée la première, Mallory reconnut les fleuves de poussière rouge de Mars, les volcans d'Io ou encore le désert de glace et de roche de Ganymède.
 La pilote croisa le regard d'une femme qui s'affairait derrière un comptoir en bois clair. D'un simple geste du menton, celle-ci lui fit comprendre qu'elle pouvait s'installer là où elle le souhaitait.
 Mallory prit place, tout en essayant de se convaincre que la tension qu'elle ressentait était due à un peu de fatigue.
 Un ensemble de lignes lumineuses blanches et bleues apparut au-dessus de sa table. Lorsqu'elle passa la main à travers, l'image se recomposa pour afficher le menu. Il dévoila un large choix de plats à base de poisson cru et de fruits de mer en tout genre. Certains venaient des océans de Solicor, le reste de Thalas, un monde aquatique que les

145

humains avaient peuplé de toutes les espèces originaires de la Terre, sauvant ainsi nombre d'entre elles de l'extinction pure et simple.

Avec une gêne soudaine, Mallory réalisa qu'elle s'était précipitée à son rendez-vous sans se préparer. Persuadée d'avoir éveillé l'intérêt de l'homme d'affaires, elle s'était contentée d'une douche. Elle observa son reflet dans la vitrine du petit restaurant.

Soulignée par sa tenue de vol près du corps, sa silhouette était harmonieuse et dénotait une activité physique régulière. Ses cheveux noirs coupés en carré plongeant encadraient son visage aux traits fins, dépourvu de tout maquillage.

Bah, c'est à prendre ou à laisser, se dit-elle en tentant de se convaincre d'une indifférence qu'elle ne ressentait pas.

Quand il se présenta, Vassili parut étonné de trouver la pilote là avant lui.

Elle lui fit signe, puis se concentra sur l'hologramme qui dansait au milieu de la table. Malgré son attirance, elle n'était pas complètement à l'aise. Illustrant cet état d'esprit, ses tatouages sensitifs dessinaient des tiges sans épines, mais aucune fleur n'était visible. Sur le dos de ses mains, seuls de minuscules boutons de rose ressortaient de l'enchevêtrement végétal.

Passé les salutations d'usages, il s'installa en face d'elle et lui demanda son avis sur l'endroit :

— Intéressant, répondit-elle. Je m'attendais à un lieu, disons... plus mondain.

Une lueur d'amusement dans les yeux, il sourit :

— J'ai pensé que l'ambiance collet monté n'était pas ton genre. Je suis content d'avoir vu juste.

Jamais trop curieux, il l'interrogea sur son travail et sa vie en général. Mallory commença à se détendre. Sa posture se fit moins raide. Inconsciemment, elle cessa de s'appuyer contre le dossier de sa chaise pour se pencher vers son interlocuteur.

Ce bavardage sans conséquence lui faisait du bien, elle se

sentait à l'aise. Vassili était agréable, et, passé le côté un peu artificiel de son physique, très séduisant. Elle remarqua à peine qu'il prenait toujours un petit temps de réflexion avant de répondre à ses questions. Ce qu'elle mit sur le compte d'une envie de ne pas la froisser par des mots mal choisis...

Vassili nota avec satisfaction que Mallory ne se doutait de rien. Grâce à sa sensibilité accrue, il pouvait déceler les signes de détente chez la femme.

Ses capacités lui permettaient de mener la conversation sans la moindre anicroche, alors qu'il éprouvait un désintérêt total pour elle. La découverte des informations souhaitées par le primordial et s'amuser avec ses nouveaux talents le stimulait nettement plus.

Il vit les défenses de la jolie brune tomber une à une. Il avait l'impression de lire en elle comme dans un livre.

Les tatouages sensitifs de la pilote s'étaient changés en une multitude de fleurs de cerisiers, couvrant l'intégralité de ses avant-bras. Quand la fin du repas arriva, il savait qu'elle avait déjà décidé de coucher avec lui.

Ils quittèrent le restaurant et se dirigèrent vers son logement sans avoir à en parler. Une fois dans son appartement, Mallory prit l'initiative et le coupa en pleine phrase par un profond baiser.

Vassili n'était pas naïf : elle ne devait se faire aucune illusion sur cette relation. Elle semblait juste vouloir passer un bon moment. Ce qui l'arrangeait parfaitement.

Fort du contrôle exercé sur ses émotions, il afficha un désir réciproque, mais son esprit, qui n'avait plus grand-chose d'humain, analysait froidement la situation. Il se demandait à quel point il pouvait la duper, quand une idée étrange germa dans ses pensées : *et si j'en profitais pour tester les limites de ma propre transformation ?* Grâce au ktol, il possédait la pleine maîtrise de son corps. Avec un peu de concentration, il pouvait ressentir indépendamment chacune des cellules qui composaient ses organes et orienter leur fonctionnement.

Il repoussa sa conquête jusqu'au lit, où elle se débarrassa de ses vêtements pour révéler des courbes délicates et des lignes musclées. À genoux sur le matelas, elle redressa le buste et posa les mains sur ses cuisses, affichant sans complexe sa poitrine menue, mais harmonieuse et le triangle noir de son pubis. Dans ses yeux sombres couvait une intensité qui aurait fait frémir n'importe quel homme.

D'une pensée, il influa sur son métabolisme de façon à montrer une importante excitation. Il dévoila un large torse, un ventre plat et des hanches étroites. Ironiquement, cette superbe musculature due à la chirurgie plastique dissimulait maintenant une force physique en rapport.

Tandis qu'il se dénudait à son tour et s'approchait d'elle, Mallory dévora Vassili du regard. Quand il la rejoignit enfin sur le lit, elle l'embrassa de nouveau, tout en parcourant son corps avec les mains. Ses doigts suivirent les reliefs dessinés par ses muscles, pendant qu'il l'explorait de la même manière. Une vague de désir monta en elle : la sensation provoquée par ses caresses l'enivrait. De simples frôlements, elles se muèrent en adroites stimulations. Lorsqu'il la fit basculer sur le dos pour s'installer au-dessus d'elle, une envie animale de ne faire qu'un avec lui s'était emparée d'elle.

À la fois acteur et spectateur de l'acte passionnel, Vassili lisait facilement les réactions de la jolie brune. Lentement, il effleura de ses lèvres les points les plus sensibles. Chaque attouchement, inspiration et soupir de sa partenaire étaient autant d'information qu'elle cédait sans s'en rendre compte. Il les interprétait avec l'aisance d'un musicien aguerri déchiffrant une partition.

Mallory lâchait prise. Elle avait l'impression que Vassili anticipait ses attentes. Comme si elle faisait l'amour à un amant attentionné, qui savait d'elle jusqu'aux moindres détails. Ses yeux, ses mains, sa bouche, son corps étaient toujours exactement là où elle les voulait... Ses dernières réticences vaincues, elle s'abandonna.

Vassili observait la femme avec détachement. Il décida de mener à bien l'expérimentation à laquelle il avait songé : influant de nouveau sur ses glandes, il força le cycle de renouvellement des fluides contenus dans ses organes génitaux et perturba leur fonctionnement hormonal. Quelques minutes suffirent pour que l'ensemble du liquide soit transformé. Sa semence était désormais riche de gamètes incluant l'intégralité de sa séquence génétique et les récentes altérations provoquées par le ktol. Peu importait que sa partenaire soit sous un traitement contraceptif. Il avait uniquement besoin d'un réceptacle afin qu'une réplique de lui-même s'y développe.

Alors que la pilote se noyait dans un plaisir supposément partagé, il déclencha d'une froide pensée son propre orgasme. Il s'écroula ensuite sur elle, feignant l'épuisement.

Issue de la semence de l'homme modifié, une cellule œuf se déplaçait en direction de l'utérus de Mallory...

XII
MARCHANDISE

Devant Torg se dressait un petit cargo gris fer aux formes grossières. De taille modeste, sa silhouette cubique lui conférait malgré tout un aspect massif. Jazz devait avoir raison : il s'agissait sûrement du Tal-50 repéré par Mallory sur Volda.

Aussitôt averti de la présence du cargo, le cybride avait quitté le *Sirgan* afin de se rendre sur place. Par égard pour sa capitaine, il s'était abstenu de la réveiller pour l'informer de son départ : rentrée à peine une heure auparavant, elle dormait à poings fermés.

Le dos à une cloison, Torg observait les lieux en attendant Alrine et Laorcq. Ce secteur de l'anneau orbital fourmillait de monde. Une multitude d'espèces arpentait de longs quais, où étaient transbordées des marchandises de toutes sortes. L'odorat du cybride identifia de la nourriture, les émanations minérales de lubrifiants destinés à des engins mécaniques et les effluves d'animaux stressés par le transport en container.

Du coin de sa vision au champ élargi, il aperçut les deux

humains qui approchaient. Ils le rejoignirent rapidement.

Torg se rendit compte qu'il appréciait la présence d'Alrine, pourtant si différente de Mallory, comme il avait appris à aimer Laorcq. Cette autre humaine faisait maintenant partie de leur petite famille. Même si, pour une raison inconnue, elle semblait susciter un peu de jalousie de la part de sa capitaine. *Sûrement une de ces histoires de mâles et de femelles dont raffolent les humains...*

Un peu impatient après être resté longtemps debout au milieu de la cohue, il alla droit au but :

— Comment procède-t-on ?

— Calmement, se hâta de répondre la policière. J'ai réussi à obtenir un mandat en un temps record. Faisons le boulot dans les règles, pour changer.

Torg haussa les épaules, un geste typiquement terrien qu'il tenait de Mallory. Il constata que Laorcq demeurait silencieux. Il devait suivre un raisonnement similaire au sien : si la cargaison n'était plus à bord, rien de méchant ne se produirait, mais cela n'aurait servi à rien. Quant à l'autre cas de figure...

Alrine avança sur le quai, jusqu'à une découpe de la coque marquant l'emplacement de la soute. Contrairement au *Sirgan*, qui était arrimé à l'extérieur de l'anneau orbital de Solicor, le cargo se trouvait dans un hangar. Ce dernier fonctionnait comme un sas géant : les cloisons situées à chaque extrémité s'ouvraient et se refermaient en opposition, tandis qu'un système de pompe équilibrait la pression.

Torg et Laorcq s'approchèrent, tandis qu'Alrine se penchait pour examiner une plaque portant les numéros de série et d'immatriculation du navire. Grâce à son navcom, elle transmit une demande d'ouverture immédiate, accompagnée de son mandat.

Dans un grincement métallique et un soupir des vérins, le hayon de la soute s'abaissa, révélant le contenu du cargo.

Le cybride échangea un regard avec Laorcq : cette apparente coopération lui paraissait louche...

Sur leurs gardes, ils s'avancèrent dans la soute. L'espace de stockage était loin d'être encombré. Ils ne virent que quatre grandes caisses, là ou une vingtaine auraient pu tenir. Au fond de l'appareil, une porte étanche bascula sur ses gonds, livrant passage à un spican.

L'alien mesurait près de deux mètres et demi et avait quatre bras aux muscles épais jouant tels de gros câbles d'acier sous sa peau cuivrée. Dépourvu de système pileux, son visage offrait pourtant une étrange similitude avec celui d'un humain. Une ressemblance qui s'estompa dès qu'il ouvrit la bouche pour parler : il possédait une triple rangée de dents triangulaires.

— Des humains ? Et un mandat ?

Sa voix grave et puissante donnait l'impression de sortir à travers un long tuyau en plastique. Placé à la base de son large cou, un boîtier traducteur avait fort à faire pour la couvrir.

— Vous êtes-vous rendu sur Volda pour y prendre une cargaison ? questionna Alrine en montrant de la main les caisses qui occupaient la soute.

Avec fierté, Torg la vit se garder de céder le moindre pouce de terrain quand l'alien à la peau cuivré avança vers elle :

— Volda ? Non. Nous revenons de Tepanya. Mon collègue et moi effectuons ce trajet depuis des années. Par les glandes de la Matriarche ! De quoi nous accuse-t-on ?

— De rien, tempéra l'humaine. Nous voulons juste examiner la marchandise que vous transportez.

Le spican fixa son interlocutrice. Ses yeux jaunes aux iris fendus évoquaient ceux d'un serpent.

— De la nourriture.

Alors que Torg anticipait un refus catégorique d'ouvrir les caisses, le spican s'approcha de l'une d'elles et posa ses mains à chaque angle du couvercle. Il l'arracha d'un brusque mouvement, ponctué par le craquement du composite qui se brisait.

L'intérieur de la grosse boîte confirma les dires de l'alien. Soigneusement emballées sous vide, une vingtaine de limaces vertes longues d'un bras étaient disposées sur un plateau en plastique.

— Des floskes ! Le produit d'exportation numéro un de Tepanya. Rien de plus, grogna de nouveau le grand alien en se dirigeant vers une autre caisse.

Il se pencha dessus et l'ouvrit brutalement avant de jeter le lourd couvercle sur le côté.

Devant cette indignation qui semblait légitime, le cybride se demanda si Jazz n'avait pas fait une erreur en fin de compte. Alrine tenta de calmer l'alien :

— OK, on a compris. Pas la peine de...

Un nouveau craquement lui coupa la parole quand le spican s'attaqua au troisième colis. Celui-ci était différent. Suspendues en état de stase dans un champ antigrav, des boules rougeâtres de la taille d'un poing palpitaient doucement.

Le spican reposa le couvercle qu'il venait d'arracher. Apparemment fasciné par le contenu de la troisième caisse, il se pencha au-dessus d'elle et demeura immobile.

Ce comportement étrange réveilla les réflexes de Torg. Il tendit une main pour agripper l'épaule de la policière et la tira en arrière, puis s'interposa entre le spican et les humains.

L'alien tourna vers lui un regard devenu vide.

Le cybride eut l'impression que la personnalité du spican avait soudainement été effacée, comme si l'on avait basculé un interrupteur en position « arrêt ».

Faisant écho à son mauvais pressentiment, Laorcq murmura :

— Torg, méfie...

Le spican se lança sur eux sans laisser le balafré terminer sa mise en garde.

Conçu pour affronter ce type de situation, Torg réagit en une fraction de seconde. Les deux géants se heurtèrent brutalement. Le cybride parvint à bloquer la paire supérieure de bras de l'alien, mais le spican profita de ses membres restés libres pour rouer de coups son adversaire.

Réduits à l'impuissance, les deux humains reculèrent le long de la rampe de chargement, vers l'extérieur du cargo.

Torg encaissait difficilement les frappes répétées contre son torse et ses côtes, et il ne pouvait prendre le risque de libérer les autres mains du Spican pour répliquer.

Il décida d'opter pour une solution radicale et se laissa tomber en arrière, entraînant l'alien. Avant que son dos ne touche le plancher métallique du navire, il parvint à interposer une jambe entre lui et le spican. Son pied plaqué contre la partie abdominale de son adversaire, il le repoussa d'une violente détente. Surpris, le grand alien recula de plusieurs mètres, pour se cogner contre la cloison séparant la soute du reste du cargo.

Avec une célérité inattendue pour son gabarit, Torg se releva et s'approcha de la dernière caisse. Il attrapa la lourde boîte facilement, la souleva aussi haut qu'il le pouvait et l'écrasa sèchement sur la tête du spican revenu à la charge...

Fracassé, le gros colis vola en éclats dans un bruit de verre brisé, libérant son contenu en une large gerbe de liquide poisseux où surnageaient de longs gastéropodes verdâtres. Assommé, l'alien à quatre bras s'écroula devant le cybride...

Une sonnerie insistante tira Mallory d'un profond sommeil. Elle se tortilla sur son étroite couchette, peu disposée à se lever. L'esprit embrumé, elle savourait encore le moment passé avec Cole Vassili, sans se douter un instant qu'il s'était joué d'elle.

Quand elle était revenue au *Sirgan*, quasiment à l'aube en temps terrien, elle avait eu l'impression d'être épuisée physiquement. Mettant cela sur le compte de ses « activités » nocturnes, elle s'était écroulée dans son lit aussitôt déshabillée, avec la ferme intention de dormir une douzaine d'heures.

Malheureusement pour elle, Jazz ne l'entendait pas ainsi. À l'alarme stridente, s'ajouta la lumière de la cabine.

— Debout ! Ô Capitaine, ma capitaine !

La pilote émit une suite de sons inintelligibles, une sorte d'amalgame de jurons et de grognements. Enfin, elle se redressa et, passant une main sur son visage bouffi de fatigue, capitula :

— OK ! Je me lève ! J'espère pour toi que tu as une bonne raison.

Tandis qu'elle se glissait dans la minuscule douche installée dans un coin, Jazz s'expliqua :

— Tu te souviens du cargo quand tu étais sur Volda ? Celui que tu as vu embarquer une cargaison ? Je l'ai localisé. Ici, tranquillement à quai sur l'anneau orbital de Solicor ! J'ai transmis les informations à Laorcq et Alrine. Elle a obtenu un mandat dans la foulée. Pendant que tu roupillais, Torg a été les rejoindre. Ils ont une petite demi-heure d'avance sur toi...

Elle assimila ces nouvelles tout en terminant sa toilette. Elle enfila ensuite une de ses combinaisons de vol noires et sa paire de lourdes bottes assorties. Debout devant une partie de la cloison polie jusqu'à pouvoir servir de miroir, elle donna forme à ses cheveux en quelques coups de brosse et lança :

— Mets-nous en ligne avec Torg.

La voix du cybride se fit immédiatement entendre.

— Mallory. Tu te réveilles trop tard. On a mis la main sur le cargo sans toi. Par contre, j'ai dû convaincre le capitaine de collaborer...

Elle avait une idée très précise de la façon dont il avait pu appuyer ses arguments. Elle haussa les épaules : comparées aux récents évènements sur Solicor, deux ou trois beignes ne pesaient pas lourd.

— Alors ? interrogea-t-elle. Vous avez trouvé ce que contenaient les colis chargés sur Volda ?

— Oui. Exactement ce ne nous craignions : un moyen très efficace de propager les embryons saharjs, et en toute discrétion.

Torg s'interrompit brièvement, puis dit :
— Ah ! Laorcq veut te parler. Je l'inclus dans la conversation.

À bord du *Sirgan*, la voix du balafré jaillit de l'intercom :
— Mallory, tu te rappelles combien de caisses les spicans avaient embarquées dans le cargo ?

— Six, répondit-elle après avoir pris une petite seconde pour fouiller dans ses souvenirs.

— Il en manque deux ! assena Laorcq. Au moins une centaine d'embryons saharjs se baladent dans la nature, prêts à s'emparer d'un hôte… Amène le jufinol et viens nous rejoindre. Il faut impérativement mettre à l'épreuve la théorie d'Hanosk sur les capacités de ton copain multicolore.

Sa curiosité lui commandait d'apprendre comment Laorcq savait cela, mais elle se contenta d'acquiescer : elle poserait des questions plus tard. Elle tira de sous sa couchette un carton rempli de chiffons : un nid improvisé pour le ver télépathe. Déjà éveillé par le sentiment d'urgence qu'il avait perçu au travers de son lien avec Mallory, il alla s'enrouler autour de son bras gauche. Elle se redressa, attrapa son bracelet navcom qui traînait sur une petite étagère, et ils jaillirent hors de la cabine pour foncer vers le sas…

La pilote s'orienta rapidement à travers le dédale de couloirs serpentant à l'intérieur de l'anneau orbital. Elle déboucha dans une station du tube de transport et, de là, embarqua pour le secteur où se trouvait le cargo.

Quand elle parvint au quai indiqué par Jazz, elle ne fut guère surprise par la scène qu'elle découvrit :

Dans la soute béante du vaisseau, au milieu de débris de plastiques et d'une flaque de liquide huileux, un spican gisait au sol. Tandis que Torg ne quittait pas des yeux l'alien inerte,

Alrine et Laorcq s'efforçaient de ramasser de grosses boules rouges qui sautillaient un peu partout.

Apercevant la pilote, le balafré interrompit sa chasse pour l'accueillir :

— Mallory ! Cette fois la boucle est bouclée ! s'exclama-t-il en exhibant une des choses rougeâtres. Ces espèces de mollusques sont des *plordes*, une sorte de fruit vaguement conscient et une des friandises préférées des gibrals. Je suis sûr qu'ils contiennent les parasites conçus à partir des embryons saharjs.

Un plorde dans chaque main, Alrine s'approcha d'une caisse ouverte où elle les déposa.

— J'ai prévenu la police de Solicor, en me contentant de parler de contrebande. Des agents sont à la recherche des colis qui manquent.

Mallory s'avança vers l'intérieur du cargo. Un sentiment de malaise s'empara soudainement d'elle. Autour de son bras, le jufinol se crispa et ses poils se hérissèrent.

Guidée par le lien télépathique entre elle et Squish, l'attention de la pilote se riva sur l'un des gros fruits sautillants. Elle eut la certitude que l'ancien militaire avec raison : il contenait bien un parasite saharj. Elle le sentait à la limite de ses pensées, tel un mouvement en périphérie de son champ de vision. La théorie des vohrns concernant les capacités du jufinol se trouvait confirmée.

Peu familière de ce moyen de perception, Mallory força involontairement en direction du parasite. Le retour fut aussi douloureux qu'inattendu : pareille à une décharge électrique, une onde de souffrance lui parcourut la colonne vertébrale pour exploser sous son crâne, paralysant ses facultés. Alors qu'elle mettait un genou à terre, le jufinol émit un pépiement paniqué.

Interdits, Laorcq et Alrine ne comprirent pas tout de suite ce qui se produisait. Heureusement pour Mallory, Torg réagit d'instinct. Muette, elle le vit se précipiter vers la caisse où Alrine et Laorcq avaient regroupé les plordes. Il plongea les mains dedans et commença à les broyer entre ses gros doigts renforcés d'acier. Le coupable détruit, Mallory sentit la douleur disparaître et libérer ses pensées, tandis que Squish se calmait.

Une fois redressée, elle inspira profondément et jeta :
— Bon, maintenant je sais comment ça marche. Il est temps de rendre visite aux dirigeants gibrals et de faire le ménage dans leurs rangs...

Mallory et ses collègues devaient agir avec discernement. Ils ne devaient pas dévoiler trop vite qu'ils étaient capables de détecter les parasites saharjs. Un hôte doté d'assez de pouvoir pourrait les discréditer et en profiter pour les faire expulser d'Aldébaran.

En premier lieu, Alrine procéda à l'arrestation du capitaine spican, usant de nouveau d'une inculpation de contrebande. Elle veilla ensuite à confier l'affaire à des policiers xilfs, dont elle obtint les coordonnées par l'intermédiaire de Frrrj.

Trois des grands extraterrestres insectoïdes se présentèrent rapidement sur le quai et, après un bref échange verbal, entreprirent de placer le cargo sous scellés.

Avec un intérêt non dissimulé, Mallory les vit disposer un ensemble de tiges de section carrée autour du vaisseau. Ces préparatifs terminés, l'un des xilfs effleura le sommet d'un de ces piquets et un champ de force bleuté entoura aussitôt l'appareil, interdisant à quiconque d'y pénétrer. Quelques phrases s'inscrivirent directement sur la barrière énergétique, mettant en garde les éventuels curieux dans une dizaine de langages différents.

En quittant les docks, la pilote s'inquiéta de la possible

tournure des évènements :

— Il faut absolument trouver un gibral à la fois fiable et haut placé. Si on se précipite et que l'on tombe sur un dirigeant parasité, il pourra donner l'alerte à ses copains...

Laorcq approuva en se frottant le menton d'un air pensif :

— Le responsable du secteur où se situe l'ambassade vohrne me paraît être un bon début. Puisque nous avons démis Jarvik de son poste, il ne sera pas trop surpris de nous voir débarquer dans son bureau. Reste à se débrouiller pour le tester discrètement.

Ce début de plan en tête, ils rebroussèrent chemin et se rendirent au tube. Circuler dans l'anneau et descendre par un ascenseur orbital serait plus rapide que parcourir la cité tentaculaire à la surface de Solicor.

En à peine une minute, la capsule cylindrique dans laquelle ils avaient pris place les mena à un millier de kilomètres de là, dans une section située à la verticale de l'ambassade vohrne.

Après avoir traversé un hall noir de monde, ils parvinrent à l'élévateur. La cabine était occupée par de nombreux aliens. Mallory reconnut des réguliens, un peuple d'humanoïdes verts et découvrit des membres d'une espèce qu'elle n'avait jamais vue, sorte d'outres à la peau lisse et se mouvant sur une forêt de tentacules. Ces panses mobiles étaient en conversation animée avec trois gibrals. La thèse du contrôle de leurs actes par un ou plusieurs inconnus malveillants étant confirmée, la présence de ces derniers mettait la pilote mal à l'aise. Ses tatouages sensitifs se muèrent en entrelacs de ronces brun foncé, presque noires. Elle se tourna vers Laorcq et Alrine, pour lire la même appréhension chez eux. Loin de partager l'anxiété des terriens, Torg contemplait la surface de la planète à travers la paroi vitrée.

Mallory décida de l'imiter : cela ne servait à rien de s'inquiéter. Elle s'approcha de son garde du corps et se laissa absorber par le spectacle de Solicor vue de l'espace. L'hémisphère visible était plongé dans la nuit. Le continent vers lequel ils se précipitaient formait une mer lumineuse, rappelant à chacun que la moindre parcelle de terrain supportait des dizaines de niveaux de la ville-monde.

Les trois humains et le cybride quittèrent la cabine pour s'enfoncer dans une foule dense : le bref relâchement de tension entre les xilfs et les gibrals avait suffi pour que chacun reprenne ses activités normales...

Le bureau du responsable de secteur se situait près de la surface. En voyant le bâtiment, Mallory eut un doute. Il s'agissait d'un immense assemblage de grands cubes, dont les murs miroitaient tel du mercure.

— C'est un immeuble ou une sculpture ?

Sous ses yeux, les cubes aux parois liquides bougèrent soudainement, mêlant leurs extrémités les unes aux autres dans un curieux ballet, tandis que l'ensemble changeait de forme. Tout aussi brusquement, la construction se figea de nouveau, méconnaissable.

— Un fluide emprisonné dans un champ de force ? supposa Alrine.

La morne voix d'un boîtier traducteur retentit derrière eux :

— Rien de si fruste. Il s'agit d'algues de Riniel, programmées par phéromones.

Oubliant le bâtiment polymorphe, la pilote et ses compagnons se retournèrent pour découvrir un gibral à peine plus grand qu'un humain, en dépit de son cou de girafe. Les yeux de Mallory s'arrêtèrent sur le ventre de l'alien dont les vêtements étaient conçus de façon à laisser visible sa poche marsupiale. Seule cette caractéristique physique permit à Mallory d'identifier une femelle. Rien dans le reste de son apparence ne la distinguait d'un mâle.

L'alien à la peau bleue regardait les humains et Torg de son œil unique et paraissait attendre d'eux qu'ils prennent la parole.

— Ce... bâtiment est bien le bureau du responsable de secteur ? demanda la policière.

La gibrale confirma et les informa qu'elle travaillait pour l'individu en question en tant que novice.
Ce qui expliquait sa moindre taille, songea Mallory. Selon les normes gibrales, ce devait être une adolescente...
— Nous voudrions le voir, lui répondit la pilote. Il y a eu un problème avec l'ambassadeur vohrn.
À la mention de l'alien originaire de Cébalraï, la jeune gibrale changea de couleur, pâlissant légèrement. Elle s'empressa alors d'escorter le petit groupe à l'intérieur de l'étrange bâtiment.
Ils débouchèrent dans un grand hall, où deux très larges escaliers en colimaçon pivotaient sur eux-mêmes comme des vis sans fin. Mallory prit d'abord cela pour un artifice visuel, puis nota avec stupeur qu'il s'agissait réellement d'escalators, l'un vers le haut, l'autre vers le bas. À première vue, une impossibilité notoire : l'impression de mouvement n'aurait dû être qu'un effet d'optique.
Les murs se composaient également de liquide argenté, ainsi que le sol et le plafond. Entre les volées de marches, un hologramme représentant une bulle nacrée indiquait la présence d'une IA. La gibrale s'en approcha et lança quelques commandes vocales, accompagnées de gestes de ses doigts longs et fins.
Une ouverture circulaire apparut juste au-dessus de l'escalier montant. La cyclope les invita à la suivre, tandis qu'elle l'empruntait d'un pas leste. Les humains et le cybride s'entre-regardèrent : l'étrangeté du décor dépassait tout ce qu'ils avaient pu voir jusqu'ici...
Avec précautions, ils gravirent à leur tour le colimaçon pivotant, au sommet duquel ils aboutirent dans une pièce dont l'étroitesse les surprit. Elle mesurait à peine trois mètres de large pour vingt de long. Au fond, assis sur une demi-sphère taillée dans un bloc d'épaisse mousse brune, se tenait un gibral corpulent. Projetées tout autour de lui, des images se mêlaient à des graphiques et des colonnes d'idéogrammes. Écoutant les explications de son apprentie, son œil se posa

sur les nouveaux venus.

— Je suis le chargé de secteur Flesil. Ainsi, les vohrns m'envoient deux femelles humaines de caractéristiques très différentes et un mâle de l'espèce, accompagnés d'un hybride inconnu. Vos maîtres s'encombrent de toutes les créatures qu'ils croisent, à ce que je vois...

Balayant du bras les données affichées devant lui, il demanda ensuite sèchement :

— Quel est l'objet de votre visite ? Les vohrns ne se satisfont plus de leurs quartiers sur Solicor ?

Légèrement adouci par le traducteur accroché autour de son cou, le ton n'en demeurait pas moins tranchant, et agaça profondément Mallory : *c'est aussi pour eux qu'on risque notre peau depuis des jours !*

Avant que ses collègues ne réagissent, elle avança assez près de l'alien pour le toucher de la main. Flesil parut alors noter la présence du jufinol. La pupille de son énorme iris se dilata et il ouvrit la bouche pour parler.

Il échoua à produire le moindre son.

Secondé par Squish, l'esprit de Mallory tâtonnait à la recherche de l'aura désagréable qu'elle avait perçue un peu plus tôt, lors du contact avec le parasite saharj dans le petit vaisseau Spican.

Elle sentait glisser les pensées du responsable sur elle, à la fois agacées et indifférentes, mais elles n'avaient rien d'anormal.

Du moins dans le cas de Flesil. Relayée par le jufinol, une impression diffuse l'amena à se retourner vers la novice.

Prenant tout le monde de court, la gibrale se rua sur Mallory. Sans ses années d'entraînement à différents sports de combat, elle aurait été tuée sur le coup par l'assaut féroce : si elle n'était pas encore adulte, la gibrale pesait déjà près de cent kilos.

Par réflexe, la pilote pivota d'un quart de tour, n'encaissant qu'une mince part de la charge de l'alien. Elle fut toutefois projetée au sol, entre un mur brillant et le siège hémisphérique du fonctionnaire.

Torg avança aussitôt vers la novice, avec l'intention manifeste de la réduire en charpie, quand une boule de gélatine transparente de près d'un mètre percuta la gibrale agressive de plein fouet. La violence du choc la jeta contre la paroi opposée, où elle s'écroula, immobile.

Mallory rengaina un pistolet à balles hypertrophes. Laorcq s'approcha d'elle et le désigna du doigt :

— Comment as-tu réussi à passer les contrôles avec ça ?

Elle exhiba fièrement l'objet :

— Il est en *serag*. J'ai demandé à Hanosk de m'en fabriquer une paire.

Aussi dur que l'acier, le serag était un bois aux propriétés particulières, dont celle de ne pas apparaître clairement sur les systèmes de détection.

Mallory eut un grand sourire à l'air surpris du balafré. Elle avait eu vent de l'existence d'armes de ce type grâce à lui.

Il secoua la tête :

— Je n'aurais jamais cru en voir avec des munitions hypertrophes... Décidément, les vohrns ne reculent devant aucune prouesse technologique.

Le notable gibral interrompit leur conversation :

— Dans quelques instants, une escouade de soldats viendra se saisir de vous, ce qui vous laisse le temps de m'expliquer pourquoi mon apprentie est soudainement devenue folle.

Mallory se tourna vers l'alien et découvrit qu'un champ de force cylindrique l'entourait. À l'abri derrière cette protection, il ajouta :

— Dois-je préciser que toutes les issues sont verrouillées ?

XIII
OFFENSIVE

Dans la pièce aux murs liquides, les humains se figèrent. Les minutes à venir seraient décisives. Toutefois, parler en présence de la gibrale parasitée était hors de question. Rien ne prouvait que l'embryon Saharj en elle ne les entendrait pas. Mallory s'efforça de trouver une excuse pour faire évacuer la novice :

— Avant de poursuivre, j'aimerais que votre apprentie disparaisse d'ici. Je n'ai pas envie qu'elle se réveille et tente de nouveau de s'en prendre à moi.

Toujours à l'abri derrière son champ de force protecteur, Flesil se positionna confortablement sur la demi-sphère lui servant de fauteuil puis écarta les bras. Son geste s'accompagna de l'apparition d'une série d'icônes lumineuses. Flottant devant son visage, elles se reflétaient dans son œil unique. Il tendit une main et en activa plusieurs, trop vite pour que ses visiteurs puissent noter lesquelles.

Le sol de mercure sembla bouillonner sous la gibrale inconsciente. Elle s'enfonça lentement vers le niveau inférieur, le métal liquide se contractant pour former une sorte de poche qui se referma sur elle. Un instant plus tard, le plancher était redevenu uniforme, comme si l'extraterrestre bleue n'avait pas réellement été là...

— Vous pouvez parler, déclara le responsable de secteur.

Sous le regard appuyé de l'alien cyclopéen, Mallory se lança dans un résumé de leurs récentes découvertes, expliquant au passage le véritable rôle de son équipe vis-à-vis des vohrns. L'heure n'était plus à la dissimulation : manipulés par les saharjs, les gibrals auraient besoin de toute l'aide possible pour stabiliser la situation sur Solicor et regagner la confiance des xilfs.

Le gros gibral tendit son long cou vers elle :

— Je vais demander un examen approfondi de ma novice, afin de confirmer vos dires. Il reste cependant un point à préciser : pour quelles raisons les vohrns nous secourent-ils ?

La question ne surprit guère les humains. Mallory pouvait y répondre en toute honnêteté :

— Ils souhaitent obtenir un accord commercial avec vous, incluant un accès aux ressources du système d'Aldébaran. La lune Reival et sa végétation les intéressent particulièrement.

— Reival ? Cette jungle inextricable ?

Flesil remua la tête de haut en bas, équivalent chez lui à un haussement d'épaules, avant de poursuivre :

— C'est possible, en effet. Laissez-moi prendre des dispositions pour organiser une rencontre et...

Mallory se permit de l'interrompre :

— Attention : vous ne devez rien communiquer à personne avant d'être sûr qu'ils ne sont pas sous contrôle des saharjs.

L'alien parut se renfrogner :

— Et comment comptez-vous vérifier la fiabilité de mes interlocuteurs ?

La pilote soupira :

— Pas le choix. Il faut les réunir ici, sous un prétexte ou un autre, afin que je les teste avec l'aide de mon jufinol.

— Cela va durer des cycles ! se plaignit Flesil. Et même si le comportement de mon apprentie va dans le sens de vos dires, je ne suis pas convaincu.

Mallory craignit que le gibral ne s'obstine, mais Alrine intervint :

— Nous disposons de documents prouvant notre rattachement à la délégation vohrne sur Solicor.

Elle manipula son navcom et les transmis à l'alien. Celui-ci les afficha pour les examiner. Apparemment satisfait, il se décida à obtempérer.

Une multitude d'hologrammes défilèrent devant son œil unique. Il passa une série d'appels, lança des messages. En moins de cinq minutes, il avait convoqué l'ensemble de ses collaborateurs et sollicité la venue de trois de ses supérieurs. Il ne restait plus qu'à attendre.

Les agents des vohrns se répartirent les tâches afin de les recevoir en limitant les risques : Laorcq et Torg prirent place de part et d'autre de l'accès aux escaliers, Alrine se posta en retrait, équipée du revolver en serag de Mallory. Cette dernière se campa au milieu de la pièce, prête à sonder les arrivants.

La prenant de court, le sol s'ouvrit sous ses pieds. Elle eut juste le temps de s'écarter. Revêtus de harnais antigravs, cinq soldats gibrals jaillirent à travers ce nouveau passage. Ils braquèrent immédiatement sur les humains et Torg de courtes tiges noires. La pilote ignorait de quel type d'arme il s'agissait et n'avait pas du tout envie d'en être victime pour le découvrir. L'un des soldats prit la parole. Amplifiés par un boîtier traducteur de grande taille, ses mots sonnèrent sèchement :

— Restez immobile ou vous serez neutralisés.

Mallory sentit son estomac se nouer. Elle avait oublié l'escouade en route sur les ordres de Flesil ! Si par malheur un seul d'entre eux portait un parasite, en venir à bout serait presque impossible. Et s'ils étaient plusieurs...

Elle préféra ne pas y songer. Concentrée, elle tendit son

esprit vers les guerriers tout en envoyant un sentiment rassurant à Squish. Le jufinol resserra sa prise autour du bras de la terrienne et la seconda dans son exploration télépathique. Elle effleura prudemment le premier sans rien trouver.

Figés et impuissants, Torg, Alrine et Laorcq attendaient avec une tension palpable le verdict de Mallory. Même le chef de secteur se raidit. *Intéressant,* nota-t-elle. *Les armes des soldats doivent pouvoir percer son champ de force. Dans ce cas, il a raison de s'inquiéter.* Pour ce qu'elle en savait, n'importe lequel de ses congénères pouvait héberger un parasite saharj et décider brusquement de le liquider...

Elle ne détecta rien concernant le second et passa au suivant. *Trop lente ! Je suis beaucoup trop lente à ce petit jeu.* Manquant de briser sa concentration, l'un des soldats s'adressa à Flesil :

— Vos ordres ? demanda-t-il, visiblement surpris par l'absence de directives de la part du notable.

— Continuez à tenir en joue mes invités. Des renforts arrivent, mentit l'alien.

Cette astuce les calma et donna à Mallory le temps de finir son exploration mentale. Enfin, elle poussa un soupir de soulagement et, prenant conscience qu'elle avait les paupières fermées, ouvrit les yeux.

— C'est bon, lâcha-t-elle. Ils sont tous fiables.

Rassuré, Flesil désactiva son champ protecteur et se chargea de résumer la situation aux membres de l'escouade. Ils participèrent volontiers à ce qui s'avéra de longues heures de labeur pour Mallory. Chaque fois qu'un individu se présentait au sommet de l'escalier en colimaçon, elle examinait son esprit, cherchant la double pensée qui trahissait la présence d'un parasite. Au final, sept collaborateurs du chef de secteur et deux de ses supérieurs finirent prisonniers dans des poches identiques à celle ayant reçu la novice. Une petite foule s'entassait désormais dans la pièce. Le maître des lieux dut la reconfigurer pour en

augmenter la surface.
Si toutes les personnes du groupe n'étaient pas gibrales, aucun xilf ne se comptait parmi eux.

Après une période de stupeur, puis d'agitation, ils parvinrent à un consensus : des mesures devaient être prises pour isoler les parasités, en priorité les dirigeants. Le gibral de rang le plus élevé accepta de s'engager vis-à-vis des vohrns en échange de leur assistance.

Épuisée, Mallory alla s'asseoir le dos contre un mur. Sur ses avant-bras, les tatouages sensitifs dessinaient des tiges épineuses et des boutons de rose à peine entrouverts. Torg vint s'accroupir devant elle et se mit à lui masser les épaules. Griffes rétractées, ses gros doigts pouvaient faire merveille.

— Repose-toi, lui ordonna-t-il gentiment. Le plus dur est fait. Notre mission ici va bientôt s'achever.

Au moment où il terminait sa phrase, la vingtaine d'aliens rassemblés près d'eux s'agita soudainement, comme pour le contredire.

Sur le point de rejoindre la pilote et le cybride, Laorcq changea de trajectoire. Suivi d'Alrine, il se faufila entre deux mères gibrales, chacune avec un petit dont le long cou dépassait de sa poche ventrale. En quelques pas, il s'approcha du chef de secteur. Celui-ci avait abandonné son siège. Assailli par des questions qui fusaient de part et d'autre, il était en proie à ce que Laorcq assimila à une franche inquiétude : sa tête ne cessait de bouger de droite à gauche et de haut en bas, et son gros œil clignait rapidement. Enfin, il se maîtrisa suffisamment pour déclarer :

— Un couvre-feu est en vigueur sur toute la planète et l'anneau-station !

Avisant les deux humains près de lui, il s'adressa spécifiquement à eux :

— Nos précautions n'ont servi à rien. Des dizaines de milliers de personnes viennent de sombrer dans la démence, dans tout Solicor ! Ils massacrent quiconque croise leur chemin...

Au milieu de la salle, une large projection dévoila des rues livrées à un véritable carnage. Une foule paniquée s'enfuyait, poursuivie par une poignée d'individus pris d'une folie meurtrière. La vue changeait régulièrement, affichant secteur après secteur le même spectacle.

La conclusion s'imposa à Laorcq : démasqués, les saharjs avaient opté pour une solution radicale. Faute d'être parvenus à déclencher une guerre entre xilfs et gibrals, ils lançaient directement l'offensive.

L'ancien militaire évalua les possibilités qui s'offraient à eux. La situation, aussi catastrophique fût-elle, comportait un avantage : si les cyclopes formaient le gros des parasités, d'autres espèces étaient représentées parmi les victimes des saharjs.

Ces images suffisaient à prouver aux xilfs que ce qui se passait n'avait rien à voir avec un complot des gibrals pour se débarrasser d'eux.

Sans perdre un instant, il contacta Frrrj.

— Vos actions auront au moins servi à précipiter les évènements, jugea sévèrement le xilf.

Laorcq ne protesta pas. Il devait admettre qu'ils s'étaient plutôt mal débrouillés.

— Mon peuple va prendre part à la lutte contre les parasités, ajouta Frrrj avant de couper.

Le balafré se souvint que les xilfs disposaient d'un réseau de communication biologique. Ils pourraient aisément se coordonner pour aider les forces de police et militaires de Solicor.

Autour d'eux, les gibrals s'agitaient de plus en plus. Prenant Alrine par le bras, il l'entraîna à l'écart, près de

Mallory et Torg.
— Que se passe-t-il ? demanda la pilote.
Laorcq ne s'embarrassa pas de fioritures :
— Les saharjs ont transformé tous les porteurs de parasites en fous meurtriers. Des dizaines de milliers...

En entendant ces mots, la pilote oublia sa fatigue. Elle se releva et suggéra :
— Il faut prévenir Hanosk ! L'*Urkein'Naak* doit détruire les vaisseaux saharjs en orbite autour de Volda. S'ils ne reçoivent plus d'ordre, les parasites cesseront peut-être leur contrôle !
Au demeurant excellente, l'idée se heurtait à un problème que Laorcq souligna :
— Il y a peu de chances qu'il soit resté à nous attendre sagement. Ils sont forcément dans le système, mais les débusquer prendra trop longtemps.
Alrine intervint à son tour :
— Tous ces échanges par télépathie... Il n'existe vraiment aucun moyen de couper la liaison entre les saharjs et les embryons implantés ?
Mallory, qui se retrouvait d'office experte de la bande dans ce domaine particulier, réfléchit au sujet.
Le peu de fois où elle avait expérimenté ce mode de communication, les conditions extérieures n'affectaient en rien la qualité de « réception ». À l'évidence, les méthodes de brouillage traditionnelles n'auraient aucun effet. Par contre, si elle parvenait à s'infiltrer parmi les pensées des saharjs... *Oui ! Pourquoi ne pas utiliser un de ces mollusques découverts dans le cargo ?*
Idée qu'elle écarta aussitôt, pour une autre, plus séduisante

encore : elle venait de se souvenir de l'étrange substance noire aperçue dans le « bureau » de Jarvik. *Qu'avait dit Hanosk à ce sujet déjà ? « Une interface de dialogue avec une race de soldats biogène. » Donc, une ligne directe. Juste ce qu'il nous faut !*
Prenant tout le monde de court, elle déclara :
— On fonce à l'ambassade.
Ils prirent congé de Flesil et ses collègues et quittèrent au pas de course l'immeuble aux formes changeantes.
La pilote détailla sa théorie en chemin. Le balafré demanda :
— Un truc m'échappe. S'ils sont télépathes, pourquoi auraient-ils besoin d'un appareillage supplémentaire ?
Mallory fronça les sourcils, tout en slalomant au milieu de la foule paniquée par l'état d'urgence. Cette incohérence n'était pas si troublante, décida-t-elle :
— Tu réfléchis trop. Pour moi Jarvik était simplement un trop gros morceau pour le parasite et il ne le laissait pas communiquer en paix avec les saharjs. Rappelle-toi, sur Reival : il a réussi à reprendre le contrôle de lui-même en plein combat.
Arrivés à l'enclave vohrne, Mallory et Laorcq retrouvèrent les traces de leur joute avec le robot gardien. Espérant qu'il n'en restait pas un ou deux à l'intérieur, elle approcha de la porte et s'immobilisa devant les quatre ronds en verre bleu qui l'ornaient. Le verrou biométrique l'identifia et les deux battants s'écartèrent sans révéler de mauvaise surprise.
La pilote ne cacha pas son soulagement : la situation était assez grave, elle se passait volontiers d'affronter une autre machine de combat.
Elle traversa le hall et se dirigea vers l'endroit où elle avait découvert Jarvik, alors qu'il était sur le point d'être englouti par un magma noirâtre dégoulinant du plafond.
La masse sombre était toujours là. Circonspecte, Mallory pénétra dans la petite pièce. Autour de son bras, le jufinol resserra sa prise tout en lui transmettant un sentiment de

malaise.

— Je sais, lui dit-elle. Mon plan ne paraît plus aussi bon d'un seul coup, mais c'est tout ce qu'on a...

Sur le pas de la porte se tenaient Alrine et Laorcq, la haute silhouette de Torg dans leur dos.

Laorcq tenta de nouveau de la raisonner :

— Et si ce truc te grillait le cerveau à la place ? Il faudrait au moins le tester d'une manière ou d'une autre. Je n'aime pas l'idée que tu prennes de tels risques. Tu ne sais rien faire à part foncer tête baissée, j'ai l'impression.

— On n'a pas le temps pour des tests ! trancha Mallory.

Sur ces mots, elle approcha une main vers la substance qui couvrait le plafond. Réagissant à la proximité d'un être vivant, celle-ci remua et un gros filin visqueux s'en échappa pour venir au contact de l'humaine. Boa couleur pétrole, il engloutit progressivement le bras dirigé vers lui.

La pilote se prépara à basculer sur un plan de conscience différent, éventuellement à subir une onde de souffrance. Tendue à l'extrême, elle puisa de la force dans la compagnie de Squish, dont les pensées formaient un halo chaud et rassurant.

Une trentaine de secondes plus tard, elle dut se rendre à l'évidence : cela ne fonctionnait pas.

— Merde ! jura-t-elle avec dépit. Il doit manquer un truc...

La matière goudronneuse se rétracta vers le haut, retrouvant son aspect uniforme.

Désespérée, Mallory fixa ses compagnons tour à tour. Il fallait que ça marche : des gens se faisaient massacrer sur toute la planète !

Son regard accrocha les yeux bleus d'Alrine au moment où ils s'écarquillaient légèrement. La grande blonde venait d'avoir une idée.

— Alrine, tu penses à quoi ? lui demanda-t-elle.

La policière hésita puis finit par suggérer :

— Peut-être qu'il faut avoir un parasite pour établir le

lien ?

L'évidence frappa Mallory. Pourquoi avoir choisi entre les deux possibilités ? Autant les utiliser en combinaison.

— Bien vu ! Prends Laorcq et Torg avec toi et allez récupérer un des prisonniers chez Flesil. Je ne bouge pas d'ici.

Tandis qu'ils repartaient vers le bâtiment liquide, elle se mit en quête d'un objet tranchant. Elle voulait être en mesure de s'attaquer à la matière sombre si la situation s'envenimait. Elle passa d'une pièce à l'autre, ne découvrant que des ustensiles sans intérêt ou dont l'usage lui était inconnu. Elle dut se contenter d'une espèce de poinçon, à mi-chemin entre un tournevis et un poignard. La mince lame glissée dans une poche de sa veste en cuir bordeaux, elle reprit place sous le fluide obscur.

D'interminables minutes s'écoulèrent avant le retour de ses équipiers et d'un gibral. Elle reconnut la jeune assistante du chef de secteur. Encore à moitié groggy et soumise à la poigne d'acier du cybride, elle conviendrait parfaitement à ce que l'humaine avait en tête.

Suivant ses indications, Torg guida la cyclope au centre de la pièce et la maintint fermement debout.

Mallory tendit le bras autour duquel était enroulé le jufinol et posa la main sur le cou de l'alien bleue. Elle trouva une peau lisse et à peine tiède.

Aidée de Squish, elle lança son esprit vers la gibrale. Elle repéra très vite le flux de pensée de l'embryon saharj enkysté dans l'organisme de l'extraterrestre.

Le parasite se défendit, mais cette fois la pilote s'y attendait. Elle parvint à le contenir, puis, à force de volonté, à le repousser tout en gardant le contact.

Elle était prête.

Sous les yeux inquiets de Laorcq et Alrine, elle tendit de nouveau un bras vers le plafond. Aussitôt, un serpent de liquide noir se hâta à sa rencontre, l'engloutissant jusqu'au coude.

Un éclat de lumière pourpre l'avala et elle bascula dans un autre univers. Une cacophonie monstrueuse l'assaillit. Chaque nerf de son corps fut brutalement sollicité. Elle recevait un écho déformé des sensations perçues par des milliers de parasites dispersés dans tout le système d'Aldébaran.

Mallory s'aperçut qu'elle s'était trompée concernant l'usage de la matière sombre. Il ne s'agissait pas de compenser la résistance du vohrn à l'embryon saharj, mais d'un amplificateur...

À plusieurs secteurs de distance, Vassili se promenait dans les rues de la ville-monde, goûtant un spectacle d'une rare violence. Pour une raison qu'il ignorait, une partie de la population de Solicor était devenue folle et s'attaquait sauvagement à tous les êtres passant à sa portée. S'il s'agissait en majorité de gibrals, d'autres espèces figuraient au rang des meurtriers.

Vassili soupçonnait un lien avec la présence des agents vohrns. Songeur, il se dit qu'il devait se débrouiller pour revoir la jeune pilote et essayer de lui soutirer des informations à ce sujet.

Un léger sourire étira ses lèvres. Peut-être ne valait-il mieux pas, en fin de compte. Si jamais elle s'apercevait de ce qu'il lui avait fait durant leurs ébats, elle ordonnerait probablement à son cybride de le réduire en bouillie...

Son regard balaya une large avenue de droite à gauche. La population avait été alertée et sommée de rester à l'abri. La cité tentaculaire avait maintenant l'allure d'une ville fantôme. Confiant dans ses capacités toutes neuves, Vassili déambulait sans craindre de tomber nez à nez avec un fou furieux. En fait, il espérait justement une rencontre de ce genre.

Remontant l'avenue, il découvrit le cadavre d'un extraterrestre. Il gisait au milieu de la chaussée, dans une mare de sang orange. Une longue trace de la même couleur indiquait qu'il avait été traîné sur plusieurs mètres avant d'être abandonné. Pour autant que Vassili pouvait l'estimer, le corps devait être aussi large que haut, à peu près un mètre cinquante, et possédait deux paires de nageoires. Il devait se mouvoir tel un phoque. Quant à son faciès, difficile d'en juger : la partie qui devait correspondre à la tête était réduite en une pulpe dégoulinante. En de multiples endroits, de profondes plaies trahissaient l'emploi d'une arme blanche. La mort avait été donnée avec une véritable sauvagerie.

Les facultés augmentées de Vassili lui permirent de repérer les traces laissées par l'assassin. Il s'empressa de les suivre et aboutit devant la vitrine d'un magasin. Un choc violent avait fendu la grande vitre, coupant en deux les messages holographiques qu'elle affichait. L'homme poussa la porte et s'avança dans la boutique. Les articles exposés n'étaient pas destinés aux humains. Sur les étagères s'alignaient des cylindres ressemblant à des bûches en ciment. Certains avaient l'épaisseur d'un doigt et les plus volumineux évoquaient des troncs d'arbres.

Un mouvement attira l'œil de Vassili. Au fond du magasin, derrière une pile de ces grosses tiges de béton, quelque chose bougeait par à-coups. Vassili contourna l'obstacle et aperçut un gibral à genoux, en train d'étrangler un minuscule alien, une sorte de koala à poil vert et trois yeux. La victime émettait des couinements désespérés qui allaient en faiblissant.

L'homme observa froidement la scène. Sa perception hors du commun lui indiquait que le gibral n'était pas dans son état normal. De sa peau transpirait un film de sueur dont la texture ne correspondait pas à celle de son espèce et son rythme cardiaque était irrégulier.

Intrigué, Vassili se focalisa sur la pulsation. La surprise se dessina sur son visage. Deux cœurs. Il entendait deux cœurs. L'un était extrêmement léger, mais il ne pouvait y avoir d'erreur.

Il décida d'en savoir plus. En une enjambée, il s'approcha du gibral et abattit brutalement son poing sur la tête du cyclope. Avec une force décuplée par les effets du ktol, la frappe brisa la boîte crânienne comme une noix sous un coup de marteau. Le gros œil de l'alien gicla hors de sa cavité pour rouler sur le sol dans un bruit humide. Machinalement, Vassili secoua la main pour se débarrasser de l'hémoglobine bleuâtre dont elle se trouvait engluée.

Sauvé in extremis, le koala extraterrestre déguerpit sans demander son reste, ponctuant sa fuite d'un dernier piaillement.

Vassili n'entendait désormais qu'un seul battement de cœur, le plus faible. Il se pencha sur le gibral mort et en localisa l'origine à la base du grand cou. De sa poche, il sortit un objet de la taille d'un stylo, qui s'avéra être un laser de chirurgien. Il entailla la chair dans un léger grésillement, soufflant parfois pour disperser la fumée dégagée par la peau brûlée.

Il œuvra un moment et finit par extirper du corps une petite créature rouge. Privée d'un environnement adéquat, elle dépérissait. Se surprenant lui-même, Vassili la porta à sa bouche et l'avala toute ronde. Il comprit que sa nouvelle physionomie l'avait inconsciemment guidé.

Fouillant de nouveau dans ses vêtements, il agrippa le ktol qu'il dissimulait au fond d'une poche. Les pointes de l'artefact se plantèrent dans ses doigts. L'objet réagit immédiatement à la présence de l'être dans l'estomac de Vassili. Il sentit son ventre se modifier pour palper la créature. De ses parois stomacales poussèrent des filaments qui s'insinuèrent à l'intérieur du corps étranger. Par l'intermédiaire du ktol, l'homme décrypta avec aisance les bribes de pensées du parasite. Il y découvrit les images d'humanoïdes très grands, dont la peau épaisse et brune se tendait sur une ossature conçue pour protéger les organes vitaux.

Malmené, l'embryon saharj succomba brusquement. Vassili grogna de frustration : il avait perçu un désir farouche derrière l'esprit fragile du parasite et mourait d'envie d'en savoir plus.

Il se releva et quitta la boutique à la recherche d'un endroit où s'isoler. Peut-être que le primordial Axaqateq serait en mesure de l'éclairer.

Entre deux immeubles, il avisa une ruelle, menant à une galerie de maintenance. Il emprunta l'étroit passage, pour aboutir à un lourd panneau de porte. D'une traction sèche sur la poignée, il força le battant métallique qui lui barrait le chemin et s'engagea à l'intérieur. Après quelques centaines de mètres dans un corridor faiblement illuminé et suintant d'humidité, il se nicha dans un recoin obscur et empoigna le ktol.

Sans transition, son esprit se retrouva sur le monde des primordiaux.

L'alien au visage hideux apparut, le dominant de sa stature colossale.

— As-tu suivi mes instructions ? demanda-t-il.

Vassili se souvint qu'il était censé soutirer des informations en séduisant la pilote.

— Je me suis rapproché de l'humaine au service des vohrns, oui.

Il enchaîna aussitôt :

— J'ai découvert un nouvel élément.

Il décrivit alors sa trouvaille dans le corps du gibral et les images qu'il avait pu en extirper.

— Des embryons saharjs, affirma Axaqateq. Ils se sont décidés à sortir de l'isolement. Enfin.

Il s'accorda un moment de réflexion et gronda :

— Puisque les vohrns contrarient le jeu, tu vas quitter Solicor et aller offrir notre soutien à leurs adversaires.

XIV
DÉCISION

Mallory se noyait dans un océan de souffrance. Sans la présence du jufinol pour la soutenir, sa conscience aurait été oblitérée à la seconde où elle était entrée au contact des saharjs. La pilote se sentait coupée en deux, son esprit divisé entre la pression de l'environnement immatériel et la perception de son corps, une main sur la gibrale parasitée et l'autre plongée dans la substance noire tendue vers elle.

Lentement, elle surpassa la douleur et commença à distinguer la structure de l'espace qui l'entourait. Le vacarme reflua, lui permettant de mettre un peu d'ordre dans ses idées. À la clarté rouge foncé qui baignait le plan de conscience saharj se superposèrent des lignes blanches presque cristallines. Elles se rejoignaient parfois, pour former des masses à l'éclat palpitant, puis se séparaient à nouveau.

La pilote tenta d'envoyer une pensée vers ces boules lumineuses qu'elle devinait être les manifestations d'autres créatures. En réponse, le fin réseau scintillant parut soudainement flamboyer. Surprise, elle referma son esprit. La toile de lumière reprit son aspect initial.

Sa première impression se confirmait : l'étrange substance noire faisait office d'amplificateur télépathique et, surtout, agissait dans les deux sens...

Sa tentative avait alerté les saharjs. Au loin, presque jaillie de l'horizon de ce paysage onirique, une entité se mit en mouvement. Sa masse aurait égalé celle d'une planète dans le monde réel. En un battement de cœur, elle se trouva à proximité de Mallory. Des pensées qui frappaient telle la foudre se focalisèrent sur elle. Presque rejetée sur le plan matériel, elle s'accrocha à la présence douce et rassurante de Squish.

Une voix sépulcrale retentit :

— Qui ?

La puissance de la question écrasa Mallory. La pression télépathique monta encore d'un cran, se muant en véritable torture. Le jufinol l'aida à la supporter et lui transmit une notion qui expliquait cette force titanesque : le peuple saharj possédait une conscience collective, un gestalt.

Avec son obstination habituelle, l'humaine refusa de se laisser intimider. Elle conceptualisa une image d'elle-même et la poussa en direction de l'entité. L'immense esprit cessa un instant de l'agresser et frémit en retour.

Une réaction qui interpella la pilote. Sa pensée et celle de Squish combinées se dotaient d'une intensité suffisante pour affecter, ne serait-ce que brièvement, le gestalt.

Il l'assaillit de nouveau, l'empêchant de poursuivre plus loin son raisonnement :

— Inconnue ! Pourquoi vous interposer ?

Peu disposée à s'expliquer, elle rétorqua :

— Meurtriers !

Et elle jeta dans toutes les directions de ce monde éthéré des scènes issues de ses récents souvenirs. Elle insista en particulier sur la violence dont elle avait été témoin depuis son arrivée dans le système d'Aldébaran.

En réponse, un ensemble de visions la frappa :
Solicor, un millénaire plus tôt. Des gibrals. Des humanoïdes de très grande taille, à la peau foncée recouvrant une ossature pareille à une armure : les saharjs. Accueillis avec une apparente bienveillance. Leur science volée. Trahis. Chassés d'Aldébaran. Condamnés à l'errance et à l'extinction. Une découverte qui permet à une poignée d'entre eux de survivre. La lente reconstruction d'une civilisation. Et, enfin, un but :

— Vengeance ! gronda la multitude immatérielle.

Mallory comprenait tout en désapprouvant. À quoi bon réclamer réparation après si longtemps ? Et s'en prendre aveuglément à tous les gibrals, sans parler des xilfs, en quoi était-ce juste ? Les vrais coupables étaient morts voilà des siècles, oubliés de tous, sauf par les saharjs empoisonnés de rancœur.

Sur le point de jeter à la conscience collective des saharjs ce qu'elle pensait de ces actes, elle se ravisa à la dernière seconde. Partout dans la ville-monde, les êtres contrôlés par les hybrides de parasites et d'embryons perpétraient un véritable massacre.

Puisqu'elle avait réussi à tenir tête au gestalt, elle devait aller plus loin encore. Si elle le perturbait suffisamment, le lien entre les aliens guerriers et les créatures réduites en esclavage pourrait se briser.

Squish réagit aussitôt par la négative : il n'aimait pas du tout son idée.

— Désolée, je n'ai rien trouvé d'autre... émit-elle en guise d'excuse.

Elle cessa de se protéger et accueillit la haine des saharjs comme si elle acceptait leur raisonnement. Croyant déceler un écho à sa rage, le gestalt s'ouvrit à son tour. La pilote accéda à une masse d'informations et de sentiments, un véritable déferlement de sensations et de souvenirs. En contrepartie, elle sentit un flot similaire jaillir d'elle en direction du réseau lumineux qui s'étendait à l'infini. Elle avait très peu de temps pour agir.

Par un effort de volonté, elle parvint à bouger sur le plan matériel. Sa main abandonna le contact avec la jeune gibrale, dont elle n'avait plus besoin, et fouilla dans sa veste, à la recherche de la longue lame qu'elle y avait dissimulée.

Dans la pièce où elle se tenait, Laorcq, Alrine et Torg crurent qu'elle allait la plonger dans la masse noire qui dégoulinait du plafond. Les prenant de court, Mallory tourna la pointe acérée vers le sol et la planta sauvagement dans sa propre cuisse. La douleur lui arracha un hurlement.

Amplifiée à deux reprises, par le lien entre le jufinol et l'humaine et par la matière sombre, la vague de souffrance noya le réseau de pensées saharj. Il se désorganisa telle une trame dont on coupait les fils.

Mallory était sur le point de s'effondrer, mais trouva de la force dans sa colère :

— Vous ne valez pas mieux que les gibrals !

Dégoûtée par la soif de sang des saharjs, elle cria :

— Vous avez frappé aveuglément, tué des innocents, des enfants ! Vous êtes ignobles !

Cette simple tirade l'épuisa. Le voile noir de l'inconscience menaça de l'engloutir. Elle lutta en percevant une voix lointaine, un son en provenance du monde matériel : Laorcq.

— Tu as gagné. Lâche prise maintenant. Tu m'entends ? Tu as gagné !

Éparpillés dans les méandres de la ville-monde, dispersés sur l'anneau qui entourait Solicor, les hôtes des parasites s'écroulèrent soudainement. Trop fragiles, les embryons saharjs n'avaient pu encaisser la souffrance psychique transmise par la pilote. Ceux qui n'étaient pas décédés sur le coup finissaient plongés dans un profond coma.

Les forces de l'ordre gibrales, secondées par les xilfs, n'eurent qu'à ramasser les victimes pour que les rues retournent à la normale. Grâce à l'intervention de Mallory, le nombre de morts à déplorer restait limité.

Épuisée, la pilote se trouvait entre les mains de médecins, dans un hôpital apte à prodiguer des soins à des humains. La blessure qu'elle s'était infligée avait causé des dégâts importants à sa cuisse et manqué de peu l'artère fémorale.

Installés dans une salle d'attente à proximité de sa chambre, Laorcq et Torg s'inquiétaient.

— Se planter une lame comme ça... marmonna le balafré en passant les doigts dans ses cheveux. Elle ne fait pas grand cas de sa personne. Sans nous pour la ramasser, elle se serait vidée de son sang...

En face de lui, assis sur un siège qui menaçait de céder sous son poids, Torg acquiesça en grognant :

— C'est vrai. Son comportement n'est pas très cohérent en ce moment. Je me demande pourquoi...

L'ancien militaire savait que Mallory avait une fâcheuse tendance à prendre les choses à cœur : une très mauvaise habitude. En situation de combat, les émotions perturbaient le jugement et menaient à la catastrophe.

Il aimait beaucoup la pilote, en dépit de son caractère « bien trempé ». À l'évidence, elle tirait une grande fierté d'avoir été choisie par les vohrns. Il lui fallait juste comprendre que rien ne l'obligeait à se surpasser constamment pour prouver sa valeur.

L'arrivée de Flesil interrompit les réflexions de Laorcq. L'alien l'informa que la plupart des parasités étaient placés en stase, en attendant l'opération qui les débarrasserait des embryons saharjs.

Depuis un moment déjà, une question tournait en rond dans la tête de Laorcq au sujet des gibrals et de leurs agresseurs. Il avait commencé à échafauder une théorie et

décida de la mettre à l'épreuve.
Il riva ses yeux gris sur Flesil et lui demanda :
— Ce n'est pas la première fois que vous avez affaire aux saharjs, n'est-ce pas ?
L'extraterrestre bleu se contenta de cligner de son énorme paupière. Incapable d'interpréter cette réaction, l'humain opta pour une franchise brutale :
— Lors de sa... « connexion », Mallory a parlé de coupables et de descendants. Il s'agissait de vous, évidemment.
En réalité, il n'avait saisi que des bribes, moitié chuchotées, moitié marmonnées, pourtant son *bluff* fonctionna. Le cou du gibral se tordit à d'un côté à l'autre et il recula.
— Oui, avoua-t-il. Ils sont venus sur Solicor, longtemps auparavant. Vous devez comprendre notre silence : ces faits sont si lointains qu'ils ne peuvent être vérifiés.
Cynique, le balafré se fit la réflexion que cela devait les arranger. Maîtrisant le ton de sa voix, il s'efforça de cacher son ressentiment :
— Pas grave. Racontez-moi quand même...
Flesil se lança dans une histoire plutôt sordide.
Près de six cents rotations plus tôt, environ un millénaire terrestre, alors que les gibrals étaient encore au stade préspatial, les saharjs s'étaient présentés sur Solicor.
Peuple de guerriers artificiels, ils avaient servi leurs créateurs durant des siècles. Une fois terminé le conflit pour lequel ils avaient été conçus, ils étaient devenus inutiles. Peu nombreux, réduit au nomadisme et incapable de se reproduire par nature, ils se mirent en quête d'un endroit où s'éteindre paisiblement.
Les gibrals se montrèrent accueillants, cependant ils nourrissaient l'espoir de profiter de la situation. À la première occasion, ils s'emparèrent des navires saharjs. Les cyclopes firent main basse sur la technologie avancée qu'ils contenaient et sur les recherches effectuées par les soldats

biogènes pour accéder à la procréation.

La plupart des guerriers trouvèrent la mort. Supérieurs dans l'art du combat et la science, ils furent simplement submergés par le nombre. Seuls quelques centaines de saharjs parvinrent à s'échapper à bord d'un vaisseau. Les gibrals en firent peu de cas, les croyant voués à une rapide extinction.

De toute évidence, ils s'étaient trompés. Les saharjs avaient non seulement survécu, mais aussi triomphé de la stérilité.

— Et aujourd'hui, ils veulent régler leurs comptes avec vous, conclut Laorcq. Franchement, je me demande si on ne devrait pas les laisser faire !

Il était dépité par ce qu'il venait d'apprendre. Les ancêtres des cyclopes n'avaient pas eu un comportement très glorieux.

Flesil allait lui répondre quand un autre gibral se présenta dans la pièce. L'humain reconnut le docteur qui avait pris en charge Mallory.

— La blessure de la terrienne est réparée. Je l'ai mise sous sédation légère.

Laorcq sentit un poids disparaître de ses épaules. Il fut d'autant plus abasourdi lorsque le médecin poursuivit :

— Sa condition est excellente. C'est une bonne nouvelle au vu de son état. Porter un fœtus hybride peut s'avérer très exigeant, physiquement et mentalement…

Mallory reprit conscience. Emmailloté dans un épais tissu, son corps était maintenu à un mètre du sol par un champ de force. Au-dessus d'elle flottait la sphère lumineuse d'une IA médicale.

Sa première pensée fut pour Squish. Elle le chercha du

regard et le découvrit confortablement blotti dans une sorte de gros pouf creux, ressemblant à un bloc gélatineux jaune vif. Le jufinol lui transmit un écho de sa joie à la savoir réveillée.

Ses idées s'éclaircissant, elle tenta de remuer les bras et constata que le champ qui la soutenait restreignait également ses mouvements. D'une voix rauque due à sa bouche déshydratée, elle s'adressa à l'Intelligence Artificielle :

— Eh ! Laisse-moi bouger, je vais bien.

Dans un terrien impeccable, la machine répondit :

— Je ne puis contrevenir aux consignes du docteur. Ne vous inquiétez pas, il sera là sous peu. En attendant, je peux autoriser une brève visite.

La pilote entendit une porte coulisser et deux bruits de pas, dont l'un très pesant.

Un sourire étira ses lèvres. Torg et Laorcq, devina-t-elle. Ils s'approchèrent suffisamment pour qu'elle puisse détailler leurs visages. Les traits marqués de l'homme, son éternelle barbe de trois jours, ses yeux gris et la cicatrice qui courait de sa tempe jusqu'à sa nuque. La grosse tête hémisphérique du cybride et les excroissances formées par ses globes oculaires, entourés de fourrure noire et rouge.

Pour autant qu'elle pût en juger, tous deux affichaient un air à la fois étonné et embarrassé.

— Je peux savoir pourquoi vous tirez une gueule pareille ?

Mal à l'aise, le balafré s'expliqua :

— Je pense que tu voulais garder ça pour toi au moins un moment, mais le médecin gibral a fait une analyse complète et nous a mis au courant...

Mallory n'y comprenait rien.

— Enfin, qu'est-ce que tu racontes ?

L'homme et le cybride se regardèrent, franchissant un nouveau palier dans l'inconfort.

— Tu attends un enfant. Un hybride, annonça Torg.

Elle trouva d'abord la situation comique. Un léger rire monta dans sa gorge. Se bloqua. Elle venait de coucher avec

Cole Vassili. Si... Elle gronda :
— Oh, bordel de merde ! Cole ! À tous les coups, il portait un parasite !
Sa décision fut immédiate :
— Je veux qu'on vire ce truc de mon corps ! Tout de suite !
Sur le dos de ses mains jusqu'à ses coudes, ses tatouages montraient un lacis de ronces épineuses et noires. Sa colère était si intense que les motifs semblaient s'inscrire en relief sur sa peau. Depuis son nid, Squish émit un son évoquant la détresse. Mallory le sentit qui s'efforçait de la rassurer à travers leur lien.
Alerté par l'IA, le médecin gibral apparut dans l'encadrement de la porte. Il tenait un sachet plastique, terminé par un petit tube. Il l'approcha des lèvres de la terrienne. Tandis qu'elle vidait l'eau contenue dans la poche, le docteur s'adressa à elle :
— Vous ne souhaitez pas garder le fœtus ? Il se développe pourtant d'excellente façon. De quelle origine est le père ? L'ADN comporte des similitudes avec le vôtre, mais diverge en de nombreux autres points. Je n'ai rien trouvé de tel dans nos banques de données...
Les humains mesurèrent le gouffre qui pouvait séparer les espèces. Les boîtiers traducteurs étaient une belle invention, malheureusement des zones d'incompréhension demeureraient toujours.
Consciente de cet écart culturel, la pilote réfréna sa colère. Elle recracha l'embout de plastique et martela :
— Non, je n'en veux pas. Je n'ai jamais décidé d'avoir un enfant et surtout pas à moitié alien.
Elle réalisa alors qu'un détail ne collait pas.
— Attendez. Vous avez dit ne pas avoir identifié l'ADN ?
Le docteur confirma :
— C'est exact. Si vous craignez que votre partenaire ai été sous l'influence d'un parasite saharj, je peux vous rassurer : ce n'était pas le cas.

187

Et pourtant, Vassili restait la seule possibilité : les vohrns l'avaient soumise à toute une batterie de tests et d'examens en vue de sa mission. Si elle avait porté un embryon avant de débarquer sur Solicor, ils l'auraient forcément repéré. *Qu'est-ce que ce salaud m'a fait subir pendant qu'on couchait ensemble ?*

La réaction de Mallory fut si vive qu'elle parvint à dégager un bras hors du champ de force pour attraper un pan de la tunique du médecin :

— Virez-moi ce truc, je vous dis !

Sur un ton n'acceptant aucune remarque, elle s'adressa ensuite à Laorcq et Torg :

— Ne restez pas planter là et magnez-vous plutôt de retrouver Vassili !

Pour une fois, Torg refusa s'écouter sa protégée :

— Je préfère veiller sur toi au cas où un parasité aurait survécu et tenterait de s'en prendre à toi ou à Squish. De toute façon, Laorcq et Alrine peuvent se passer de mon aide pour arrêter ce type.

Secouée par cette dernière révélation, Mallory apprécia la sollicitude de son garde du corps. Subir un avortement surprise dans un hôpital géré par des cyclopes bleus était suffisamment difficile. La compagnie du jufinol et du cybride ne serait pas de trop. Elle tendit sa main libérée vers Torg et déclara :

— Si tu veux. Et dès que je sors d'ici, on ira s'occuper de Vassili.

Son amant d'un soir allait regretter de s'être amusé à ses dépens.

XV
ARRESTATION

L aorcq venait de quitter l'hôpital. Il traversait les rues de Solicor, notant la configuration de lieux par un automatisme acquis lors de ses années d'entraînement militaire. Après les récents évènements, les avenues de la ville-monde étaient presque désertes. En l'absence de la foule habituelle, les hologrammes publicitaires semblaient s'être approprié tout l'espace. Ils éclaboussaient les murs et les trottoirs mécaniques de couleurs blafardes.

Préoccupé, Laorcq hâta le pas. Tout comme Torg, il craignait que des parasités aient survécu à l'affrontement entre Mallory et le gestalt saharj. Il s'efforçait d'emprunter des voies dégagées, évitant les petites ruelles tortueuses, presque des tunnels, qui étaient si communes sur Solicor, quitte à opter pour un trajet plus long. Il apercevait fréquemment des patrouilles de policiers composées de gibrals et de xilfs. Équipés de harnais antigravs, ils filaient entre les bâtiments et passaient d'un niveau à l'autre sans lui prêter la moindre attention.

Tout en marchant, il réfléchissait. Cette série d'incidents était le prélude à des faits beaucoup plus grave. Il avait la certitude que les saharjs n'allaient pas en rester là. Il devait en discuter avec Hanosk : à l'évidence, les vohrns ne pouvaient garder leur apparente neutralité.

En chemin, il croisa des ambulanciers occupés à ramasser des corps, traces résiduelles de la violence ayant brutalement sévi. Penser à ce qu'il serait advenu de Solicor, si les manipulations ourdies par les saharjs avaient abouti, lui donna des crampes à l'estomac. Sa participation au conflit entre humains et orcants lui avait démontré toute la stupidité et la souffrance engendrée par la guerre. Des combats sur une planète surpeuplée se seraient soldés par de véritables massacres.

Mallory avait agi impulsivement et risqué sa vie, mais elle avait eu raison. Évidemment, il se garderait bien de lui avouer : elle était capable d'en faire une habitude...

Laorcq laissa de côté ces réflexions. Il venait d'arriver à un puits antigrav, pour constater qu'il n'était plus en fonctionnement. Il regarda autour de lui et repéra une porte métallique dotée d'un symbole universel : celui d'un escalier. *Bon. Une vingtaine d'étages à pied. Moi qui ne faisais pas assez d'exercice ces derniers temps, me voilà servi...*

Il poussa le battant et commença son ascension, volée de marches après volée de marches. Rarement utilisée, la cage d'escalier était faite de céramo-béton brut. L'uniformité gris beige n'était brisée que par de grands caractères indiquant le numéro des niveaux et des glyphes issus d'alphabets non humains.

Il franchit quinze étages et stoppa. Un son lui parvint, un gémissement plaintif évoquant un animal blessé. Une odeur écœurante, détritus en décomposition et liquides organiques, le prit à la gorge. Tous les sens en alerte, il gravit encore plusieurs degrés et se retrouva sur un palier.

Un gibral y était affalé, le dos au mur et les jambes au sol, donnant l'impression qu'il avait fini par succomber à un intense épuisement et dû s'arrêter là. Il baignait dans une flaque brunâtre. Laorcq s'approcha et l'observa, tout en s'efforçant d'ignorer la puanteur qui agressait ses sinus. Le grand cyclope bleu avait l'œil vitreux et sa tête s'agitait faiblement au bout de son long cou. Les marmonnements inintelligibles recommencèrent de plus belle. L'alien semblait en proie à un violent débat intérieur. L'ex-militaire décida de poursuivre son chemin. Il n'avait ni le temps ni les connaissances pour s'occuper d'un gibral en détresse. Il préférait continuer et appeler du secours, en particulier si, comme il le craignait, il s'agissait d'un parasité.

Il passa devant l'alien en gardant ses distances et monta vers l'étage suivant. Presque inaudible, un léger froissement de tissus l'alerta. Trop tard.

Une poigne d'acier enserra sa cheville et manqua de le faire chuter. Ses réflexes prirent le dessus : il lança son autre jambe vers l'arrière et son pied heurta une masse molle. Un cri retentit et il fut de nouveau libre. Il grimpa les marches à vive allure, sans se retourner.

Le symbole correspondant à sa destination apparut enfin. Soulagé, il quitta la cage d'escalier et retrouva les rues étrangement vides de la ville-monde. Il inspira l'air frais à pleins poumons. Bien que hors de portée, la puanteur semblait s'accrocher à l'intérieur de ses narines tel un souvenir traumatisant qui s'impose à la mémoire.

Il activa sa montre navcom et signala la présence du gibral lunatique à la police.

Sans plus de difficulté, il parvint à l'hôtel où il logeait avec Alrine. Le bâtiment s'étirait jusqu'au plafond du niveau. Composé de verre où le bleu et le violet se mélangeaient en volutes figées pareilles à de la fumée dans de la glace, sa façade était aveugle, à l'exception d'une haute porte d'entrée. Laorcq la franchit et traversa le grand hall moquetté de brun et aux murs blancs. Quand il monta dans l'ascenseur, l'IA réceptionniste l'identifia et sélectionna l'étage pour lui.

Dès qu'il pénétra dans sa chambre, Alrine l'accueillit en

l'étreignant. Il en fut presque surpris. La policière était plutôt avare de ce genre de démonstration, même s'ils étaient en couple depuis quelques mois. Il laissa les secondes s'écouler, savourant le contact entre leurs corps.

Alrine finit par rompre le silence :
— Comment va la petite teigne ?
— Elle se remet de la blessure qu'elle s'est infligée, mais elle a un autre problème. Le médecin a dit...

Laorcq était embarrassé, il ne savait pas de quelle manière aborder le sujet. Il opta pour une approche différente :
— Bref. Elle a passé la nuit précédente avec Vassili. Elle voulait se changer les idées, je suppose. Quand le doc gibral lui a fait subir des examens, il a remarqué qu'elle porte un embryon non humain. Apparemment, Vassili en est à l'origine...

Alors qu'il poursuivait ses explications, il vit Alrine blêmir. Imaginer une telle chose devait être encore plus désagréable du point de vue féminin. Au final, Mallory devait rester à l'hôpital pour endurer une intervention similaire à un avortement. Il termina :
— Évidemment, elle est dans une colère noire et rêve de s'emparer de Vassili.

Laorcq était parfaitement d'accord avec cette idée. Par contre, il préférait s'en charger plutôt que de savoir la pilote aux trousses du soi-disant homme d'affaires. Après sa réaction un peu extrême dans le bureau de l'ambassadeur vohrn, il craignait qu'elle ne se mette en danger, prête à tout pour se venger de son amant d'un soir.

Alrine approuva :
— Tu as raison. Elle est capable de le poursuivre comme une furie et de lâcher la bride à Torg, quitte à déclencher des catastrophes sur leur route. Laisse-moi contacter les flics du coin : ils nous doivent bien un coup de main.

Laorcq la regarda passer une série d'appels et nota que l'agacement se dessinait sur les traits de sa compagne.

Elle finit par raccrocher sur un juron : après l'hécatombe

due aux parasités, la police solicorienne était débordée.
— Ils ne savent plus où donner de la tête et courent partout. Ils ne peuvent pas nous aider. Tout ce que j'ai obtenu, c'est le signalement d'un individu qui ressemble beaucoup à Vassili. Il a été repéré au moment où il embarquait dans un vaisseau, un rapide antarien encore arrimé à l'anneau orbital. Si on se dépêche, on devrait pouvoir l'intercepter avant qu'il ne quitte Solicor.

Laorcq ne se fit pas prier. Il farfouilla dans ses bagages et en sortit deux armes, soigneusement rangées dans des holsters. Il en confia une à Alrine et s'empara de l'autre. Avec les gestes fluides issus d'une longue habitude, ils s'équipèrent des holsters qu'ils dissimulèrent ensuite sous leurs vestes. Laorcq actionna la commande d'ouverture de la porte et déclara :

— On fonce !

Avec la rigidité d'une statue, Cole Vassili se tenait sur l'étroite couchette d'une cabine à bord du Fraxil. Il attendait patiemment que le rapide prenne son envol pour quitter l'anneau orbital de Solicor.

Il se demandait toutefois s'il n'avait pas présumé de ses nouvelles capacités. Normalement, l'embryon altéré par le ktol s'était développé très vite. La pilote avait dû se découvrir enceinte et devait être hors-jeu. L'encombrant cybride demeurerait près d'elle, son instinct de protection conditionnant le moindre de ses actes. Le reste des agents vohrns ne tarderait pas à se présenter pour le questionner. Une suite de spéculations, mais qui avait de grandes chances d'aboutir.

Un léger bip coupa ses réflexions. Sur une des cloisons, il

avait fixé une membrane destinée à amplifier les sons et les vibrations transmises à travers la structure du vaisseau. Un simple jouet, ne produisant que des notes étrangement mêlées, conçu pour créer une musique de fond apaisante. Vassili en détournait l'usage, grâce aux améliorations conférées par le ktol. Son ouïe devenue des centaines de fois plus sensible que celle d'un humain, il percevait tous les bruits en provenance du navire à travers les traitements sonores de l'objet.

Il se concentra sur la mélodie diffusée par l'appareil, écartant d'une pensée les textures phoniques liées au générateur musical. Il finit par repérer la tessiture vocale du capitaine, en pleine conversation avec un interlocuteur à l'intonation neutre, probablement un alien équipé d'un boîtier traducteur :

— Votre autorisation de vol a été annulée. Veuillez attendre à quai et n'accepter aucune sortie ni entrée à bord. Une équipe de policiers est en route pour appréhender un de vos passagers. Vous aurez la possibilité de remplir un formulaire de dédommagement dès que l'intervention sera terminée.

Vassili eut un léger sourire : son plan fonctionnait. Restait à savoir qui on lui avait envoyé. Se reposant toujours sur l'amplificateur sonore, il se concentra et disposa ses mains contre la cloison, de chaque côté de la membrane. Les muscles de ses bras se contractèrent tandis qu'il transmettait des vibrations à travers le panneau métallique. Régulières et imperceptibles pour la plupart des espèces, elles se propagèrent dans le navire, puis aux griffes d'amarrage, continuant vers les docks. Il répéta l'opération, de plus en plus vite, jusqu'à acquérir le rythme idéal. Entre chaque cycle, il interprétait les différences induites par les mouvements à bord du vaisseau et à proximité, reproduisant de manière organique le fonctionnement d'un radar.

Il finit par obtenir une image détaillée des quais. Il n'attendit pas très longtemps avant de repérer deux humains, un homme et une femme.

Parfait ! Il comptait poursuivre ses expérimentations et une femelle lui était indispensable. Quant au mâle, il lui trouverait sûrement une utilité…

Laissant ses capacités s'exprimer, Vassili jaillit hors de sa cabine et se précipita vers le poste de commande. Celle-ci se situait à proximité. Sur un rapide antarien, l'essentiel du volume était consacré au propulseur synergétique, les espaces destinés aux voyageurs se réduisaient au strict minimum. La minuscule coursive traversée en un clin d'œil, il empoigna la barre métallique qui permettait l'ouverture manuelle du cockpit et la tira sèchement vers le bas. Lentement, la porte coulissa pour lui livrer passage.

À l'intérieur, se tenaient le capitaine, un régulien dont la peau verte s'ornait de scarifications, et une créature à quatre yeux pédonculés, qui ressemblait à un singe à tête d'escargot. Surpris, mais non dénué de ressources, le capitaine se tourna vers Vassili et pointa une arme dans sa direction. Avec un accent prononcé, il lança :

— De quel droit ? Retournez dans votre cabine. Vous avez payé pour un voyage, pas pour venir fouiner dans le poste de pilotage !

Vassili ne prit même pas la peine de répondre et se jeta sur lui. Le régulien ouvrit le feu. L'arme, un petit crache-foudre, projeta un arc électrique. L'éclair bleuté ne fit que courir sur la peau de Vassili, là où un humain ordinaire serait tombé inanimé.

Il saisit l'infortuné capitaine au cou et serra violemment. Sa poigne était telle qu'il lui broya le larynx en une fraction de seconde, coupant court au râle d'agonie naissant dans la gorge du régulien. Sur le siège du copilote, le second alien avait rétracté ses yeux et ses antennes, terrifié au point de ne pouvoir bouger ni émettre le moindre son.

Vassili lui posa la main droite sur l'épaule et l'autre au sommet du crâne, qu'il fit pivoter brutalement. Une série de craquements sinistres retentirent tandis que l'équivalent des vertèbres chez l'alien se brisaient une à une.

Il venait de tuer deux personnes, sans que son rythme cardiaque accélère d'un seul battement. Il écarta les deux cadavres comme il l'aurait fait d'objets encombrants et s'approcha du panneau de contrôle.

Sur l'une des images projetées devant les hublots du cockpit, il découvrit les deux humains censés l'arrêter. Un balafré, accompagné d'une grande blonde à l'air sévère. Il les reconnut facilement : deux policiers en civil, ceux mandatés par sa guide quand elle l'avait cru disparu. Il s'était bien amusé à les provoquer lors de leur première rencontre.

Il constata également que le cybride de Mallory brillait par son absence. *J'ai vu juste ! Il est resté avec la pilote. Elle doit être dans un hôpital à se faire avorter et son gorille est trop inquiet pour s'éloigner d'elle.*

Vassili eut un léger regret : il aurait aimé voir l'embryon mené à son terme. Il se consola en se disant qu'il aurait tout le temps d'en créer d'autres. Ce premier essai avait rempli son rôle.

Ses yeux parcoururent une dernière fois le tableau de bord du rapide. Il trouva la commande d'ouverture, l'actionna et quitta la passerelle. Il referma la porte pour dissimuler le carnage qu'il venait de perpétrer et se prépara à recevoir ses visiteurs.

À travers une série de larges vitres donnant directement sur le vide spatial, Laorcq contempla le rapide antarien. De l'extérieur, il était impressionnant. Son propulseur formait un gigantesque anneau, au sommet duquel on avait logé un assemblage de grosses boîtes métalliques en guise de quartier de vie.

Il sentit une main se poser sur son épaule. Alrine le ramenait à leur mission :
— Les griffes d'arrimage sont encore verrouillées. On est arrivés à temps.

Laorcq s'arracha à la vue et suivit la policière vers le sas qui permettait d'accéder au navire. Ils avaient eu de la chance : l'ascenseur orbital menant de la surface de Solicor à ce secteur de l'anneau était resté en service. Dans l'état où se trouvaient les infrastructures de la ville-monde, ils s'étaient attendus au contraire...

L'épaisse porte d'acier s'ouvrit avec un léger claquement lorsque les pressions s'équilibrèrent entre l'intérieur du rapide et l'extérieur. Laorcq et Alrine découvrirent une coursive déserte dans laquelle ils s'engagèrent.

La police de Solicor avait affirmé que le capitaine allait obtempérer, mais Laorcq était certain qu'il en irait tout autrement de Vassili.

Confirmant ses craintes, le sas se referma derrière eux. Il porta la main à son arme et fit signe à Alrine de dégainer.

Sur ce type de navire, où tout était sacrifié aux performances, les quartiers destinés à l'équipage et aux passagers se réduisaient au minimum. Il pouvait déjà distinguer l'extrémité du corridor. Un peu en avant sur la gauche, une porte s'ouvrit en coulissant silencieusement. En sortit un grand brun à la démarche décontractée, habillé de façon à mettre en valeur un physique avantageux. Laorcq reconnut aussitôt Vassili. Il gardait un mauvais souvenir de sa brève conversation avec lui. Il lui avait fait l'effet d'un jeune loup à qui tout semblait réussir et rendu arrogant par cette réussite.

Lorsqu'il croisa son regard, il se rendit compte que l'homme avait changé, qu'il était devenu à la fois plus dur et plus distant. Lire de tels détails n'était pas la spécialité de Laorcq. Il s'inquiéta qu'ils fussent si faciles à discerner : *Je suis complètement passé à côté la dernière fois, ou alors il est excellent acteur. En tout cas, c'en est fini du businessman*.

L'attitude de Vassili n'était pas sans lui rappeler la morgue affichée par certains barons de la drogue, sûrs de leur invulnérabilité, auxquels il avait eu affaire dans son ancien travail.

Comme si les accueillir en lieu et place du capitaine était parfaitement normal, Vassili s'approcha d'eux en écartant les bras et déclara :

— Bienvenue à bord du *Fraxil*, que puis-je faire pour vous ?

La provocation était évidente. Même si Laorcq faisait abstraction du sourire narquois qui ornait le visage du grand brun.

— Tu peux commencer par des explications à une connaissance commune : une pilote tatouée. J'ai l'impression que tu n'as pas été très correct avec elle.

Vassili laissa échapper un soupir méprisant.

— Pourquoi ? Tu aurais aimé être correct à ma place, peut-être ?

Il fit un signe du menton en direction d'Alrine.

— J'ai noté la façon dont ton amie, là, se tient près de toi. Je ne suis pas certain qu'elle soit d'accord...

Laorcq jeta un bref œil vers elle. Apparemment insensible à la provocation, elle se contentait de pointer son arme vers Vassili. Il en fallait sûrement beaucoup plus pour lui faire perdre son sang-froid.

Lassé de ce petit jeu, le balafré ordonna :

— Tourne-toi et tends les poignets en arrière. Mallory n'est pas la seule à vouloir discuter avec toi.

Vassili le surprit en obéissant calmement. De sa main libre, Alrine attrapa les menottes qu'elle portait constamment dans une poche de sa veste et s'approcha.

Laorcq la regardait attacher Vassili quand la silhouette de l'homme se brouilla soudainement. Alrine s'écroula au sol, apparemment assommée par une frappe à la tempe, où se dessinait un large hématome. Une ombre surgit devant

Laorcq. Il se retrouva face à l'homme qu'il croyait à leur merci.

Il pressa la détente de son revolver, mais l'humain modifié par le ktol se mouvait à une vitesse effarante. Avant que le premier tir ne parte, Vassili agrippa le canon de l'arme et la dévia tout en lui immobilisant l'autre bras. Les balles se perdirent contre la cloison de la coursive. Laorcq tenta sans succès de se dégager. Il essaya ensuite de lui donner un coup de genou, que Vassili repoussa d'un geste brusque.

Il trébucha, manquant s'étaler sur le dos. À peine eut-il recouvré son équilibre, que Vassili lui infligeait un coup de pied en pleine tête. La pointe de sa chaussure frappa à l'endroit exact où naissait la cicatrice de l'ancien militaire.

XVI
CADEAU

Une douleur lancinante à l'abdomen, Mallory sortit de l'hôpital d'un pas rageur. Le « retrait » de l'œuf hybride déposé au sein de sa matrice avait entraîné des complications. Une meurtrissure physique et psychologique. Elle se sentait salie, comme si elle s'était éveillée un matin pour se rendre compte qu'elle avait été violée durant la nuit. De toutes ces souffrances, la plus cruelle était cette information : si elle voulait avoir un jour des enfants, elle devrait opter pour le clonage d'un utérus entier...

Torg à ses côtés, elle marchait en tenant Squish dans les bras. Sans s'en apercevoir, elle serrait l'animal télépathe plus fort qu'à l'accoutumée. Reléguée au statut d'inconfort bénin, sa blessure à la cuisse la tiraillait et faisait écho à son mal de ventre. Ils avaient parcouru une centaine de mètres quand elle reçut un appel de Jazz :

— Mallory ! Je suis content de te savoir sur pied. Malheureusement, j'ai une mauvaise nouvelle.

La pilote se figea si brusquement que le cybride manqua de la bousculer.

— Pitié ! C'est une plaisanterie, dis-moi...

— Hélas non. Laorcq et Alrine se sont lancés aux trousses de Vassili. Ils ont suivi sa piste jusqu'à un rapide antarien et ont disparu sans laisser de traces. Après des heures de recherches inutiles et d'appels en vain, je me suis résolu à cajoler la police du coin. J'ai cru que leurs IA allaient me rendre fou, mais elles ont fini par me transmettre un bout de la vidéosurveillance des quais. Nos amis sont montés à bord du rapide. Celui-ci a quitté l'anneau orbital de Solicor quelques minutes après... sans qu'ils soient redescendus !

— Cet enfoiré les a enlevés !

L'éclat de Mallory fit sursauter une femelle gibrale passant près d'elle. En un geste protecteur, l'extraterrestre glissa le minuscule enfant qu'elle tenait dans sa poche ventrale.

La pilote ne la remarqua même pas, trop occupée à culpabiliser : tout découlait de son « aventure ».

Tandis que l'humaine et ses compagnons progressaient dans les méandres de la ville-monde, une colère sourde monta en elle, menaçant d'exploser à tout moment. Un travers dans lequel elle tombait trop facilement. Pour canaliser sa rage, elle s'efforça de comprendre ce qui avait pu motiver les actes de son amant d'un soir. D'une voix teintée d'exaspération, elle lança :

— Ça n'a aucun sens ! Vassili ne peut pas être un alien, pas avec un corps identique à celui d'un humain.

Torg se prêta au jeu de l'échafaudage d'une théorie.

— C'est peut-être une créature artificielle, conçue par les saharjs ?

Mallory fronça ses sourcils noirs tout en réfléchissant :

— Ça ne colle pas. Ils en veulent aux gibrals, que feraient-ils de deux terriens ? Et puis, le... (elle buta sur le mot) l'embryon n'avait rien de commun avec les parasites, le toubib a été formel. Non, Vassili n'a aucun lien avec les saharjs.

Vassili... La pilote réalisa qu'elle était passée du prénom au nom. Plus question de l'appeler Cole. Il était au mieux partiellement humain et venait d'enlever deux personnes à qui elle tenait. Quand elle repensait à la nuit en sa compagnie, une nausée lui montait à la gorge.

Squish se tortilla dans ses bras, lui signalant qu'il subissait malgré lui les effets de sa colère. Attristée de l'avoir fait souffrir, elle relâcha la pression qu'elle exerçait sur lui et inspira profondément.

Elle goûtait avec amertume à l'ironie de la situation : elle qui avait fustigé les saharjs pour leur violence et leur soif de vengeance, ne songeait qu'à détruire l'homme l'ayant blessée. *Au moins j'ai un coupable identifié, je ne risque pas de frapper des innocents.* La justification sonnait un peu faux, pourtant. Son froncement de sourcil s'accentua. Se perdre dans de tels raisonnements ne lui ressemblait pas. Elle se secoua, et balaya toutes ces pensées négatives. Elle s'était rendue dans le système d'Aldébaran pour effectuer un travail et prouver aux vohrns qu'elle était digne de confiance. De ce point de vue, elle n'avait rien à se reprocher, au contraire. Elle allait demander l'aide d'Hanosk, poursuivre Vassili et retrouver le grand balafré et Alrine, coûte que coûte.

L'esprit plus clair, elle comprit que sortir de l'hôpital et marcher un peu lui avait fait du bien. Elle cala Squish au creux de son bras gauche et attrapa de sa main libre un des gros doigts de Torg. Un geste tant de fois répété qu'elle l'accomplissait de manière instinctive.

Autour d'eux se pressaient des créatures de toutes espèces. Les quelques heures qui venaient de s'écouler avaient suffi pour que les habitants de Solicor reprennent leur rythme de vie habituel.

L'étage était particulièrement cosmopolite, un véritable *melting-pot* extraterrestre. La rue et les immeubles qui la bordaient l'illustraient clairement : l'architecture variait sans logique apparente tous les cinq ou dix mètres. En levant les yeux, Mallory eut un temps d'arrêt : elle s'attendait à trouver le plafond lisse et métallique commun aux autres secteurs de Solicor, et découvrit tout un réseau d'avenues et de bâtiments, parmi lequel s'affairait une foule bigarrée.

Elle crut d'abord qu'il s'agissait d'un immense miroir, surplombant la totalité du niveau. La vision d'un policier gibral équipé d'un harnais antigrav la détrompa lorsqu'il « tomba » du reflet pour se poser à une centaine de mètres d'eux. Avec une confiance absolue en leur maîtrise de la gravité, les concepteurs de cette section de la ville avaient implanté tout un quartier en opposition à l'autre.

Au long du chemin, les devantures des boutiques se firent tapageuses, puis carrément criardes. Mallory et Torg plongèrent dans une débauche de couleurs et de formes holographiques.

Alors qu'elle passait devant une vitrine, un mouvement attira le regard de la pilote. Intriguée par l'apparence inhabituelle du magasin, elle tira sur le doigt de son garde du corps, lui faisant comprendre qu'il devait s'arrêter. Le panneau de verre donnait l'impression d'être épais d'un bon mètre. Derrière l'imposant bloc translucide, elle découvrit un être sphérique d'au moins deux mètres d'envergure. Une sorte d'oursin monstrueux, d'un noir profond, à l'exception d'un bec qui rappelait celui de rapaces, d'un blanc d'os et assez grand pour engloutir la tête d'un humain. Il baignait dans une substance visqueuse, pareille à de la gelée incolore et agitait faiblement les dizaines de longues épines qui jaillissaient de son corps.

Sur la solide paroi transparente, des caractères apparurent, traçant des mots dans une langue inconnue. Mallory effleura le navcom qu'elle portait toujours au poignet et une traduction s'afficha dans son champ de vision :

CONFIEZ VOS MAUVAIS SOUVENIRS AU NEUROLYTHE. IL LES GARDERA POUR VOUS ET EN SOULAGERA VOTRE ESPRIT.
COMPATIBILITÉ ASSURÉE POUR RÉGULIENS,

HUMAINS ET GIBRALS

Mallory étudia l'idée. Elle se débarrasserait volontiers de tout ce qui avait trait à Vassili. Squish lâcha un pépiement aigu, indiquant le peu de bien qu'il pensait de ce type de prestation. D'une caresse, elle le rassura sur ses intentions. Le moment de faiblesse passa très vite. L'alien aquatique et son bocal oubliés, elle entraîna de nouveau Torg avec elle, pressée de se mettre à la poursuite de Vassili.

Elle songea aux rapides antariens. Ces navires se résumaient à un propulseur synergétique géant auquel on avait greffé de quoi loger des voyageurs. La plupart des vaisseaux avaient des signatures de propulsion très similaires, les distinguer entre elles était quasi impossible, en particulier autour d'un monde surpeuplé.

Par contre, dans le cas d'un appareil aussi inhabituel qu'un rapide, relever son empreinte restait faisable, se souvint la pilote. Le risque d'erreur serait élevé : il lui faudrait suivre un premier vecteur jusqu'à un secteur moins fréquenté, par exemple aux marges du système, et confirmer la piste en essayant de retrouver une deuxième fois la même trace. Les probabilités deviendraient alors acceptables.

Tandis qu'ils empruntaient un des grands puits antigravs, elle appela Jazz :

— Ma capitaine ! répondit-il. Quel est le programme ?

— On part à la chasse.

L'Intelligence Naturelle ne cacha pas ses craintes :

— Torg m'a tout raconté. Je sais ce que Vassili t'a fait et, moi aussi, je m'inquiète sérieusement pour Alrine et Laorcq. Le problème, c'est que les vohrns vont devoir s'attarder dans le coin afin de jouer les diplomates. Lui courir après rien qu'avec le *Sirgan* est une très mauvaise idée…

— Ils doivent rester dans le système d'Aldébaran, mais ils peuvent sûrement nous fournir un peu d'aide. J'ai déjà prévu de solliciter Hanosk.

— Et s'il refuse ?

— On se débrouillera seuls, grogna Mallory. Vassili m'a

bousillée et a enlevé mes amis, hors de question de le laisser disparaître !

Un soupçon lui vint soudainement :

— Tu ne trouves pas que sa présence ici est une coïncidence étrange ? Juste au moment où deux espèces ont quasiment été poussées à s'entretuer... Il y a forcément un lien.

— Mouais, maugréa Jazz.

Devinant qu'il fléchissait, elle ajouta un dernier argument :

— Et c'est l'occasion de réclamer les améliorations promises par Hanosk. Franchement, tu ne meurs pas d'envie de découvrir à quel point les vohrns peuvent gonfler notre propulseur synergétique ?

Cette fois, il acquiesça plus vivement. Mallory comprit que Jazz voulait se lancer aux trousses du ravisseur autant qu'elle, tout en restant prudent.

Elle avait conscience de prendre un risque et ne le faisait pas sans raison :

— Le temps presse. Bientôt, il sera impossible de retrouver les traces de Vassili. Commence par croiser les informations sur les rapides antariens qui ont quitté l'anneau ces dernières heures. On te rejoint pour décoller aussitôt.

Pensive, Mallory coupa la communication. Elle sentit Torg la pousser à l'épaule :

— On va rater la plateforme de notre niveau !

Ils s'extirpèrent du puits avec hâte. Mallory manqua de percuter un alien. Doté d'un corps massif et velu, l'extraterrestre lorgna la petite humaine de ses yeux semblables à de gros diamants violets et émit un borborygme outragé. Elle marmonna une brève excuse. Elle se demanda s'il ne l'aurait pas aplatie tel un vulgaire cafard sans la présence de Torg.

Il leur fallut encore quelques minutes pour atteindre un ascenseur orbital.

Une fois de retour sur l'anneau, ils foncèrent au *Sirgan*.

Mallory constata avec plaisir que Jazz avait lancé les préparatifs nécessaires au départ. La pulsation régulière du propulseur eut un effet apaisant sur ses nerfs. Le *Sirgan* restait sa « maison », l'endroit où elle se sentait à l'aise. Elle mourait d'envie de se lover dans sa cabine et de s'y endormir avec Squish dans ses bras. Elle se força toutefois à remonter la coursive jusqu'au cockpit. Elle devait d'abord s'éloigner de l'anneau orbital de Solicor. Elle installa le jufinol à la place du copilote et quitta sa veste en cuir. Après avoir jeté le vêtement sur le dossier de son siège, elle s'assit aux commandes.

— Deux rapides ont pris le départ sur le créneau qui nous intéresse, l'informa Jazz. L'un d'eux est un vol régulier, il effectue des allers-retours vers le système d'Achernar. Je l'ai donc écarté de mes investigations. L'autre a foncé droit vers la bordure galactique, ce qui n'a guère de sens : il n'y a aucun monde habitable sur ce vecteur. Je ne serais pas surpris qu'il ait changé de trajectoire à de multiples reprises, afin de brouiller sa piste...

Une difficulté de plus. Insuffisante pour faire fléchir la volonté de Mallory.

— On fouillera la moitié de la galaxie s'il le faut, mais on les retrouvera !

Vassili menait avec aisance le rapide Antarien. Il songea qu'auparavant une telle tâche l'aurait dépassé. Le ktol n'avait pas seulement amélioré sa condition physique, ses capacités cognitives étaient aussi décuplées. Une fois ses prisonniers installés dans le compartiment réservé à l'automed de bord et sous sédatifs, il ne lui avait pas fallu longtemps pour appréhender le fonctionnement du vaisseau. Dédié à la vitesse, l'appareil ne disposait même pas d'une IA, tout juste d'un ensemble de programmes de routine.

Une partie de son esprit se concentrait sur les manœuvres, tandis que le reste échafaudait des plans. Il voulait échapper à l'emprise d'Axaqateq, néanmoins il se disait que les saharjs pouvaient s'avérer un atout de taille par la suite. *Puisque je dois m'attirer leurs faveurs, autant paraître obéissant pour le moment.*

En moins de deux jours, il avait quitté Aldébaran et traversé deux systèmes. Il venait d'arriver à proximité d'une étoile non répertoriée, rejoignant avec précision les coordonnées indiquées par Axaqateq. À cet endroit se situait un objet qu'il devrait récupérer pour le remettre aux saharjs.

Il fallut un certain temps à Vassili pour le repérer. Il s'agissait d'une grosse boîte à la forme allongée, étrangement semblable à un cercueil. Manœuvrant avec délicatesse, il s'en approcha le plus possible et stabilisa le rapide.

Pas l'ombre d'un navire alentour. Dommage, j'aurais aimé rencontrer un « collègue ».

Il se rendit devant l'unique coursive du vaisseau, où il trouva dans un placard une combinaison spatiale qu'il enfila et un filin de sécurité dont il s'empara. Ainsi équipé, il pénétra dans le sas où il accrocha le câble à un enrouleur, tandis que la pression atmosphérique diminuait. Enfin, le panneau métallique le séparant du vide coulissa lentement, révélant une immensité noire, piquetée de rares étoiles. Sans ses capacités améliorées, il aurait été bien en peine de distinguer le colis qu'il devait récupérer. Il relia l'autre extrémité du filin à sa combinaison et s'assura de la solidité du point d'ancrage. Satisfait du résultat, il tourna le regard vers la boîte qui flottait dans le néant, fléchit légèrement les genoux et s'élança d'une impulsion.

Sans aucun bruit, il fila vers sa cible, le câble se déroulant derrière lui. Il avait parfaitement estimé sa trajectoire et entra en contact avec l'objet au bout de quelques secondes. Il s'y agrippa et s'arrangea pour le maintenir contre lui d'un seul bras.

Il tira alors d'un coup sec sur le filin, déclenchant la mise sous tension de l'enrouleur installé dans le sas. Lentement, Vassili et son fardeau se rapprochèrent du navire Antarien. La grande boîte pénétra de justesse l'ouverture. L'homme modifié referma la porte étanche et, aussitôt la pression rétablie, se débarrassa de sa combinaison. Il fit coulisser le panneau intérieur et traîna la caisse dans la coursive du vaisseau. Une fois soumise à la gravité artificielle du vaisseau, Vassili s'aperçut qu'elle pesait facilement plus de deux cents kilos. Très intrigué, il décida de contacter Axaqateq : de toute façon, il était censé lui faire un rapport. Il pourrait en profiter pour essayer d'en apprendre un peu plus.

Il fouilla dans ses vêtements et en ressortit le ktol, qu'il serra dans sa main droite. Il se concentra, cherchant à joindre son « maître ». Le processus lui venait désormais avec aisance. Il bascula vers le monde des primordiaux et sa cité de pierre en ruine. Encore une fois, il se tenait au bord de l'océan brunâtre et Axaqateq était près de lui, comme s'il ne quittait jamais ce lieu.

— J'ai récupéré le cadeau que vous destinez aux saharjs, jeta-t-il en guise d'entrée en matière.

Axaqateq se pencha vers lui sa tête surdimensionnée et le fixa ses six paires d'yeux :

— Je lis une interrogation en toi. Tu veux savoir de quoi il s'agit. Étonnant. Rares sont les soumis au ktol à faire preuve d'initiative.

À ces mots, Vassili se crispa. Il avait soigneusement cloisonné ses pensées et même influé sur sa structure neuronale afin de dissimuler l'étendue de son indépendance. Il craignait que le primordial ne le perce à jour.

Celui-ci poursuivit :

— Cet objet est une arme. Le seul cadeau qui pourrait intéresser un peuple de guerriers artificiels. Nous l'appelons « mange-monde ». Maintenant, va et promets ce présent aux saharjs en échange de leur collaboration.

Vassili fut brutalement rejeté vers son enveloppe corporelle et se retrouva de nouveau dans la coursive du rapide Antarien.

Une vague colère se dessina sur son visage : Axaqateq le traitait vraiment en larbin. Ce sursaut d'humanité se transforma en un léger sourire : il avait réussi à cacher ses véritables intentions au primordial. Une fois les saharjs gagnés à sa cause, rien ne pourrait l'arrêter...

XVII
PISTE

Mallory jeta son vaisseau-courrier droit vers l'extérieur du système, naviguant à une vitesse nettement supérieure aux limites imposées par les autorités d'Aldébaran. À une telle allure, deux heures suffirent pour rejoindre l'*Urkein'Naak*.

Le *Sirgan* étant trop volumineux pour apponter dans le croiseur, Mallory accosta grâce à une navette vohrne. À bord de l'immense navire, elle se présenta à Hanosk et lui expliqua succinctement la situation.

Elle attendit avec angoisse le verdict du vohrn, tandis que ses tatouages se changeaient en entrelacs de ronces noires sous l'appréhension et la fatigue des derniers jours. Elle observa la passerelle du croiseur et les aliens installés à chaque poste. La seule lumière provenait de la luciole flottante qui l'accompagnait et de quelques projections holographiques entourées de caractères vohrns.

Elle connaissait encore peu leur mode de raisonnement. Ils pouvaient très bien considérer acceptable la perte d'Alrine et de Laorcq en regard du nombre de vies sauvées sur Solicor ou ne pas estimer urgent de les secourir.

À la surprise de Mallory, le dirigeant extraterrestre lui donna son accord pour qu'elle se lance aux trousses de Vassili :

— Nous avons ouvert des négociations avec les gibrals, notamment grâce à votre intervention. Nous ne pouvons quitter Aldébaran tout de suite, même si nous comprenons l'importance de retrouver vos camarades.

Soulagée de ne pas s'être heurtée à son employeur, Mallory s'apprêta à réclamer un soutien logistique, à défaut de la présence de l'*Urkein'Naak*, mais Hanosk n'en avait pas terminé :

— Cole Vassili nous intrigue. Sa capacité à déposer un embryon hybride dans votre matrice est inquiétante. Après la tentative de génocide contre mon peuple, nous avons mis en place un réseau de renseignements dans plusieurs systèmes. Les premiers retours d'informations sont alarmants. Nous pensons qu'un groupe d'individus se sert d'intermédiaires pour déclencher des conflits de grande envergure. Je ne serai pas surpris que Vassili soit un de leurs agents. Le retrouver devient une priorité.

La pilote saisit l'occasion de tenir la promesse faite à Jazz :

— Avant de m'envoyer en mission sur Solicor, vous m'aviez parlé de modifier le propulseur du *Sirgan* : c'est le moment ou jamais. Avec un rapide et une demi-journée d'avance, Vassili risque de me semer.

— J'ai déjà donné des ordres en ce sens, cependant le temps manque. Seule une partie des composants pourra être revue. Nous lancer dans une mise à niveau complète vous ôterait toute chance de suivre sa piste.

Mallory acquiesça de la tête :

— Je comprends. Faites de votre mieux.

— Nous allons aussi vous fournir un système de détection performant, la marge d'erreur des équipements terriens est trop importante. Je vous adjoins également quatre guerriers, à titre de précautions.

Mallory ne savait pas vraiment si avoir escorte était une bonne nouvelle. Avoir des vohrns à bord ne lui posait aucun problème, mais elle craignait de perdre son autonomie s'ils regardaient constamment par-dessus son épaule. Ce qui ne manquerait pas de se produire : le *Sirgan* restait un appareil de faible tonnage.

La pilote trouva l'escouade promise par Hanosk sur le pont d'envol, alignée à proximité de la navette qui l'avait menée du *Sirgan* jusqu'au croiseur. Les quatre aliens portaient des harnais de combat et un sac informe leur tenait lieu de bagage. Cet équipement se complétait d'un fusil à l'aspect organique. Ces armes massives semblaient peser très lourd, pourtant les vohrns les manipulaient avec facilité.

Quand elle parvint à proximité de la petite troupe, l'un d'eux se tourna vers elle :

— Je suis Losnuk, responsable de section, lança la voix d'un boîtier traducteur.

Elle le contempla. Dépassant allègrement les deux mètres, son corps se couvrait de fines écailles mates, colorées d'un vert sombre. Il s'approcha en silence, ses genoux articulés à l'inverse des humains donnant l'impression à la terrienne qu'il s'apprêtait à bondir à chaque pas. Sur la partie supérieure de son torse, juste en dessous de la ligne ininterrompue qui reliait ses deux larges épaules, son rostre conique saillait vers l'avant, tel un nez gigantesque. Mallory se retint de sourire à l'analogie : elle ignorait comment il pourrait l'interpréter...

Elle ne perdit pas de temps en politesses : pour ce qu'elle en savait, les vohrns n'y prêtaient guère attention. Elle désigna son arme du doigt :

— À quoi vont vous servir ces gros calibres ? Je n'ai pas l'intention de tuer Vassili, je souhaite simplement le mettre hors d'état de nuire. Quelque chose de civilisé, par exemple l'exiler sur un monde aride et peuplé de scorpions géants ou

l'enfermer dans un canot de survie et lancer le tout vers l'extérieur de la galaxie...
Imperméable à son humour, le vohrn répondit :
— Ces armes font partie de l'équipement standard de nos troupes. Vous dites vouloir épargner l'homme que nous allons poursuivre, toutefois vos suggestions ne peuvent qu'entraîner son décès. Sauf si...
Mallory l'arrêta :
— Ah, mais pour les humains, la méthode compte plus que l'acte !
À en juger, son explication laissa le grand alien déstabilisé.
De retour à bord du *Sirgan*, elle découvrit une deuxième équipe de vohrns, occupée à modifier le système de propulsion.
Ils s'étaient répartis dans les entrailles du navire. Deux vohrns s'acharnaient à démonter les commandes dans le cockpit, un suivait le câblage d'ordinaire logé sous les grilles métalliques qui constituaient le plancher de la coursive et, enfin, trois autres s'affairaient sur le groupe synergétique.
Habituellement ordonné, le *Sirgan* ressemblait d'un seul coup à un atelier de réparation en pleine activité.
Avec la sensation d'être une étrangère à bord de son propre vaisseau, la pilote observa les aliens à la peau écailleuse qui travaillaient sur le réacteur. Donnant l'impression d'avoir effectué mille fois cette tâche, ils remplaçaient le régulateur de propulsion par un modèle vohrn.
Non sans appréhension, Mallory les regarda faire. Élément crucial pour le voyage interstellaire, il s'agissait de l'ancrage du *Sirgan* dans le présent. Aux vitesses atteignables grâce aux tubes synergétiques, la masse des navires augmentait au point d'influer sur l'espace-temps et occasionnait ainsi un décalage temporel avec le reste de l'univers.
Couplés au générateur antigrav des vaisseaux, les régulateurs compensaient en permanence cet accroissement

et maintenaient les navires en phase avec leurs vecteurs horaires.

Contrairement à ce qu'avaient cru les humains pendant des siècles, l'ultime barrière à franchir pour conquérir les étoiles n'avait pas été le « mur » de la lumière, mais la maîtrise de l'équation gravité/masse...

Mallory ne connaissait que trop bien les risques entraînés par un régulateur défectueux : la quasi-certitude de finir en bouillie, brutalement écrasé par l'accélération du propulseur à plein régime, et, si l'on avait la chance d'échapper à ce sort, une arrivée plusieurs millénaires après son départ...

À moitié biologique, l'équipement installé par les extraterrestres tranchait avec le reste de l'appareillage.

La voix de Jazz jaillit d'un interphone :

— Les vohrns n'ont pas perdu de temps ! Pendant que tu papotais avec ton patron, ils se sont jetés sur le *Sirgan*. C'est la première fois qu'il est autant bidouillé ! J'espère que nos copains sans tête savent ce qu'ils font...

Mallory haussa les épaules :

— On va vite être au courant. Dès qu'ils ont fini, je les fiche dehors et on reprend la piste de Vassili.

Trois heures après, tout l'équipage sanglé à son siège ou dans une des cabines, Mallory mit en marche le propulseur dans sa nouvelle configuration. Aussitôt, elle se rendit compte que la pulsation ne suivait plus le même rythme. Immanquable pour la pilote, une subtile variation s'était glissée dans les vibrations générées par le groupe synergétique, effaçant leur régularité mécanique au profit d'une cadence souple, presque organique.

Devant Mallory, une multitude d'hologrammes habillèrent les vitres du cockpit. Indicateurs, jauges et systèmes de supervision brillaient d'un vert rassurant. D'un revers de la main, elle écarta ces informations et activa les sondeurs.

— Les capteurs vohrns font merveille ! commenta Jazz. On dirait que notre proie a décidé de jouer au Petit Poucet...

En effet, Mallory constata avec plaisir que la piste laissée par le rapide apparaissait clairement sur la projection devant elle, accompagnée des données nécessaires pour la suivre. En quelques gestes, elle transféra ces données vers la console de navigation.

Le moment était venu de tester les nouvelles commandes tout juste installées par les grands aliens. Sur sa droite, le *joystick* utilisé pendant des années pour manœuvrer le *Sirgan* tel un avion avait cédé la place à une demi-sphère cartilagineuse d'où pulsait une lumière rose. D'après Losnuk, il s'agissait d'une interface neuronale. Elle n'était pas sans évoquer l'organe qui se nichait dans le rostre des vohrns et leur permettait de s'introduire dans les pensées de la plupart des espèces connues.

Avec un peu d'appréhension, Mallory posa la main dessus, préférant ne pas se remémorer ses expériences sur le sujet. À son soulagement, elle ne ressentit aucune douleur. Très vite, une deuxième présence rejoignit celle du Jufinol au sein de sa conscience. À la fois plus complexe et moins sensible, elle manqua d'engloutir Mallory sous un déluge d'information.

Le flot se tarit soudainement, comme si quelqu'un avait actionné une vanne pour le réduire à un mince filet. Désorientée, elle réalisa ce qui venait de se passer :

— Jazz ? C'est toi qui as repris une partie du flux de données ?

— Oui, ma capitaine !

— C'est toujours pareil ?

— Encore une fois oui, mais on s'habitue avec le temps. D'ailleurs, les vohrns auraient pu nous connecter complètement au lieu de nous obliger à parler.

— Ah... Heu... Pour être honnête, entre Squish et maintenant le *Sirgan*, je trouve qu'il y a assez de monde dans ma tête.

L'Intelligence Naturelle laissa échapper un rire. Chose que Mallory n'entendait que trop rarement. Elle se demandait parfois comment il tenait le coup : beaucoup de gens

préféreraient la mort au sort de Jazz.
— Tu n'as pas tort, et puis j'ai aussi beaucoup de souvenirs pas très glorieux, autant les garder pour moi...
— Pourquoi « aussi » ?

Sur les bras de Mallory, les roses se refermèrent, devenant de petits boutons. Elle était toutefois rassurée : tant qu'il la taquinerait ainsi, elle n'avait pas de raison de s'en faire. Elle raffermit sa prise sur l'interface neuronale et déclara :
— Tu l'auras voulu !

Elle lança le navire à pleine vitesse, savourant sa capacité toute neuve à interagir directement avec lui. L'accélération la plaqua sur son siège. Une pression infime au regard des forces en jeu entre la propulsion et le contrôle de gravité.

Sur les épaisses vitres blindées, les données défilèrent, pour se stabiliser bien au-delà des valeurs habituelles.
— Eh, mollo Capitaine ! s'écria Jazz, tandis que le reste de l'équipage encaissait avec plus ou moins de réussite la cadence imposée par Mallory.

Un sourire carnassier aux lèvres, elle scrutait les chiffres à peine croyables qui variaient devant elle :
— Quatre fois notre vitesse max ! Le rapide est devenu un escargot. Ce salopard de Vassili va regretter de s'en être pris à nous !

Sept étoiles et presque vingt années-lumière. En cinq jours, une véritable prouesse. Et pourtant, le vaisseau de Vassili restait invisible. Brutalement interrompue, la traînée laissée par le navire antarien brillait au sein des projections holographiques, comme pour narguer Mallory.

Avec un soupir de frustration, elle coupa le propulseur d'une pensée. La gravité fluctua et le *Sirgan* continua sur son erre, pénétrant dans un système inconnu.

Dépitée, la pilote porta une main à son visage et massa ses yeux légèrement bridés. Cela ne collait pas. À la vitesse où elle avait mené son vaisseau, la poursuite devait se terminer ici. Or, tout ce qu'elle voyait, de même que les informations relayées par les sondeurs vohrns, se résumait à du vide...

— Que dalle, grogna-t-elle.

— Ça ne tient pas debout, renchérit Jazz. Il ne peut pas s'être volatilisé ! D'ailleurs...

L'Intelligence Naturelle s'interrompit, plongée dans une intense réflexion. Mallory s'impatienta :

— D'ailleurs quoi ?

— C'est tout le coin qui n'a pas de sens ! Une étoile ridicule et trois géantes placées à une distance beaucoup trop importante. On dirait que quelqu'un a escamoté les planètes les plus proches du soleil local. Juste une mince rangée de débris sur une orbite similaire à celle de Vénus. Regarde !

Devant la pilote, les hologrammes disparurent, remplacés par une modélisation du système.

Une bille bleue figurait l'étoile, accompagnée d'une légende : Jaris. Un nom attribué en un temps lointain par des scientifiques terriens qui n'auraient jamais imaginé qu'un être humain pourrait un jour s'égarer dans ce secteur de la Voie lactée.

À l'autre extrémité de la représentation, s'alignaient frileusement trois sphères orangées, rappelant Jupiter. À proximité de Jaris, une petite tache clignotait. Celle-ci se mua en un cercle irrégulier lorsque Jazz décida de basculer la projection de quatre-vingt-dix degrés.

— Ça ressemble à une ceinture d'astéroïdes, remarqua Mallory.

Elle étudia l'hologramme, prise d'une soudaine intuition. Roulé en une boule multicolore sur le siège du copilote, le jufinol lança un pépiement approbateur.

— On va aller voir ces cailloux de près, déclara-t-elle en reprenant l'interface neuronale en mains.

À une vitesse modérée, le *Sirgan* s'enfonça vers le centre du système. Il était encore trop loin pour qu'elle aperçoive à l'œil nu son objectif, quand les radars déclenchèrent une alarme.

À nouveau, une simulation en trois dimensions s'afficha devant Mallory. L'ensemble de rocs répartis autour de Jaris apparut brièvement, et Jazz zooma sur une portion de la ceinture. Trois astéroïdes de plusieurs kilomètres de diamètre occupèrent la projection. Mallory les étudia, notant des secteurs aux formes géométriques au sein de la surface irrégulière des blocs de pierre. Soudainement, la cause de l'alerte devint visible sur l'hologramme :

Une multitude de vaisseaux stationnaient dans l'espace entre les immenses rochers.

— Les Saharjs ! s'exclama-t-elle. Merde ! Moi qui étais convaincue que Vassili n'avait rien à voir avec eux !

De nouveau l'image changea, pour détailler un des appareils. La pilote découvrit une étrange silhouette : un jeton octogonal, légèrement renflé au centre. Le tube synergétique s'avérait difficile à distinguer et, Mallory eut beau essayer, elle ne put en différencier l'avant de l'arrière.

Elle se remémora l'essaim de navires saharjs aperçu près de Volda, dans le système d'Aldébaran : un agrégat de modules de formes identiques, mais de taille variable. Elle avait sous les yeux l'un des éléments le composant.

Jazz parvint à la même conclusion :

— Un des appareils que tu as repérés dans le secteur de Volda, et il se balade sans ses copains ! Je me demandais s'ils étaient autonomes, la réponse est oui…

— Moi, j'aimerais plutôt savoir comment un troupeau de ces trucs a pu voyager sur d'aussi longues distances, si vite et sans se faire remarquer, s'étonna Mallory.

Une voix à l'accent synthétique retentit derrière elle :

— Nous devons quitter ce système avant qu'ils nous détectent et avertir Hanosk. Cette ceinture d'astéroïdes doit être leur base principale. Nous ne sommes pas en mesure d'intervenir face à un tel nombre.

Silencieux comme seuls en étaient capables les vohrns, Losnuk s'était glissé dans le cockpit et observait les faits et gestes de la pilote depuis un moment.

Tandis que les tatouages de ses bras se muaient en entrelacs de ronces noires, Mallory serra les poings à s'en faire blanchir les phalanges. Être allée si loin pour laisser Laorcq et Alrine aux mains de Vassili... La frustration lui arracha un grognement de rage.

Pourtant, Losnuk avait raison : si quatre vohrns et un cybride constituaient une escouade de choc, se lancer à l'assaut de ce qui semblait être une véritable forteresse spatiale relevait du suicide...

Elle hésita avant d'exécuter un demi-tour :

— On pourrait rester planqués en bordure du système et arraisonner un de leurs navires, suggéra-t-elle. Une fois maîtres à bord, on s'en servirait pour se glisser jusque dans la base et...

Sa voix mourut. L'idée comportait tellement de failles que cela ne valait pas la peine d'y réfléchir.

L'estomac noué, elle s'efforça de se concentrer sur la suite des évènements. Ses compagnons allaient devoir tenir un peu plus, le temps qu'elle revienne avec l'*Urkein'Naak* en renfort.

Cette pensée positive en tête, elle s'apprêta à foncer vers Aldébaran.

Sa main stoppa net à un centimètre de l'interface.

À travers les vitres blindées du cockpit, elle venait de découvrir qu'une masse noire masquait les étoiles. Surgi du néant, un appareil saharj se situait devant le *Sirgan*.

— Comment ? laissa échapper Mallory avec stupéfaction.

Ses réflexes prenant le dessus, elle vira brusquement de bord et voulut lancer son navire au maximum de sa capacité d'accélération. De nouveau, elle dut s'interrompre. Le vaisseau octogonal se trouvait toujours en face du *Sirgan*, comme si ce dernier n'avait pas bougé d'un centimètre.

Un frisson glacé parcourut le dos de la pilote. De quelle technologie leurs adversaires disposaient-ils donc ? Elle se tourna vers le soldat vohrn :

— Losnuk, c'est le moment de me faire une suggestion...

Avant qu'il ne puisse lui répondre, Jazz intervint :

— Moi, j'en ai une, que tu vas détester : nous rendre ! Ne me demande pas d'où elles sortent, mais pas moins de sept de ces galettes nous entourent...

XVIII
CHHH PLO !

Vassili observa avec un détachement presque scientifique le saharj qui se tenait devant lui. Plus grand que lui, l'alien était mince, sa peau épaisse et brune tendue sur une ossature conçue pour protéger ses organes vitaux. Il se rapprochait de manière troublante de l'humanoïde. Haute silhouette sombre, le saharj ressemblait aux représentations archaïques de la mort, au détail près d'une musculature fine roulant sur ses os au moindre mouvement. Profondément enfoncés dans leurs orbites, des yeux rouges reflétaient sinistrement la lumière ambiante. Il ne possédait pas de nez et sa bouche ne semblait compter que des canines.

Le guerrier artificiel ne portait pas de vêtements. Une habitude découlant en grande partie de l'inexistence d'appareils génitaux et de l'absence de honte liée à l'état de nudité. Autour de sa taille se trouvait par contre un harnais où pendaient des armes blanches.

Peu impressionnable, Vassili avait pourtant la désagréable

sensation d'être toisé par un grand cadavre, la dépouille nue d'un malheureux emporté par la famine.

Autant pour se tirer de sa fascination que par crainte d'offenser son hôte, l'humain cessa son examen et déclara :

— Sans l'aide de mon employeur, vous n'aurez jamais votre revanche sur les gibrals.

Presque invisible, un boîtier traducteur était maintenu contre son larynx par une couche de peau synthétique. Sa présence gênait Vassili plus que l'atmosphère toxique respirée par les saharjs : son métabolisme transformé la supportait aisément.

Tout juste arrivé dans la colonie saharj, il s'efforçait sans conviction de les rallier à la cause d'Axaqateq. Il poursuivait la tâche confiée par le primordial, car elle servait ses propres desseins. En découvrant la base saharj, il avait été saisi d'une révélation : quelqu'un était parvenu à concevoir un peuple voué au combat. Avec les capacités conférées par le ktol, il pouvait en faire autant. Cela prendrait longtemps, et il lui faudrait triompher de nombre d'obstacles, mais le résultat serait à la hauteur. À la tête d'une multitude de guerriers, il se voyait déjà annihiler l'espèce qu'il détestait le plus : la sienne...

La réponse du saharj interrompit ses rêveries.

— Nos créateurs nous ont trahis et abandonnés. Les gibrals nous ont accueillis puis trahis eux aussi. Nous avons tiré les leçons du passé !

Le langage des biogènes était à leur image : efficace. Une série de sons brefs et distincts constituant des termes sans ambiguïté. Quand Vassili s'était présenté dans le système de Jaris, les saharjs lui avaient transmis un ensemble de mots courants. Son navcom les avait facilement interprétés pour ensuite les intégrer à un programme de traduction.

L'humain écoutait distraitement. Il n'avait pas besoin de convaincre les saharjs. Pouvoir circuler parmi eux lui suffisait. En tant qu'émissaire des primordiaux, les saharjs l'avaient bien accueilli et cette visite de courtoisie tombait à point nommé : une fois qu'il connaîtrait un peu les lieux et les habitudes de ses hôtes, il arriverait à s'introduire dans leur réseau de données. Comprendre comment ils étaient parvenus à devenir fertiles l'intéressait au plus haut point.

Vassili laissa de côté l'alien dont les yeux rouges semblaient flamboyer et observa la salle où il se tenait. Creusée au cœur d'un des astéroïdes en orbite autour de Jaris, son plafond culminait à près de six mètres. La pierre apparente s'ornait de circonvolutions dessinées par de multiples couches de minéraux. Des volutes compliquées, formées au sein du magma d'un monde maintenant détruit. Jaillissant des murs telle de l'eau perlerait à travers du calcaire, une lueur orange baignait la pièce dans un crépuscule permanent.

Cet environnement que l'on aurait pu croire hostile à toute forme de vie abritait trois immenses vasques d'une dizaine de mètres de diamètre. Elles débordaient de plantes dont les tiges translucides avaient la solidité et flexibilité de brins d'acier. Les plus hautes frôlaient le plafond et se couvraient de fleurs semblables à des grappes de bulles aux reflets irisés.

Vassili réalisa que son intérêt pour l'habitat des saharjs devait être évident, car Ombre-Néant – une traduction approximative du nom du guerrier artificiel – déclara :

— Il existe cinq mille salles de ce type, de tailles et de formes variées. Chacune héberge des végétaux différents. Nous ne leur avons pas trouvé d'utilité.

Pour Vassili, le contraste entre les lieux et ses occupants ne laissait aucune place au doute : les saharjs étaient des squatteurs... Une autre espèce avait procédé à l'aménagement de la ceinture rocheuse, puis disparu en abandonnant l'ensemble de cavernes.

Éteinte ? Chassée ? Vaincue lors d'un conflit ou éradiquée par une maladie ? se demandait l'humain. Construit pour durer, l'endroit ne fournissait pas le moindre indice quant au moment où la tragédie était advenue.

Les saharjs ne se perdaient pas dans les méandres de tels

questionnements. Les paroles d'Ombre-Néant en témoignèrent :

— À part sa capacité à nous abriter, le seul intérêt de cet endroit réside dans les couloirs.

Intrigué, Vassili suivit son hôte vers l'extrémité de la grande salle. Une ouverture assez large pour laisser passer trois personnes de front s'y dessinait. À première vue, elle donnait sur un tunnel obscur. Avec ses facultés particulières, il remarqua qu'elle était bien plus que son apparence le suggérait. Ses yeux améliorés découvrirent un fin réseau de lignes sombres qui partaient de l'encadrement et se perdaient dans le couloir, s'étirant à l'infini.

Le saharj se dirigea vers la porte et s'engouffra dans le corridor. Tous ses sens à l'affût, Vassili s'y engagea à son tour. En une fraction de seconde, il se retrouva dans une salle identique à celle qu'il venait de quitter. Sans la lumière devenue bleutée et les plantes aux longues tiges remplacées par un amas de nénuphars géants aux fleurs rouges, il se serait cru revenu à son point de départ. À la compréhension succéda la stupeur :

— Nous sommes passés dans un autre astéroïde !

Devant lui, Ombre Néant précisa :

— Deux générations ont vécu avant que nous puissions maîtriser cette technologie à notre tour.

L'humain s'alarma : pourquoi lui en révéler l'existence ?

Comme s'il avait deviné le tour de ses pensées, le saharj s'expliqua :

— Nous avons surpassé les connaissances de nos concepteurs et nous sommes délivrés de nos limites biologiques. Apprendre le fonctionnement du ktol ne prendra pas longtemps.

Déstabilisé par la mention de l'artefact, Vassili laissa son instinct décider de la marche à suivre. Avec la puissance musculaire dont il disposait, le soldat artificiel ne pourrait rien contre lui. Il chercherait plus tard comment les saharjs avaient eu vent du ktol.

À une vitesse impossible, il lança son poing en direction du torse de l'alien. Il ne l'atteignit jamais. Un champ de force le séparait d'Ombre-Néant, bloquant son coup aussi nettement qu'une vitre arrête une mouche en plein vol.

— Nous nous souvenons des primordiaux. Ils sont vieux et arrogants. Nous n'avons pas besoin de leur aide. En utilisant les deux humains que vous transportez en tant qu'éléments de comparaison, il nous sera facile d'analyser les effets du ktol sur votre corps. Nous pourrons ensuite les appliquer à nos propres organismes...

Au-dessus de la console de pilotage du *Sirgan*, un ordre s'afficha :

NAVIGUEZ EN DIRECTION DE LA CEINTURE

Sous la courte phrase, une série de coordonnées indiquait la destination exacte et un symbole clignotait : les instructions s'accompagnaient d'un fichier contenant les bases du langage saharj. Mallory tendit une main et le transféra d'un geste vers son navcom. *Au moins, ils veulent être compris, cela montre qu'ils comptent nous garder en vie.*

Losnuk lui demanda soudainement de le suivre. Intriguée, elle obtempéra. L'alien la mena à la cabine qu'il partageait avec l'un des siens. De son barda posé au sol, il tira un minuscule objet ovoïde, ressemblant à une grosse gélule.

— Cet appareil est une microbalise, expliqua-t-il. Elle peut émettre un signal faible, mais continu, presque indéfiniment. Elle est préréglée sur une fréquence surveillée par l'équipage de l'*Urkein'Naak*. Nous n'avons qu'à l'éjecter.

Les sourcils froncés, Mallory répliqua :

227

— Les saharjs vont la détecter !

Losnuk la rassura. La balise resterait inerte tant que le *Sirgan* serait à proximité et l'émission aurait lieu à intervalles irréguliers. Une série de coordonnées et un code d'identification, encryptés dans une séquence n'excédant pas la milliseconde.

La terrienne attrapa l'objet et alla le mettre dans le sas. Elle lança le cycle d'ouverture, pour l'interrompre presque aussitôt : quelques centimètres suffirent à la balise pour être happée par le vide spatial.

Le sas de nouveau verrouillé, Mallory et le vohrn retournèrent au cockpit. Leur unique espoir d'être secourus reposait sur peu de choses, songea-t-elle en s'installant...

Avant de reprendre la navigation, elle effleura son bracelet navcom. Parmi les icônes qui s'affichèrent devant ses yeux, elle fixa celle d'un ours en peluche. Le temps pour le *Sirgan* d'atteindre la destination qu'on lui imposait, Torg serait sorti de son caisson de stase.

Le cybride les rejoignit au moment où les astéroïdes devenaient visibles à l'œil nu. Mallory lui fit un rapide résumé de la situation. Avec l'arrivée de Torg, le poste de commande paraissait minuscule.

Seule humaine à bord, à des années-lumière de toute colonie terrienne et entre les mains d'une espèce artificiellement conçue pour la guerre, Mallory sentit un frisson la parcourir. La partie était perdue d'avance, pourtant son intuition lui affirmait le contraire. Que les saharjs lui laissent la moindre opportunité et alors...

La voix de Jazz sortit des haut-parleurs :

— Eh, c'est un sourire que j'ai vu, là, juste une microseconde ?

— Non, tu te fais des idées.

— Je pense surtout que tu mens mal et que tu aimes prendre des risques insensés !

Escorté par les vaisseaux octogonaux, le *Sirgan* navigua jusqu'à l'un des grands astéroïdes. Mallory et son équipage découvrirent une large ouverture carrée. Sous la direction des saharjs, elle y engouffra son navire et s'aperçut que l'intérieur n'avait rien à envier à un complexe industriel issu des mondes les plus évolués.

Après un prudent parcours au sein d'une multitude d'appareillages destinés à la construction des vaisseaux saharjs, Mallory dut poser le *Sirgan* dans une baie de maintenance assez vaste pour abriter un navire cinq fois plus gros.

Derrière eux, le passage à la surface de l'astéroïde fut occulté par une barrière énergétique, à laquelle vint se superposer un pan de roc qui parut jaillir de nulle part. De l'extérieur, personne ne serait en mesure de déceler l'existence d'une telle installation.

Mallory ôta ses mains de l'interface neuronale, coupant le groupe synergétique du *Sirgan* dans la foulée. Le son du propulseur s'étouffa et disparut progressivement. Un lourd silence s'abattit sur le vaisseau courrier.

Losnuk s'approcha d'elle et réduisit à néant la théorie rassurante qu'elle avait échafaudée à la réception du fichier de traduction :

— Je crains que les saharjs ne cherchent à nous arracher des renseignements avant de nous tuer et de s'emparer de votre navire.

Mallory soupira :

— J'adore travailler avec vous. Toujours les mots pour remonter le moral.

— Même si nos « hôtes » ne nous liquident pas, l'air s'en chargera, renchérit Jazz d'une voix lugubre. L'atmosphère qui remplit petit à petit ce caillou creux est nocive pour les humains.

— À quel point ? demanda Mallory.

— Tu vas avoir besoin d'un filtre nasal et d'une injection de *nétropine*.

— Et Squish ? Ou Torg ?

— Oh. Eux. Ne t'inquiète pas : la limace poilue ne risque

rien, ton gorille non plus.

Lové sur le siège du copilote, le jufinol appuya la remarque d'une onde de pensée apaisante.

Sans perdre un instant, Mallory se faufila entre le cybride et le vohrn et fila jusqu'à la cabine abritant l'*automed* de bord. Elle programma ce robot de soins pour qu'il lui administre le traitement en question et, une fois ce point réglé, fouilla la minuscule infirmerie à la recherche d'un masque respiratoire.

— Capitaine ?

Mallory se retourna. Dans l'encadrement de la porte se tenait Losnuk. Sa main aux longs doigts tendue vers elle, il déclara :

— Essayez ceci.

La terrienne s'approcha et observa l'objet présenté par le vohrn. Typique de leur technologie biologique, il ressemblait vaguement à un coquillage tacheté. Dubitative, elle le prit et constata que la face creuse était adhésive. Sur le point de décliner l'offre, elle se souvint que les protections stockées à bord du *Sirgan* avaient des années...

— OK, capitula-t-elle en haussant les épaules. Je vais me balader avec une grosse palourde sur le visage : ça va être *sexy*...

Elle leva la coquille et la plaça de façon à recouvrir sa bouche et le bas de son nez. La prenant par surprise, l'objet se comporta en ventouse et elle crut étouffer. Puis, après d'interminables secondes, l'air se mit à circuler à travers le filtre.

— Bon, c'est pas si terrible en fait, déclara-t-elle d'une voix sonnant étrangement à travers le masque.

— On dirait que tu parles à travers un tuyau ! se moqua l'Intelligence Naturelle.

Mallory allait lui lancer une réplique bien sentie, mais Jazz reprit sur un ton beaucoup plus sérieux :

— Les saharjs sont là. Ils s'apprêtent à découper le sas avec un truc qui ressemble à un laser de chantier...

À ces mots, la pilote fila de nouveau vers le cockpit où une projection vidéo lui montra les aliens prêts à forcer l'accès du navire.

— Jazz, ouvre-leur ! ordonna-t-elle.

Cela ne servait à rien de les laisser endommager le *Sirgan* pour grappiller quelques malheureuses minutes.

Sans perdre un instant, ils s'introduisirent dans le vaisseau-courrier. Les saharjs portaient des armes à feu, de lourds revolvers bizarrement allongés et des poignards à la lame incurvée.

Méthodiques, ils explorèrent chaque cabine du *Sirgan* et la soute, faisant ainsi prisonniers les vohrns qui n'étaient pas en compagnie de Mallory et Torg. Les captifs furent escortés hors de l'appareil pour être ensuite alignés contre un mur de l'immense baie de maintenance. Enfin, les saharjs se dirigèrent vers le cockpit.

Après avoir observé le déroulement de l'abordage grâce aux images transmises par les caméras de bord, la pilote abandonna son siège et se posta entre Torg et Losnuk. Quand le premier biogène se présenta, elle ne put réprimer un frisson. L'extraterrestre osseux à la peau comme du vieux cuir semblait issu des pires cauchemars humains.

— On dirait une momie sans ses bandelettes... murmura Mallory à l'attention de Torg.

L'attention de l'effrayante créature se focalisa sur Losnuk :

— Vorhn ! Rejoins tes congénères sur le quai et ordonne à tes esclaves de te suivre. Maintenant, ce navire nous appartient.

Jazz ne put s'empêcher de réagir à cette affirmation :

— C'est ça ! Tu peux rêver. Je préfère encore griller tous les systèmes !

Le saharj tourna son faciès décharné aux yeux rougeoyants de part et d'autre, cherchant d'où pouvait provenir la voix de l'Intelligence Naturelle.

Mallory releva alors un détail qui lui en apprit beaucoup

sur la façon dont le saharj considérait ses prisonniers : il ne s'était même pas encombré d'un traducteur. Celui de Losnuk et le navcom de la pilote travaillaient à sens unique. Attirant l'attention de Torg sur ce détail, elle conclut :

— Apparemment, nous n'allons pas avoir l'occasion de nous exprimer...

Le saharj pointa une arme vers eux et glissa vers la gauche, libérant l'accès à la coursive du *Sirgan*. Losnuk s'y engagea en silence. L'humeur noire, Mallory lui emboîta le pas, suivie de son garde du corps.

Une fois à l'extérieur, ils durent rejoindre les autres vohrns, sous le regard des saharjs. Mallory contempla l'immense baie et ses murs rocailleux. En dépit de sa taille, l'endroit était bel et bien une prison. La confiance éprouvée un peu plus tôt lui parut déplacée. Elle s'en voulait terriblement : en fin de compte, elle s'était jetée dans la gueule du loup. Elle payait cher l'excès d'assurance conféré par la technologie des vohrns et leur présence à bord du *Sirgan*...

— Losnuk, combien de temps faudra-t-il à l'*Urkein'Naak* pour recevoir le signal de la microbalise ?

— Une ou deux fractions de cycle, peut-être trois.

Plutôt à cran, Mallory étouffa une pointe d'agacement :

— Et en terrien, ça donne quoi ?

Losnuk réfléchit :

— Environ une semaine...

Les membres lourds et glacés, Laorcq revint à lui pour découvrir qu'il était allongé dans une sorte de sarcophage. Ses poignets et ses chevilles entravés par des sangles faites de brins d'acier tressés, il pouvait à peine remuer. Aucun son, aucune lumière, ni impulsion sensorielle ne lui parvenait. Il aurait pu se trouver enterré dans le sol d'une planète ou à la dérive dans l'espace sans le savoir.

Son premier réflexe fut de tester la résistance de ses liens. Il ne réussit qu'à se meurtrir la chair à l'endroit où elle était en contact avec les rubans métalliques. Cessant ses contorsions inutiles, il s'efforça de se calmer.

Il ne devait pas gaspiller son énergie. Mieux valait rester à l'affût et saisir la moindre opportunité de se libérer. Avec une inquiétude grandissante, il se rappela les dernières secondes avant de sombrer dans le néant : le rapide antarien, Vassili et son incroyable vitesse. Alrine, frappée, puis au sol, inconsciente. Refusant d'envisager un sort funeste, il s'accrocha à l'idée qu'elle devait également être prisonnière.

Une lumière crue le força à plisser les paupières. Le caisson venait de s'ouvrir et déjà sa gorge et ses poumons le brûlaient. *L'atmosphère n'est pas respirable !*

Il eut un moment de panique et sentit qu'on apposait un masque sur sa bouche. La douleur dans sa poitrine s'apaisa.

Quand sa vision s'adapta, il discerna un extraterrestre des plus étranges : un long corps d'un seul tenant, une grande tige d'à peine dix centimètres de diamètre, terminée par un léger renflement où se logeaient des dizaines d'yeux jaunes. Penchée au-dessus de lui, la créature le fixait de sa myriade de globes oculaires. Aussi brusquement qu'il était apparu, l'alien inconnu se retira.

Si seulement cette tige ambulante pouvait me détacher, songea Laorcq avec un vague espoir. À voir la frêle créature, il était peu probable qu'elle lui résiste, même à mains nues...

La « tige » était un quadrupède : le bas de son corps longiligne et recouvert d'un court pelage noir se divisait en quatre membres, capables de se tordre en tous sens. Ce nombre semblait avoir présidé à son élaboration. Au deux tiers de sa hauteur, on trouvait autant de bras, aussi mobiles que des tentacules. Ils se ramifiaient également en quatre à deux reprises, pour former des mains à seize doigts minuscules. Située juste en dessous de la grappe d'yeux, une petite bouche ronde émit d'une voix flûtée :

— Oooog. Uiiiiz chhh plo ?

Laorcq ne pouvait pas vérifier si sa montre navcom fonctionnait toujours, mais il doutait que le langage en question figure dans sa base de données. À travers le masque respiratoire, il lança :

— Désolé, je ne comprends pas un mot, mon pote.

L'alien avait un aspect si comique et fragile, qu'il était difficile pour l'humain de voir en lui une quelconque menace.

Il changea d'avis quand l'extraterrestre se retira de nouveau, pour revenir en brandissant un petit cube blanc, dont une des faces se hérissait de fines aiguilles.

— Chhh plo ? répéta-t-il.

— Non ! Pas chhh plo ! Range ce machin tu veux ? rétorqua Laorcq en fronçant les sourcils.

L'alien se garda d'obtempérer. Il s'approcha de lui et l'examina avec attention. Puis, d'un geste presque trop rapide pour être perçu, il lui planta les pointes dans l'épaule. Tandis que Laorcq poussait un grognement de douleur, l'objet vira au rouge. Enfin, tout aussi vivement, la « tige » retira sa drôle de seringue.

— Chhh plo ! parut-il affirmer avant de se détourner de l'humain.

Ce dernier entendit une série de bruits, terminée par celui de vérins pneumatiques. Le même son qui avait accompagné l'ouverture de son sarcophage. Il comprit et lança :

— Alrine ? Tu es là ?

Au grand soulagement de Laorcq, une voix familière s'éleva :

— Oui, mais... Un masque respiratoire ? Et d'où sort l'alien qui ressemble à un portemanteau ?

— Attention, il va sûrement...

— Chhh plo ? coupa l'extraterrestre.

—... te faire une...

— Aïe !
—... piqûre.

Allongée et sanglée comme son compagnon, Alrine soupira :
— Ça s'annonce mal.

Elle allait demander à Laorcq s'il avait la moindre idée d'où ils se trouvaient, quand elle sentit une légère vibration tandis qu'elle basculait vers l'avant. La « tige » avait déclenché un mécanisme permettant de placer les caissons à la verticale.

Au fur et à mesure que son sarcophage se redressait, la policière put observer la pièce où ils se situaient. De forme hémisphérique, elle était taillée dans une roche sombre, veinée de quartz violet. Alrine vit une seule ouverture, qui lui paraissait donner sur un couloir particulièrement obscur, au point que la lumière semblait incapable de l'atteindre.

Le long de la paroi incurvée s'alignait du mobilier fabriqué dans une matière synthétique proche du plastique, ainsi qu'un long plan de travail sur lequel étaient disposés des instruments destinés à l'analyse des fluides prélevés aux humains.

L'alien filiforme s'affairait sur l'une des machines. Tout en l'observant, Alrine se demanda où elle et Laorcq avaient atterri et comment. Selon toute vraisemblance, Vassili les avait remis à cette espèce inconnue. Ce qui n'avait aucun sens : quel intérêt de s'encombrer d'otages, pour s'en débarrasser à la première halte ?

L'explication se présenta sous la forme d'un humanoïde de haute taille, doté d'un corps où les muscles se disputaient à l'ossature. Bien que différents des antiques images retrouvées par les vohrns, Alrine reconnut immédiatement à quel type d'extraterrestre elle avait affaire :

— Un saharj !

Le mince quadrupède eut alors une réaction qui l'intrigua : il se précipita à l'autre bout de la pièce et se colla contre le mur rocheux, prenant soin de détourner ses yeux du nouveau venu. Elle pouvait difficilement en juger, mais il paraissait effrayé par la simple présence du saharj.

Ce dernier s'approcha du caisson de Laorcq et le fixa de son intense regard rouge. L'humaine nota que l'alien portait une sorte de harnais, mélange d'holster et de ceinture, où s'accrochaient plusieurs armes blanches. Lentement, le saharj empoigna une des lames et la sortit de son fourreau. Une vague de terreur s'empara d'Alrine quand le saharj se pencha sur Laorcq...

XIX
ÉGOUTS

Dans l'astéroïde où le *Sirgan* se trouvait à quai, les saharjs commencèrent à passer les prisonniers en revue, les dépouillant de toutes armes ou moyens de communication. Une idée frappa Mallory et un frisson d'angoisse la parcourut : elle était à l'origine de leur défaite dans le système d'Aldébaran et avait profité d'un lien télépathique pour blesser l'esprit collectif des saharjs. Si jamais ils reconnaissaient en elle l'entité coupable de la souffrance infligée au gestalt, ils la tueraient sur-le-champ !

Tandis que l'un de saharjs venait vers elle, la peur lui noua l'estomac.

— Torg... Même avec mon masque sur le nez, ils vont finir par comprendre qui je suis. Tu peux liquider ces six momies ?

Le cybride se pencha vers elle.

— Deux ou trois peut-être, mais là...

L'anxiété de la pilote monta d'un cran, rendant la respiration à travers le filtre difficile. Le saharj parvint devant

Torg, qu'il examina soigneusement, avant de lancer à ses congénères :

— Celui-là est dangereux. Posez-lui des *surgravs*.

L'un des aliens guerriers s'approcha de Torg. Ce saharj tenait entre ses doigts squelettiques ce qui ressemblait à des lanières caoutchouteuses, desquelles émanait une faible lueur jaune.

Arrivé en face de Torg, il se contenta d'ouvrir la main et les bandelettes en jaillirent pour aller entourer les poignets et les chevilles du cybride. Mallory le vit s'affaisser aussitôt, comme si une chape de plomb s'abattait sur lui. En dépit de sa puissante musculature, il paraissait devenu presque incapable de faire un pas. Son garde du corps tremblait sous l'emprise d'un violent effort au moindre mouvement. Elle s'inquiéta et en oublia son propre sort :

— Torg ! Que se passe-t-il ?

En réponse, il grogna :

— Ces bracelets sont des multiplicateurs de gravité ! Avec ça, je ne vaux pas mieux qu'un humain nouveau-né...

Le saharj se tourna ensuite vers Mallory et la scruta de ses yeux rouges, s'attardant sur le jufinol. Fidèle à son habitude, le ver multicolore était enroulé autour du bras gauche de la pilote, tel un serpent arc-en-ciel. Elle se crut finie : il lui sembla discerner une étincelle de compréhension dans ces globes oculaires écarlates et dépourvus de pupille ou d'iris.

Prête à vendre chèrement sa vie, elle se prépara à un combat qu'elle savait perdu d'avance...

Ses tatouages sensitifs se muaient en fouillis de ronces noires quand un sentiment apaisant l'envahit. Squish cherchait à la rassurer. Elle apprécia le geste, mais tenta de repousser la pensée du petit animal : elle devait rester lucide. Il émit un pépiement et insista, suggérant une autre idée : il allait s'occuper du saharj.

Le long de son bras, elle sentit son corps habituellement souple se tendre sous l'effort qu'il fournissait.

Le saharj se figea et l'intensité de son regard diminua.

Lorsqu'il leva une main pour toucher la pilote, il se contenta de lui enlever son navcom avant de se détourner d'elle pour passer à Losnuk.

Mallory expira longuement : elle avait retenu son souffle durant la totalité du bref épisode. Elle caressa le jufinol agrippé à elle et murmura :

— Squish, je t'adore...

L'animal répondit en partageant une sensation douce et légère, qui évoquait amitié et chaleur.

Les saharjs ne leur donnèrent pas l'occasion de savourer la petite victoire. Dès qu'ils eurent terminé de désarmer l'équipage du *Sirgan*, une partie d'entre eux escorta les vohrns à l'autre extrémité de la gigantesque baie de maintenance.

Sous les ordres des saharjs, Losnuk et ses soldats durent s'aligner le long d'un ensemble de machines destinées au travail de l'acier près desquelles étaient empilés des panneaux prêts à être modelés et découpés. Laissant une zone de dix mètres autour des vohrns, les saharjs s'écartèrent. L'un d'eux rengaina son arme et se dirigea vers un des engins situés à côté de cette zone. Il se plaça devant une sorte de pupitre. Un très mauvais pressentiment s'empara de Mallory. Sentant ses tripes se liquéfier, elle vit Losnuk se tourner vers elle et lever la main en un au revoir aussi inattendu que terrien. Bien trop consciente de la signification du geste, elle lui retourna son salut.

Avec une soudaineté qui la stupéfia, une multitude de rayons bleus s'abattirent depuis le haut plafond et dansèrent sur l'espace où se trouvaient les vohrns. Un brouillard de sang vaporisé masqua la scène, alors qu'ils étaient découpés en centaines de morceaux par les lasers.

Un cri d'horreur se bloqua dans la gorge de la pilote. La cruauté de l'acte la rendait muette de saisissement.

Dans un état second après l'exécution sommaire, elle s'assit au sol, dos contre le roc de l'astéroïde creux. Elle entendit à peine Torg quand il la prévint que la communication avec Jazz venait d'être rompue : les saharjs avaient désactivé l'Intelligence Naturelle du *Sirgan*.

Le cybride s'installa près d'elle et adopta une immobilité de statue, veillant à ne pas s'épuiser inutilement à cause des surgravs. Sous la surveillance des extraterrestres à l'allure cadavérique, ils durent patienter des heures sans pouvoir bouger d'un pouce.

Soutenue par le ronronnement apaisant du jufinol, Mallory luttait contre une fatigue morale et physique lorsqu'une douzaine de surprenants aliens s'approchèrent. En dépit des circonstances, elle ne put s'empêcher de sourire : les nouveaux venus présentaient un drôle aspect filiforme et avançaient en bondissant comiquement sur leurs quatre pattes.

Les saharjs encore présents abandonnèrent les lieux sur-le-champ, comme irrités par l'intrusion. Seul l'un d'eux s'attarda le temps d'esquisser un geste en direction des arrivants et d'ordonner :

— Rejoignez les dvas.

Les saharjs disparus, le groupe d'extraterrestres désigné sous le terme de « dvas » se précipita vers eux. Elle n'avait jamais rencontré de créatures dotées d'autant de globes oculaires.

— Torg, regarde ça, ils ont au moins une vingtaine d'yeux !

Elle vit le colosse hausser les épaules, pour le regretter dans la foulée : ses liens avaient réagi en augmentant la charge. Il grogna de dépit, mais semblait rassuré par l'enthousiasme de Mallory pour les dvas. Elle s'efforça de maintenir cet état d'esprit : s'apitoyer sur sa mauvaise posture n'apporterait rien de bon.

Malheureusement, les aliens filiformes employaient un langage inintelligible. Un rapide échange avec Torg lui apprit que même le navcom implanté près de son cortex était incapable de traduire les propos des dvas. À force de signes, ils leur firent néanmoins comprendre qu'ils devaient se lever et les suivre.

Les petits aliens à l'allure de poteaux sautillants les menèrent ensuite vers une ouverture dans la paroi rocheuse. À la vue du couloir d'un noir d'encre, Mallory et Torg se figèrent, cependant les dvas qui les précédaient se lancèrent dedans sans la moindre hésitation.

Leurs myriades de doigts posés dans le dos des prisonniers, les dvas restants les exhortèrent à avancer :

— Vlaaaak ! Vlaaaak !

Malgré le handicap induit par ses entraves, Torg prit la pilote de court et fonça à travers la porte obscure. Pour Mallory, il fut happé par une flaque de néant.

Elle n'eut pas le temps de s'inquiéter : Torg rejaillit devant elle et commenta de sa voix profonde :

— Ça ne risque rien, c'est juste bizarre.

Sur cette énigmatique explication, il attrapa la main de Mallory et l'entraîna à travers l'ouverture.

Désorientée, elle eut l'impression de passer d'une scène holographique à une autre, au détail près qu'elle s'y trouvait complètement immergée.

Ils se retrouvèrent dans un espace confiné, éclairé par des pierres phosphorescentes plantées de façon irrégulière dans des murs constitués d'une roche nue et granuleuse. Derrière eux, les dvas s'agglutinaient au fur et à mesure de leur arrivée.

Un remugle répugnant prit Mallory à la gorge, en dépit du filtre nasal. S'habituant à la faible luminosité, elle découvrit qu'ils se tenaient dans une petite caverne, traversée par des flux de liquide prisonniers de champs de force. Sur les parois rocheuses se dessinaient des cercles d'un noir profond. Les fluides en sortaient puis parcouraient la pièce selon un chemin précis. La pilote en suivit du regard : ils plongeaient invariablement dans un autre des cercles. L'étrange local lui fit penser à un boîtier de dérivation géant. Elle laissa échapper un juron :

— Mince ! On est dans les égouts ou je me trompe ?

Torg, dont l'odorat était encore plus sensible, confirma :
— Tu as hélas raison. J'espère que ces champs de force sont fiables...
Pour appuyer ses paroles, il leva ses grands yeux bleus vers le plafond. Mallory l'imita et aperçut avec horreur un flot brun charriant des déchets de toutes sortes...

Mallory et le cybride comprirent très vite quel était le statut des dvas : à peine au-dessus de celui d'esclaves. Après un jour en leur compagnie, ils conclurent également que les interactions entre eux et les saharjs se réduisaient au strict minimum.

Ces journées de captivité furent riches en découvertes. Mallory finit par se rendre compte que l'habitat dissimulé dans la ceinture d'astéroïdes se composait de milliers de pièces, reliées entre elles par les couloirs.

Elle avait eu du mal à y croire, mais les saharjs semblaient avoir réussi là où tous les autres peuples avaient échoué : ils étaient capables de créer des trous de ver à volonté et de les stabiliser.

La terrienne et le cybride se trouvaient cantonnés aux mêmes tâches que les dvas. Dans une salle minuscule où s'entrecroisaient des dizaines de flux de toutes les couleurs, ils devaient dégager un amas gélatineux et puant qui obstruait un passage de vingt centimètres de diamètre. Sous la supervision d'un dva, ils s'efforçaient de détruire ce bouchon. L'alien disposait d'une grande pince avec laquelle il pouvait saisir les flots emprisonnés dans les champs de force et les dévier provisoirement vers un autre trou de ver. Quant aux deux « apprentis plombiers », ils se contentaient de longues tiges à peine assez solides pour s'enfoncer dans la matière visqueuse sans casser. Refusant de rester loin de Mallory, le jufinol s'était réfugié sur les immenses épaules du cybride.

L'absence des saharjs étonnait la pilote. Tandis qu'elle se servait de son bâton comme d'un levier, elle grogna à travers son masque respiratoire :

— Je me demande si les momies ne viennent pas jeter un œil de temps en temps. Pourquoi les dvas se tuent à la tâche si personne ne les surveille ?

— Ils doivent subir une contrainte, suggéra Torg. Par exemple, pas de travail, pas de repas.

Mallory eut un léger sourire en dépit de la situation. Le chantage à la nourriture était probablement la seule menace qui pourrait influencer son garde du corps. Toutefois, elle doutait que cela fût aussi simple en ce qui concernait leurs « hôtes ».

Dans un craquement sec, l'outil qu'elle utilisait se brisa. Déséquilibrée, elle plongea en avant et se cogna la tête contre la paroi de roc juste au-dessus de l'évacuation bouchée.

— Et merde ! lâcha-t-elle rageusement.

Squish exprima sa compassion d'un fredonnement aux intonations tristes. Torg leva une main et caressa le front de sa protégée, où une bosse commençait à voir le jour. Dépitée, elle jeta au sol le morceau de bâton et se tourna vers le dva.

— Si seulement on pouvait communiquer avec eux !

Il la fixa de sa grappe d'yeux jaunes et se contenta d'émettre un « Gzaaak ! », avant de lui donner une autre tige, tirée d'une caisse sur roulettes qu'il traînait derrière lui.

— Tu devrais peut-être tenter le coup avec Squish, suggéra le cybride.

Saisissant l'objet tendu par le dva, elle acquiesça :

— J'ai essayé une ou deux fois. Les dvas ne veulent pas se laisser approcher.

Torg attrapa le jufinol installé sur ses épaules et le remit à la pilote. Elle se contenta de lever son bras libre pour qu'il vienne s'y enrouler. Après un regard en direction de l'alien chétif, Torg déclara :

— Je ne dispose pas de toute ma force, mais je devrais arriver à le coincer assez longtemps. Il faut juste le distraire assez pour que je me glisse dans son dos.

Mallory n'hésita pas une seconde. D'un brusque mouvement, elle jeta le bâton à l'autre bout de la pièce. Tout en gesticulant et criant, elle partit vers le corridor qui les avait menés là. Le dva s'approcha d'elle et s'efforça de la remettre au travail. Ses mains minuscules tentèrent vainement de bloquer l'humaine. Elle le contourna et parvint en deux pas à la porte obscure, qu'elle fit mine de traverser. Le dva bondit sur ses pattes pour se lancer à sa poursuite.

Six doigts enserrèrent son corps et le stoppèrent. Le dva se mit à s'agiter frénétiquement, en glapissant des sons incompréhensibles. Sans brutalité excessive, Torg le souleva et le secoua pour le faire taire.

— Ça va ! Calme-toi, c'est pour ton bien. Je vais pas te manger.

Tout en prononçant ces mots, le colosse eut une hésitation. Mallory put presque l'entendre penser : *après tout, il n'est peut-être pas mauvais à mâchouiller, cet alien qui ressemble à un bâton de réglisse.*

Elle réfréna une soudaine envie de plaisanter, en voyant les entraves de son cybride prendre un éclat plus vif.

Elle s'approcha du dva, qui pendouillait tristement dans la main de Torg.

— Dépêche-toi Mallory. À cause de ces saletés de surgravs, je fatigue déjà.

Elle tendit le bras auquel s'agrippait le jufinol vers le dva et murmura :

— Là, doucement, doucement.

Au contact du petit animal, le dva se crispa puis la communication s'établit.

En l'espace de quelques secondes, Mallory put comprendre qui étaient les dvas et en quoi consistait leur relation avec les saharjs.

Si les deux peuples étaient artificiels, l'un se destinait à la guerre et l'autre à la maintenance du réseau de salles de la ceinture d'astéroïdes. Des siècles auparavant, les saharjs, alors en fuite, avaient échoué dans ce système. L'habitat dissimulé dans les astéroïdes existait déjà : ils n'étaient que des occupants récents, contrairement aux dvas, conçus des millénaires plus tôt pour entretenir les corridors reliant les rocs creux.

Une fois découvert un passage vers une des pièces, les saharjs avaient pris possession du monde éparpillé, soumettant les dvas avec facilité. Les guerriers méprisaient les frêles créatures, tout en les sachant utiles. Ils les cantonnèrent aux couloirs secondaires, d'où ils continuaient à veiller au maintien en état de la ceinture, conformément au rôle assigné par leurs véritables maîtres.

Quant à ces derniers, les dvas eux-mêmes en avaient oublié jusqu'au nom et l'apparence...

Mallory lança une pensée en direction du dva : *Bientôt, des amis viendront nous chercher. Ils pourront vous aider à vous libérer des saharjs.*

Le petit alien s'agita de nouveau. Le simple concept de s'opposer aux saharjs semblait le plonger dans un profond désarroi. L'humaine changea d'approche et s'efforça de lui résumer les récents évènements sur Solicor et la raison de son arrivée dans le système de Jaris.

Ce faisant, elle réussit à apaiser le dva. Les images qu'elle partageait avec lui le fascinaient : il n'avait jamais quitté la ceinture. La ville-monde et son astroport en forme d'anneau l'impressionnèrent, mais pas autant que la jungle où Mallory et Laorcq avaient poursuivi l'ambassadeur vohrn.

Le dva essaya à son tour de communiquer :

« *Je suis Rupoyalemaochupingrusueygashoulinamatokimyhwa du peuple dva. J'aimerais beaucoup visiter la lune couverte de plantes...* »

Mallory lui dit :

« *C'est possible. Aide-nous à combattre les saharjs.* »

Les trente-deux doigts de Rupo (Mallory avait décidé de raccourcir le nom) se nouèrent et se dénouèrent plusieurs fois. Il était mal à l'aise.

« *Les saharjs sont invincibles. Ils sont conçus pour la guerre. Nous sommes faits pour prendre soin de l'habitat et de son écosystème.* »

Si la réponse ne surprit pas l'humaine, elle ne lui convenait absolument pas. Avec la liberté de mouvement dont ils disposaient et leur connaissance de l'endroit, les dvas pouvaient semer une pagaille assez conséquente pour déstabiliser les saharjs. Ainsi, quand l'*Urkein'Naak* apparaîtrait, il ne resterait aux vohrns qu'à terminer le travail.

Mallory devait convaincre les dvas d'affronter les saharjs. Elle eut une idée très simple pour atteindre cet objectif : elle allait leur offrir une démonstration...

Le pas alourdi par ses entraves, Torg marchait légèrement en retrait de Mallory, à son tour précédée de Rupo. Ils traversaient un tunnel assez large pour que dix hommes puissent y circuler de front. Les murs étaient recouverts d'une sorte de lierre phosphorescent et des nuées de lucioles bourdonnantes grosses comme le poing s'agitaient vers le plafond, à près de cinq mètres de haut.

Derrière elle, le cybride maugréa :

— Admets-le : tu n'es contente que lorsque tu risques ta vie, si possible en t'en prenant à un adversaire deux fois plus costaud !

— Tu exagères un peu. Si tu étais en position de te battre, je t'aurais volontiers cédé la place. On ne peut pas attendre les bras croisés, tu le sais bien. Les saharjs sont nombreux et mieux équipés que nous le pensions. Même un croiseur vohrn ne sera pas à la fête en débarquant dans ce système. Si les dvas se soulèvent, ils peuvent faire la différence !

Torg grogna, acceptant de mauvais gré les arguments de sa capitaine.

— Et comment as-tu réussi à convaincre le dva de t'aider ?

— J'ai promis de l'emmener faire du tourisme...

Devant eux, Rupo se figea. Ses compagnons se turent aussitôt. Face au petit groupe se trouvait un des obscurs corridors. De la caisse qu'il n'avait cessé de traîner avec lui, le dva sortit toute une panoplie d'objets, de fins et complexes outils dignes d'un horloger. Il approcha ses doigts minuscules d'un renflement sur la paroi. La bosse sembla se rétracter et une trappe de dix centimètres de large s'escamota. Derrière, une multitude de canaux emprisonnés dans des champs de force s'entrecroisaient.

Curieuse, Mallory observa l'étrange système : il lui fit penser à un circuit électronique tridimensionnel, au tracé plus fin que des cheveux et où le métal aurait cédé la place à des fils d'énergie brute. La luminosité dégagée par l'ensemble était difficilement supportable.

Se tournant vers le dva, elle nota qu'une partie de ses yeux restaient parfois clos, avant de s'ouvrir de nouveau. Elle avait l'impression que chacun des petits globes pouvait distinguer un spectre différent. L'alien devait en fermer certains afin de filtrer les longueurs d'onde qui ne lui convenaient pas.

Apparemment satisfait de son observation, Rupo saisit un des instruments et le plongea dans la trame lumineuse. Trois des filins disparurent. Il changea d'outil et reprit son travail, faisant cette fois jaillir des lignes. Enfin, il remballa son matériel et fila à l'autre bout du long tunnel.

— Vite ! On s'éloigne. Un saharj va débarquer d'ici peu ! jeta Mallory en attrapant la main de Torg pour qu'il la suive.

Conformément à l'accord passé avec le dva, celui-ci avait dévié un corridor utilisé par les soldats biogènes. Mallory confia de nouveau le jufinol au cybride et se prépara à combattre une créature dont elle ne savait presque rien. Pire, si elle mettait trop de temps à vaincre son adversaire celui-ci risquait de prévenir ses congénères en se connectant au gestalt des saharjs. Squish se chargerait de l'en empêcher, cependant le petit animal ne pouvait tenir indéfiniment.

Postée au milieu de la galerie et baignée par l'étrange lumière provenant du lierre sur les murs, Mallory s'efforça de vider son esprit : si elle n'arrivait pas à se concentrer, elle avait perdu d'avance. Elle s'attacha à réguler sa respiration, mais son filtre nasal l'incommodait toujours.

Devant elle, à l'extrémité du tunnel, le néant noir du corridor scintilla et un saharj en jaillit. Très imposant, il devait mesurer dans les deux mètres et demi. Sous sa peau épaisse, ses muscles ressemblaient à des torons de câbles métalliques. La pilote sentit une boule de peur se former dans son estomac : Torg avait raison, elle avait vraiment vu trop grand.

Les membres déliés du guerrier lui donnaient sûrement une belle allonge et, en plus, il se baladait avec toute une panoplie d'armes blanches !

Encore une fois, elle chassa ces pensées perturbatrices. Elle avait déjà affronté des adversaires largement supérieurs sur le plan physique et en était sortie victorieuse.

Une chose était toutefois certaine : si elle ne le blessait pas très vite, il la découperait en menus morceaux avec ses lames. À deux doigts de se lancer sur l'alien pendant qu'il ne s'y attendait pas, Mallory s'interrompit. Un mouvement sur sa droite avait attiré son attention.

Atterrée, elle réalisa que le dva s'était rapproché d'eux pour tenter de s'en prendre au guerrier. *C'est pas du tout ce qu'on a convenu ! Qu'est-ce qu'il fout ?*

La pilote comprit soudainement qu'il n'en avait pas vraiment après le saharj : Rupo venait de se jeter vers un objet appartenant au saharj, accroché parmi les lames qui pendaient à son harnais. Rupo parvint à s'emparer de ce qu'il convoitait, plus par la surprise provoquée en fonçant sur l'un de ses maîtres que par habileté. Le saharj le gratifia immédiatement d'un revers de sa main osseuse. Sous la puissance du coup, le malheureux dva roula durement sur le sol, pour aller s'immobiliser contre la paroi couverte de lierre phosphorescent.

Espérant que Rupo survivrait, Mallory se rua sur le guerrier. Son instinct combattant la poussait à tirer parti de la seconde de distraction due à l'intervention suicidaire du dva.

Avec un dédain évident, le saharj se détourna au moment où la terrienne se jetait sur lui. Il fit un pas de côté et décocha un poing dans sa direction. Ses phalanges ne firent qu'effleurer le crâne de Mallory.

Fruits d'années d'entraînement avec une machine pour instructeur, les réflexes de l'humaine venaient de lui sauver la vie. Tout en esquivant la frappe mortelle du saharj, elle se laissa aller en arrière et lança son pied droit vers le genou du guerrier. Quand sa lourde botte en cuir toucha sa cible, Mallory crut avoir cogné un poteau en béton armé.

Après un coup pareil, la plupart des créatures qu'elle avait affrontées jusqu'ici auraient écopé d'une jambe hors d'état. Le saharj fut seulement déséquilibré. Avec l'énergie du désespoir, elle profita de ce maigre avantage et se jeta contre lui.

Le choc lui arracha un râle de douleur. Elle avait l'impression de se battre contre une statue qui aurait pris vie. Malgré tout, le saharj trébucha en reculant, tomba sur son séant et finit par heurter de la tête la paroi qui se trouvait dans son dos.

La voix de Torg retentit brusquement :
— Vite, dégage-toi !

Mallory suivit le conseil et se balança en arrière, quitte à malmener son corps : mieux valait des contusions que d'être broyée entre les bras du saharj.

Ses yeux rouges flamboyant de rage, le guerrier artificiel cracha une série de mots à l'encontre de l'humaine. Elle devait l'avoir humilié en lui infligeant cette chute disgracieuse. Il se releva d'un bond, plus vif qu'un félin. Apparemment décidé à en finir, il porta les mains à son harnais et dégaina deux lames.

Devant lui, Mallory se tenait prête au combat avec... un de ses propres poignards. Elle avait profité du bref corps à corps pour le lui prendre. Elle le vit s'immobiliser une seconde et mit cela sur le compte d'une hésitation à la découverte de l'arme entre les doigts de son adversaire.

Elle ne pouvait savoir qu'elle avait provoqué la rage du guerrier. Dans un tel état, le corps du saharj réagissait par un processus de stimulation hormonale, affûtant encore son organisme conçu pour tuer. À une vitesse effrayante, il se précipita sur la terrienne...

XX
ÉVASION

Mallory regarda l'alien se précipiter vers elle. Avec une fascination morbide, elle nota la fluidité de ses mouvements, le reflet des plantes lumineuses sur le tranchant de ses lames.

Elle s'était félicitée d'avoir subtilisé un poignard au saharj, mais cela ne lui servirait pas à grand-chose : sa science du combat n'incluait pas les armes blanches. Le couteau pesait lourd et le manche s'adaptait mal à sa morphologie. Elle se rabattit sur une technique qui avait fait ses preuves, à défaut d'être élégante : esquiver, frapper, se mettre hors de portée...

Hélas, lors d'un affrontement avec un saharj, esquiver revenait plutôt à ne pas subir de blessure trop profonde.

Dès la première charge, l'alien parvint à ouvrir la chair de l'humaine, en lui plongeant la pointe d'un de ses poignards dans l'épaule. À une fraction de seconde près, il lui aurait transpercé la poitrine. Elle se sentait dans la peau d'un insecte que l'on cherche à épingler.

Au deuxième assaut, Mallory eut droit à une estafilade à l'abdomen.

Elle entendit Torg hurler de frustration. Sa masse imposante et son exosquelette faisaient de lui un adversaire à la mesure du Saharj, hélas les surgravs à ses poignets et à ses chevilles le neutralisaient presque complètement. Son instinct de protection le poussa malgré tout à s'avancer pesamment, prêt à se sacrifier. À chacun de ses pas, les entraves brillaient avec intensité, annihilant sa force herculéenne.

Mallory le vit s'approcher et cria :
— Torg ! Non ! Il va te tuer !

Le saharj se détourna un bref instant d'elle pour jeter un œil au cybride.

Le masque respiratoire empêchait Mallory de garder un souffle régulier et la perte de sang lui occasionnait un léger vertige. Si elle n'en finissait pas rapidement, l'hémorragie l'affaiblirait et le saharj n'aurait plus qu'à l'achever.

Tandis que le grand alien décharné observait Torg, elle en profita pour lui porter un coup de la pointe de sa lame, à l'endroit approximatif où se situait le foie chez un humain. Mal à l'aise avec le long couteau, elle frappa de son mieux. Elle crut tout d'abord avoir fait mouche : l'acier perça la peau sombre du saharj et s'enfonça... pour heurter une surface dure comme la pierre. Remplissant son rôle de protection, l'ossature de son adversaire avait stoppé net la lame.

D'un violent revers, il fit décrire un arc de cercle à sa main gauche. Dans un sifflement, le poignard passa à un cheveu de la gorge de Mallory. Si elle n'avait pas anticipé le mouvement en se jetant en arrière, l'arme ainsi maniée lui aurait tranché la tête.

Le saharj réévalua la situation. En dépit de sa petite taille, la créature – une femelle humaine apparemment – présentait un danger. Il tenta de se connecter au gestalt, afin d'en apprendre plus sur cette espèce qu'il connaissait mal. Sans perdre de vue son adversaire, il lança une part de ses pensées vers la conscience collective de son peuple, dont il percevait clairement et en permanence la présence.

Il eut l'impression que son esprit venait de plonger dans un rideau d'hélium liquide. Un froid intense paralysa ses facultés cognitives. Brièvement déstabilisé, il se mit en quête d'éléments pour adapter sa stratégie de combat. Ses yeux écarlates fouillèrent le tunnel, passant sur l'humaine, le cybride et le dva toujours étalé au sol. Revinrent sur le cybride. Sur les épaules couvertes de fourrure noire et rouge du colosse, un animal coloré le fixait, son fin museau pointé dans sa direction.

Le guerrier réalisa que ce minuscule être parvenait à bloquer toute tentative d'accéder à la conscience collective. Il était seul, isolé pour la première fois depuis son éveil dans une cuve de croissance. Il allait devoir affronter et vaincre ses adversaires sans aucune aide.

Un tiraillement en haut de la jambe droite interrompit sa réflexion. L'humaine venait de profiter de son deuxième instant de distraction. Envahi d'un sentiment proche de l'humiliation, le saharj se lança vers elle et enchaîna une série de mouvements, ponctuée du son rageur des lames fendant l'air.

À chaque assaut, une plaie s'ouvrait sur le corps de Mallory. Le filtre sur son visage lui faisait l'effet d'un bâillon. Son rythme cardiaque déjà élevé monta encore, accompagné de sueurs froides : elle perdait trop de sang et ne tiendrait plus très longtemps.

Elle décida de prendre un risque. L'ossature de l'alien formait une sorte d'armure antique sous sa peau. Soit. Les pièces rigides devaient forcément disposer d'un peu d'espace à certains endroits, afin que le saharj puisse bouger...

À l'issue d'un énième coup de poignard, au lieu de poursuivre la danse mortelle avec le saharj aux yeux rougeoyants, elle plongea sous son bras et envoya la pointe de son couteau se ficher dans l'aisselle de l'extraterrestre. Si elle se trompait, un simple mouvement de son opposant suffirait à l'embrocher.

De nouveau, l'acier perça l'épiderme du saharj et s'enfonça. La lame parut trouver un chemin vers une partie vulnérable de l'anatomie du saharj. Mallory poussa de toutes ses forces.

Sans aucun effet.

Son adversaire rabattit son bras tout en pivotant sur lui-même. L'arme qu'elle tenait difficilement lui échappa, pour rester fichée dans le corps du saharj. Elle se retrouvait à la merci de l'alien.

Celui-ci leva son poignard, prêt à lui fendre le crâne.

Mallory contempla le saharj sur le point de la tuer. Il ressemblait plus que jamais à un cadavre animé, sorte de momie au regard de braise, mue par la rage. Des sons incompréhensibles pour l'humaine sortaient de sa bouche aux dents pointues.

Une main dotée de six gros doigts et de griffes d'acier s'abattit avec une brutalité inouïe sur le côté gauche de l'horrible faciès. Le saharj fut arraché du sol et projeté contre la paroi du tunnel.

Libéré des surgravs, Torg se dirigea vers le saharj en train de se relever. Il ne lui laissa aucune chance. En trois pas, il accéléra et lança sa lourde jambe renforcée d'acier à la rencontre du torse du saharj. L'alien percuta de nouveau le mur de roc, alors que le talon du cybride s'enfonçait dans son corps sur une série de craquements.

Le saharj s'effondra quand Torg retira son pied. Il se pencha, attrapa la tête de sa victime à deux mains et serra. À l'adresse de l'alien, il grogna :

— Quelle vilaine face. Je vais t'arranger ça !

Sous l'effort, les bras de Torg se mirent à trembler. Entre ses doigts, le visage effrayant se déforma, puis éclata tel un fruit trop mûr, éclaboussant d'une hémoglobine bleuâtre le lierre phosphorescent et le sol du tunnel...

Débarrassé du saharj, Torg se tourna vers Mallory. Elle gisait à terre, très affaiblie. Dans le léger trottinement de ses quatre pattes, Rupo s'approcha à son tour. Il contempla l'humaine couverte de coupures, puis s'en alla aussitôt fouiller sa caisse, qu'il avait laissée un peu plus loin dans la galerie.

Mallory découvrit son garde du corps penché sur elle et, par-delà sa tête hémisphérique et ses grands yeux bleus, une sorte de nuage lumineux. Sa vue s'ajusta et elle distingua les grosses lucioles. Dérangées par le combat, elles volaient en tous sens, allant jusqu'à se cogner au mur et au plafond.

Un long cylindre noir entra dans son champ de vision. Rupo. L'extraterrestre filiforme tenait entre ses doigts un pot rempli d'une matière brun clair, pareille à du miel. Il se mit à en enduire copieusement les plaies de Mallory.
— Eh ! protesta-t-elle. Ça brûle...
— Ouiiiik noh gaaah, répondit le dva.
Elle soupira à travers son masque. La communication restait un problème. Sans bouger d'un millimètre pour ne pas aggraver ses blessures, elle s'adressa à Torg :
— Les surgravs... Comment as-tu fait ?
— Pas moi. Le dva. L'objet qu'il a pris au saharj permet de les désactiver. Ne parle pas veux-tu ? Économise tes forces. Tu as perdu trop de sang !

Mallory ne l'entendait plus : elle venait de sombrer dans l'inconscience...

Vassili scruta de nouveau l'entrée du couloir. Sa vue améliorée lui permettait de distinguer les forces à l'œuvre. Le spectacle était fascinant, de loin supérieur à ce que ses – désormais – anciens congénères appelaient pompeusement « art ».

Des lignes convergeaient vers le centre du corridor pour former une tapisserie dans un millier de noirs différents. Elles tissaient un motif incroyablement complexe, en mutation permanente. Derrière cette fresque monochrome, il apercevait parfois un éclat, une couleur vive miroitante. Après des heures à observer le phénomène, il commençait à soupçonner que le couloir abritait plus qu'un repli d'espace-temps.

Il avait décelé le contour d'une trappe dans la roche, à proximité de l'ouverture. Elle dissimulait probablement un accès à une partie du mécanisme régissant ces étranges portes, mais, malgré sa force décuplée, il n'avait pas réussi à la forcer.

Il secoua la tête et abandonna son examen. Autour de lui, se trouvaient de grandes vasques remplies d'eau et d'énormes fleurs rouges qui ressemblaient à des nénuphars.

— Mon seul outil est mon corps, soliloqua-t-il. Je vais devoir l'affûter...

Avec des gestes mesurés, il ôta sa veste pour la jeter au sol, puis déboutonna la chemise qu'il portait. Il contempla un instant ce vestige de son ancienne vie, presque surpris de le voir, avant de le laisser tomber également.

Torse nu, il posa les mains sur son ventre, de part et d'autre de la ligne tracée par ses abdominaux saillants. Il crispa les doigts pour les enfoncer dans sa propre chair et tira sur la peau comme s'il voulait l'étirer.

Sous la traction, elle se déchira tel un vieux morceau de tissu et dévoila une petite cavité. Vassili y glissa une main et en ressortit le ktol.

Avec un sourire satisfait, il songea que si les saharjs connaissaient l'existence de l'artefact, ils étaient loin d'en cerner les capacités. *Ces crétins doivent certainement le chercher à bord de mon vaisseau.*

Pour une raison inconnue, la transformation déclenchée par le ktol, et à laquelle il devait tous ses pouvoirs, ne s'était pas déroulée normalement. Au lieu d'être dévoué au service du primordial Axaqateq, il se sentait de moins en moins en accord avec ses directives.

Depuis qu'il avait mis le pied dans la ceinture d'astéroïdes de Jaris et découvert les saharjs, il nourrissait une ambition bien à lui : à l'instar des créateurs des aliens guerriers, il voulait enfanter sa propre espèce. Une forme de vie capable de supplanter les inefficaces humains et leurs éternels conflits. À la tête de son armée de surhommes, il se lancerait ensuite à la conquête des autres systèmes.

Il regarda le ktol posé au creux de sa paume. L'objet

hérissé de pointes, évoquant un gros oursin blanc, n'avait pas encore dévoilé toutes ses possibilités, Vassili en était certain.

Il se concentra dessus et murmura :

— Dis-moi ce que tu caches...

L'artefact resta inerte. Vassili serra les doigts et les épines du ktol pénétrèrent sa chair. En contact avec son sang, il réagit automatiquement et exécuta la tâche pour laquelle il était conçu : une nouvelle phase de transformation démarra, mais sous le contrôle de Vassili. Chaque organe, chaque muscle et tendon lui obéissaient indépendamment et aussi aisément qu'un bras se plie à la volonté d'un simple humain. Cet état proche de la transe se prolongea jusqu'à ce qu'il soit capable de le reproduire au niveau cellulaire. Il guida ensuite le processus étape par étape, œuvrant à augmenter sa force et ses réflexes déjà hors norme.

Près d'une journée s'était écoulée quand Ombre-Néant, le saharj responsable de sa capture, vint de nouveau lui rendre visite. L'alien se tenait sur ses gardes. Même si son apparence restait identique, Vassili ne pouvait berner un être conçu pour le combat.

Ombre-Néant se plaça à une prudente distance :

— Humain. Tu avais le ktol avec toi et tu t'en es servi !

La perspicacité du saharj l'amusa :

— Pour un soldat fabriqué en série, tu n'es pas si bête. Voyons si tu es capable de m'échapper, lâcha-t-il en fonçant sur lui.

Le saharj activa le champ de force qui permettait de scinder en deux parties la salle creusée au sein de l'astéroïde. Vassili fut si rapide qu'il se tenait tout près du rideau d'énergie lorsque celui-ci apparut.

Avant que l'alien ne puisse réagir, il plongea la main à travers la barrière invisible. La puissance dégagée fut dévastatrice : le contrecoup brisa le sol sous les pieds de l'humain. En une fraction de seconde, ses doigts déformèrent brutalement le voile protecteur, qui se mit à flamboyer. Le champ ploya sous la formidable pression, laissant l'index et le majeur de Vassili heurter le corps du saharj.

Le saharj fut jeté en arrière avec violence et roula à terre avant de s'immobiliser à l'état de cadavre. Là où Vassili l'avait touché, une marque creusait sa chair. Derrière ce point et sur un rayon d'une trentaine de centimètres, tous les os et les organes étaient détruits.

L'homme modifié raffermit sa prise sur le champ de force et y plongea son autre main. Il écarta alors les bras, comme pour déchirer un vulgaire morceau de carton. Le rideau d'énergie résista un instant puis se volatilisa sur un dernier clignotement coloré.

Vassili s'avança vers la dépouille. Son attention fut retenue par le harnais que le saharj portait. Un mince disque d'acier, similaire à une pièce d'antique monnaie, y était accroché. Il l'arracha pour mieux le contempler. L'objet émit un son délicat et une projection tridimensionnelle apparut devant les yeux de Vassili.

Il s'agissait à la fois d'une clef et d'un plan, permettant la circulation dans les corridors obscurs.

L'homme interpréta rapidement le schéma. Laissant le cadavre du guerrier tel quel, il plongea dans le couloir et entama le trajet qui devait le ramener à son navire…

Laorcq revint à lui, le corps traversé d'ondes de douleur. Toujours prisonnier de son caisson de stase, il inclina légèrement la tête vers l'avant, assez pour voir que la blessure infligée par le saharj avait été soignée. Pour l'ancien militaire, cela ne présageait rien de bon : à l'évidence, on ne l'avait remis en état que pour le torturer à nouveau.

Il se savait capable de résister, du moins pendant un temps, mais à la pensée que sa compagne ait pu subir pareil

traitement, son sang se glaça dans ses veines.
— Alrine !
Sa voix était pâteuse et sa gorge desséchée, déformée par le masque respiratoire. Sa tentative lui fit l'effet d'un râle moribond. Il humecta sa bouche et appela de nouveau, sans résultat. Était-elle inconsciente ? Morte ? L'ignorer était pire que la souffrance physique.
Il commençait à désespérer. Bien sûr, Mallory et les vohrns devaient être sur leurs traces, néanmoins il était presque trop tard. Les saharjs pouvaient décider de se débarrasser de lui et d'Alrine d'ici quelques heures ou dans dix minutes...
Un léger bruit, pareil à un tapotement de doigts sur une table, le tira de ses réflexions lugubres. Un dva venait d'entrer dans la pièce. La vue de la créature à l'aspect pourtant inoffensif l'inquiéta : le petit extraterrestre tenait à la main un objet ressemblant à un pistolet injecteur, surmonté d'une fiole emplie de liquide brun.
Ce dernier s'approcha de l'homme attaché et s'efforça de lui administrer le produit. Convaincu qu'il s'agissait là d'un moyen de l'endormir ou carrément de mettre fin à ses jours, Laorcq s'agita en tous sens : il n'avait pas envie de lui faciliter la tâche.
Le dva émit un son étrange et sembla effrayé, voire paniqué. Du moins le balafré interpréta-t-il le comportement du mince alien, qui pliait et dépliait ses jambes à la flexibilité de tentacules. Une danse comique donnant l'impression qu'il mimait le mouvement d'une pompe mécanique.
— Fous-moi la paix. Si les saharjs veulent me liquider, ils n'ont qu'à s'en charger eux-mêmes !
Le dva tourna sur place en pompant de plus belle, avant de cesser ses pitreries. Il s'approcha de nouveau de l'humain :
— Maaaall ooorrr ryyyyyy, aiiiiiii deuuuu ? lâcha-t-il avec difficulté.
Laorcq crut avoir mal compris : c'était trop beau pour être vrai. L'extraterrestre insista, écorchant à trois reprises le

prénom de la pilote tatouée. L'homme finit par sortir de sa torpeur. Si elle se trouvait dans les parages, Torg devait être avec elle et les vohrns sur le point de débarquer.

— OK, si c'est Mallory qui t'envoie, détache-moi ! Par contre, pas question de m'injecter ce truc !

Le dva entreprit de défaire les liens d'acier. Aussitôt libéré, le premier réflexe du grand balafré fut de chercher Alrine. Hélas, il n'y avait aucune trace de sa présence. Seul indice positif, son caisson avait également disparu. Laorcq se raccrocha à cette pensée : *si les saharjs l'ont remise en stase pour la déplacer, il me reste une chance de la sauver.*

Un bruit pareil à celui d'une valve d'air comprimé qui s'ouvre retentit et sa cuisse droite le démangea : le petit alien avait profité de sa distraction pour le piquer.

Laorcq tendit vivement le bras et le saisit à la base de la tête pour le soulever. La vingtaine d'yeux de la créature papillonnèrent et elle émit une série de couinements paniqués. L'humain l'observa et poussa un soupir avant de la relâcher :

— Tu m'as libéré. Je dois prendre le risque de t'accorder ma confiance, je suppose.

Dès qu'il toucha de nouveau le sol, le dva recommença à s'agiter. Multipliant les gesticulations, il fit comprendre à Laorcq qu'il devait le suivre. Ils s'engagèrent tous deux dans l'ouverture menant au réseau de couloirs.

En bordure du système d'Aldébaran, l'*Urkein'Naak* suivait une large orbite autour du gigantesque soleil orange. La passerelle du croiseur baignait dans une obscurité seulement troublée par les affichages holographiques et les témoins lumineux des appareils génotechs utilisés par les vohrns.

Au centre du vaste compartiment, Hanosk étudiait les informations en provenance de Solicor. Le danger représenté par les embryons parasites maintenant identifié, les autochtones reprenaient lentement leur cohabitation. Les agents vohrns avaient provoqué l'échec des saharjs. Hanosk espérait en reconnaissance un accès préférentiel à la lune-forêt de Solicor et ses richesses végétales. En tout cas, organiser des équipes composées d'autres espèces pour intervenir dans les territoires sous tension diplomatique s'avérait une excellente idée, malgré l'enlèvement soudain de deux de ses membres. Il avait rédigé un rapport en ce sens, qu'il avait ensuite diffusé auprès de ses homologues. Certains d'entre eux s'attelaient déjà à la constitution de groupes similaires. Quant aux humains manquants, il comptait sur l'escouade attribuée au capitaine Sajean pour les récupérer.

Un bilan positif, mais la fin des affrontements fratricides sur Solicor n'était qu'une demi-victoire. Les saharjs devaient être mis hors d'état de nuire, et ce en dépit de leurs compréhensibles griefs envers les gibrals. Hanosk espérait une solution diplomatique, épargnant un conflit meurtrier et renforçant l'influence de son peuple sur ce secteur de la galaxie.

Installé à sa droite, le vohrn en charge des communications prit la parole :

— Balise longue portée détectée. Émission en cours. Position : cent cycles-lumière. Identifiant : Losnuk.

Hanosk tira la conclusion qui s'imposait : si l'escouade de Losnuk avait eu recours à une balise, le *Sirgan* et son équipage étaient en mauvaise posture. Les longs bras de l'alien remuèrent, signe d'une contrariété marquée.

Encore une fois, Cole Vassili avait mis ses agents dans une situation difficile. Il semblait disposer de ressources au-delà de la portée d'un simple humain.

Le dirigeant extraterrestre se pencha sur la console du technicien venant de l'alerter. Son rostre capta les informations diffusées par l'équipement radio.

Sans perdre un instant il émit une série d'ordres afin d'envoyer une délégation vohrne s'installer à l'ambassade de Solicor. Elle devrait ouvrir les négociations commerciales avec les gibrals pendant qu'ils étaient d'humeur favorable.

Une fois reçu confirmation, il se servit de son navcom pour comparer les coordonnées de la balise de Losnuk et les données géopolitiques dont il disposait. Satisfait du résultat, il se tourna vers les navigateurs et déclara :

— Le secteur d'où provient le signal n'est pas revendiqué. Mettez le cap dessus.

Suivant les impulsions transmises du centre de commande, le groupe synergétique assez puissant pour arracher une planète de son orbite se réactiva et le léviathan spatial se précipita en direction du système de Jarvis.

Persuadés de poursuivre à leur tour Vassili, les vohrns commettaient la même erreur que Mallory : ils fonçaient dans les griffes des saharjs...

XXI
MER ROUGE

Mallory revint à elle, enveloppée d'une gangue de boue séchée. Autour de sa bouche et sur l'arête de son nez, les bords de son masque respiratoire la démangeaient. Elle était allongée dans une pièce au plafond bas, contre lequel un maillage de fluides prisonniers de champs de force dessinait des motifs géométriques. Une lumière douce émanait de cristaux jaunes ou ambres, plantés à intervalles réguliers dans les murs.

Elle tourna la tête vers la droite et découvrit quatre « portes » d'à peine un mètre de haut. Chacune de ces ouvertures donnait vers le réseau de couloirs. À sa gauche, elle vit Torg. Il était lui aussi couché et dormait à poings fermés. Son souffle profond et régulier sonnait assez fort pour qu'on le confonde avec le ressac d'un océan...

La pilote tenta de se relever. Sur la quasi-intégralité de son corps, la mixture dont l'avait enduite Rupo se craquela, avant de se détacher en une myriade de morceaux. Là où Mallory s'attendait à arborer une bonne douzaine d'estafilades, elle

eut l'agréable surprise de trouver sa peau intacte.
— Pas mal... Ça intéressera sûrement Hanosk.
Pour la première fois depuis son arrivée dans la ceinture, ses tatouages sensitifs se muèrent en roses rouges.
Elle tendit un bras vers le cybride et le poussa gentiment pour le réveiller. Il grogna et remua, avant d'ouvrir les yeux :
— Mallory ! Comment tu te sens ?
Inquiet, il lui posa l'extrémité de ses gros doigts sur la joue.
Une grimace tordit le visage aux traits réguliers de la pilote et ses fins sourcils noirs se froncèrent :
— Ça va. Quant à montrer aux dvas que les saharjs ne sont pas invincibles, je pense avoir raté mon coup ! Sans toi, il m'aurait découpée en rondelles.
Torg se hâta de la détromper :
— Au contraire ! Rupo n'a cessé de raconter l'histoire à ses copains. Il s'est un peu donné le beau rôle, mais le résultat est là : les dvas sont prêts à manger du saharj !
La nouvelle soulagea Mallory. Au moins, elle n'avait pas joué avec sa vie pour rien. Cependant un détail semblait lui échapper. Tout en cherchant à mettre le doigt sur ce qui la gênait tellement, elle entreprit de se relever.
Ses muscles courbaturés protestèrent, à l'unisson de sa peau. De nouveau intacte, elle était par contre loin d'avoir retrouvé sa souplesse. *Peut-être devrais-je demander à Rupo un pot de sa mixture collante, pour en appliquer encore une couche ?*
Elle se figea. Parler à un dva ! Voilà ce qui la turlupinait.
— Dis voir, Torg. Comment sais-tu ce que Rupo a raconté aux autres ? Tu n'as pas appris leur langue quand même ?
Le cybride, qui s'était également levé, devait pencher ses deux mètres cinquante pour ne pas heurter le plafond. Il s'inclina un peu plus vers elle :
— Rupo est un petit malin. Après nous avoir mis à l'abri ici, il s'est précipité à travers les couloirs, pour retourner à l'astéroïde où se trouve le *Sirgan*. Il a discrètement réactivé

Jazz et ouvert un canal de communication.

Torg se rendit dans un recoin de la pièce où la roche formait une niche. Il en tira un collier fait d'une lanière en matière végétale, à laquelle était attaché un cube argenté de la taille d'un dé. Il l'apporta à Mallory :

— Tiens, ça ne vaut pas ton ancien navcom, mais tu pourras bavarder avec la cervelle en conserve.

Mallory recueillit l'objet au creux de sa paume. Il s'illumina et un minuscule hologramme apparut devant elle, une sphère bleue palpitant au son de la voix de Jazz :

— Capitaine ! Content de te savoir en état. Je commençais sérieusement à trouver la conversation du gros poilu et des dvas trop limitée...

— À propos de conversation, comment Torg et toi arrivez à discuter avec les dvas ?

— Facile ! Le langage, c'est tout le temps pareil : des mots à foison et au final on en utilise que deux ou trois mille au quotidien. J'ai lancé un programme et fait parler Rupo jusqu'à disposer de cet ensemble de base. La suite n'a pas été compliquée. Tu tiens le résultat dans ta main... Un navcom improvisé, programme de traduction inclus. Je dois l'avouer : les dvas sont des techniciens hors pair. Ils sont presque à mon niveau !

Les vantardises de Jazz ne réussirent qu'à tirer un bref sourire à l'humaine. Si la situation venait de s'améliorer, ils étaient loin d'être sortis d'affaire.

Torg reprit la parole :

— Tu ne lui dis pas ?

— Quoi donc ? s'étonna Jazz. Ah ! Oui, c'est vrai. Nous avons une autre bonne nouvelle : l'un des dvas a retrouvé ton grand balafré. Ils devraient vous rejoindre sous peu.

Laorcq avait la vie sauve et il n'était plus prisonnier de Vassili. Une vague de soulagement parcourut la pilote, pour être instantanément balayée : elle avait presque oublié que l'ex-militaire n'était pas la seule victime de l'enlèvement. Elle demanda :

— Rien au sujet d'Alrine ?

— Pas vraiment. Elle a été séparée de Laorcq et elle est probablement dans un caisson de stase. On n'en sait pas plus.

Pour une fois, Jazz faisait preuve de tact : aucune remarque sur le temps pris par Mallory avant de poser la question.

Mal à l'aise, elle conclut que la vie de la policière tenait à un fil. Laorcq avait déjà perdu une femme et un enfant. Il avait beau être solide, s'il devait de nouveau endurer un tel deuil, elle craignait qu'il finisse brisé.

Ses blessures mal cicatrisées oubliées, Mallory demanda à Torg s'ils pouvaient également emprunter les couloirs, afin de se porter à la rencontre de Laorcq.

— Ton nouveau bijou te permet d'utiliser les passages entre les astéroïdes, enfin ceux réservés aux dvas, répondit le cybride.

Avec une fébrilité non dissimulée, Mallory explora l'interface du petit cube. Elle trouva un plan du réseau de corridors, de même que la commande d'appel. Parmi une interminable liste de noms à rallonge, elle identifia celui de Rupo. Elle eut plaisir à échanger avec le dva.

Celui-ci la rassura : pas besoin de courir, Laorcq n'était qu'à deux traversées de couloir.

Effectivement, à peine une minute plus tard, l'une des ouvertures noires parut se déformer et deux individus en jaillirent coup sur coup : un dva et Laorcq.

À la vue du grand balafré, elle faillit se jeter dans ses bras, mais l'élan affectueux se brisa sur-le-champ. En dépit de son masque respiratoire, les traits de Laorcq étaient tirés. D'ordinaire impassibles, ses yeux gris laissaient transparaître une vive inquiétude.

— T'as une sale tête, lui dit-elle trop vite, regrettant immédiatement son entrée en matière. Que s'est-il passé ?

Le visage de Laorcq se ferma. Une main dans ses cheveux poivre et sel, il soupira et grommela :

— Vassili nous a livrés aux saharjs comme de la vulgaire

marchandise, j'ai été torturé et Alrine a disparu. Je ne sais pas si elle est en vie...

Son bras retomba le long de son corps, presque ballant. Enfin, il parut s'intéresser un peu à l'état de la pilote :

— Qu'est-il arrivé à tes vêtements ?

Embarrassée, elle s'avisa que si l'onguent dva avait fait des merveilles pour sa peau, sa combinaison noire comportait une série d'entailles assez larges pour y passer la main. Quant à sa veste en cuir, elle était incapable de se rappeler ce qu'elle était devenue. Elle expliqua platement :

— Je me suis battue au couteau contre un saharj.

— Je vois. Toujours téméraire...

La remarque piqua Mallory au vif. *Il n'hésite pas à prendre des risques lui aussi. Bon, le duel à l'arme blanche avec un alien créé pour la guerre a peut-être un côté excessif. Est-ce pour ça qu'il apprécie autant Alrine ? Parce qu'elle est raisonnable ?*

Perdue dans ses pensées, elle fut surprise par la réaction de Laorcq : il s'approcha d'elle et, lui passant un bras autour des épaules, la serra contre lui. Le cœur de Mallory s'emballa, tandis qu'il lui soufflait :

— Tu sais, Torg ne sera pas éternellement là pour veiller sur toi. Tu dois apprendre à te contrôler.

Il la relâcha, le regard un peu vague. Pour Mallory, il était évident que le sort d'Alrine le préoccupait terriblement.

Même dans leurs pires moments sur Kenval, quand ils avaient fini en prison ou affronté une armée de mutants, elle ne l'avait jamais vu aussi mal.

Ne pas culpabiliser s'avérait une tâche ardue. Sans son idée stupide de s'envoyer en l'air avec Vassili, elle n'aurait pas déclenché la suite d'évènements qui avaient mené à l'enlèvement de la policière et de Laorcq. *Les humains ne manquent pas sur Solicor. J'aurais pu faire l'effort de me trouver un type agréable à regarder ET inoffensif.*

Frissonnant de dégoût, elle se souvint de l'opération due à sa nuit de plaisir. Avait-elle couché avec un homme ou...

Incapable de formuler le reste de sa pensée, elle sentit son estomac se retourner.

Vassili venait de parcourir cinq salles. Après avoir soigneusement examiné la carte des couloirs entre les astéroïdes, il avait opté pour un itinéraire lui évitant des zones trop fréquentées. Cela ne l'avait pas empêché de rencontrer des saharjs à deux reprises. Il les avait facilement tués, mais ces morts allaient vite alerter la conscience collective des aliens guerriers.

S'ils comprenaient à quel point il était devenu dangereux, ils risquaient d'évacuer tous les navires à quai. Alors, sa force démesurée ne lui serait d'aucune utilité. Il devait parvenir à un vaisseau le plus rapidement possible.

Il jeta de nouveau un œil au plan et se décida pour un détour. Une mention à propos d'une des salles avait éveillé son intérêt. Le petit disque contenant la carte à la main, il s'approcha d'une des portes obscures. De son index, il fit pivoter la projection holographique et sélectionna pour destination un astéroïde à l'écart des autres, ne possédant qu'une seule voie d'accès.

Devant lui, l'ouverture du couloir sembla changer de texture, avant de se stabiliser à nouveau. Il traversa le miroir ténébreux sans hésitation. Un court vertige plus tard, il se retrouva au sein d'un complexe industriel.

La pièce où il se tenait désormais était si grande qu'il parvenait à peine à l'englober du regard. Prisonnières d'une monstrueuse structure en acier, d'interminables rangées de cuves métalliques s'étendaient devant lui, sur plusieurs niveaux. Elles étaient longées par de larges passerelles s'entrecroisant les unes au-dessus des autres. L'ensemble donnait l'impression de contempler une gigantesque ruche de l'intérieur. Il comprit aussitôt :

— Des incubateurs !

Il y en avait des milliers, voire des dizaines de milliers. Un léger sourire déforma les traits séduisants de Vassili : il ne s'était pas trompé. Les saharjs ne se reproduisaient pas vraiment, ils fabriquaient de nouvelles générations.

L'homme modifié se glissa entre les alignements de cuves. Elles étaient équipées de hublots, à travers lesquels il put voir des saharjs à divers stades de développement. Certains affichaient un état très proche de l'adulte. Ce détail intrigua Vassili : s'ils achevaient leur croissance en couveuse, un processus spécifique devait stimuler leurs capacités intellectuelles. À quoi bon un corps parfaitement fonctionnel s'il devait héberger un esprit immature ? Sauf si le gestalt saharj s'en charge. Une théorie intéressante, qui ne collait pourtant pas tout à fait : ses interactions avec eux lui avaient prouvé qu'ils disposaient d'une réelle autonomie. L'entité collective était donc la combinaison d'une multitude de consciences et non une volonté globale pilotant chaque individu. Si elle devait s'occuper de chacun des nouveau-nés, son efficacité s'en trouverait grandement affectée. Un élément manquait et Vassili comptait bien découvrir lequel.

En s'enfonçant dans le complexe d'incubateurs, il put observer des fœtus, puis de minuscules embryons. Il devait admettre que l'idée de les utiliser pour contrôler les gibrals relevait du génie. Sans l'intervention des humains au service des vohrns, les saharjs auraient mené à terme leur projet et le système d'Aldébaran serait à feu et à sang.

En périphérie de sa vision, un mouvement soudain attira son attention : il était repéré. Trois saharjs se précipitaient vers lui, armés de lames courbes.

Ils progressaient à différents niveaux de la structure métallique supportant les cuves. Deux étaient à l'étage supérieur et le dernier au même que lui.

Vassili le laissa s'approcher. Il aurait pu s'en débarrasser, mais il voulait que les autres parviennent également à sa portée. Durant quelques secondes, il s'arrangea pour donner au saharj l'impression de dominer. Il se contenta d'éviter le tranchant du poignard, sans frapper en retour, comme si cela lui demandait toute son attention. Au-dessus d'eux, les deux aliens restés en retrait s'apprêtaient à sauter vers le niveau inférieur, afin de venir en aide à leur camarade.

Vassili se déchaîna d'un seul coup. Pendant que le saharj qu'il combattait tentait de le toucher de la pointe de sa lame, il esquiva d'une brusque rotation du buste et bondit sur lui. Les doigts de la main droite raidis, il les plongea dans la bouche de l'alien avec tant de violence qu'ils ressortirent par l'arrière de la boîte crânienne. Tout aussi brutalement, il se libéra du cadavre et, tandis qu'il s'écroulait, lui arracha son poignard.

Il leva les yeux vers les autres saharjs, qui hésitaient sur la marche à suivre. Accompagnant son mouvement de tête, il lança son bras vers le haut et projeta la lame qu'il tenait vers l'alien le plus éloigné. Le couteau le toucha en pleine face pour le traverser telle une balle de gros calibre.

Le saharj survivant décida de battre en retraite. Vassili fléchit les jambes et bondit sur le niveau supérieur. En l'espace d'une seconde, il rattrapa le fuyard et s'abattit sur lui. Une fois l'extraterrestre plaqué au sol, il appuya un genou dans son dos et leva le poing pour frapper avec sauvagerie le cou de sa victime. L'impact brisa les os et déchira la chair, tandis que les phalanges de l'homme se frayaient un passage jusqu'aux dalles en composite de la passerelle. Presque décapité, le saharj agonisa avant de se figer dans la marre d'hémoglobine bleue s'élargissant sous lui.

Vassili se releva et reprit son chemin aussi tranquillement que s'il venait de se débarrasser de cafards. Il parvint à son but : la console supervisant l'énorme assemblage d'incubateurs. Indifférent aux traces de sang qu'il laissait sur les commandes, il s'introduisit dans le réseau de données de la monstrueuse nurserie. Grâce au disque arraché au saharj l'ayant emprisonné, il se fit passer pour ce dernier et put contourner les mesures de sécurité. Parsemée de caractères saharjs, une complexe projection tridimensionnelle apparut devant lui.

Très vite, il appréhenda l'ensemble du processus permettant la production de saharjs. La partie biologique l'intéressa moyennement : elle combinait un peu de clonage et de brassage génétique, afin d'éviter un appauvrissement de la lignée. Rien que ne connaissaient déjà une bonne dizaine d'espèces, humains y compris.

Au contraire, la méthode employée par les saharjs pour rendre les nouveau-nés rapidement opérationnels retint toute son attention. Au lieu de s'embarrasser à fabriquer ou importer des souvenirs, ils intervenaient dès les premiers stades de croissance des spécimens. Leur procédé agissait sur l'agencement des neurones, synapses et autres éléments qui formaient l'équivalent du cortex.

Les êtres artificiels se développaient avec un esprit préprogrammé : langage, sciences du combat, ainsi qu'un ensemble de réflexes prêts à l'usage.

Une fois l'individu libéré de sa cuve, des stimuli correctement appliqués permettaient « d'activer » ces zones cérébrales. En six heures, un jeune saharj était capable de se mouvoir en toute autonomie et de s'exprimer de manière simple. À cela s'ajoutait le solide instinct de clan d'un peuple possédant une conscience commune. En l'espace de trois jours, il maîtrisait sa langue et un art martial. Au bout de trois semaines, il pouvait être affecté aux tâches réservées aux adultes.

De quoi façonner une armée parfaitement disciplinée et entraînée en quelques mois.

— Juste ce qu'il me fallait ! se réjouit Vassili en parcourant des yeux des milliers de schémas, rapports et tableaux.

Tout comme son corps, sa mémoire avait profité des

changements induits par le ktol. Une brève vision de ces éléments lui permettait de se souvenir de la moindre parcelle d'information.

Quand il en eut terminé, Vassili se hâta de quitter les lieux. Cette fois, l'alerte devait forcément être donnée : il n'avait plus beaucoup de temps pour rejoindre un navire avant que les saharjs ne prennent des mesures drastiques.

Accompagnée d'un groupe de dvas, Mallory se faufilait le long d'un étroit passage encombré d'une multitude de conduits et d'appareillages destinés au bon fonctionnement de l'écosystème de la ceinture d'astéroïdes. Elle s'efforçait de ne pas trop s'inquiéter pour Laorcq. Une fois au courant de l'arrivée prochaine des vohrns, il avait retrouvé une attitude proche de la normale. Elle n'était pas dupe et se doutait que Laorcq allait se focaliser sur son objectif pour oublier tout le reste. Il avait agi ainsi, lorsqu'il s'était mis en tête coincer Morsak, le PDG véreux derrière l'assassinat de sa femme et son fils. Cette façon de lutter contre l'apitoiement n'était pas forcément idéale : si par malheur il échouait à sauver Alrine, Mallory craignait de le voir s'effondrer complètement.

Elle se força à songer à l'immédiat. Vouloir secourir leur camarade était bien beau, mais, pour l'instant, ils se trouvaient toujours prisonniers de la ceinture. Les saharjs disposaient d'une supériorité numérique et de meilleurs appareils que les vohrns ne le pensaient. L'arrivée de l'*Urkein'Naak* pouvait facilement tourner à la catastrophe.

Seul fait positif, une amélioration notable avait soulagé les humains : grâce à l'injection d'un sérum et à de discrets ajustements sur la composition de l'air dans les astéroïdes, les masques respiratoires n'étaient plus nécessaires. En l'espace de six heures, Laorcq – qui avait bénéficié du traitement lors de sa libération – et ensuite Mallory, avaient pu s'adapter progressivement à l'atmosphère locale.

Elle interpella le dva trottinant devant elle :

— Rupo ?

Maintenant qu'elle pouvait converser avec les aliens filiformes, elle essayait d'en apprendre un maximum sur leur environnement et ne manquait pas une occasion de questionner son nouvel ami.

Il s'immobilisa et tourna vers elle sa grappe d'yeux jaunes. Elle lui demanda :

— Tu sais combien de saharjs vivent dans la ceinture ?

Sa voix fluette fut relayée par le collier-navcom de Mallory :

— Cent soixante millions.

Pas beaucoup, comparé à des milliards de gibrals, songea-t-elle, avant de se rappeler que tous étaient des soldats, spécialement conçus pour le combat.

— Nous, les dvas, sommes plus nombreux ! Près de deux cent cinquante millions.

Rupo semblait découvrir ce point et ses implications. Mallory se garda de doucher son enthousiasme : un saharj pouvait facilement venir à bout d'une douzaine de dvas.

Elle devait absolument trouver un moyen d'égaliser un peu les chances, et ce avant l'arrivée de l'*Urkein'Naak*. Elle avait discuté du sujet avec Laorcq et la réponse s'était imposée :

— Il faut saboter les couloirs, avait conclu le grand balafré. La plupart des saharjs seront pris au piège, isolés les uns des autres.

Raison pour laquelle Mallory se retrouvait en compagnie du petit groupe de dvas, à errer dans les tunnels d'entretien de la ceinture.

Il existait deux centres névralgiques au sein du réseau de corridors. Ils formaient l'équivalent de « nœuds » à travers lesquels transitaient tous les passages. S'ils fonctionnaient tous deux en permanence, un seul permettait de maintenir en service l'ensemble. Il était donc impératif de les mettre en panne au même moment.

Lui aussi en compagnie de dvas, Laorcq se dirigeait vers le deuxième nœud. La pilote porta la main à son cou et attrapa son navcom, pour le relâcher aussitôt. Elle se trouvait ridicule : elle voulait de nouveau contacter Laorcq, alors qu'elle lui avait parlé dix minutes auparavant. Elle marmonna entre ses dents :

— Fait. Chier.

Il fallait qu'elle arrête de laisser ses pensées galoper à tort et à travers. Si elle continuait comme ça, elle risquait d'être embrochée par un saharj avant de le voir !

Plié en deux derrière elle, Torg se mit à grogner :

— Ce tunnel d'entretien n'en finit pas ! Je commence à me sentir à l'étroit.

Elle jeta un œil en arrière. Son garde du corps avait pris l'habitude de porter le jufinol sur ses épaules. Ces deux-là devenaient progressivement complices. Ils devaient l'avoir entendue jurer et cherchaient à la distraire. Elle accueillit la diversion avec plaisir :

— Ça ne m'étonne pas ! Je ne suis pas claustrophobe, mais ça me pèse aussi. Tiens le coup, on y est presque. Encore un corridor et tu auras de quoi te défouler.

Squish émit un pépiement d'encouragement, autant à destination de Mallory que du cybride.

Le groupe arriva enfin devant le dernier couloir. L'ouverture d'un noir d'encre semblait une bouche prête à les avaler. Une fois de l'autre côté, les choses iraient très vite.

Le plan était simple : les dvas se livreraient à un sabotage en règle du nœud, allant à l'encontre de ce pour quoi ils avaient été créés des siècles plus tôt.

Mallory passa une main dans son dos et trouva la poignée d'un revolver à balles hypertrophes. Le seul objet que les dvas avaient pu récupérer à bord du *Sirgan* sans être remarqués. Nantie de cette arme et avec l'aide de Torg, la pilote devrait contenir les saharjs, le temps pour les petits aliens de se charger du nœud.

Équipé de manière similaire, Laorcq jouerait le même rôle dans l'autre centre. La troupe hétéroclite s'arrêta. Un pan d'obscurité se dressait face à eux : ils étaient parvenus à destination.

Rupo se tourna vers Mallory pour quêter son approbation. Elle hocha la tête puis, craignant qu'il ne comprenne pas, ajouta :

— On y va !

Tous les dvas passèrent devant. Leur arrivée dans le nœud ne susciterait aucun étonnement de la part d'éventuels saharjs, contrairement à la présence d'une humaine et d'un cybride. Ils franchirent le portail en dernier.

Après la désormais familière fraction de seconde nauséeuse, Mallory déboucha dans un immense espace, si grand qu'elle se crut à ciel ouvert sur une planète et non plus au cœur d'un astéroïde. Loin devant eux, une boule noire au point d'absorber la lumière était posée au sommet d'une tour d'acier. De la sphère jaillissaient des milliers de traits sombres, pour se perdre en direction des parois de roc.

Des pieds à la taille, un froid glacial envahit Mallory. Baissant les yeux, elle s'aperçut qu'elle était à moitié plongée dans un liquide rouge vif, aussi fluide que de l'eau.

— Qu'est-ce que...

Elle laissa sa phrase en suspens. À une distance importante, elle repéra les dvas : ils progressaient à vive allure. Leurs minces membres plaqués le long du corps, ils avançaient à la surface de l'immensité écarlate en ondulant tels des serpents.

— Merde ! reprit-elle. Ils auraient pu nous prévenir. Comment on va les suivre ?

Mallory s'imaginait déjà en train de secouer l'alien à l'allure de bâton de réglisse jusqu'à ce que sa vingtaine d'yeux lui tombe de la tête.

Torg lui planta un gros doigt dans l'épaule :
— Grimpe dans mon dos. Tu choisiras une façon de tuer Rupo une fois le nœud hors service.

Un brin embarrassée de s'être fait si facilement percer à jour par Torg, Mallory se hâta de suivre sa suggestion. Malgré le poids de la pilote et celui du jufinol, le cybride s'élança à la poursuite des aliens filiformes. Le fluide rouge ne lui montait guère au-dessus des genoux et ne gênait pas beaucoup sa progression.

Il commençait à gagner un peu de terrain sur les dvas, quand le collier navcom de Mallory émit un son strident accompagné d'une légère vibration.

Elle attrapa le petit cube et la communication s'établit avec Jazz :
— Capitaine ! On est dans la merde. Les dvas ont fouillé dans le réseau de données saharj et ont découvert un sale truc.

Une vague d'appréhension submergea Mallory. La situation n'était pas brillante, pas besoin d'en rajouter !
— Vas-y, lâche le morceau...
— Vassili n'est pas arrivé ici les mains vides. Quelqu'un lui a confié un « cadeau » à destination des grands cadavres ambulants. Une arme assez puissante pour venir à bout d'un croiseur vohrn...

XXII
ESPACE

Le jufinol dans ses bras, Mallory était juchée sur les épaules de Torg. Il progressait au sein de l'immensité rouge à vive allure, chacun de ses pas occasionnant de grandes gerbes de liquide. Au soulagement de la pilote, la profondeur de l'étrange mer ne variait pas.

Devant eux, les dvas avaient atteint la tour et prenaient pied sur une sorte de ponton. Ils parurent enfin s'apercevoir des difficultés de leurs nouveaux camarades à les suivre dans l'eau et se mirent à sautiller sur place pour les encourager.

Presque couvert par le bruit des éclaboussures, Jazz poursuivait son rapport à travers le navcom de Mallory :

— Je dispose de données fragmentaires sur la technologie employée par cette arme. Plutôt que de l'étudier, les saharjs se sont dépêchés de l'installer à bord d'un de leur navire. Une chose est sûre, même si l'on considère optimiste l'estimation qu'ils ont faite de sa puissance de feu, il y a de quoi occasionner de sacrés dégâts, y compris à un bâtiment du gabarit de l'*Urkein'Naak*.

— T'as prévenu Laorcq ?

— Pas encore, laisse-moi une seconde pour le connecter avec nous.

Une fois l'homme en ligne, Jazz l'informa à son tour. Pour une fois, le balafré perdit son flegme et lâcha une bordée de jurons.

Il paraissait essoufflé, comme s'il venait de courir un marathon. La pilote en devina la cause :

— Tu as dû traverser une mer rouge ?

— Elle est verte chez moi, précisa-t-il. Une grande étendue, lisse comme une flaque d'huile et profonde de presque un mètre. J'ai été forcé de suivre les dvas à la nage !

Avec aplomb, Mallory mentit :

— Ouais, moi aussi.

Ils revinrent à leur préoccupation principale. Jazz n'aurait pu donner pire nouvelle. Que Vassili travaille pour un acteur inconnu n'était pas une surprise, mais qu'il laisse à disposition des saharjs une telle arme était un très mauvais signe :

— S'il leur a fourni une artillerie pareille, son commanditaire doit avoir en rayon une capacité de destruction largement supérieure, expliqua Laorcq. On ne partage jamais ses meilleurs atouts, alliés ou pas !

Mallory avait du mal à concevoir un potentiel de mort à ce point effrayant, cela lui paraissait impossible :

— Une technologie surpassant celle des vohrns ? Aucune espèce ne répond à ce critère. Même les marchands d'Altaïr sont en retrait par rapport à eux.

— Officiellement en tout cas. Nos employeurs ont dû se faire des ennemis et ceux-ci doivent préfèrent rester dans l'ombre, utilisant des gens tels que Vassili pour effectuer les sales besognes.

Tout en écoutant Laorcq, Mallory l'imaginait, à l'autre bout de la ceinture d'astéroïdes, levant les yeux vers une tour identique à celle se dressant devant elle. Aussi clairement que si elle se trouvait à ses côtés, elle le vit céder à son tic favori :

se passer une main sur le menton pour faire crisser sa barbe de trois jours. Il ajouta :

— Je me suis toujours demandé comment Morsak avait réussi à fabriquer la monstruosité que nous avons affrontée sur Kenval. Après tout, aucun de ses laboratoires n'avaient rien créé de spécial et ils lui servaient surtout de couverture pour son trafic de drogue. Il devait également être de mèche avec le patron de Vassili...

— Ça se tient, acquiesça la pilote. C'est sûrement pour ça qu'Hanosk a décidé de monter des équipes de notre genre : il essaie de retourner la tactique de son – ou ses – adversaire contre lui.

— Bien vu, Capitaine ! approuva Jazz. Par contre, c'est pas le moment pour les théories : avec cette saleté d'arme, nos copains sans tête vont se faire bousiller dès leur arrivée !

— Doucement, tempéra Laorcq. Est-ce qu'on a la moindre chance de la saboter ? Mettre le réseau de couloirs hors d'usage reste notre meilleure option.

Torg parvint au ponton occupé par les dvas. Mallory quitta son dos et posa les pieds sur la structure métallique. Elle poursuivit :

— Ce plan ne m'emballait déjà pas beaucoup au début. Je n'aime pas l'idée d'être coincée dans un de ces astéroïdes, à attendre que les vohrns nous sauvent. Alors maintenant...

Après un bref conciliabule, ils décidèrent de laisser actifs une partie des corridors. L'idéal étant que les dvas gardent ouvert uniquement l'accès au navire saharj équipé de la nouvelle arme.

Mallory en discuta avec son équipe de dvas.

Rupo convint qu'il était possible d'arriver à ce résultat, non sans remarquer :

— Cela va nous prendre beaucoup de temps. Il faudra couper les couloirs progressivement. Les saharjs vont venir voir ce qu'il se passe... Je suis d'ailleurs très surpris qu'aucun d'entre eux ne soit là. Les nœuds ont trop d'importance pour rester sans surveillance.

281

Jazz donna l'explication à l'absence des saharjs :
— Les momies sont en état d'alerte. Je n'ai pas tous les détails, mais ce n'est pas à cause des vohrns, ils sont encore loin d'être ici. Des trucs louches se produisent dans la ceinture, plusieurs saharjs sont morts...

Toujours en ligne, Laorcq mit fin au débat :
— Essaie d'en savoir plus. Pour le moment on continue !

Ils coupèrent la communication et chaque équipe s'introduisit dans les méandres au pied des grandes tours.

Torg et Mallory suivirent les dvas. Parfaitement à l'aise, ils se faufilaient au sein de cet univers de métal où des équipements plus étranges les uns que les autres disputaient l'espace à des milliers de filins d'énergie brute. De toutes les couleurs du spectre, certains brillaient assez pour marquer la rétine.

En quelques pas, ils aboutirent à un embranchement donnant sur deux étroits corridors. Torg lâcha un grondement de dépit : il était trop massif pour emprunter l'un d'eux. Mallory et Squish durent poursuivre sans lui. Elle-même fut obligée d'avancer de profil avant de parvenir au cœur de la tour.

Le spectacle la laissa bouche bée.

Semblable à une arène circulaire, une salle assez grande pour engloutir un vaisseau cargo s'étendait devant elle. Située à mi-hauteur, la passerelle sur laquelle venait de déboucher la pilote longeait le pourtour de la pièce monumentale.

Quatre mètres plus bas, une surface noire occupait tout l'espace. Mallory réalisa qu'il s'agissait d'une sphère identique à celle au sommet de la tour, partiellement visible. Elle regarda vers le haut : un plafond immaculé surplombait la masse obscure en une interprétation éclatée du yin et du yang.

Après le foisonnement de couleurs produit par les fils d'énergie qui envahissaient le chemin vers l'intérieur, la soudaine opposition entre noir et blanc était presque douloureuse pour ses yeux.

Le temps pour Mallory de s'accommoder de ce brutal changement, les dvas étaient à l'œuvre. Répartis le long de la passerelle circulaire, ils démontaient des panneaux installés à intervalles réguliers dans la paroi. Petit à petit, ils mettaient à nu de complexes circuits énergétiques. À l'aide d'outils ressemblant à des pinces en verre et de leurs doigts minuscules, ils commencèrent à désactiver le système de couloirs.

Assourdie par la distance, la voix de Torg s'éleva derrière la pilote :

— Mallory ! Les saharjs sont là...

Vassili arrivait au but. Plus qu'un couloir et il accéderait enfin à l'astéroïde où se trouvait son navire. Après avoir quitté le complexe où les aliens guerriers étaient fabriqués en série, il avait dû affronter des saharjs à chaque étape de son trajet. Équipé d'un gros calibre, l'un d'eux l'avait touché, ralentissant sa progression le temps que son organisme amélioré par le ktol répare les dégâts. Sur son flanc droit, une large zone de peau rosâtre, nouvellement formée, témoignait de la taille de la blessure.

Il se tenait à l'intérieur d'un espace désert, envahi de plantes aux feuilles brunes et souples, avec une texture laineuse et assez grandes pour qu'un humain puisse s'en servir de couverture.

Sous la lumière de cristaux fluorescents, il traversa rapidement cette portion de jungle et aboutit à un passage.

Le dernier ! Il avait hâte de rejoindre son appareil et de partir. Il s'apprêtait à franchir le voile de ténèbres, quand deux faits se produisirent coup sur coup :

L'accès au passage vacilla, puis vira du noir au blanc. Dans la foulée, l'esprit de Vassili fut submergé par une présence qu'il reconnut aussitôt : Axaqateq.

Autour de l'homme, les végétaux marron et les murs rocailleux avaient disparu, remplacés par une vision devenue presque familière : une langue de roche, au bord d'un océan rouille. Au loin, baignée d'une lumière rouge et sous un cortège de cinq lunes, les ruines d'une cité autrefois peuplée de titans. Enfin, le monstrueux humanoïde à tête difforme et aux membres en troncs d'arbres.

Vassili soupira avant de jeter :

— Axaqateq. Le moment est mal choisi.

Le primordial marqua un arrêt à son ton irrévérencieux. Dardant ses six paires d'yeux sur lui, il s'insinua dans son esprit. Vassili ne put l'empêcher d'en tirer un résumé des derniers évènements.

De sa voix puissante, Axaqateq s'exclama :

— Humain ! Serais-tu stupide ? T'ai-je autorisé à livrer le mange-monde aux saharjs sans rien en échange ? Ils ont dû prendre ton acte pour un aveu de faiblesse. Il n'est pas étonnant qu'ils se soient retournés contre nous !

Désinvolte, Vassili rétorqua :

— Je me suis dit qu'une démonstration ne leur suffirait pas et, de toute façon, je n'avais guère le temps pour ça. Qu'ils s'amusent donc. Avec un peu de chance, ils me débarrasseront des vohrns. J'ai des projets plus importants que l'exécution de vos petites manigances.

Le primordial se raidit. Sa grande bouche dépourvue de lèvres se tordit en un rictus et dévoila une gueule édentée et entièrement tapissée de mucus verdâtre.

— Je vois. Mes congénères avaient raison : ton espèce ne fait pas un bon réceptacle pour le ktol. Tu as perdu l'esprit.

À travers le lien imposé par Axaqateq, Vassili le sentit se concentrer. Malgré l'incommensurable distance entre la planète du primordial et le système de Jaris, l'alien entra en contact direct avec le ktol niché dans l'abdomen de Vassili.

L'homme comprit en une fraction de seconde que le primordial cherchait à provoquer la destruction de l'objet. Il reconnut le signal destiné à briser la cohérence moléculaire de l'artefact et s'efforça de l'intercepter.

Les deux volontés s'opposèrent. Celle du primordial, immense et terriblement âgée, voulut écraser la conscience de Vassili. D'abord dépassé par la force brute de l'extraterrestre, l'humain se reprit et contra la charge mentale. Quand l'alien abandonna, Vassili lui faisait toujours face, l'esprit intact. À des milliers d'années-lumière de là, le corps de l'homme modifié et le ktol dissimulé dans son ventre avaient eux aussi échappé à la tentative d'Axaqateq.

Vassili se mit à rire ouvertement.

— Vieil imbécile, lança-t-il avec mépris, avant de briser le lien.

De nouveau en pleine possession de lui-même, il regarda le panneau blanc se dressant devant lui et comprit que le couloir était fermé. Imputant ce fait à une action des saharjs contre lui, il avança et posa une main contre l'appareil hors d'usage. Les yeux clos, il se concentra sur ses perceptions surhumaines.

Vide et froid, suivis du vague écho de plusieurs présences, derrière un obstacle.

L'autre côté de la « porte » était exposé à l'espace. Plus loin, mais pas trop, se situait sa destination : un des grands astéroïdes de la ceinture, ses connexions au réseau de corridors inertes.

Vassili se rendit à extrémité de la salle et s'aventura au sein de l'épaisse végétation. Il se pencha et fouilla l'humus, où il dénicha une pierre de la taille d'un poing. Satisfait de sa trouvaille, il la soupesa et prit position à une vingtaine de mètres du couloir fermé.

Il lança de toutes ses forces le gros caillou vers la porte désactivée. Le projectile franchit le mur du son avant d'atteindre sa cible. Le panneau se brisa sous le choc, ouvrant un trou béant dans l'astéroïde qui hébergeait les végétaux aux immenses feuilles.

La terre et les plantes furent happées par le vide spatial, dans un torrent de boue et de poussière. Progressivement, l'ouragan horizontal perdit de sa puissance, devenant un simple flux, et s'atténua jusqu'à s'évanouir. Plus une once d'air ne restait à l'intérieur.

Allongé au sol de la salle dévastée, Vassili décrispa les doigts. Sous ses mains, la dalle rocheuse présentait des creux, là où ses phalanges s'étaient plantées pour l'arrimer solidement.

La pesanteur artificielle était toujours active, ce qui allait lui faciliter la tâche. Il courut vers le trou fraîchement créé, atteignant à son tour une vitesse supersonique.

Insensible à la température glaciale et à l'absence d'atmosphère, il jaillit en plein espace, lancé en ligne droite vers le prochain astéroïde.

En moins de trois minutes, il franchit les quatre-vingts kilomètres qui le séparaient de sa destination.

Roulé en boule, il en heurta la surface telle une petite météorite, ouvrant un cratère à son point d'impact. Il se mit en devoir de rejoindre le panneau normalement lié au réseau de corridors, dont il détectait la présence à proximité.

Malgré la constitution surhumaine dont l'avaient gratifié deux transformations successives par le ktol, le manque d'air et les conditions extrêmes du plein espace commençaient à prélever leur tribut. Ses mouvements se faisaient plus lents et sa peau durcissait sous l'action conjuguée du froid et du rayonnement solaire, qu'aucune atmosphère ne venait atténuer. Sur ses globes oculaires, se formait régulièrement une pellicule de glace qu'il devait chasser d'un ferme clignement des paupières.

Quand il arriva au point d'accès, il bougeait avec peine. Vu de l'extérieur, le panneau dessinait un rectangle de métal sombre, d'une couleur identique à la pierre dans laquelle il était greffé.

Vassili tâtonna tout autour, jusqu'à trouver une prise où

glisser ses doigts. Solidement agrippé, il positionna ses pieds de chaque côté de ses mains et se retrouva accroupi au bord de la porte. Alors, il banda tout son corps et tira. Le long de l'encadrement, la roche se fendit, puis craqua. Lentement et dans le silence absolu de l'espace, la porte commença à sortir de son logement. Quand l'atmosphère se mit à jaillir de l'intérieur, le mouvement s'accentua.

Dans un ultime effort, Vassili donna une impulsion et le panneau s'arracha, livrant le cœur d'un autre astéroïde au vide insatiable. L'homme faillit être emporté par le soudain dégagement d'air, seuls ses réflexes surhumains lui permirent de se raccrocher in extremis à une saillie rocheuse.

Avec une satisfaction teintée de sadisme, il vit, parmi les débris et les divers objets avalés par la différence de pression, les corps de saharjs victimes de la brutale décompression.

Quand plus rien sortit de l'ouverture, il se glissa à travers. Bien trop tard, un système de sécurité se déclencha et un champ de force vint occulter le trou derrière lui.

Il se redressa et examina les lieux. Il reconnut le hangar où son navire était stationné. Sans hâte, laissant son organisme se remettre des dégâts infligés par son périple spatial, il se dirigea vers son moyen de fuite…

Axaqateq éprouvait une intense frustration au sujet de la partie engagée. Le principe du jeu était simple : en utilisant un minimum de porteurs du ktol, les joueurs devaient déclencher par ruse ou par force brute une série d'évènements d'une ampleur historique. Plus grandes étaient les conséquences et plus haut était le score. Les parties pouvaient se jouer seul ou à plusieurs. Dans ce dernier cas, les participants s'ingéniaient aussi à contrarier les efforts des autres. Axaqateq avait opté pour une manche en solo. Son unique obligation consistait à informer tous les joueurs, actifs ou non, de ses intentions.

Il avait fondé beaucoup d'espoirs sur Aldébaran. Il avait initié la partie en orchestrant le rejet des saharjs par leurs créateurs. Un coup de maître. Après avoir manipulé les gibrals lors de leur première rencontre avec les aliens guerriers, il surveillait attentivement ce système. Une longue manche, toutefois certaines excédaient largement cette durée. Il s'était délecté du plan des saharjs : Aldébaran allait sombrer dans une guerre civile et il n'avait utilisé que deux porteurs, des générations plus tôt ! Une stratégie digne du légendaire Arataxol, un joueur hors pair, célèbre pour la mise à feu et à sang de sept systèmes près du centre galactique.

Hélas, l'intervention des agents vohrns avait gâché les efforts d'Axaqateq en l'obligeant à se servir d'un porteur supplémentaire. Et voilà que celui-ci échappait à son contrôle...

Certains confrères l'avaient pourtant prévenu : les êtres issus d'espèces agressives réussissaient parfois à s'affranchir des limites imposées par le ktol. À peine sortis de la barbarie, les terriens se plaçaient clairement dans cette catégorie.

Il réfléchit un moment. Il pouvait activer d'autres porteurs et les envoyer tuer Vassili. Face à deux ou trois adversaires, l'humain ne pourrait résister longtemps. Pensif, le primordial contempla l'horizon. Son regard glissa sur la ville monumentale, pour aller s'égarer en direction de l'océan brunâtre.

Sa décision était prise. Il laisserait Vassili suivre son propre chemin. Lors d'une partie, détruire le porteur d'un ktol revenait à déclarer forfait. Il préférait jouer jusqu'au bout. L'humain à la raison vacillante semblait tout aussi capable de déclencher un massacre que les saharjs. Une excellente chose : le nombre de morts pesait lourd dans le score.

Malgré le ton pressant de Torg, Mallory hésita à le rejoindre. Elle avait du mal à se détacher de la scène se déroulant devant elle : au fur et à mesure que les dvas intervenaient sur le système de couloirs, des colonnes de matière noire jaillissaient de la sphère enfouie au bas de la tour, pour se lancer à l'assaut du plafond.

Elle se secoua et abandonna l'étrange spectacle, pour replonger dans l'étroit passage l'ayant menée au sein du bâtiment. Elle refit en sens inverse le trajet jusqu'au ponton, sur lequel se tenait Torg. Il tendit un doigt vers la droite, pointant trois objets qui flottaient dans les airs, au-dessus de l'étendue d'eau écarlate :

— Les saharjs, sur des barges antigravs.

La pilote se livra à une rapide estimation :

— Ils seront sur nous en deux, trois minutes. Ça m'étonnerait que les dvas aient le temps de terminer.

Elle glissa une main dans son dos et attrapa le pistolet qu'elle portait coincée contre ses lombaires. De l'autre, elle saisit son collier-navcom et s'en servit pour joindre Laorcq. Elle lui annonça l'arrivée des saharjs.

— J'ai également de la visite, confirma-t-il, mais ils ne semblent pas nous avoir repérés. Ça tombe bien, je ne croule pas sous les munitions.

Lors de leur passage à bord du *Sirgan*, les saharjs avaient fait main basse sur toutes les armes stockées dans le vaisseau courrier, sauf sur un revolver conventionnel – maintenant entre les mains de Laorcq – et un pistolet à balles hypertrophes, cachés par Mallory dans le conduit d'aération aboutissant à sa cabine. Elle regretta de ne pas y avoir placé des armes plus dangereuses. Puisque les billes de gélatine expansive épargnaient les vies humaines, elle craignait que les saharjs n'y soient guère vulnérables.

Au moins, Mallory pouvait compter sur Torg pour la défendre. Laorcq n'avait que les inoffensifs dvas.

Avec l'impression d'énoncer une platitude, elle lui suggéra de se dissimuler. Si la tour où il se trouvait était vraiment la jumelle de la sienne, les recoins ne devaient pas manquer. Sa réponse se voulut rassurante :

— J'y songeais. J'ai déjà repéré un endroit pouvant convenir. Et puis... les dvas connaissent peut-être une autre issue.

Il coupa la communication avant qu'elle ne puisse ajouter un mot.

L'estomac de la pilote se noua : s'il se faisait tuer...

Elle sentit le jufinol enroulé autour de son bras se raidir. Il l'exhorta à bloquer la pensée négative. Elle devait rester concentrée : se ronger les sangs n'avait jamais sauvé personne. Tandis qu'elle se mettait à couvert en compagnie de Torg, sans perdre de vue les saharjs, elle avertit Rupo et lui demanda où il en était.

— Pas terminé ! Trente pour cent du système encore en service.

— Les saharjs arrivent. Faites de votre mieux pendant qu'on les retient à l'entrée de la tour !

La main crispée sur la crosse de son arme, Mallory était abritée derrière un cylindre fait d'une matière à la dureté de la pierre et translucide. Des flux d'énergie circulaient à l'intérieur, dont les couleurs changeantes nimbaient son visage aux traits fins et accentuaient la noirceur de ses yeux. Sur sa peau, les tatouages sensitifs n'étaient plus que ronces.

Torg se tenait en retrait, paré à prendre le relais dès qu'elle aurait épuisé ses munitions.

Lestée d'une douzaine d'aliens à l'aspect cadavérique, une des barges parvint à portée de tir. Mallory visa méthodiquement, mettant à profit la formation reçue lors de ses premières semaines de contrat avec les vohrns. Elle ajusta sa cible, bras fléchis et respiration bloquée. Exhala ensuite à moitié et pressa la détente.

Silencieux, le pistolet cracha une rafale. Les boules de gélatine frappèrent durement les saharjs. Surpris par cette violente attaque en plein dans leur territoire, les passagers des autres barges antigravs ne réagirent pas tout de suite. La pilote en profita pour les envoyer dans l'eau également. Elle ne s'attendait pas à un tel carton et s'exclama :

— Pas mal ! Ça pourrait presque devenir amusant.

Le cybride n'était pas aussi enthousiaste. Il maugréa :

— Le problème, avec ton jouet, c'est qu'ils risquent de se réveiller avant d'être noyés...

Illustrant son propos, la plupart des saharjs émergèrent des flots rouges et progressèrent à pied en direction de la tour.

Un frisson dans le dos, Mallory ouvrit de nouveau le feu. Les aliens formaient des cibles plus petites et n'avaient pas manqué de se disperser, comme tout soldat digne de ce nom face à un tireur isolé.

Elle assomma définitivement une dizaine d'entre eux avant que son navcom ne lui transmette un signal d'alerte : il lui restait cinq balles.

Elle rengaina sur un soupir : elle n'avait pas l'impression d'avoir gagné beaucoup de temps. Un léger tapotement sur son épaule attira son attention. Elle se retourna et découvrit un dva. Bien qu'elle eut énormément de mal à les distinguer les uns des autres, elle devina qu'il s'agissait de Rupo.

— Vous avez fini ?

— Non, mais nous avons trouvé un moyen de retenir les saharjs. Venez à l'intérieur.

Elle allait suivre le petit extraterrestre, puis se figea :

— Et Torg ! Il ne peut pas entrer. Qu'avez-vous en tête exactement ?

— Nous allons provoquer une montée du niveau de *sgarfo*.

— Montée de quoi ?

Manifestement, la traduction improvisée par Jazz comportait des failles.

— Le liquide rouge, dehors, précisa le dva.
— Ça n'arrêtera pas les saharjs !
— Quand l'astéroïde est plein, de violents courants parcourent le sgarfo. Il est ensuite purgé à travers un couloir qui mène à l'intérieur du soleil.

Torg tendit la main pour caresser délicatement la joue de Mallory puis la fourrure de Squish.

— Filez à l'abri. Ça ne doit pas être pire que le vide spatial. Je vais juste m'accrocher en attendant. Et si des saharjs approchent quand même, je m'occuperai d'eux.

Elle n'eut pas le temps de protester : Rupo la tira en arrière, tandis qu'un champ de force apparaissait entre elle et son garde du corps. Aussitôt, les flots écarlates commencèrent à envahir l'étroit passage. Le niveau monta à une vitesse ahurissante, atteignant en quelques secondes le haut du rideau d'énergie. Le cybride parut se fondre dans le liquide opaque. Derrière le champ se trouvait une masse uniformément rouge.

Mallory s'aperçut qu'aucune communication avec Jazz ou Laorcq n'était possible. Elle contrôla péniblement une intense frustration et suivit le dva jusqu'à la passerelle circulaire. Des centaines de colonnes noires reliaient maintenant la sphère enfouie dans le sol au plafond blanc. Elle les contempla sans vraiment les voir. Une boule à l'estomac, son intuition lui disait qu'elle venait de commettre une terrible erreur en laissant Torg à l'extérieur...

XXIII
GLACE

Concentré sur les battements de son cœur, Torg résistait aux mouvements qui parcouraient le sgarfo. Solidement agrippé à une des poutres métalliques supportant la base de la tour, il économisait au maximum son oxygène et attendait patiemment l'évacuation du fluide. Autour de lui, tout n'était que voiles écarlates : il voyait à peine ses propres mains et leurs griffes d'acier.

Une violente brûlure, suivie d'une sensation de froid, lui transperça soudainement le flanc droit. Un des saharjs avait dû s'approcher avant que les courants n'acquièrent suffisamment de force et venait de lui assener un coup de poignard.

Torg attrapa le bras armé du guerrier et le tordit sèchement. L'alien abandonna son couteau, mais se mit à cogner des genoux, maltraitant le corps néanmoins solide du cybride. Tout à sa lutte, il commit l'erreur de lâcher la poutre qui le reliait à la structure de la tour.

Le résultat fut immédiat : les courants les happèrent tous

les deux, pour les entraîner loin du grand bâtiment...

Torg ne se laissa pas distraire. Il raffermit sa prise sur le saharj et lança une main à l'assaut de son cou. Tandis que le cybride écrasait sa gorge, l'alien chercha à se libérer. Repliant ses jambes, il frappa plusieurs fois des talons contre le torse de Torg. La musculature surdéveloppée du cybride lui permit d'encaisser les chocs sans trop de dégâts. Il continua à étrangler le saharj et sentit bientôt les os du squelette protecteur se briser. Petit à petit, l'alien cessa ses mouvements et finit par mourir.

Torg écarta les doigts et abandonna le cadavre. Sa victoire ne lui apportait qu'un maigre réconfort.

En proie aux courants, loin de la tour et incapable de joindre Mallory, il s'acharna à nager, dans le vain espoir d'échapper au sort qui l'attendait : être projeté dans l'étoile du système, avec le surplus de liquide rouge...

Au sein de la tour contrôlant les corridors, la multitude de colonnes noires occultait presque complètement la vue de Mallory. Les dvas avaient fourni un excellent travail, en coupant tous les trous de ver entre les habitats de la ceinture. Seuls deux couloirs restaient actifs : un vers le vaisseau porteur de l'arme étrangère et celui prévu pour déverser le sgarfo hors de l'astéroïde.

Une vibration irrégulière parcourait le grand bâtiment, illustrant la violence des flux qui agitaient la masse liquide au-dehors. Alors que les forces en jeu faisaient trembler de plus belle la passerelle où les dvas et Mallory se tenaient, une certitude s'imposa à elle : Torg était en danger.

Haussant la voix pour couvrir les grincements de la structure malmenée, elle demanda à Rupo :

— Tu m'as dit que le fluide rouge allait être évacué vers le soleil du système, non ?

Le mince alien confirma. La boule d'angoisse formée dans l'estomac de Mallory devint plus pesante encore.

— J'ai peur que les courants emportent Torg !

D'un large geste du bras droit, elle engloba l'immense salle, les colonnes d'énergie noire et ajouta :

— Ça vibre de partout. Je n'ose pas imaginer comment c'est à l'extérieur. Torg est tout à fait capable de survivre. Merde, il peut même se balader dans l'espace sans scaphandre ! Mais ça ne servira à rien si vous le jetez au cœur d'une étoile ! Vous ne pouvez pas balancer toute cette soupe de tomate ailleurs ?

Le dva ne répondit pas tout de suite. Le vocabulaire limité des boîtiers traducteurs bricolés avec Jazz avait buté sur les termes employés par la pilote.

— Nous ne pouvons l'envoyer qu'à travers un couloir en activité.

Dans un grognement, Mallory donna un coup de pied dans la rambarde les séparant du vide et de la masse sombre en dessous d'eux. Les ronces de ses tatouages sensitifs remuèrent tels des serpents. Elle se retourna vers Rupo. Elle avait pris sa décision :

— Tant pis. Faites le nécessaire.

Dévier la mer rouge vers l'astéroïde abritant le navire saharj nouvellement armé était une mauvaise idée, elle le savait. Cela aurait peu d'incidence sur le vaisseau ennemi et risquerait de bloquer définitivement toute possibilité pour Mallory et les dvas de se rendre sur place.

Pourtant, elle ne pouvait se résoudre à sacrifier Torg. Le cybride était pour elle un membre de sa famille, une sorte de grand frère bienveillant. La simple pensée de le perdre lui était intolérable, d'autant que les chances de survie de Laorcq s'annonçaient également faibles. *Je dois absolument agir, sinon je vais devenir folle. Tant pis si c'est une connerie !*

Elle regarda le petit alien au corps filiforme s'éloigner afin d'effectuer la modification. Dans ses bras, Squish remua pour attirer son attention. À travers leur lien télépathique, elle sentit une caresse rassurante. D'une voix inquiète, elle lui chuchota :

— J'aimerais être aussi certaine qu'ils vont tous les deux s'en tirer.

À vingt millions de kilomètres de la ceinture, se livrait un combat acharné. Tout juste arrivé dans le système de Jarvis, l'*Urkein'Naak* était aux prises avec l'escadrille saharj. Malgré la nuée de chasseurs jaillis de leur navire de guerre, les vohrns cédaient devant la capacité des vaisseaux saharjs à disparaître à volonté. Petits et véloces, les chasseurs vohrns au fuselage en pointe de diamant se précipitaient sur les appareils plus larges des guerriers artificiels, sans parvenir à les toucher : les grands octogones s'évanouissaient dès qu'un vohrn se trouvait en position d'ouvrir le feu.

Sur la passerelle du croiseur, Hanosk observait les différentes projections qui retranscrivaient l'affrontement entre les deux flottes. En arrivant dans le système de Jaris, les vohrns n'avaient pas été surpris de découvrir qu'il s'agissait du fief des saharjs. Hanosk ignorait quel lien pouvait exister entre Vassili et le peuple de guerriers artificiels, mais avec l'enlèvement des deux humains et le signal de détresse envoyé par le *Sirgan*, il avait conclu à une collusion entre eux. Sans émettre le moindre message, les saharjs s'étaient immédiatement lancés à l'assaut de l'*Urkein'Naak*.

Hanosk voyait le nombre de chasseurs encore en activité diminuer à une vitesse alarmante, tandis que les pertes infligées à l'ennemi restaient dérisoires. Il abandonna les hologrammes et s'approcha d'un de ses congénères, installé à

une console. Hérissée de protubérances grisâtres, elle avait l'aspect d'un impossible mammifère marin. Le vohrn d'équipage élaborait différentes stratégies en manipulant les commandes de ses longs doigts. Hanosk pencha son rostre vers lui :
— Quelles sont nos options ?
— L'avantage technologique de nos adversaires nous rend vulnérables en plein espace. Nous devons rappeler nos appareils. Après... Soit nous nous replions pour revenir avec des renforts, soit nous tentons de glisser notre croiseur parmi les astéroïdes pour y détruire les habitats saharjs.

Hanosk s'accorda une brève réflexion. S'ils s'en allaient, ils ne trouveraient probablement plus rien à leur retour. S'attaquer à la base des saharjs semblait une bonne tactique, toutefois ils ne pourraient ouvrir le feu en ignorant où se situaient les humains ou si d'autres prisonniers étaient retenus...

Les bras de l'alien s'agitèrent puis se figèrent brusquement : sa décision était prise.

— Rappelez les chasseurs et mettez le cap sur la ceinture. Nous attendrons autant que possible pour entamer le pilonnage.

Pendant que le combat faisait rage, une cohorte de saharjs s'activait dans leur vaisseau amiral. Dissimulé au cœur d'un des plus grands rocs de la ceinture, il affectait une forme octogonale identique aux autres navires de la flotte. Épais jeton d'alliage métallique et céramique, son envergure dépassait les mille mètres. Les systèmes de bord prenaient vie un par un tandis qu'il s'apprêtait à quitter son dock.

Au cœur de ce vaisseau, un compartiment à huit côtés

abritait le centre de commande. Une dizaine de saharjs l'occupaient, chacun installé à une console. Contrairement aux normes en usage, aucune place n'était dévolue à un « capitaine ».

Les dix saharjs obéissaient au gestalt. Cette entité prenait toutes les décisions, tenant compte de l'intégralité des individus le composant. Il fonctionnait en démocratie absolue, où tous les actes majeurs découlaient d'un referendum et où les votes ne demandaient qu'une fraction de seconde. Le gestalt avait par exemple choisi de ne pas réprimer la révolte des dvas immédiatement – la désactivation du réseau de corridors ne pouvait être que de leur fait – pour se concentrer sur l'intrusion des vohrns.

Autour du vaisseau amiral, une poignée de saharjs s'efforçaient d'exécuter les tâches normalement dévolues aux dvas, quand un torrent rouge jaillit d'une des portes connectant le dock à la ceinture. Avant qu'ils ne puissent réagir, les autres passages se mirent eux aussi à dégorger des flots de sgarfo.

Le gestalt prit aussitôt la mesure de l'évènement. Les guerriers artificiels, déjà désorganisés par la coupure des couloirs et la révolte des dvas, tinrent conciliabule. Deux courants majoritaires émergèrent :

— Évacuer avec le navire, émit une partie des aliens.

— Détruire les portes, contra le reste.

L'évacuation emporta le suffrage. Dans l'urgence, ils ouvrirent le portail dissimulant l'accès à l'astéroïde et sacrifièrent par ce biais les saharjs encore à quai.

Le pan rocheux à peine en mouvement, ils découvrirent qu'ils avaient opté pour la mauvaise solution : l'exposition au vide accéléra le débit et transforma les torrents rouges en de monstrueux jets sous pression. Le liquide remplit l'immense dock à une vitesse ahurissante, chassant l'atmosphère dans l'espace.

Aux commandes du vaisseau, les pilotes lancèrent la séquence d'allumage des réacteurs et du groupe synergétique.

L'ouverture complète du hangar spatial prenait trop de temps. L'intérieur de l'astéroïde était entièrement submergé par les flots. Au contact du froid intense du vide spatial, le sgarfo commença à geler.

Une fois le passage suffisamment large, les saharjs orientèrent le navire vers l'extérieur, avec l'espoir d'échapper au piège de glace se refermant sur eux. Le vaisseau s'arracha pesamment de son berceau, alors que le fluide l'avait presque englouti. Ses propulseurs générèrent un bouillonnement qui réchauffa une partie de la masse rouge, mais son contact finit par entraîner un dysfonctionnement. Les tuyères s'éteignirent l'une après l'autre. Complètement noyé, le tube synergétique refusa de répondre.

Le gel continua d'étendre son emprise, tandis que la pression venue de l'intérieur permettait au liquide de fendre la gangue de glace par endroits, avant de se figer de nouveau.

Prisonnier de ce combat entre mouvement et paralysie, l'appareil saharj s'échoua en travers de l'ouverture. Autour de lui, un improbable magma déborda pour barbouiller l'extérieur de l'astéroïde comme de la cire coulant le long d'une bougie...

À l'abri dans la tour du deuxième nœud de couloirs, Laorcq observait le champ de force qui retenait les millions de tonnes de fluide vert. Les vibrations avaient diminué. Tout en espérant que Mallory et son équipe étaient sains et saufs, il attendait avec impatience de voir le niveau baisser et, surtout, le rétablissement des communications.

Sur la passerelle circulaire, les dvas s'étaient regroupés et se tenaient les uns contre les autres. Ils paraissaient craindre les conséquences de leur audace.

Laorcq les contempla pensivement. Pour la première fois depuis des centaines d'années, ils osaient se retourner contre les saharjs. Peut-être regrettaient-ils cette décision. Rien ne garantissait que les humains et les vohrns réussissent à les libérer.

En haut du passage bloqué par le champ d'énergie, un rai de lumière apparut. Trop lentement au goût de l'ex-militaire, le sgarfo se retirait. Dès que les communications furent possibles, la voix de Jazz jaillit du navcom attaché à son cou :

— Enfin ! Je commençais à désespérer de joindre quelqu'un.

Laorcq s'inquiéta :

— Mallory est toujours hors ligne ?

— Le premier nœud se vide moins vite. Un petit malin a eu l'idée tordue d'envoyer son contenu vers le dock du navire amiral saharj ! Il est coincé dans une espèce de gros sorbet à la fraise. Je ne sais pas si ça va durer...

Laorcq fronça les sourcils. Pourquoi ce changement de plan ? Torg devait se rendre là-bas et faire diversion avec des dvas, pendant que Mallory et un autre groupe de dvas tenteraient de s'introduire à bord pour saboter le vaisseau. Certes, les chances de réussite avoisinaient le zéro, mais inonder le dock...

Il se frotta machinalement le menton : à première vue, ça n'avait aucun sens.

Jazz enchaîna :

— J'ai au moins une bonne nouvelle : les vohrns sont enfin arrivés ! Juste à temps. L'*Urkein'Naak* fonce vers nous, il sera ici très vite.

— Préviens-les à propos de l'arme installée sur le navire amiral saharj !

Jazz prit un ton offensé :

— J'y ai pensé, figure-toi. C'est impossible d'émettre vers l'extérieur : je suis emprisonné dans un gros caillou. D'ailleurs, si je parviens à communiquer avec vous, c'est uniquement parce que les dvas m'ont permis d'accéder au réseau de la ceinture.

À la demande de Laorcq, Jazz se lança dans un compte rendu de la situation : en dépit de la rupture des couloirs, les saharjs se réorganisaient. Une bonne partie se trouvait piégée dans les habitats, mais un nombre assez conséquent de leurs appareils s'était jeté à l'assaut de l'*Urkein'Naak*. Il lui décrivit précisément l'état du dock où était coincé le navire amiral des guerriers. Enfin, Jazz ajouta :

— J'ai découvert ce qui a perturbé les momies ! Notre cher Vassili ! Apparemment, les saharjs et lui ont eu un « différend ». Il en a zigouillé un paquet avant de prendre la fuite. L'intervention des dvas sur les corridors lui a fait perdre du temps. Je viens de le repérer dans l'astéroïde où son rapide antarien est à quai...

Laorcq réagit immédiatement :

— Distance ?

— Pas très loin, répondit Jazz, mais ça ne te servira à rien. Le seul couloir utilisable ne mène pas là, je te rappelle...

Le terrien allait passer à autre chose, quand un juron de Jazz résonna dans ses oreilles :

— Bordel ! J'ai fouiné dans les banques mémorielles du dock en question. Même si je ne suis pas encore parfaitement au point avec le langage des saharjs, je suis certain qu'un caisson de stase contenant un être vivant a été chargé à bord du rapide, il y a un jour ou deux.

La conclusion était évidente pour Laorcq :

— Alrine. Ce taré de Vassili va l'embarquer !

Il s'empressa de rejoindre les dvas. La multitude d'yeux jaunes des petits aliens le fixèrent.

— J'ai besoin de votre aide. Je dois me rendre dans un des habitats déconnecté des couloirs.

Les dvas s'agitèrent sur leurs quatre pattes flexibles. Ce changement de dernière minute devait les perturber. L'un d'eux se détacha du groupe et se planta face à Laorcq. Inclinant vers l'arrière son corps en forme de bâton pour mieux s'adresser à l'homme presque deux fois plus haut que lui, il déclara :

— Les corridors sont coupés, comme vous l'avez demandé. En réactiver un seul sera très long et délicat.

Le balafré s'efforça de contenir une impatience grandissante :

— Il n'y a pas d'autre moyen de circuler dans la ceinture ? Un système de secours ou un appareil pour la maintenance ?

Le dva ouvrit et referma ses mains minuscules.

— Ce nœud était l'unique alternative. Il abrite les...

Le navcom se décala brièvement, butant sur un mot nouveau :

—... les nacelles, mais elles sont prévues pour les dvas. Je ne suis pas sûr qu'un humain tiendra à l'intérieur.

La réponse de Laorcq fut immédiate :

— Emmène-moi à la plus proche ! On verra sur place.

Dehors, la mer colorée avait totalement disparu. Laorcq et le dva s'avancèrent sur le ponton et en descendirent prudemment. L'alien s'élança sur un sol lisse aussi lisse qu'une plaque de marbre. D'abord surpris par la rapidité dont il faisait preuve, Laorcq se mit au pas de course et le suivit.

La fatigue menaçait d'avoir raison de Laorcq, quand ils parvinrent à une monumentale falaise. Cette immense paroi marquait la limite de l'étendue plate auparavant recouverte de liquide vert. Loin derrière eux se dressait la tour surmontée de son étrange sphère noire.

Tandis que l'homme reprenait son souffle, le dva tapota une excroissance rocheuse. Il cessa subitement et recula d'un bond. En face de lui, un pan entier du mur se désagrégea, pour dévoiler un étroit boyau filant à travers la croûte de l'astéroïde.

Jambes pliées et dos courbé, Laorcq s'y introduisit à la suite du dva. Au bout de quelques mètres, la luminosité baissa soudainement : le passage derrière eux venait de se refermer.

Ils débouchèrent dans un minuscule espace donnant sur un

sas. Celui-ci s'ouvrit, pour révéler l'intérieur d'un appareil à l'habitacle ridiculement petit.

Laorcq approcha pour l'examiner. Deux sièges au profil en L, larges d'une malheureuse vingtaine de centimètres. Une hauteur sous plafond guère supérieure à un mètre.

Il soupira : même deux dvas devaient s'y sentir à l'étroit ! L'alien le fit sursauter en se faufilant entre lui et la nacelle pour se glisser dedans. Il se pencha ensuite pour manipuler trois leviers nichés près des fixations des fauteuils.

L'assise des sièges descendit au maximum, puis les dossiers bougèrent à leur tour. L'ensemble se déforma pour se plaquer au sol, et finit par ressembler à deux longues planches.

Laorcq le félicita en s'introduisant à son tour dans le minuscule vaisseau :

— Bien joué !

Laissant le plus de place possible au dva, il cala au mieux son mètre quatre-vingt-cinq dans l'étroit compartiment et demanda à l'extraterrestre comment il s'appelait. Ce dernier répondit par une interminable série de sons.

Imitant Mallory, Laorcq décida de réduire le nom de son compagnon à deux syllabes : Delvo.

Le dva se positionna devant les commandes de l'utilitaire et ses trente-deux doigts se mirent à pianoter fébrilement sur un clavier sphérique aux touches rondes. Le sas se referma et une brève secousse ponctua le désarrimage.

Restait à rejoindre le navire de Vassili avant qu'il n'enclenche son propulseur synergétique...

XXIV
TUBE

Quand le champ de force disparut sur un dernier scintillement, Mallory sortit de la tour avec une impatience non contenue. Hélas, le sentiment désagréable ressenti par le jufinol se vit confirmé : aucune trace de Torg.

Tout autour d'elle, s'étendait à perte de vue l'immense surface rouge. La totalité du liquide n'ayant pu passer de l'autre côté des trous de ver, une partie stagnait, recouvrant le sol de l'astéroïde creux d'une mare lui montant aux chevilles.

Un à un, les dvas rejoignirent l'humaine sur le ponton où elle se tenait. Le regard sombre, elle scrutait les alentours, comme si elle pouvait forcer la silhouette de son garde du corps à surgir par sa seule volonté.

Le navcom qu'elle portait en collier vibra, la faisant presque sursauter. Elle l'effleura et une voix familière en jaillit aussitôt :

— Capitaine ! Je croyais t'avoir perdue pour de bon. Qui a eu l'idée débile d'envoyer toute cette flotte rouge vers le hangar du navire amiral ?

— Moi, déclara laconiquement Mallory.

Embarrassé, Jazz bégaya :

— Mais... Enfin... Tu te rends compte de la chance qu'il a fallu pour que ça bloque le vaisseau ? La probabilité...

— Ça n'était pas le but, coupa-t-elle. Torg a été embarqué par les courants. Je n'allais pas le laisser finir au cœur d'une étoile.

Chose rare, Jazz resta muet pendant près d'une dizaine de secondes. Sur un ton inhabituellement hésitant, il reprit :

— Ah, c'est pour ça que le gros poilu ne répondait pas. Tu penses qu'il est...

Il n'osa pas terminer sa phrase. En dépit de constants échanges de piques, les deux êtres que tout opposait avaient appris à s'apprécier. Leur fréquente et commune inquiétude pour elle n'y était d'ailleurs pas étrangère.

Plus pour s'en convaincre que par certitude, Mallory assena :

— Non. Il a survécu, c'est sûr. Par contre, il doit être bloqué quelque part dans l'iceberg qui s'est formé autour du navire saharj. Les dvas et moi allons foncer sur place et tenter de saboter le tube synergétique. On devrait pouvoir récupérer Torg à ce moment-là.

— Et comment penses-tu accomplir ce double exploit ? Tu vas creuser la glace avec les dents, repérer le gros poilu grâce à ton petit nez et bousiller un vaisseau inconnu en piquant une ou deux vis ?

Elle eut un sourire en coin : situation désespérée ou pas, Jazz restait fidèle à lui-même.

— D'après Rupo, le sgarfo à proximité des portes encore en service est toujours liquide. Squish m'aidera à trouver Torg. Pour le groupe synergétique, je compte sur toi et les dvas.

— Dois-je te rappeler que t'es une nullité en matière de nage en apnée ?

Elle haussa les épaules :

— Je n'ai guère le choix...

La conversation terminée, Mallory et sa troupe se dirigèrent au pas de course vers le passage le plus proche. Les petits aliens se déplaçaient facilement dans la mare géante. Derrière eux, Mallory avançait avec force gerbes écarlates et bruits d'éclaboussures.

Elle se sentit particulièrement maladroite. Sa progression inefficace menaçait de l'épuiser tandis que les minutes filaient, réduisant ses chances de réussite. Enfin, à son grand soulagement, elle finit par rejoindre les dvas. Ils s'étaient arrêtés au pied d'une paroi de roc.

Face à eux se dressait le plus vaste accès au réseau de corridors que la pilote avait vu jusqu'ici. Elle l'estima à cinq mètres de haut par quatre de large.

Rupo en tête, les dvas se jetèrent dedans. Frêles d'apparence, ils étaient pourtant capables de survivre en plongée bien plus longtemps que l'humaine et pourraient l'attendre sans risque de l'autre côté.

Une fois devant l'ouverture ressemblant à un voile de ténèbres, Mallory inspira et expira à pleins poumons. Enroulé autour de son bras gauche, Squish se raidit sous l'appréhension alors qu'elle faisait un pas en avant.

Un vertige d'une fraction de seconde plus tard, un froid intense saisit la pilote. Soudainement aveugle, elle se maudit en réalisant qu'elle devait aussi composer avec une obscurité absolue.

Elle sentit les pensées rassurantes du jufinol se glisser dans les siennes, lui évitant de céder à la panique. À peine discernable au début, une petite lueur jaune apparut, puis deux, trois...

Squish lui permettait de visualiser les dvas, ou plutôt le siège de leurs consciences. Ces derniers étaient capables de voir dans le noir complet grâce à leurs globes oculaires couvrant tous les spectres, il lui suffisait de les suivre.

Savoir où elle allait ne la mettait pas à l'abri de la noyade. En espérant que le trajet ne soit pas trop long, elle s'efforça de progresser derrière des aliens.

C'est un boulot pour Laorcq ça ! songea-t-elle, en laissant échapper un peu de l'air emplissant ses poumons.

Encore une trentaine de secondes et elle ne pourrait empêcher son corps de prendre une inspiration fatale.

Les lueurs jaunes devant elle commençaient à se troubler, quand ses mains rencontrèrent une surface lisse et dure qui formait un sol incliné. Elle le longea jusqu'à émerger de l'onde glaciale. La bouche grande ouverte, elle s'oxygéna bruyamment avant de penser à regarder autour d'elle.

Elle crut d'abord avoir abouti dans un tunnel à demi submergé.

Le tube synergétique ! comprit-elle, en découvrant les myriades d'électrodes qui tapissaient les murs du « tunnel ».

Le vaisseau étant partiellement enfoui dans la glace, l'eau rouge avait pénétré dans le propulseur principal. Un peu plus loin, il était entièrement obstrué par du liquide figé, tel un gros rubis coincé dans le goulot d'une bouteille. Les tentatives désordonnées des saharjs pour se libérer de l'astéroïde et du sgarfo gelé avaient dû créer cet espace vide au milieu du tube.

Elle vit que les dvas s'étaient déjà mis au travail. Le vaisseau amiral était relié en permanence au réseau de données. En agissant de l'intérieur, ils allaient permettre à Jazz d'y accéder, afin d'analyser son architecture et de trouver un moyen de le saboter.

Déboucher directement dans le système de propulsion était une véritable aubaine. Lors de sa poursuite à travers le chantier naval de Solicor, Mallory avait découvert que s'en prendre au groupe synergétique était une excellente méthode pour détruire un navire.

Du moins si personne n'active le tube avant. En temps normal, celui-ci ne servait qu'une fois le vaisseau lancé. Si les saharjs décidaient de passer outre pour tenter de se dégager, Mallory et les dvas seraient vaporisés sur-le-champ...

Prisonnier d'une masse impénétrable de glace rouge, Torg se demandait ce qui avait pu se passer. Entraîné loin de la tour après son combat avec le soldat artificiel, il luttait contre le courant quand une intense sensation de froid s'était emparée de lui. Pour finir, le liquide avait complètement gelé.

Après avoir essayé sans succès de contacter Mallory, il tenta de joindre le *Sirgan* :

— Jazz ! Réponds, cervelle en boîte ! lança-t-il vainement à travers le navcom implanté à la base de son cortex.

Très vite, sa claustrophobie se manifesta. Si dans le cas du cybride le risque de suffocation était exclu, le confinement menaçait de le rendre fou. Il s'accrocha à la seule pensée lui permettant de surpasser sa peur irraisonnée : Mallory avait besoin de lui.

Concentré sur cette idée, il s'efforça de détendre son corps et s'aperçut que la glace autour de lui n'était pas si solide...

Le sgarfo ne réagissait pas du tout comme Torg s'y attendait. Quand il appliquait toute la force de ses bras ou ses jambes, il rencontrait une résistance totale. Au contraire, de très légers mouvements lui donnaient un peu de latitude. Soulagé, et avec une patience qui le surprit lui-même, il continua à bouger en douceur, se dégageant de plus en plus de place. Peu lui importait de retourner vers l'intérieur de l'astéroïde ou de finir dans l'espace : l'essentiel était de sortir d'ici...

Il réussit à constituer une suite de gestes efficaces, qu'il reproduisit mécaniquement. La formation d'une bulle liquide au sein de la matière gelée récompensa ses efforts. De là, il commença à creuser dans la direction lui paraissant la meilleure, guidé par son instinct.

Il nageait et forait, encore et encore, avec l'impression d'être piégé dans un de ces cauchemars où l'on marche sans avancer. Quand il rencontra enfin autre chose que la bouillie glaciale au sein de laquelle il se déplaçait, il ne s'en aperçut pas immédiatement. Ses griffes d'acier durent racler à plusieurs reprises une surface métallique rendant un son creux avant qu'il n'identifie la coque d'un navire.

Toujours guidé par une indéfinissable sensation, il prit sur la droite et la longea. Il jaillit de l'épaisse purée rouge, traversa un espace vide et se retrouva plongé dans un liquide. Dans la profonde obscurité, les grands yeux de Torg, largement supérieurs à ceux d'un humain, parvinrent à déceler quelques formes. Il reconnut l'arrière d'un vaisseau en distinguant la bouche béante d'un tube synergétique. Il s'y engouffra.

Au gré de sa progression, il devina une légère lueur devant lui. Sans y réfléchir, il nagea dans cette direction.

Une fois clairement visible à travers le sgarfo, la faible lumière s'orna d'un halo écarlate.

Torg accéléra et suivit la pente formée par le propulseur submergé. Il jaillit à l'air libre et se redressa, sachant déjà qui il trouverait.

Avertie par Squish de l'arrivée de son garde du corps, Mallory se tenait à un pas de la surface du liquide rouge. Derrière elle, le groupe de dvas s'affairait sur un ensemble de composants connectés à la paroi circulaire du tube synergétique.

— Torg ! J'ai cru t'avoir perdu ! Si on n'avait pas pu rediriger le flux ici…

Elle laissa sa phrase en suspens et demanda :
— Que t'est-il arrivé ?
Il haussa les épaules :
— Un saharj m'a forcé à lâcher prise. Je me suis débarrassé de lui, mais je n'ai pas pu rejoindre la tour, le courant m'a embarqué.

Il s'approcha d'elle et l'examina attentivement. Trempée de la tête aux pieds, elle tremblait de froid et ses lèvres avaient bleui. Autour de son bras, le petit jufinol n'avait pas meilleure allure, avec son fin pelage multicolore ruisselant de sgarfo.

Inquiet, Torg s'exclama :
— Tu es en hypothermie !

Il la serra aussitôt contre lui. Mallory découvrit que la fourrure du cybride était tiède malgré son passage dans l'eau glaciale. Derrière l'épaisse toison noir et rouge, elle sentit le corps de Torg la réchauffer doucement. Squish en ronronna d'aise.

La tenant toujours contre lui, Torg s'empara de Squish, qu'il jucha sur ses épaules. Il la souleva et alla s'accroupir dans un endroit à peu près sec, où il la blottit contre lui. Les frissons de Mallory se calmèrent et une agréable torpeur l'envahit.

Trop vite au goût de Mallory, Rupo abandonna ses camarades et s'approcha d'eux :
— Nous sommes prêts. Votre Intelligence Naturelle a accès au vaisseau et au contrôle du propulseur.

Elle s'écarta à contrecœur de la chaleur de Torg.
— Si Jazz est connecté à ce navire, nous pouvons de nouveau communiquer avec lui, non ?

Rupo confirma. Elle saisit son collier et ouvrit une ligne vers le *Sirgan*, afin d'apprendre comment les choses se présentaient. La liaison s'établit. Jazz grommelait tel un vieillard sénile :
— Merde, merde et remerde. Ce foutu machin saharj n'a rien à voir avec les autres. Pas moyen de le bousiller comme

le paquebot en orbite de Solicor.

Mallory sentit son sang se glacer : saboter le tube était leur seule option. S'ils ne mettaient pas hors d'état le vaisseau amiral, les vohrns ne parviendraient jamais à vaincre les saharjs. Et qui savait quels ravages pouvait produire l'arme de Vassili ?

La pilote ordonna à Jazz de se reprendre :

— Creuse-toi la cervelle. Il doit bien y avoir une solution !

Il se tut pendant cinq secondes : de quoi décortiquer les données des archives saharjes à plusieurs reprises.

— Bon. On a une possibilité, un truc vraiment pas subtil : un orcant ivre ferait pareil.

Mallory fronça les sourcils. Le moment était mal choisi pour les facéties de Jazz. Il poursuivit :

— Le fameux engin fourni par Vassili est une sorte de missile. On doit pouvoir déclencher son explosion sans qu'il soit tiré et détruire le vaisseau avec. Le problème, c'est que les saharjs ont bâclé l'installation : aucune connexion au réseau du navire, juste une série de liaisons simples, permettant un lancement manuel depuis le centre de commande.

Mallory faillit perdre son calme. L'idée impliquait la prise d'assaut d'un appareil plein d'aliens soldats prêts au combat, pour ensuite mettre à feu un missile sans avoir la moindre notion de son pouvoir de destruction.

— C'est du suicide, ton truc. On va être atomisés, si les saharjs ne nous réduisent pas en charpie avant.

— N'exagère pas, se défendit Jazz. Il doit y avoir un compte à rebours. Quant au reste, maintenant que j'ai un accès, je vais pouvoir isoler les coursives nous intéressant de l'ensemble du vaisseau. Ça facilitera votre progression.

L'air de rien, il ajouta :

— En parlant d'assaut suicidaire, où est le gros poilu ?

— Ici, avec nous, le rassura la pilote.

Elle le savait trop fier pour demander directement des nouvelles du cybride.

— Parfait ! Il te servira d'avant-garde et de bouclier. On remonte au niveau d'un orcant sobre. C'est beaucoup mieux...

Une fois informés de ces derniers détails, les dvas se mirent à la tâche : équipés de leurs minuscules outils, ils entreprirent de démonter un pan entier du tube synergétique, pour permettre à Mallory et Torg de pénétrer dans le vaisseau saharj.

De son côté, Jazz veillait à ce que l'intervention ne déclenche aucune alarme. Quand le panneau céda dans un claquement métallique, le cybride rejoignit le groupe de petits aliens et les aida à le faire glisser de côté, révélant une large ouverture.

La pilote jeta un œil à l'intérieur, ce qui ne manqua pas d'agacer Torg :

— Tu ne pouvais pas attendre un peu ? Et s'il y avait eu un saharj juste derrière ?

Elle passa une main dans son dos et en tira son revolver à balles hypertrophes, pour l'exhiber.

— Je l'aurais assommé.

— Pense plutôt à mettre ton masque respiratoire. Mon odorat me dit que l'air du vaisseau ne te conviendra pas.

Mallory sortit d'une poche de pantalon le filtre donné par les vohrns.

— Je me doutais que ce machin me servirait à nouveau.

Tandis qu'elle l'ajustait pour couvrir sa bouche et son nez, Torg s'engouffra dans le navire ennemi. Les environs du propulseur synergétique se présentaient en un assemblage de poutrelles et de câbles qui serpentaient autour tels des boas gainés de plastique. L'éclairage se résumait à un vague rougeoiement en provenance de panneaux de commandes.

Dans un coin de sa vision, Mallory voyait défiler le plan transmis par Jazz. L'hologramme du navcom de fortune se brouillait de temps à autre. Elle avançait silencieusement derrière Torg, traversant les coursives du vaisseau disposées en fonction de la structure octogonale du navire. Elle s'inquiétait de la longueur du trajet déterminé par Jazz quand Squish s'agita autour de son bras et la poussa à regarder en arrière. Elle découvrit qu'un dva les suivait et n'eut aucun mal à deviner duquel il s'agissait :

— Rupo ! Tu as décidé de te faire tuer ?

Elle allait insister pour qu'il retourne avec les siens, mais il déclara :

— Vous aurez besoin de moi pour le missile.

La pilote acquiesça de la tête. Le dva avait raison, même si une présence supplémentaire leur compliquait la tâche.

— Reste planqué derrière Mallory, lui ordonna Torg. Les choses sérieuses vont commencer.

Sur ces mots, il s'approcha de la première porte. Commandée à distance par Jazz, elle coulissa pour révéler une longue coursive. Sous un éclairage jaune vif, trois hautes silhouettes sombres se découpaient. Profitant au maximum de son effet de surprise, Torg fonça sur eux.

Le premier saharj sur sa route subit l'assaut de plein fouet. Heurté par les deux cents kilos de Torg, il s'écroula au sol. Le cybride lança alors son poing en direction du deuxième saharj, juste avant que celui-ci ne dégaine le pistolet à sa ceinture. Les phalanges renforcées d'acier percutèrent violemment le crâne du saharj, qui s'effondra à son tour.

Le troisième saharj empoigna son arme et l'abattit sur Torg. Le cybride esquiva en se jetant à genoux devant lui. Il venait de dégager la ligne de mire de Mallory. Elle ouvrit le feu du fond de la coursive. Jailli de son revolver sous la forme d'une petite bille, le projectile centupla de volume en une fraction de seconde tout en durcissant.

L'alien fut arraché du sol par la grosse boule et projeté

contre la porte à l'autre bout du long corridor. La sphère se détacha du corps malmené et se liquéfia soudainement. La large flaque ainsi formée s'évapora en un clin d'œil.

Torg se pencha sur l'un des saharjs et le soulagea de son arme. Il se redressa et logea à chacun une balle dans la tête.

Mallory grimaça à ce spectacle. Elle n'aimait pas les exécutions, y compris méritées. Ne la connaissant que trop bien, Torg devança sa remarque :

— Ce chemin est aussi notre voie de retraite. On ne va pas jouer nos vies sur la possibilité qu'ils restent KO. D'accord pour être clément, sauf si ça tourne au suicide !

Elle tint sa langue : il avait hélas raison.

Depuis son collier navcom, la voix de Jazz résonna :

— Les saharjs essaient de m'éjecter de leur système. Je vais résister de mon mieux, vous êtes prié de ne pas lambiner...

Mallory et Rupo se faufilèrent entre les cadavres et rejoignirent Torg au fond de la coursive. S'adressant à l'Intelligence Naturelle, ce dernier jeta :

— Porte suivante !

Le panneau métallique coulissa pour révéler l'intérieur de la passerelle. Mallory eut à peine le temps de noter la configuration des lieux : douze saharjs se retournèrent pour dévisager les intrus.

Torg ouvrit immédiatement le feu. L'arme qu'il avait subtilisée un peu plus tôt cracha sans interruption. À couvert derrière l'encadrement de la porte, Mallory ajoutait des rafales de balles hypertrophes aux salves du cybride.

Pris au dépourvu, les saharjs s'écroulèrent sous la furie de l'assaut. Seuls trois d'entre eux purent riposter. Torg avança sur eux en encaissant une grosse partie des tirs, avant de les abattre une fois à bout portant. Il se paya même le luxe d'achever le dernier d'un monumental coup de poing, qui broya le visage de l'alien tel un marteau écrasant un œuf.

Un silence absolu succéda à la série d'intenses déflagrations. Un sifflement léger, mais persistant indiquait à

Mallory que ses oreilles avaient mal supporté le fracas des armes. Devant elle, Torg se retournait et secouait ses doigts dégoulinant de sang saharj. Il déclara :
— C'est presque trop facile. À mon avis... Ah. Je me disais aussi.
Mallory lui jeta un œil interrogateur, puis comprit qu'il regardait vers l'arrière. Elle pivota à son tour et découvrit avec horreur Rupo, gisant non loin d'elle, allongé dans une mare d'hémoglobine rouge foncé, presque noire, qui prenait naissance près de sa tête.
— Bordel ! jura-t-elle. Rupo !
En trois pas, elle se retrouva près de lui et s'agenouilla. Une balle avait percuté le côté gauche de son visage, détruisant au passage au moins cinq ou six de ses yeux jaunes. Les globes oculaires déchirés saignaient abondamment. Il remuait faiblement et semblait en état de choc, du moins pour autant que pouvait en juger Mallory.
— Rupo ! Dis-moi quelque chose !
Le dva réagit à peine à sa voix. Il hoqueta seulement trois mots :
— Pulvériser. Mousse. Réparation.
Elle vit ses doigts minuscules s'agiter dans le vide, cherchant à agripper un objet. Toute à son examen, elle s'aperçut qu'il portait un baudrier composé de plusieurs pochettes fermées par des rabats.
Mallory les ouvrit une par une. Elle trouva une bombe d'aérosol, dont elle s'empara :
— C'est ça que tu veux ?
Le dva mal en point acquiesça et lui demanda d'en asperger son visage mutilé. Consciente que chaque seconde comptait, elle s'exécuta sans perdre un instant.
Une mousse jaune jaillit du flacon et recouvrit très vite la totalité de l'impressionnante blessure. La substance bouillonna un moment puis se figea progressivement pour ressembler à un gros bloc caoutchouteux.
Tandis que l'étrange kit de premiers secours faisait son

travail, Mallory regarda Torg par-dessus son épaule :
— J'ai peur que cette chantilly au citron ne suffise pas à le sauver.

Squish tempéra son inquiétude : Rupo s'en tirerait, il en était convaincu.

Une poignée de secondes plus tard, elle put constater que le jufinol avait raison. Les yeux encore en état de Rupo perdirent leur fixité et se focalisèrent sur elle. Comme si de rien n'était, il déclara :
— La *synthéchair* va me permettre de tenir un moment.

Tout en l'aidant à se relever, Mallory ne put s'empêcher de se demander comment une créature aussi frêle pouvait subir une blessure pareille et être en état de parler. Probablement bourrée d'un cocktail de stimulants, la mousse ne servait pas qu'à boucher les plaies.

Mallory et ses compagnons observèrent le dva déambuler à travers la passerelle du vaisseau amiral. Allant de pupitre en pupitre, il examinait soigneusement leur configuration. Il finit par jeter son dévolu sur l'un d'eux. La pilote ne put deviner ce qui le rendait différent des autres.

Les trente-deux doigts du dva s'approchèrent du clavier conçu pour les saharjs et il se mit à pianoter furieusement. Son intervention produisait un flux sonore régulier, presque hypnotique, rappelant le bruit d'un cours d'eau. Enfin, sur une ultime frappe, il se tourna vers Mallory :
— J'ai programmé la détonation du missile et verrouillé son tube de lancement. Par contre, je n'ai aucune idée du fonctionnement de l'arme en elle-même. Je vous propose d'évacuer l'astéroïde de toute urgence...

XXV
BLESSURES

Le dva blessé entre ses bras, Mallory avançait à vive allure. Le mince alien au pelage noir semblait ne peser guère plus de dix kilos. Torg et Squish suivaient, le jufinol de nouveau juché sur les épaules du cybride : il valait mieux qu'il ait les mains libres, au cas où un saharj surgirait au dernier moment. Ils repassèrent près des saharjs abattus lors de l'intrusion dans le navire amiral et parvinrent à proximité du tube synergétique. La pilote chercha des yeux le panneau que les autres dvas avaient démonté pour leur permettre de s'introduire à bord, tout en s'efforçant de contenir son inquiétude : elle ne savait pas de combien de temps ils disposaient et Rupo venait de plonger dans l'inconscience.

Quand elle localisa l'endroit en question, elle ne put retenir un soupir de soulagement. Le vaisseau saharj maintenant devenu une bombe à retardement, elle n'avait pas envie de traîner dans le secteur pour découvrir de près les effets de l'arme procurée par Vassili.

Soutenant l'alien évanoui d'un bras, elle frappa à quatre reprises de l'autre contre le panneau. En réponse à ce signal, les dvas restés en arrière ouvrirent de nouveau le tube synergétique. Elle se faufila jusqu'à eux et lança :
— Tout est prêt. On fiche le camp !
Derrière elle, Torg terminait de s'extraire de l'étroit passage laissé par la pièce démontée. Les dvas réagirent promptement et abandonnèrent leurs outils devenus inutiles pour se diriger vers la section du tube noyée par le sgarfo. Avec une appréhension qu'elle se garda de montrer, Mallory leur emboîta le pas. Une fois à mi-cuisse dans le liquide glacial, elle se tourna vers Torg et Squish pour s'adresser à ce dernier :
— Tu vas pouvoir me guider, comme à l'aller ?
Un pépiement affirmatif lui répondit. Elle prit une profonde inspiration avant de plonger en serrant Rupo contre elle. Après une brève obscurité absolue, les points lumineux qui indiquaient la position des dvas apparurent dans son champ de vision.

En moins d'une minute – une véritable éternité pour Mallory – les lueurs jaunes figurant les petits aliens commencèrent à disparaître : ils passaient à travers le corridor, pour déboucher à des dizaines de milliers de kilomètres de là, à l'intérieur de l'astéroïde abritant le nœud de couloirs.

Mallory accéléra, pressée de retrouver l'air libre. Au moment où elle basculait à travers la porte dimensionnelle, elle ressentit une intense panique. *Squish ! Que se passe-t-il ?* Elle voulut se retourner, mais il était trop tard : elle venait d'aboutir de l'autre côté.

La brutale transition entre les deux environnements lui fit perdre l'équilibre. N'ayant qu'une main pour se retenir, elle dut choisir entre protéger Rupo et amortir le choc contre le sol. Optant pour la première possibilité, elle écarta le dva blessé et s'étala violemment contre le béton recouvert d'une mince couche de liquide rouge.

Sonnée et à moitié dans le sgarfo, elle resta à terre. En reprenant son souffle, elle essayait d'interpréter ce qui s'était passé lors du basculement entre les astéroïdes. Une fois sa respiration plus régulière, elle se releva avec précautions. Elle se tenait au centre d'un attroupement de dvas. Certains d'entre eux s'occupaient de Rupo. En partie soulagée, Mallory se tourna vers le corridor juste à temps pour voir Squish émerger sur le sol inondé. Seul. Elle se précipita vers le jufinol. Elle tendit la main et il vint s'enrouler autour de son bras. Une vague d'inquiétude la submergea immédiatement. Elle demanda :
— Où est Torg ?

Squish était désemparé. En pensées, il lui expliqua que le cybride s'était délibérément séparé de lui en le poussant à travers l'ouverture, sans lui laisser le temps de comprendre pourquoi.

Mallory scruta l'accès avec une anxiété croissante. Il demeurait obstinément noir et uniforme.

Elle fut tentée de le franchir à nouveau, puis se raisonna : en apnée et aveugle, elle ferait un piètre atout pour son garde du corps, peu importe les difficultés qu'il rencontrait de l'autre côté.

Les jambes fermement campées sur le sol de béton, elle dégaina et visa le corridor.

Enfin, alors que ses nerfs étaient tendus au point de rompre, elle vit le miroir de la surface se troubler. Torg en jaillit, pris dans une étreinte mortelle avec un saharj armé d'un long poignard.

Probablement prisonnier de la glace, il avait dû se libérer au moment où Mallory et sa troupe rejoignaient le couloir. *Quelle poisse !* songea-t-elle, avant de passer à l'action. Au risque de recevoir un coup de lame, elle s'approcha assez près pour les toucher :
— Eh, toi !

Le saharj tourna son regard rougeoyant vers Mallory, qui lui colla le canon de son revolver dans la bouche. Elle pressa la détente et la balle hypertrophe en surgit pour se forcer un chemin jusqu'à l'organe équivalent à l'estomac chez les saharjs.

Le résultat fut saisissant. L'alien à l'allure de momie aux dents pointues gonfla soudainement telle une outre. Dans une pluie de sang et de viscères, le squelette le protégeant si bien des agressions extérieures se brisa sous la pression interne et sa chair se déchira brutalement. Une large tache bleuâtre s'étala à la surface du sgarfo. Le tronc du saharj avait disparu, ne laissant que des épaules et une tête. À quelques mètres, dérivaient un bassin et une paire de jambes.

La gorge nouée par l'inquiétude, Mallory se pencha sur Torg. L'étrange poignard du saharj avait pénétré profondément dans le corps du cybride, mais il avait déjà vu pire et s'en était toujours sorti.

— Torg ! On y est presque. Lève-toi s'il te plaît.

Elle ne comprenait pas. Certes, la blessure n'était pas bénigne, pourtant Torg ne devrait pas se retrouver immobile et encore moins inconscient. Elle examina de nouveau la plaie et sa position : à peu près là où se trouvaient les côtes chez un humain. *Et si la lame avait...* Elle bloqua cette pensée, de crainte que la formuler n'en fasse une réalité. Empoignant son collier, elle ouvrit un canal vers le *Sirgan*.

— Jazz. Torg est blessé, j'ai peur qu'un organe important soit touché.

L'Intelligence Naturelle réagit immédiatement :

— Approche le navcom de lui et donne-moi un visuel.

Mallory suivit les instructions de Jazz, qui la rassura :

— Tu as raison. Son *dorlon* est perforé : ses fonctions cérébrales se maintiendront à zéro et son organisme au ralenti en attendant une greffe.

Elle contempla de nouveau Torg, tandis que les dvas s'affairaient autour de lui et lui prodiguaient le peu de soins possibles vu les circonstances. Sa voix laissa percer une intense fatigue :

— Le... dorlon ?

Elle encaissait avec difficulté ce brusque revirement de situation. Son invincible cybride gisait devant elle, dans une sorte de coma.
— Une combinaison entre foie et rein.
Mallory resta sans réaction, plongée dans un état second.
— Repends-toi, Capitaine ! Le gros poilu va s'en sortir. Regarde plutôt à quoi vous avez échappé.
Sur ces mots, Jazz ajouta un flux vidéo à la communication et une image apparut dans le champ de vision de la pilote. Elle put contempler une scène à la fois fascinante et terrifiante.

À l'autre extrémité de la ceinture d'astéroïdes, un minuscule utilitaire fonçait à toute allure entre les monstrueux rocs. Laorcq et Delvo étaient à la poursuite de Vassili. Le dva officiait aux commandes de la nacelle. Il semblait parfaitement à son aise, tandis que Laorcq n'avait pas la moindre idée de la façon dont était dirigé leur frêle esquif. Tous ses espoirs reposaient sur l'habileté de Delvo. N'y tenant plus, il demanda :
— On va réussir à l'intercepter ou pas ?
— Nous sommes sur une bonne trajectoire, cependant il sera bientôt en mesure de lancer son groupe synergétique. Sans les combats entre les vohrns et les saharjs qui encombrent la plupart des vecteurs, il serait parti depuis longtemps.
Laorcq en grogna de frustration. Le vaisseau de Vassili était un rapide antarien. S'il ne le bloquait pas maintenant, il prendrait des jours d'avance sur eux. Il n'allait pas le laisser s'enfuir avec Alrine. Il devait y avoir une solution ! Une évidence s'imposa à lui :

— Quel con ! Les vohrns.
Puis, s'adressant à Delvo :
— Ouvre tous les canaux de com ! On va leur réclamer du renfort.
Une minute plus tard, la nacelle lançait tous azimuts un appel de Laorcq. Tout en répétant son message, il fixait avec inquiétude la projection holographique surplombant la console utilisée par le dva. Il craignait de voir disparaître le symbole représentant le vaisseau de Vassili avant d'obtenir de l'aide.

À plusieurs milliers de kilomètres, un chasseur vohrn s'arracha de la zone de combat spatial, répondant à la demande de l'humain. À bord, le pilote – qui devait la vie à l'intervention de Laorcq et Mallory lors de la tentative de génocide sur Kenval – émit sur la même fréquence :
— Guerrier Rasolk en poursuite de l'objectif désigné. Vos directives, commandant Adrinov ?
— Immobilisez le fuyard. Je me chargerai du reste.
Maniant avec expertise son appareil, il fonça à pleine vitesse sur sa cible.
Le chasseur ressemblait à un galet aux extrémités en pointes. Il fila à travers le vide et plongea dans la ceinture d'astéroïdes. Il s'inséra promptement dans le sillage du rapide antarien.
Rasolk repéra le monstrueux propulseur de sa proie sur ses instruments de bord. En un rien de temps, il fut à portée de tir.
Les « rapides » ne méritaient leur nom qu'en vol longue distance. Dotés d'un groupe synergétique comptant pour quatre-vingts pour cent de leur masse, ils se montraient

terriblement lents en manœuvres standard.
Le vohrn verrouilla son système de visée et ouvrit le feu. Une ogive lumineuse jaillit du nez du chasseur et alla frapper l'énorme anneau formé par le propulseur. Désemparé, le rapide continua sur son erre, incapable de reprendre de la vitesse.

À bord de la nacelle dva, Laorcq s'efforçait de contenir son impatience tandis que Delvo manœuvrait pour se rapprocher doucement de Vassili. Enfin, il put distinguer la coque du vaisseau désemparé.

Le coup porté par le chasseur vohrn avait pratiquement coupé en deux l'anneau du groupe synergétique et endommagé un des réacteurs de gouverne.

Formant une excroissance sur le tube gigantesque, l'ensemble des compartiments dédiés à l'équipage ne disposait que d'un simple sas.

Laorcq en examina la structure. Comme il le craignait, la conception radicalement différente de l'appareil dva ne permettait pas de l'y ajuster. Il chercha une autre façon d'aborder. Son regard s'attarda sur un panneau uniforme : le hayon de la soute. Comparée au ventre d'un cargo, celle-ci était ridiculement petite, mais les rapides étaient avant tout prévus pour le transport de personnes.

Il soupira. *Ça va être juste.* Se tournant vers Delvo, il lui demanda de basculer de nouveau une ligne générale. Une fois certain que Vassili le recevrait, il déclara :

— Tu es coincé. Décompresse la soute et ouvre-la.

À sa surprise, Vassili lui répondit aussitôt :

— Je détiens ton amie. Je te propose de me laisser partir et, si tout va bien, je ne la liquiderai pas.

Évidemment. Laorcq se doutait qu'il devrait en passer par ce type de chantage. Il joua sa seule et unique carte :

— Les vohrns ne sont pas sensibles à ce genre d'arguments. Même si j'essaie de m'interposer, tu ne quitteras pas ce système en vie. Par contre, si tu touches à Alrine, je te tuerai.

Vassili garda le silence un moment, puis capitula :

— Je n'ai pas le choix alors. Soit. Je t'ouvre.

La communication terminée, Laorcq ne put s'empêcher de ressentir un vague malaise. *C'est beaucoup trop facile.* Il empoigna son revolver et vérifia combien de balles il lui restait, tandis que Delvo menait la nacelle à l'intérieur du rapide. L'accès se révéla juste assez large. Le petit appareil entra en contact avec le plancher dans un cognement sourd et le propulseur se coupa. La soudaine absence de vibration laissa une sensation de vide à Laorcq. La soute se referma et la pression de l'air monta jusqu'à un niveau acceptable.

Accompagné du dva, il se dirigea vers le cockpit en traversant l'unique coursive du vaisseau.

Debout et négligemment adossé contre une des cloisons les isolant de l'espace, Vassili les accueillit d'un regard dédaigneux.

Laorcq savait que l'être devant lui n'était plus vraiment humain. Il avait un souvenir douloureux et précis de la facilité avec laquelle il était venu à bout de lui et d'Alrine, le croyant alors à leur merci. Tout en le tenant en joue, il maintint une distance de sécurité entre eux et lui jeta :

— Où est Alrine ?

— Dans une des cabines. Les saharjs l'ont un peu malmenée, je te conseille de la garder en stase pour le moment.

Des images défilèrent dans l'esprit de Laorcq. Le poignard d'un saharj plongé dans sa chair. Le visage grimaçant de l'un d'eux, dont les yeux rouges ne laissaient transparaître aucun sentiment. La lame brutalement arrachée, le sang qui s'en écoulait.

Si Alrine avait subi ce sort... Elle était solide. Autant que Mallory, voire plus. Pourtant, les paroles de Vassili firent à Laorcq l'effet d'une lance de glace plantée en plein ventre. Tenté de lui vider son chargeur dans les tripes, il se maîtrisa et se contenta de rétorquer :

— Les saharjs sont des sadiques, mais je n'oublie pas qui nous a jetés dans leurs griffes.

De sa main libre, il signifia à Delvo de s'écarter et libéra le passage à son tour. Il veilla à garder son revolver pointé sur Vassili et à ne pas lui donner la moindre chance de s'approcher.

— Sors de là, que le dva puisse te palper.

L'homme obtempéra. Debout dans la coursive, il laissa Delvo l'examiner en vain à la recherche d'une arme.

La situation ne cessait d'inquiéter Laorcq. Son instinct et son expérience au combat lui hurlaient que la docilité de Vassili cachait d'autres intentions. D'ailleurs, demander au dva de le fouiller était une grossière erreur : il aurait pu le saisir et menacer de le tuer. Sous la contrariété, les phalanges de l'ex-militaire blanchirent autour de la crosse de son revolver. Dans sa hâte de retrouver sa compagne, il agissait en dépit du bon sens. Malgré cela, Vassili n'avait pas levé un doigt sur Delvo, laissant filer une occasion en or.

Sur ses gardes, Laorcq enferma son prisonnier dans un compartiment vide près du cockpit. Destiné au stockage de matériel, il était dépourvu de commande d'ouverture à l'intérieur, en faisant une excellente cellule improvisée.

Vassili neutralisé, Laorcq se détendit légèrement. Il fouilla le vaisseau et découvrit le caisson d'Alrine dans une des cabines. La grande boîte à l'allure de sarcophage était disposée à la verticale. Sur le côté de l'appareil, les voyants étaient tous au vert. Il passa une main sur la face avant du caisson, qui devint transparent à hauteur de visage. Dedans, la policière semblait plongée dans un profond sommeil, une longue mèche blonde lui barrant le front. Laorcq s'attarda sur ses traits agréables, en dépit d'une mâchoire un peu marquée et d'un nez cassé.

S'adressant à lui depuis la coursive, Delvo l'arracha de sa contemplation :

— Un accident grave s'est produit dans la ceinture. Les saharjs sont très perturbés.

Laorcq fronça les sourcils. *Que se passe-t-il encore ?* Il tourna le dos à la femme endormie et sortit. Chaque chose en son temps : d'abord livrer Vassili aux vohrns.

— OK, on file vers le croiseur.

L'humain et le dva s'installèrent aux commandes du rapide. Cette fois les rôles étaient inversés : Delvo se contenta d'observer Laorcq. Il était loin d'avoir le talent de Mallory pour le pilotage, mais il se débrouilla pour orienter le vaisseau abîmé dans la bonne direction. Il réussit à donner une impulsion sur un vecteur à peu près correct, avant que les propulseurs ne cessent définitivement de fonctionner. Escortés par le chasseur vohrn, ils attendaient qu'Hanosk les récupère.

À proximité du dva et de Laorcq, Vassili contemplait les cloisons de la « prison » où ils l'avaient enfermé. Il aurait pu déchirer les panneaux métalliques d'une seule main, ou se débarrasser du balafré aussi facilement qu'il avait fait avec les saharjs lors de sa fuite. Il s'en était abstenu pour une raison très simple : cela n'aurait servi en rien ses intérêts.

Alors qu'il était aux commandes du rapide, l'apparition du croiseur vohrn avait été pour lui une révélation : le bâtiment gigantesque était idéal. Pourquoi aller s'installer sur un monde éloigné pour créer sa propre espèce de guerriers biogènes ? Disposer d'un vaisseau capable d'héberger tout un microcosme s'avérait une meilleure alternative.

Au lieu de liquider Laorcq et son alien de compagnie, il les laissait le mener exactement où il souhaitait être : à bord de l'*Urkein'Naak*...

Jazz partageait avec Mallory le flux vidéo dont il disposait. Elle distinguait un plan de l'astéroïde et du vaisseau amiral saharj bloqué par le sgarfo gelé. Rien ne bougeait, remarqua-t-elle :

— Je ne vois rien de spécial.

— Ça ne va pas durer. Tous les capteurs auxquels j'ai accès indiquent une intense activité. Je n'ai jamais rien observé de tel.

Les derniers mots de l'Intelligence Naturelle furent prononcés d'une voix distordue. Mallory devina qu'il était sous l'influence du cocktail chimique accélérant ses capacités de raisonnement. Devenu à l'aise avec le réseau de données saharj, il devait le balayer dans son intégralité, récoltant toutes les informations possibles en quelques dixièmes de seconde.

Dans l'état second induit par les stimulants, il sollicita au maximum tous les éléments de calcul dont il disposait à bord du *Sirgan*. La conclusion fut rapide et difficile à croire :

— Capitaine, ce missile est la pire saloperie de la galaxie ! Il vient de générer une déchirure dans la texture même de l'univers.

Sous les yeux de Mallory, la projection holographique changea à plusieurs reprises. L'intelligence Naturelle avait réussi à accéder aux caméras du navire saharj. Il bascula fébrilement de l'une à l'autre, jusqu'à obtenir une vue confirmant sa théorie.

La transmission fut quasiment coupée dans la foulée, mais

ce fut suffisant. La trame de l'espace telle que les humains la connaissaient était ouverte. À peine plus gros que la pointe d'une aiguille, un passage aboutissait entre deux dimensions. Dans un mouvement aussi lent qu'inexorable, la matière à proximité de la déchirure était absorbée. L'air du compartiment abritant le missile avalé avec une force inimaginable.

Mallory sentit la peur lui glacer les entrailles et ses tatouages se rétracter en minuscules boutons de rose en réponse. Pour qu'une simple différence de pression entraîne une réaction si violente, la zone de l'autre côté devait être la négation absolue de toute existence, une infinie absence de tout.

Jazz commenta les flux vidéo, tandis qu'il faisait défiler les points de vue :

— Les chiffres donnent le vertige. En comparaison, le vide spatial équivaut à un bouillonnement de vie.

Elle contempla les images suivantes en silence. Aucun mot ne lui semblait approprié face à un tel chaos. Au contact de la brèche, les éléments les plus durs subissaient un brusque changement au niveau moléculaire. Ils se fracturaient en une myriade de cristaux, qui se brisaient à leur tour, le cycle se répétant jusqu'à vaporiser l'acier.

Dévoré de l'intérieur par l'arme inconnue, le vaisseau amiral des saharjs commença à se résorber sur lui-même. L'effet évoquait la brutale apparition d'un trou noir, combinée à une désintégration massive de toutes choses. Petit à petit, le gouffre causé par l'absorption s'étendit au-delà du navire de guerre et s'attaqua à l'astéroïde et au secteur l'entourant.

Tandis que la roche se désagrégeait et que les métaux se tordaient, la matière composant l'astéroïde et tout ce qui se trouvait dans un rayon de cent kilomètres furent avalés dans l'interstice ouvert par la détonation du missile. Elle vit des blocs de pierre de la taille d'un vaisseau se briser comme de la terre cuite sous l'action de l'étrange machine de mort.

Normalement indestructibles, les masses rocheuses se repliaient aussi facilement que du papier, encore et encore. Les épaisses poutres en acier consolidant l'intérieur de l'astéroïde creux s'étiraient, fondaient, avant de glisser vers la brèche.

Cela défiait toute raison. Elle avait l'impression qu'un pan entier de l'espace avait été découpé par un géant cosmique pour en faire un morceau de parchemin, et qu'il le froissait et l'écrasait pour le réduire en une boule minuscule.

À travers son lien avec le jufinol, Mallory ressentit un malaise, une douleur diffuse. *Les saharjs à bord du vaisseau amiral ! Leur souffrance est si intense que Squish les perçoit directement.*

Pris dans ce maelström qui s'acharnait à compresser des millions de tonnes de roches dans le volume d'une tête d'aiguille, ils subissaient une véritable torture.

Voulant aider Squish à supporter le tourment induit par son hypersensibilité télépathique, Mallory commit une erreur. Elle ouvrit son esprit et le tendit vers celui du petit animal réfugié entre ses bras sous le soudain afflux de peine. Perdant le contrôle du lien, elle fut happée dans un tourbillon de douleur. Elle pouvait sentir les saharjs succomber un par un.

Par réflexe, ils étaient entrés en communication avec le gestalt. Plongés en plein combat contre les vohrns, leurs congénères ne purent bloquer le torrent de souffrance qui se répandit en une traînée de feu au sein de l'espace mental partagé. La conscience collective subit de plein fouet le contrecoup de ces morts. Le supplice entraîna une désorganisation de toute la flotte saharj.

Par un effort de volonté, Mallory parvint à s'isoler et à protéger le jufinol en atténuant la présence du gestalt. Elle constata qu'elle était à genoux, Squish blotti dans ses bras. Les dvas autour d'elle l'observaient en silence : des centaines d'yeux jaunes braqués sur elle.

Jazz la tira de sa stupeur :
— Capitaine ! Ça va ?

— Non. Pas du tout. C'est de la folie ! Cette saloperie dévore tout ce qui traîne à proximité.
— Tu ne crois pas si bien dire. D'ailleurs, j'ai trouvé la signification du nom de l'arme en langage saharj : « mange-monde ».

Squish serré contre elle, elle se releva en tremblant :
— Si un truc pareil finit sur Solicor ou la Terre...
— Il n'en restera rien. Enfin, ça valait le coup : la flotte saharje est complètement désorganisée. Et surtout, les vohrns se sont approchés assez près pour qu'on les contacte ! On va pouvoir se tirer de ce coin paumé.

Depuis le centre de commande de l'*Urkein'Naak*, Hanosk menait les opérations avec efficacité, ne laissant aucun répit aux saharjs. Il ne savait pas pourquoi la flotte ennemie s'était soudainement désorganisée, mais il n'hésita pas à en profiter. Les chasseurs vohrns commirent un véritable carnage dans les rangs de leurs adversaires. En l'espace de quelques minutes, l'avantage numérique des saharjs fut réduit à néant et ils durent se rendre.

Satisfait, Hanosk cessa de prêter attention aux multiples données projetées devant lui. Il se tourna vers son congénère installé à la console de communication.
— Prenez contact avec le *Sirgan*. Son Intelligence Naturelle vous transmettra les coordonnées des principaux astéroïdes. Envoyez les troupes d'assaut pour en prendre le contrôle. Je vais intégrer l'une d'elles afin de rejoindre la capitaine Sajean.

Sur ces mots, il quitta la passerelle et emprunta l'immense coursive traversant le croiseur d'une extrémité à l'autre, longeant le tube synergétique pour desservir tous les secteurs.

Une fois parvenu à l'un des hangars d'appontage, il se mêla aux fantassins qui s'engouffraient à l'intérieur des navettes.

Profitant de la connexion rétablie avec le *Sirgan*, les appareils en partance reçurent une série de coordonnées qui les mèneraient vers les points stratégiques de la ceinture. Celui d'Hanosk jaillit de l'*Urkein'Naak* et prit la direction du nœud de corridors principal.

Toujours grâce aux informations fournies par Jazz, ils s'emparèrent de l'astéroïde creux en écrasant toute résistance saharje.

Mallory les vit s'approcher avec un intense soulagement. Ils progressaient à vive allure, à travers la mare rouge et lisse s'étendant à perte de vue autour de la haute tour couronnée de sa sphère noire.

Dès qu'ils furent assez près, la pilote distingua la toge pourpre de l'un d'eux. *Hanosk*. En guise d'accueil, elle lui cria :

— Torg est blessé, il a besoin de soins !

Il parvint à portée d'elle, tout en plaçant un boîtier traducteur sur son rostre :

— Votre Intelligence Naturelle m'a averti. Nous avons de quoi parer au plus pressé.

Mallory s'aperçut que l'un des aliens portait un large sac à dos cubique. Il s'approcha de Torg, qui gisait sur le sol inondé de liquide rouge. Les dvas avaient utilisé un bandage de synthéchair pour stopper l'hémorragie dont était victime le cybride, mais n'avaient rien pu faire pour les dégâts subis par ses organes.

Le vohrn déposa son fardeau et entreprit d'en ouvrir le

sommet. Il en tira une longue tresse de câbles, terminée par de petites ventouses, qu'il disposa sur le corps de Torg.

Mallory se souvint de son passage dans un hôpital sur Kenval et reconnut l'étrange machine : un *starganon*. Des ventouses surgirent une multitude de tuyaux fins comme des cheveux qui pénétrèrent la peau de Torg. L'appareil vohrn se mit à pomper, ses parois se gonflant et se dégonflant. Le sang du cybride colora aussitôt les tubes, pour circuler au rythme des battements du starganon. L'objet allait suppléer le cœur de Torg.

Hanosk s'approcha de la pilote.

— Il est hors de danger. Nous allons laisser le starganon agir un moment, puis nous pourrons le transporter jusqu'à l'*Urkein'Naak*.

Elle approuva de la tête, avec l'impression d'assister à une scène où elle jouait son propre rôle. Voir Torg aussi mal lui faisait perdre ses moyens. Craignant une autre mauvaise nouvelle, elle s'enquit de la situation de Laorcq et Alrine.

— Ils sont en route vers notre croiseur. La lieutenante Alrine Lafora est en stase, apparemment dans un état critique. Le commandant est indemne et il a réussi à arrêter Vassili.

Mallory soupira. Le point positif était annihilé par la condition de la policière. Ils étaient censés en avoir fini, cependant le résultat laissait la pilote particulièrement amère. Elle ne pouvait détacher le regard de Torg, dont la vie tenait maintenant à un appareillage extraterrestre.

Après l'équivalent d'une éternité pour la pilote, les vohrns décidèrent le cybride apte au transport. Quatre d'entre eux se chargèrent de lui. Mallory s'apprêta à les suivre, mais s'aperçut qu'Hanosk recevait un appel du croiseur. Les bras et les mains aux longs doigts du dirigeant vohrn tremblaient légèrement, signe de colère ou d'inquiétude.

— Que se passe-t-il ?

— Le phénomène déclenché par l'arme inconnue s'étend au reste de la ceinture. Bientôt, l'ensemble d'habitats aura disparu. Il faut évacuer les dvas et les saharjs survivants sur-le-champ.

XXVI
TRANSFORMATION

Une fois à bord du croiseur vohrn, Mallory sentit une chape de plomb s'abattre sur elle. En refluant, la tension qui l'avait habitée tout au long de la confrontation avec le saharj la laissait en proie à une intense fatigue.

De nouveau enroulé autour de son bras gauche, Squish s'efforça de la réconforter. Baignée par le sentiment positif transmis par le Jufinol, elle se ressaisit doucement. La menace des saharjs était définitivement écartée, bien que le prix à payer soit élevé. Dès leur arrivée, une unité médicale avait pris en charge Torg : il serait rétabli d'ici peu.

Elle comprit pourquoi elle avait du mal à remonter la pente en accompagnant Hanosk jusqu'à la passerelle de l'*Urkein'Naak*. Laorcq se tenait au milieu du poste de commande et observait la projection holographique occupant presque tout l'espace devant eux.

Mallory lut de la tristesse dans le regard du grand balafré. Après avoir perdu la famille qu'il avait fondée, il ne méritait pas de subir un tel chagrin une deuxième fois. La pilote réalisa brutalement combien Alrine pouvait compter aux yeux de Laorcq après ce qu'il avait vécu.

Mallory s'en voulait terriblement. D'abord pour la jalousie éprouvée à l'encontre de la policière, ensuite pour la distance gardée avec le couple nouvellement formé. Elle était convaincue que son attitude les avait menés tout droit à la situation actuelle.

Si j'étais arrivée plus tôt sur Solicor, je n'aurais peut-être pas... Stop ! Dans un effort de volonté, elle repoussa ces pensées inutiles. Ressasser le passé ne lui servirait à rien.

Elle avança jusqu'à hauteur de Laorcq et lui demanda :
— Comment va-t-elle ?

Il ne lui répondit pas tout de suite. Face à eux, la projection holographique montrait un pan entier de la ceinture, victime du mange-monde. Un à un, les astéroïdes s'écroulaient sur eux-mêmes, laissant du vide et une poignée de photons. Des navires saharjs restés à proximité subissaient un sort identique. L'agonie de leurs passagers s'ajoutait au fond de souffrance partagé au sein du gestalt. Squish s'efforçait de le filtrer, mais Mallory en ressentait toujours une partie, pareille à une nausée tenace.

Enfin, Laorcq détourna les yeux de la scène de destruction et regarda Mallory :
— Les vohrns ont décidé de la garder en stase. Ils ont déjà fort à faire avec les blessés de toutes les espèces et l'évacuation de la ceinture.

Incapable de percevoir le malaise qui régnait entre les deux humains, Hanosk enchaîna sur le sujet :
— Nous avons accepté la reddition des saharjs.

Laorcq se tourna vers l'alien :
— Ils se sont rendus ? Je trouve ça bizarre. Après des siècles à préparer une revanche contre les gibrals, ils changent d'avis aussi facilement ?

— C'est étrange, en effet. Nous devons nous assurer de leur sincérité en accédant au gestalt.

Hanosk s'adressa à Mallory :

— Capitaine, nous allons rendre visite aux prisonniers saharjs. Le jufinol vous permettra d'établir une connexion avec l'un d'eux.

Elle regarda attentivement le dirigeant extraterrestre. Le rostre conique, qu'elle associait au visage chez les vohrns, ne laissait absolument rien transparaître.

Se rendait-il compte de ce qu'il lui demandait ? Probablement pas. Elle se pencha vers Squish et caressa l'animal arc-en-ciel. Une onde chaleureuse la traversa, lui redonnant du courage.

— OK. Je vous suis.

Hanosk la guida à travers le monstrueux navire, jusqu'à un secteur bâti en composite dont la texture et la couleur évoquaient l'os. Elle ne put s'empêcher de noter que Laorcq était resté sur la passerelle. *Merde, arrête ça. T'as du boulot.*

Tandis qu'elle se débattait avec ses pensées, Hanosk les avait menés devant une large porte gardée par deux soldats vohrns.

Elle s'ouvrit sur un compartiment doté de nécessités simples : de l'eau, un distributeur de pâte protéique et un recoin abritant des sanitaires. Trois saharjs se trouvaient à l'intérieur.

Quand Hanosk s'apprêta à entrer un des gardes l'interrompit en lui tendant un objet.

Mallory l'examina quand Hanosk s'en saisit délicatement entre ses longs doigts préhensiles. Il ressemblait à un oursin blanc, juste assez grand pour tenir au creux d'une main.

Les aliens discutèrent, mais les gardes ne disposaient pas de traducteur. La pilote réussit quand même à comprendre que la boule épineuse avait été découverte sur l'un des prisonniers.

Hanosk la glissa dans sa toge et avança vers les saharjs. Contrairement à leurs gardiens, ils étaient tous munis de traducteurs. Le vohrn fut direct :

— Nous devons accéder à votre conscience collective afin

de nous assurer de vos intentions. (Il désigna Mallory et le jufinol.) L'humaine qui m'accompagne et son symbiote télépathique vont s'en charger.

Mallory ne mourait pas d'envie de renouer un contact avec le gestalt alien, toutefois elle honorait toujours ses obligations. Elle décida d'expédier la corvée. Elle contourna Hanosk et tendit la main droite pour la poser sur l'avant-bras d'un des saharjs.

Aussitôt, elle sentit Squish se crisper. Sans transition, elle se retrouva baignée d'une lueur violacée. À la différence de la première fois, où un brouhaha assourdissant l'avait assaillie, elle entendit un faible écho, un murmure triste et lointain. Tandis qu'elle s'adaptait au gestalt, le réseau de fils lumineux représentant les liens entre les aliens se déploya devant elle.

Aidée par le saharj qu'elle touchait, elle pouvait cette fois se mouvoir librement, sans avoir à lutter pour imposer sa présence. D'une pensée, elle se rapprocha d'une des sphères de lumière découvertes lors de sa première « visite ». Elle était constituée d'un amas de filins. Elle regretta sa curiosité : brûlante tel un fer chauffé à blanc, une profonde souffrance pénétra son esprit.

Piégés par le mange-monde, des centaines de saharjs agonisaient et leur tourment inondait le gestalt. La connexion faillit se rompre, mais Squish parvint à contenir la douleur. Mallory s'adressa alors à l'entité, en termes tout aussi directs que ceux d'Hanosk :

— Je dois savoir si votre reddition est sincère.

Comme la première fois, une puissante voix lui répondit.

— Notre décision est ferme. Notre soif de revanche a failli oblitérer jusqu'à notre existence. La peine que nous ressentons nous accompagnera éternellement.

Prenant Mallory au dépourvu, l'esprit collectif s'ouvrit. Elle reçut pêle-mêle une masse d'information et de sentiments. Le fonctionnement du gestalt pour aboutir à un choix. La tristesse lors de l'abandon par leurs créateurs. La haine à l'égard des gibrals. La découverte de la ceinture et des dvas. Les désaccords quand la majorité était trop faible. Des siècles d'errance.

Dans les plans spirituel et réel, Mallory poussa un hurlement.

Rejetée dans le monde physique, elle se retrouva entre les bras noueux d'Hanosk, solides et épais câbles d'acier qu'elle sentait à travers ses vêtements.

Le rostre écailleux de l'alien était penché vers elle, l'examinant avec attention. Elle se redressa et aperçut Squish par terre, roulé sur lui-même. La connexion au gestalt l'avait épuisé. Elle le ramassa et le blottit délicatement contre elle. Elle s'exprima difficilement :

— C'est bon. Ils... Ils ne représentent plus de danger. Ni pour nous, ni pour les gibrals ou les xilfs.

Elle s'apprêta à sortir de la cellule, mais Hanosk n'en avait pas terminé. Il exhiba la boule d'épines remise par le garde et questionna le saharj avec qui la pilote était entrée en contact :

— D'où provient cet objet ?

— Nous l'avons découvert sur un tarcax. Il voyageait entre Solicor et Spica, nous nous étions emparés de son vaisseau en vue de le renvoyer là-bas une fois implanté.

À la mention de la technique employée par les saharjs pour contrôler les gibrals, Mallory eut un frisson de dégoût.

Le saharj continua :

— Il est d'une conception avancée et contient des substances capables d'altérer le raisonnement et la physiologie. Nous avons tenté de l'utiliser à notre avantage, mais nous ne sommes pas compatibles, au contraire des gibrals ou des humains.

La remarque piqua l'intérêt de la pilote, malgré son épuisement :

— Comment vous savez ça ?

Le saharj darda ses yeux rouges vers elle :

— Cole Vassili en a fait usage à plusieurs reprises. Nous

nous en sommes aperçus dès son arrivée dans la ceinture. Son métabolisme présentait un écart important avec la norme.

Le saharj se tourna de nouveau vers Hanosk :

— Je suis surpris de votre ignorance. Cet objet est un ktol, un des outils favoris des primordiaux. Sans leur soutien, Vassili n'aurait pu nous affronter à mains nues et parvenir à s'échapper.

Mallory ravala sa première question concernant l'espèce dont elle découvrait l'existence : une deuxième nécessitait d'urgence une réponse. Elle riva ses yeux sur le rostre d'Hanosk :

— Si Vassili est devenu si fort, comment Laorcq a réussi à l'emprisonner ?

Avant qu'il ne puisse répliquer, la gravité artificielle fut coupée et les rares halos de lumière disparurent. Le calme habituel à bord du croiseur fut remplacé par un son strident : celui d'une alarme...

Traité en simple humain, Vassili se trouvait prisonnier dans une petite pièce, où il disposait d'un couchage fait d'un morceau de fourrure synthétique tendue sur un cadre et, derrière une étroite porte coulissante, de commodités parfaites pour un vohrn, hélas délicates à utiliser pour un terrien.

Ces détails avaient peu d'intérêt pour lui. Concentré sur son propre corps et la perception que lui en donnaient les altérations produites par le ktol, il se préparait à affronter ses geôliers.

Les fibres de ses muscles étaient désormais gainées par un film de quelques molécules d'épaisseur, les rendant à la fois extrêmement résistantes et puissantes.

Son ossature s'était elle aussi renforcée, tout comme sa peau d'apparence inchangée, mais plus solide que n'importe quel matériau de synthèse.

Ses sens n'étaient pas en reste : sa vue perçait sans difficulté l'obscurité régnant en permanence à l'intérieur du croiseur et son ouïe lui permettait d'entendre jusqu'à l'électricité circuler au sein des appareils autour de lui. Son nez lui transmettait tant d'informations sur son environnement qu'il aurait pu se reposer sur son seul odorat pour se mouvoir.

Concentré sur ses perceptions, il appréhenda en un instant la nature du navire et se félicita d'avoir abandonné le rapide antarien : la science génotech des vohrns mêlait biologique et mécanique dans tous les domaines, rendant leur vaisseau plus semblable à un être vivant qu'à un assemblage de modules d'habitation et de systèmes de navigation spatiale. Un tel navire offrait des perspectives infinies !

Vassili s'approcha d'une des parois de sa cellule et la toucha. Il tourna ses sens vers la machinerie organique et incroyablement complexe qui régissait le croiseur. Il caressa le panneau métallique, à la recherche d'un point où il pouvait sentir les fibres génotechs permettant aux données de circuler à travers le gigantesque bâtiment.

— Là. Laisse-moi entrer, murmura-t-il quand il parvint à un endroit où les pulsations étaient particulièrement prononcées.

Il crispa ses doigts, qui plongèrent dans la cloison comme dans une toile tendue devant lui. Le métal grinça en se déformant sous sa poigne surhumaine. Il enfonça alors son autre main juste à côté, et d'un geste brusque déchira le panneau aussi aisément qu'on écarte des rideaux. L'ouverture ainsi créée révéla une matière gélatineuse et sombre, parcourue d'un réseau de fils noirs évoquant de gros tendons. Ces câbles se rejoignaient pour fusionner en une masse de la taille d'un poing.

Vassili l'empoigna et se figea tout à coup. Il venait d'établir une connexion avec le système nerveux du croiseur. En dépit des pouvoirs prodigués par le ktol, l'afflux de sensations et d'informations faillit avoir raison de lui. Un être humain normal aurait eu sa conscience oblitérée en une fraction de seconde.

Après de douloureuses secondes, il reprit le contrôle de lui-même et s'introduisit mentalement dans le réseau vivant.

D'abord hésitant, il gagna en assurance au fur et à mesure de sa progression. Son incursion se fit plus profonde et incisive. L'*Urkein'Naak* se dévoila dans sa totalité, nu et vulnérable face à cette attaque d'un genre nouveau.

Vassili identifia en premier les systèmes de survie, dont l'équilibre délicat se basait sur la présence d'un biotope complet à bord du croiseur. Il trouva son chemin vers le groupe synergétique, qu'il mit immédiatement hors service. Son esprit s'aventura ensuite dans les méandres du contrôle d'accès et isola les ponts les uns des autres. Enfin, il coupa l'électricité, ne laissant que les générateurs de secours.

Grisé par la sensation de pouvoir procuré par la fusion avec le navire, il eut du mal à rompre la connexion.

— Intéressant, mais puisque que la maison est à moi, il est temps d'en évacuer les anciens propriétaires…

Il délaissa le réseau nerveux et s'approcha de la porte de sa « cellule ». Il plaqua la paume dessus et força le panneau à coulisser.

Dans le couloir, deux gardes vohrns se tournèrent vers lui. À travers un boîtier traducteur fixé sur son rostre, l'un deux lança :

— Restez à l'intérieur ! La coupure d'énergie ne va pas durer.

— Désolé, j'ai d'autres plans pour la journée.

Usant de toute sa force augmentée, Vassili bondit sur l'alien qui lui avait parlé et jeta son poing pour frapper juste en dessous du cône formé par son rostre. En dépit de sa solide constitution, le vohrn fut plié en deux sous le choc.

Derrière sa peau grisâtre et couverte de fines écailles, son ossature se craquela en de multiples endroits, créant des esquilles que la pression exercée par le coup enfonça telles des aiguilles dans ses organes vitaux.

Dans le laps de temps nécessaire au soldat mort pour s'écrouler, son congénère subit un sort identique. Rapide et brutale, l'attaque de l'humain modifié ne leur avait pas donné la moindre chance de riposter.

Le regard de Vassili balaya la coursive sur laquelle donnait sa cellule. Aucun être vivant ne s'y trouvait, par contre ses sens hyperdéveloppés repérèrent de nombreux vohrns à proximité. Il réfléchit en remarquant qu'ils se situaient près du passage vers le reste du vaisseau. Selon toute vraisemblance, ils cherchaient à rétablir l'accès au pont voisin.

Hors de question ! Il avait isolé les principaux secteurs du croiseur pour une bonne raison. Il serait beaucoup plus simple d'éliminer ses occupants par étapes.

Il ramassa les armes des gardes qu'il venait de massacrer et se dirigea promptement vers la jonction.

Il progressait facilement au sein du vaisseau. Sa brève connexion avec l'*Urkein'Naak* lui avait permis d'en assimiler l'architecture et de s'octroyer le plus haut niveau d'autorisation. Le navire le considérait comme son nouveau maître. Chaque porte s'effaçait devant lui et se refermait dans son dos sans intervention de sa part.

Il déboucha dans un large couloir, où se trouvait le groupe de vohrns repéré auparavant. Il ouvrit le feu dans la foulée. Victimes de l'effet de surprise, les aliens réagirent à retardement. Il neutralisa trois d'entre eux avant de s'apercevoir que les armes des gardiens étaient non létales. Cette découverte le mit en colère : il allait devoir les achever à mains nues...

Mallory tentait de rester au niveau d'Hanosk tandis que celui-ci progressait dans la coursive principale de l'*Urkein'Naak*. Le large passage était plongé dans une obscurité absolue et la luciole flottant près d'elle offrait un halo de lumière dérisoire.

Le dirigeant vohrn lui transmettait les informations fragmentaires qu'il recevait :

— La plupart des secteurs sont isolés et les systèmes de navigation à l'arrêt. Quelqu'un a réussi à établir une connexion directe avec le réseau de commande et a pris le contrôle du vaisseau.

Elle n'eut aucun mal à deviner qui :

— C'est l'œuvre de Vassili, n'est-ce pas ?

Hanosk confirma, avant d'ajouter :

— Les transformations qu'il a subies semblent radicales, pourtant il est resté suffisamment humain pour ne pas éveiller nos soupçons quand nous l'avons emprisonné. Nous allons devoir étudier ce... « ktol » de très près.

— Oui, si l'on arrive à récupérer le navire. Y a-t-il des guerriers près de Vassili ? Avec un peu de chance, ils pourront le liquider sans qu'il ne fasse trop de dégâts.

— Tous les gardes assignés à sa cellule sont morts. Il vient de s'attaquer aux soldats en poste sur le pont adjacent.

Mallory avait l'impression que tout s'écroulait. Deux minutes avant, tout semblait rentrer dans l'ordre. Les saharjs étaient vaincus et la ceinture en cours d'évacuation. En un instant, la situation avait complètement dégénéré. *Torg est dans le coma, Alrine plus mal encore et Laorcq à l'autre bout d'un navire géant piraté par un monstre. Et tout ça, c'est de ma faute.*

Elle avait beau savoir qu'elle n'était pas entièrement à

blâmer, elle s'en voulait toujours de s'être laissée manipuler par Vassili.
Une idée commença à germer dans sa tête. Le jufinol accroché à son bras lut sa pensée et se crispa. Tout en le caressant pour le calmer, elle demanda au vohrn :
— Vous ne connaissez vraiment rien sur ces objets ?
— Non, rien de concret en tout cas. Je soupçonne depuis longtemps qu'une espèce agit à couvert pour influencer la situation géopolitique entre les mondes répertoriés. Ces artefacts doivent émaner d'eux.
Mallory fronça les sourcils, gênée par un détail :
— Pourquoi pas simplement un groupe d'individus ?
— C'est ce qu'indiquent les maigres indices en ma possession. Le prisonnier saharj a fait référence aux primordiaux. Il s'agirait d'un ancien peuple, des survivants d'une ère lointaine. Les archives que nous avons pu consulter chez les réguliens ou les orcants concordent avec cette hypothèse.
Prenant – très mal – un air innocent, Mallory lui demanda :
— Je peux jeter un œil au ktol ? Il me fait penser à une sorte de...
Avec une naïveté qui faillit tirer un sourire à la terrienne malgré les circonstances, le vohrn plongea la main dans les replis de sa toge et en sortit délicatement l'artefact aux pointes acérées.
D'un geste vif et précis, elle le lui arracha d'entre les doigts. Le ktol mordit aussitôt dans sa chair. En colère contre elle-même et aussi un peu contre l'univers tout entier, elle serra le ktol jusqu'à ce que les aiguilles soient assez enfoncées pour heurter ses os.
Devant elle, Hanosk agitait les bras. Il devait se rappeler tardivement les leçons apprises sur les êtres humains.
La douleur au creux de la paume de Mallory s'estompa. L'objet se contentait de remplir son premier rôle : transformer son utilisateur en *junkie*. De l'extrémité de ses

pointes perlait un liquide similaire à la morphine.

Ce qui n'allait pas du tout. Elle se concentra et tendit son esprit vers Squish. *Désolée. J'ai besoin de toi pour ça.*

Avec réticence, il laissa la connexion entre eux gagner en intensité. Une troublante sensation de dédoublement vint s'ajouter à l'effet de la drogue. En plus de sa vision normale, elle percevait, avec un léger décalage dans l'espace, la position des entités conscientes qui l'entouraient.

Hanosk apparaissait comme une bulle bleue, le réseau nerveux du navire génotech formait une trame d'un jaune étincelant derrière les cloisons, Squish baignait dans une aura orangée. Elle fit pivoter son bras et observa son poing crispé sur le ktol. Du sang gouttait au sol, mais, surtout, l'artefact possédait également un éclat. Un violet pâle, à peine visible.

Mallory se concentra. Aidée de Squish, elle imposa sa volonté à l'étrange objet et déclencha l'injection du liquide destiné à transformer son receveur.

Un froid glacial l'envahit. Elle frissonna au point de perdre le contrôle de ses membres et s'écroula.

Raides et sensibles telles des cordes de piano trop tendues, ses muscles se tétanisèrent en une fraction de seconde. Elle vit Hanosk à travers ses paupières plissées et un voile rouge de souffrance. Penché vers elle, il paraissait désemparé par la tournure des évènements. De silencieuses excuses murmurées à l'attention de l'alien et du jufinol, elle ferma les yeux et se concentra sur la faible présence psychique du ktol.

Elle fut happée hors d'elle et se retrouva brusquement sur un monde inconnu.

Elle se tenait sur un pan de roche nue, que venaient lécher des vagues de couleur ocre. À sa droite, elle aperçut des ruines, restes de bâtiments ayant dû être monumentaux.

Un mouvement sur la gauche attira son attention. Elle abandonna la défunte mégalopole et son regard se porta sur un être dont la taille avoisinait le triple de la sienne. Si sa silhouette était celle d'un banal bipède, son visage était effrayant d'inhumanité. Sa large bouche dépourvue de lèvres, pareille à une plaie ouverte, était surmontée par une douzaine d'yeux : une grande paire principale, cernée d'autres paires secondaires.

— Humain ! Comment as-tu forcé le ktol ?

Les sons parvenaient directement à Mallory, émis à l'intérieur de son crâne. Elle rectifia :

— Humaine, pas humain.

Menaçante, la créature à face d'arachnide se pencha vers elle.

— Quelle importance ? Nous sommes les primordiaux. Notre existence vous précède tous.

L'alien s'approcha encore d'elle et un frisson la parcourut. Une peur irrationnelle noya ses pensées et faillit rompre le contact avec Squish. Elle réalisa à quel point la connexion était devenue ténue. La distance séparant ce lieu de l'*Urkein'Naak* devait être immense. Son instinct reprit le dessus et elle lutta contre la frayeur induite par l'alien, tout en renforçant son lien avec le jufinol.

Squish réagit à l'unisson. À l'étonnement de Mallory, il n'était pas seul : le gestalt des saharjs s'était joint à lui. À travers le jufinol et Mallory, la conscience collective des guerriers s'adressa au primordial :

— Vous ! Le maître de nos créateurs !

En percevant cette phrase, la pilote craignit le pire. Si les saharjs décidaient de revenir sur leur parole...

Heureusement, la suite la rassura :

— Nous n'avons pas oublié. Ils nous ont abandonnés à cause de vous ! Et vous avez osé envoyer un de vos esclaves pour acheter notre aide ?

La colère teintée de désespoir du gestalt était si forte que le primordial relâcha partiellement son emprise sur Mallory.

Soutenue par Squish, elle en profita pour donner l'équivalent mental d'une secousse et rompre la connexion.

Son esprit s'arracha à l'influence de l'alien et elle retrouva soudainement son corps torturé par les substances du ktol. Elle isola dans un coin de sa mémoire sa rencontre avec le primordial et tenta d'ordonner ses pensées entre deux vagues de douleur.

La transformation était lente. *Beaucoup trop lente,* constata-t-elle. À ce train-là, le processus allait prendre des heures, mais elle ne disposait pas d'un tel luxe. À chaque seconde qui s'écoulait, Vassili massacrait des vohrns. Elle devait absolument le stopper avant qu'il ne parvienne aux secteurs où se trouvaient les réfugiés dvas et les civils vohrns. Secondée par Squish, elle poussa le ktol à accélérer son œuvre.

L'artefact réagit en envoyant une dose supplémentaire des substances qu'il contenait. Elle subit alors une véritable torture : stimulé par le ktol, son corps n'était plus capable de la protéger en la faisant s'évanouir. Au contraire, ce fut avec une sensibilité hyper développée qu'elle endura le processus de transformation. Chacun de ses nerfs transmettait la douleur consécutive à la réorganisation programmée par les fluides libérés dans son sang. Ils se répandaient dans son organisme, le modifiaient à un niveau moléculaire. Ils laissaient intact son génotype tout en s'y superposant pour le sublimer. Le ktol lui fabriquait une armure biologique. Des fibres musculaires mille fois plus solides et réactives que celle d'un humain s'entremêlaient avec les siennes, une membrane indestructible venait habiller ses cellules osseuses.

Aucune parcelle de son être n'échappa au changement. Tandis qu'elle hurlait sa souffrance à l'infini, les pores de sa peau se mirent à dégorger du sang.

Lorsque la douleur reflua enfin, Mallory se releva avec une souplesse surprenante : elle ne pesait rien. Elle passa une main sur son visage, qu'elle retrouva couverte hémoglobine à moitié coagulée. Sur ses doigts, elle pouvait voir les globules rouges mourir lentement. Des sons lui parvenaient de l'ensemble du croiseur et elle pouvait compter jusqu'au nombre de générateurs de secours en cours de fonctionnement.

Au sein de cette débauche de sensations, son odorat lui

transmit des informations importantes. À travers les systèmes de ventilation, elle sentait le parfum nauséabond d'un massacre en cours et, surtout, celui d'un être qu'elle avait connu intimement.

Dans un état second, elle saisit Squish et le détacha de son bras pour le confier à Hanosk. Sans un mot, elle se dirigea vers le secteur où se trouvait Vassili, avec la ferme intention de le tuer...

XXVII
AFFRONTEMENT

Dès les premiers signes de fluctuation énergétique, Laorcq s'était précipité auprès du caisson de stase d'Alrine. S'il n'avait pas réagi aussi vite, il se serait retrouvé piégé dans la partie du croiseur adjacente à celle abritant l'infirmerie. Comme beaucoup de choses concernant le vaisseau de guerre vohrn, elle était vaste et bien équipée : un véritable hôpital miniature, réparti sur plusieurs niveaux.

Éclairé par le mince faisceau lumineux émanant de sa montre navcom, il se pencha sur la grande boîte dans laquelle reposait Alrine. Il constata avec soulagement que tous les voyants étaient au vert. Rassuré, il passa au problème suivant : comprendre ce qui arrivait à l'*Urkein'Naak*.

Il balaya de l'index le verre de sa montre. Une flopée d'icônes fut projetée devant ses yeux. En quelques gestes, il essaya toute une gamme de canaux de communication. Tous restèrent muets. Son inquiétude revenait à la charge, quand il réussit enfin à contacter Hanosk. Uniquement audio, la ligne était faible et entrecoupée de grésillements. Le vohrn l'informa de l'évasion de Vassili et de ses capacités hors norme.

Laorcq frappa une cloison du poing, furieux de sa naïveté.

— Je savais que c'était trop facile ! Je n'aurais jamais dû l'amener à bord.

Il s'était fait manipuler et il avait horreur de cela. Son regard se porta de nouveau vers Alrine. Il soupira. Ressasser son erreur n'apporterait rien et un autre sujet le préoccupait. Il demanda :

— Où est Mallory ? Je n'ai pas pu la joindre.

Les boîtiers traducteurs lissaient les intonations, toutefois une certaine exaspération transparut dans les paroles d'Hanosk. En quelques mots, il résuma les informations glanées auprès des prisonniers saharjs et de leur gestalt, ainsi que la découverte de l'artefact primordial. Enfin, il conclut :

— La Capitaine Sajean s'est emparée du ktol et s'en est servi sur elle avant d'aller affronter Vassili.

— Bordel de merde, lâcha le balafré. Comment fait-elle pour être si insensée ?

Sans comprendre que la question était purement rhétorique, le vohrn répondit :

— Elle est victime d'un sentiment de culpabilité, mêlé à une forte impulsivité et à une tendance à vouloir tout faire.

Pragmatique, Laorcq aiguilla la conversation sur le sujet prioritaire :

— Est-elle en mesure de le vaincre ?

— Non, assena le vohrn. Vassili a utilisé le ktol à plusieurs reprises et a eu le temps d'assimiler les changements qu'il a induits en lui. La capitaine Sajean sera un dva confronté à un saharj.

Hanosk se tut puis ajouta :

— Détruire le ktol de Vassili augmenterait ses chances de victoire, mais elle n'est pas en état de raisonner. Quelqu'un doit s'en charger pour elle. Une personne qu'elle ne risquera pas de tuer, même si elle est aveuglée par la colère ou l'influence de son ktol.

Laorcq ne demandait qu'à saisir cette chance d'en finir.
— Comment je vais la rejoindre ? Elle est à l'autre bout du vaisseau !
— Il y a une possibilité. Combien de temps pouvez-vous rester en apnée ?

Guidée par des perceptions mille fois plus précises que celles d'un humain, Mallory avançait à travers les corridors du navire semi-vivant. Lorsqu'elle parvint devant un des larges panneaux séparant les différents secteurs, celui-ci s'ouvrit aussitôt pour lui livrer passage.
Elle comprit que Vassili l'attendait. Il devait savoir qu'elle avait utilisé un ktol.
— Parfait. Un dernier rendez-vous.
Sa propre voix sonnait étrangement. Elle y décelait les échos de fréquences inconnues. Sa vision aussi avait changé. L'obscurité du navire vohrn avait cédé la place à un ensemble de volume et de traits à l'aspect éthéré, une sorte de représentation holographique à la fois précise et étendue à l'infini, lui permettant de voir à travers les cloisons.
Elle identifia rapidement Vassili, dont la présence formait une masse dense et impénétrable au sein de la forêt de couloirs et de compartiments. Elle hâta le pas et plongea dans le dédale fantomatique.
Ses pensées étaient canalisées vers un seul objectif. Chaque stimulus sensoriel, chaque mouvement, la moindre hypothèse formulée, avaient pour finalité la destruction de Vassili. Graduellement, l'univers se réduisait à son adversaire.
Non seulement la transformation accélérée avait modifié ses capacités physiques, mais elle influait sur son intellect.

Elle perdait petit à petit conscience de sa propre existence, son humanité repoussée dans un recoin de son esprit, mise à l'écart au profit d'une construction mentale focalisée sur le combat à venir.

Alors que Mallory approchait de son but, la masse sombre marquant la présence de Vassili devint oppressante. La pilote déboucha dans une pièce sphérique, dont le diamètre avoisinait les cent mètres. Au milieu, une large colonne la traversait de part en part, s'évasant à chaque extrémité. Couverte de rectangles blanc mat positionnés comme des tuiles, ce cylindre donnait l'impression d'être habillé d'écorce. D'épais tubes cuivrés tapissaient tout le reste de la sphère. Entremêlés tels des amas de racines, ils formaient un motif abstrait et tortueux, en complète opposition avec l'organisation géométrique de la colonne.

Vassili se tenait debout, près du centre. La vision de Mallory s'ajusta : elle n'avait plus besoin d'autant d'informations.

L'homme en face d'elle était à la fois identique à ses souvenirs et totalement différent. La même silhouette aux proportions athlétiques, le même visage aux traits réguliers et séduisants, la même masse de cheveux bruns. Ses chaussures élégantes et un pantalon assorti juraient avec le reste de sa tenue : un maillot blanc, taché de sang et de traces noires.

Au-delà de l'aspect de Vassili, les sens améliorés de Mallory lui permettaient d'appréhender les changements opérés par le ktol. L'être devant elle n'avait rien d'un humain.

Il l'accueillit en se moquant :

— Ta colère est si intense qu'elle en devient visible. C'est dommage. Je me souviens t'avoir vue me regarder différemment.

Un sourire narquois étira ses lèvres et il poursuivit :

— D'ailleurs, tu aurais pu garder le fruit de nos ébats. Le résultat m'aurait intéressé...

La mention du jeu auquel il s'était livré avec elle, pour

finir en lui instillant un embryon non humain, suffit à lui faire perdre tout contrôle.

Elle se jeta sur lui et dépassa les cent kilomètres-heure en quelques foulées. Malheureusement, elle maîtrisait mal ses nouvelles capacités. Avec une facilité la déconcertant, Vassili l'esquiva d'un pas de côté et en profita pour lui assener un coup de la pointe du pied. Le bout de sa chaussure s'enfonça dans les côtes de la pilote.

Solidifiées par le ktol, elles ne se fendirent pas moins : la force de son adversaire rivalisait sans difficulté avec sa modification aussi récente que hâtive. Déstabilisée dans son élan, sa trajectoire dévia et elle se retrouva à courir en diagonale le long de la paroi incurvée et couverte de tuyauterie en cuivre. Quand l'inclinaison devint trop importante, elle dérapa et stoppa de justesse, pour se rattraper à l'un des tubes étroitement entremêlés.

Dans son dos, un rire retentit.

— Grisant, n'est-ce pas ? Toute cette puissance.

Mallory lâcha prise. D'un seul et fluide mouvement, elle pivota et sauta pour regagner la base de la sphère.

— Le problème, c'est que tu n'as pas eu le temps d'apprendre à l'utiliser. Je ne vais pas avoir beaucoup de mal à te tuer.

— Tu parles trop, coupa-t-elle sèchement.

Il haussa les épaules, s'excusant presque :

— Une manie de cadre commercial. Les habitudes ont la vie dure. À propos de vente : j'ai une proposition. Puisque nous avons tous deux transcendé notre humanité, pourquoi ne pas te joindre à moi ? Tu pourrais incarner la mère de mon futur peuple. La galaxie est un fruit bien mûr : il ne reste qu'à le cueillir.

L'offre était particulièrement grotesque. Au lieu de céder encore à la colère, Mallory retrouva un peu de lucidité :

— Une fois, un usurier m'a suggéré de coucher pour liquider mes dettes. Je ne pensais pas que tu réussirais à mettre la barre plus haut. Devenir ton incubateur préféré en échange d'un délire mégalo ? Non, merci.

Sur ces mots, elle se jeta de nouveau sur Vassili. Tirant la leçon de sa précédente tentative, elle stoppa brusquement devant lui. Sous la violente décélération, ses pieds éventrèrent le tapis de tubes cuivrés, laissant deux profonds sillons derrière elle.

Comme espéré, elle le vit hésiter. Prêt à esquiver une nouvelle charge, le comportement de la pilote l'avait surpris. En un mouvement fluide et rapide, elle leva le genou droit et lança le plat du pied vers son estomac, concentrant toute sa force dans la frappe. Elle eut l'impression de cogner un morceau de béton. Néanmoins, son adversaire fut projeté à l'autre bout de la pièce, heurtant au passage la colonne centrale avant d'aller s'écraser contre le lacis de tubes où il s'enfonça à moitié.

Le choc de son corps contre le gros pilier avait arraché une partie des tuiles rectangulaires le recouvrant. Mis à nu, des circuits génotechs laissaient jaillir des étincelles.

Sur un cri de rage, Vassili s'extirpa de l'amas de tuyauterie et se jeta à son tour sur elle.

Ah. Il n'est plus d'humeur à discuter. La pensée à peine formulée, elle encaissa l'impact en enserrant l'homme dans une prise qui les fit basculer au sol. Il était de force supérieure, mais elle compensait en partie par sa maîtrise du combat.

Il se ressaisit très vite. Tandis qu'elle le maintenait à terre, il parvint à s'arc-bouter et à donner une impulsion les lançant tous les deux vers le sommet de la sphère. Le crâne de Mallory heurta violemment la surface irrégulière, puis la poussée acheva de la plaquer contre la paroi. Après un instant collés tout en haut de la pièce, ils retombèrent.

Sonnée, Mallory n'eut pas le temps de réagir quand il les fit pivoter afin que son corps soit de nouveau le premier à entrer en contact avec leur point d'arrivée. Elle frappa le sol de tout son dos, creusant une profonde dépression.

Un tel traitement aurait eu raison de n'importe quel

humain, seuls les changements opérés par le ktol la protégèrent.

Elle était cependant blessée en de multiples endroits. Tandis que Vassili se redressait pour lui porter le coup de grâce, elle glissa une main dans sa poche et se saisit du ktol. Maintenant lié à elle, l'artefact analysa l'état dans lequel elle se trouvait et réagit en fonction : sa forme évolua. Il s'allongea et s'affina, ses pointes se rétractèrent. Métamorphosé en une grosse aiguille, il plongea à travers la paume de Mallory pour aller se loger dans son avant-bras.

Il lâcha alors une dose des substances qu'il contenait. L'organisme altéré de la pilote répondit avec vigueur. Même ses tatouages se transformèrent. Le ktol avait décidé d'améliorer également cette partie de Mallory : l'encre sensitive les composant fut modifiée. Les entrelacs de ronces apparurent en relief et déformèrent sa peau en y dessinant des veines pleines d'un sang visqueux.

Tout à son combat, elle ne s'en rendit pas compte. La nouvelle injection lui conférait de quoi tenir, rien d'autre n'importait. Sous l'effet du ktol, Vassili lui parut soudain ralentir et elle put esquiver le coup de poing destiné à lui broyer le crâne.

L'accélération de ses capacités fut aussi intense que brève. Elle regarda Vassili, le bras à moitié enfoncé dans le sol, à l'endroit exact où elle avait la tête un dixième de seconde plus tôt.

Ses pensées se brouillèrent de nouveau : le ktol opérait à plein régime pour soutenir son organisme, sans pour autant atténuer la souffrance ressentie. La conscience de Mallory s'abîma dans un océan de douleur, son moi primaire et les années d'entraînement prenant le relais face à Vassili.

Ils s'étreignirent en un corps à corps meurtrier, oubliant leur environnement immédiat. Chaque poussée, chaque coup, les jetait d'un point à l'autre et laissait des marques de destruction. En peu de temps, l'intérieur de la grande sphère fut dévasté.

En dépit du ktol et de son acharnement, Mallory cédait...

À l'autre extrémité de l'*Urkein'Naak*, dans une pièce où s'affairait un vohrn, Laorcq ressassait les paroles d'Hanosk à propos de l'état dans lequel devait se trouver la pilote. « Seule une personne lui étant chère peut prendre le risque de l'approcher. » *Pas très rassurant.*

Partisan de la philosophie « un problème après l'autre », il se concentra sur son nouvel environnement.

L'intérieur du croiseur le stupéfiait. Il avait déjà pu admirer les secteurs où étaient reproduits différents écosystèmes des mondes vohrns, les zones artificielles dédiées à la production d'énergie et au propulseur synergétique, mais cette pièce était incroyable.

Séparées par une sorte de cartilage verdâtre, des arches épaisses d'un bras partaient du plancher pour se rejoindre au plafond. Il avait l'impression d'être à l'intérieur d'une baleine, ces créatures terrestres depuis longtemps éteintes.

Au centre, le vohrn terminait la tâche confiée par Hanosk : démonter le revêtement du sol, afin d'accéder à une section organique du vaisseau génotech.

Il avait pris avec lui un appareillage en deux éléments, chacun au profil en forme de U.

Laorcq s'avança et regarda dans l'espace dégagé par l'extraterrestre. Il aperçut un large pipeline nervuré, luisant d'un bleu sombre.

L'alien descendit dans l'étroite fosse où passait la grosse veine et il installa son matériel de part et d'autre. Lentement, il accoupla les deux pièces, qui finirent par enserrer l'artère. Au sommet de l'assemblage se trouvait un mécanisme circulaire, un iris constitué de volets en céramique blanche.

Le vohrn approcha la main d'un minuscule panneau de contrôle situé juste à côté et pressa une touche. Les lamelles de l'iris s'écartèrent. Derrière le léger miroitement indiquant la présence d'un champ de force, Laorcq pouvait voir le fluide charrié par la veine.

L'alien connecta ensuite une sorte de manchon sur l'ouverture. Le tout rappelait à Laorcq les tubes souples destinés à relier deux vaisseaux en plein vide spatial.

Il se prépara en vue d'une séance d'apnée. L'installation devait servir de sas. Hypothèse confirmée par le vohrn : ce « sas » provisoire permettait d'introduire des drones de maintenance dans les zones organiques du croiseur.

Chaque système étant sous le contrôle de Vassili, le pipeline de chair constituait la seule et unique possibilité de traverser rapidement le navire pour rejoindre Mallory.

— Je suis prêt.

L'alien s'extirpa de la fosse et lui remit des lunettes de plongée. Il les positionna devant ses yeux, non sans se demander où les vohrns avaient pu trouver un tel accessoire, alors qu'ils n'en avaient absolument pas besoin...

Le vohrn s'écarta et Laorcq prit place sur le disque d'énergie pure. Autour de lui, le manchon remonta progressivement pour devenir une sorte de cocon. L'extrémité supérieure se referma et le champ disparut. Submergeant l'humain, un fluide nauséabond emplit la grosse baudruche par le bas.

Laorcq se sentit glisser dans la veine monstrueuse, emporté par le courant vers sa destination.

Près de quatre minutes d'apnée l'attendaient, une durée excédant son record personnel. Une information qu'il s'était gardé de communiquer à Hanosk. Il s'efforça de vider son esprit et de ne solliciter aucun muscle, afin de préserver l'oxygène emmagasiné dans ses poumons.

Avec une lenteur insupportable, le flux l'entraîna à travers le croiseur. Sa montre navcom était programmée pour le sortir de sa léthargie volontaire à l'endroit précis où un sas permanent était installé.

Les deux premières minutes passèrent sans problème. La suivante fut plus difficile. La quatrième faillit avoir raison de lui.

Poussé aux limites de ses capacités, il commençait à être victime d'hypoxie. Quand le navcom autour de son poignet vibra, il avait oublié la signification de l'alarme et ce qu'il devait faire.

Seule une vague sensation d'urgence le tira de sa torpeur. Petit à petit, sa conscience reprit le dessus. Avec le retour de ses facultés de réflexion, la panique manqua de le submerger : avait-il été trop loin ?

Il tourna la tête de droite et de gauche pour scruter l'étroit boyau à travers les lunettes. En plus de le protéger du fluide malodorant, elles lui permettaient de distinguer des formes au lieu de subir une totale obscurité.

Il progressa encore de quelques mètres, avant de découvrir un sas en acier inoxydable, greffé directement dans l'immense veine. Il soulagea ses poumons en relâchant un peu d'air et s'engagea dans le compartiment de la taille d'un tube de survie. Il manœuvra les commandes et ramena juste à temps ses pieds à l'intérieur :la porte se refermait derrière lui. Le liquide dans lequel il baignait fut aspiré. Pour Laorcq, l'atmosphère moite qui le remplaça équivalait à une bouffée de fraîcheur. Il inspira plusieurs fois à grandes goulées.

Épuisé, il resta allongé dans l'étroit cylindre, conscient de chaque seconde passée, mais incapable de se mouvoir.

Il entendit des sons assourdis, une série de coups perçus tant par son ouïe que par les vibrations transmises à travers la structure du croiseur.

Mallory !

Se reprenant, Laorcq s'extirpa du sas, se débarrassa des lunettes et activa la lampe de sa montre. Il venait de jaillir dans une pièce identique à celle où il avait plongé dans la veine. Pareils à des scarabées géants, des drones s'alignaient le long d'une des parois organiques. Juste à côté de ces gros insectes, il découvrit un bras de manutention antigrav. Cet appareil projetait un champ de gravité nulle et permettait d'arracher du sol des objets d'un poids conséquent avec facilité. Laorcq décida aussitôt de s'en emparer : il espérait s'en servir contre Vassili.

Prévu pour les vohrns, l'instrument ressemblait à une sorte de gantelet d'acier. Il eut du mal à y glisser la main et, une fois parvenu à l'enfiler de son mieux, s'aperçut qu'il ne pourrait pas utiliser toutes les commandes. Seuls des mouvements simples étaient à sa portée.

Une nouvelle série de coups sourds retentit, faisant vibrer jusqu'au sol. Laorcq assura sa prise à l'intérieur du gantelet et fonça en direction du bruit. Tout en progressant, il finit par comprendre que l'odeur désagréable agressant ses narines depuis un moment venait du liquide qui imprégnait sa tenue. Il franchit plusieurs corridors et aboutit devant une grande ouverture. Contrairement aux autres secteurs du vaisseau alien, la pièce sur laquelle elle donnait baignait dans une intense lumière.

Il s'approcha prudemment et passa la tête dans l'encadrement. Au sein d'une immense sphère traversée en son centre par un pilier aux extrémités évasées, Mallory et Vassili se livraient à un combat d'une rare violence. Ils enchaînaient des frappes capables de réduire en miettes n'importe quel être vivant. Sous le regard médusé de Laorcq, ils se lancèrent ensuite dans un corps à corps les projetant d'un bout à l'autre de la pièce sphérique. Partout où ils se cognaient, ils laissaient une profonde marque dans le lacis de conduites qui recouvrait l'endroit.

Il faillit crier pour attirer l'attention de Mallory, puis se retint. La moindre distraction pouvait offrir à son adversaire l'opportunité d'en finir. Il constata d'ailleurs avec effroi qu'elle subissait de terribles dommages. Elle payait chèrement chaque coup au but.

Si je tente de m'interposer, ils vont me broyer sans s'en apercevoir. Il devait trouver autre chose. Il hurla :

— Vassili ! Les vohrns seront bientôt là. Rends-toi ou ils vont te réduire en miettes.

Le combat se poursuivit comme si de rien n'était. Mallory venait de rompre une prise d'une violente frappe du genou dans le ventre de son opposant. En représailles, il la projeta contre le pilier central. Avant que Laorcq ajoute un mot, ils se jetèrent de nouveau l'un contre l'autre.

Sur un mouvement des doigts à l'intérieur du gantelet de manutention, il activa le champ antigrav. Deux mètres devant lui, l'air se mit à scintiller. Il ouvrit et referma la main, pour voir un flux d'énergie réagir en fonction de ses gestes. Il disposait maintenant d'une sorte de pince géante, obtenue par combinaison d'annulation de gravité et de champ de force.

Il entra dans la grande sphère et se prépara. Dès qu'ils rompraient à nouveau leur corps à corps, il se jetterait entre eux, pour tenter d'immobiliser Vassili avec le gant de manutention. Il ne tiendrait pas longtemps, mais cela devrait suffire à Mallory pour s'emparer du ktol de son adversaire.

Encore fallait-il qu'elle le reconnaisse et le laisse s'expliquer...

Mallory flottait au-dessus d'un abîme de douleur prêt à l'avaler. Seule sa colère la reliait à son environnement immédiat : la sphère tapissée de tuyaux de cuivre et son adversaire. Dénaturés autant qu'amplifiés par le ktol, ses sens lui transmettaient des impulsions contenant chacune plus d'information qu'un cerveau humain ne pouvait en traiter en une journée. Lumière, obscurité, transparence et opacité perdaient leur signification. Elle percevait la coque du croiseur à travers Vassili et les étoiles par-delà la masse du vaisseau.

Elle sentait aussi son corps faiblir, malgré le soutien artificiel du ktol.

Son unique chance était de vaincre rapidement.

Elle se lança contre Vassili et tenta une feinte de la jambe droite. Elle crut qu'il s'était laissé prendre et le visa d'un direct capable de percer une porte blindée. Il esquiva en se baissant et parvint à se saisir d'elle à la taille. Il la broyait littéralement entre ses bras et elle sentit ses organes souffrir de la pression infligée. Elle plia les genoux et se jeta sur le côté pour l'entraîner avec elle. Ils roulèrent tous deux sur le fond de la sphère pour aller s'immobiliser contre le large pilier qui en occupait le centre. Vassili frappa la colonne du dos. Le choc le fit relâcher sa prise. En un mouvement impossible pour un simple humain, Mallory opéra une brutale torsion du bassin. Les bras de son adversaire se desserrèrent un peu et, prenant appui sur le sol pour tendre une jambe, elle parvint à se dégager d'une dernière poussée. Elle acheva de se libérer en projetant un genou dans l'abdomen de Vassili.

Elle bondit ensuite en arrière, laissant une dizaine de mètres en elle et lui. Soudainement, une forme s'interposa, l'empêchant de poursuivre le combat. Parmi la masse d'information qu'elle recevait, elle identifia une silhouette. Son premier réflexe fut de la détruire, mais elle écarta l'idée : la vitesse à laquelle elle se déplaçait et le manque de fluidité de ses mouvements désignaient un humain non modifié et, dès lors, un élément sans importance.

Elle n'aurait qu'à passer à travers au prochain assaut.

Au moment où elle allait se lancer, un évènement inattendu se produisit.

Un champ d'énergie pure jaillit de l'homme devant elle pour aller entourer Vassili et le soulever. Suspendu dans les airs, il se trouvait privé d'appui et de toute prise, sa force colossale neutralisée.

Au sein de l'ouragan sonore transmis par son ouïe surdéveloppée, un ensemble de modulations étrangement

familier lui parvint. La silhouette dressée devant elle criait :
— Mallory ! Arrache-lui son ktol. Vite, je ne tiendrai pas longtemps !

La tornade de sensations submergeant la conscience de Mallory s'apaisa. Elle scruta Vassili et découvrit le ktol qu'il portait, niché au creux de son ventre. L'artefact brillait sauvagement, petite étoile sur le fond rougeâtre de l'organisme l'hébergeant.

Sans savoir pourquoi la voix du nouveau venu lui inspirait confiance, Mallory se jeta une fois encore sur son adversaire. Profitant de l'immobilité forcée de Vassili, elle lança une botte vers son visage. Il leva les mains et para aisément, détournant son pied vers le haut.

Exactement ce qu'il me faut. Revenu à un stade moins viscéral, l'esprit de Mallory se réaffûtait, capable d'anticiper les coups tel un joueur d'échecs, au lieu de les enchaîner sans logique.

Suivant sa jambe déviée, elle se laissa projeter vers le sommet de la sphère. Emportée par son élan, elle pivota sur elle-même et se retrouva la tête en bas, les yeux brièvement à hauteur du ventre de Vassili. Une fraction de seconde lui suffit : elle raidit sa main en une lame qu'elle plongea vers l'abdomen abritant le ktol. À une vitesse pareille, et contre la résistance inhumaine des muscles de Vassili, elle brisa son index et son majeur en se frayant un chemin vers l'artefact. Elle s'en saisit de ses doigts encore valides et l'arracha avant de terminer sa course vers le sommet de la sphère. Elle percuta le plafond des pieds et s'agrippa de sa main indemne au lacis de tubes. Suspendue comme une chauve-souris, son premier réflexe fut de porter le ktol de Vassili à sa bouche. Elle referma sèchement ses mâchoires, broyant l'objet pour le recracher ensuite. Du sang s'écoula entre ses lèvres tandis que son organisme s'efforçait de réparer les dégâts infligés à ses gencives par les épines de l'artefact.

Elle regarda vers le bas. Concentrée sur la forme humaine qui lui avait adressé la parole, elle ajusta sa vision sur le visage, abandonnant les autres niveaux de perception dont elle disposait.

Dans l'état second où le ktol la tenait, elle associa avec lenteur cette figure à des images issues de sa mémoire. Les yeux gris et la cicatrice partant de la tempe droite pour se perdre derrière le crâne finirent par lui évoquer un nom. *Laorcq.*

Ses souvenirs se précisèrent, sans qu'elle ait le temps de les explorer. Le champ de force immobilisant Vassili s'évanouit en un nuage de poussière lumineuse. Libéré, il se lança sur Laorcq.

— Non ! hurla Mallory en se jetant de toutes ses forces vers les deux hommes.

Elle parvint au sol une fraction de seconde trop tard : Vassili frappa le balafré en plein torse. Avec une douloureuse netteté, elle entendit le son des os qui se brisaient. Laorcq fit un pas chancelant en arrière et s'écroula. À proximité de son cœur, un creux déformait sa poitrine.

Mallory contempla son ami étendu sur l'enchevêtrement de tubes, probablement mort. Tristesse et rage se mêlèrent en elle, tandis que son corps répondait par une brutale montée d'adrénaline. En écho, le ktol agit de nouveau sur son organisme. Sur ses bras, les tatouages changèrent à un rythme accéléré. Ils perdaient l'aspect de veines courant sous la peau, pour celui de muscles contractés.

Elle sentait les motifs devenir plus que de simples dessins, l'encre se muer en matière vivante et se transformer en véritable extension d'elle-même. La combinaison entre l'artefact et les tatouages sensitifs prenait un tour inattendu.

Au sein de sa conscience, là où elle percevait Squish lors de leurs échanges télépathiques, elle discerna une présence rudimentaire : le ktol logé dans sa chair. L'idée que ses tatouages étaient maintenant un atout face à Vassili lui apparut clairement.

Mallory se lança de nouveau sur son adversaire. Il l'accueillit d'un coup de poing plus rapide que le son. Tout aussi vite, elle se déporta sur la droite et se servit de ses deux mains pour le bloquer au poignet. Il lui envoya une série de frappes de l'autre bras, visant les côtes. Mallory sentit ses os se briser. Elle refusa de lâcher prise et, d'une brusque rotation, entraîna Vassili dans un corps à corps sauvage.

Déstabilisé par la destruction de son ktol, celui-ci réagissait plus lentement, mais n'en restait pas moins mortellement dangereux. Coups de genoux et de tête ponctuaient les tentatives élaborées de Mallory. Enfin, après avoir tracé un cercle presque complet à l'intérieur de la sphère dans la fureur de leur joute, ils se retrouvèrent chacun en position d'étrangler l'autre.

Alors, elle laissa toute la rage accumulée en elle s'écouler à travers ses sens modifiés et la véhicula vers ses tatouages.

Le résultat fut stupéfiant : les entrelacs épineux en relief sur sa peau commencèrent à s'étaler au-delà de leur emplacement, pour remonter jusqu'à ses épaules et descendre vers l'extrémité de ses doigts. Elle ressentit une déchirure lui parcourir les mains, et tandis qu'elle maintenait sa prise autour du cou de Vassili, les ronces devinrent consistantes, s'épaississant pour imiter l'écorce d'un arbre. Avec une violence lui arrachant un cri de douleur, elles jaillirent de sa chair en un torrent de pointes et de tiges.

Tels des serpents couverts de barbelés, elles se précipitèrent sur le visage de Vassili et pénétrèrent brutalement son nez et entre ses lèvres, puis s'attaquèrent à ses oreilles, pour finir en se forçant un passage à travers ses yeux.

Il voulut hurler, cependant les branches épineuses insinuées dans sa bouche et sa gorge s'enfoncèrent de plus belle à l'intérieur de son corps.

Dans un état second, Mallory observait les ronces qui continuaient à s'extraire de ses mains pour s'immiscer dans le crâne de Vassili. Ses traits séduisants se déformèrent. Les fibres végétales plongeaient à travers tous les orifices de sa tête.

En dépit des multiples renforcements dus au ktol, la boîte crânienne céda sous la pression. Elle explosa dans un craquement humide, révélant son contenu avant que les branchages ne le réduisent en une pulpe sanglante.

Sur un dernier soubresaut, les doigts de Vassili desserrèrent leur prise autour du cou de Mallory. Ses bras glissèrent le long des épaules de la pilote, pour aller pendre, inertes, de chaque côté du corps décapité.

Prisonnière des ronces issues de sa chair, Mallory ne pouvait plus bouger. Cela ne la gênait pas : elle avait enfin perdu conscience...

ÉPILOGUE
CHASSE

Une profonde obscurité suivie d'un voile rouge. Des sons inintelligibles. De froids et rigides objets collés sur la peau. Sensations déplaisantes, contrebalancées par une présence chaude et familière.

Mallory revenait progressivement à elle, émergeant à la réalité depuis l'océan glacial du coma. Chaque inspiration lui donnait l'impression que des lames étaient plantées dans ses poumons. Une esquisse de mouvement mit les muscles concernés au supplice. Elle se contenta d'ouvrir les yeux pour découvrir un plafond brunâtre, parcouru de renflements pareils à une ossature.

Elle était toujours à bord de l'*Urkein'Naak*, allongée dans un lit et, sous le drap la recouvrant, Squish blotti contre son flanc. Son regard se dirigea vers la gauche. Assis dans des fauteuils prévus pour les vohrns, Torg et Alrine discutaient. À la vue de son garde du corps, le soulagement envahit Mallory. Une brève euphorie, balayée par l'image de Laorcq, étendu au sol et immobile.

Ignorant la douleur, elle s'efforça de parler :
— Torg. Où...
Les mots s'étranglèrent dans sa gorge desséchée, trop faibles pour être entendus. Elle déglutit péniblement et fit une nouvelle tentative.
— Où est Laorcq ?
Cette fois, sa voix porta. Torg abandonna son siège et s'approcha d'elle. Avec une délicatesse surprenante, il lui prit la main entre ses doigts énormes.
— Mallory ! Tu n'étais pas censée te réveiller avant des jours !
Le cybride se tourna pour s'adresser à quelqu'un qu'elle ne pouvait voir, probablement un vohrn, et ordonna :
— Prévenez Hanosk.
Alrine s'avança à son tour. Mallory scruta son visage. Des cernes soulignaient un regard las et sa peau était pâle. Sa longue chevelure blonde était attachée en une queue-de-cheval, laissant pendre des mèches en désordre.
— Laorcq est à côté. En vie, de justesse. Son cœur a lâché au moment où une escouade de vohrns vous a rejoints. En attendant de lui en greffer un nouveau, il est relié à une machine vohrne qu'ils appellent « starganon ». Tout comme toi, d'ailleurs.
À ces mots, Mallory se risqua à lever la tête. La peine fut supportable. Au pied de son lit, elle aperçut l'étrange appareil à l'apparence de petit container flexible, d'où sortait une multitude de câbles. Ceux-ci étaient connectés à des palpeurs répartis sur son corps : les choses glacées qu'elle sentait collées sur elle. Assaillie par une vague d'images issues de son affrontement avec Vassili, elle se laissa retomber en arrière :
— Je suis désolée, c'est de ma faute. Si je...
— Oh ! Ne commence pas ce jeu-là, coupa Torg. Si une personne est à blâmer, c'est Vassili.
Un léger sourire effleura les lèvres de Mallory. La présence du cybride était si rassurante !

Sans jamais lâcher sa main, il lui résuma les évènements qu'elle avait manqués.

— Le mange-monde a dévoré toute la ceinture, jusqu'au moindre caillou. Pendant un moment, nous avons cru qu'il allait s'attaquer au reste du système de Jaris. Heureusement, il a fini par se résorber et disparaître. Alors, les vohrns ont embarqué tous les dvas et saharjs survivants et nous avons mis le cap sur Aldébaran, en compagnie des vaisseaux saharjs encore en état.

— Nous sommes revenus en orbite autour de Solicor ? demanda Mallory.

Alrine prit le relais :

— Presque. Nous sommes stationnés à l'extérieur du système. L'arrivée des navires saharjs a suscité un tollé, tant de la part des gibrals que des xilfs. Au moins, ils sont de nouveau sur la même longueur d'onde...

Mallory réfléchissait aux implications de ces faits quand Hanosk entra dans la pièce. Son rostre penché sur elle, il l'examina brièvement et déclara :

— Le ktol est toujours logé dans votre avant-bras et semble inerte. Nous allons devoir l'extraire. L'un de mes scientifiques a émis l'hypothèse selon laquelle vous auriez pu être en contact avec ses concepteurs. Êtes-vous en mesure de la confirmer ?

Elle faillit répondre par la négative, puis se ravisa. Du moment où elle s'était volontairement soumise au ktol, les choses lui revenaient brouillées. Un mélange de visions et de sons dépourvus de sens, mélange de souffrance et de rares moments de lucidité.

Un souvenir se détacha pourtant. D'abord un paysage. Un pan rocheux qui s'avançait dans un océan ocre. Plus loin, illuminées par les rayons d'un soleil écarlate escorté de cinq lunes, les ruines d'une ville démesurée.

Vint ensuite une créature à la silhouette humanoïde, aux membres pareils à des troncs d'arbre et au visage disproportionné, semé d'yeux froids et calculateurs.

— Oui, répondit-elle. J'ai vu les concepteurs des ktols. Je connais l'apparence de nos ennemis.

Alrine haussa les sourcils.

— De l'ennemi des vohrns, tu veux dire.

Mallory eut une grimace.

— Ce sont les ennemis de tous les peuples. Ils sont vieux et mauvais. Ils jouent avec les espèces intelligentes depuis des millénaires en les dressant les unes contre les autres.

— Comment peux-tu savoir ? demanda la policière.

— Le gestalt des saharjs m'accompagnait. Il l'a reconnu !

Hanosk ordonna à l'humaine de reprendre à zéro. Elle narra sa rencontre avec le primordial. L'exercice clarifia les souvenirs qu'elle en avait.

— Nos craintes sont confirmées, annonça le dirigeant vohrn. Ces éléments concordent avec nos informations. Si nous voulons éviter de nouveaux conflits meurtriers, il faut nous dresser contre ces « primordiaux ».

Alrine fixa le vohrn.

— Nous ne connaissons rien d'eux, à commencer par l'endroit où ils se terrent.

— Nous disposons d'un point de départ : les ktols et leurs porteurs. Nous allons les traquer afin de découvrir la provenance de ces objets.

Hanosk semblait sûr de lui. Mallory l'étudia. Un grand alien à la peau écailleuse, dont l'absence de tête ne faisait que renforcer l'étrangeté. L'émissaire d'un peuple capable de détruire l'humanité sans effort. Si quelqu'un pouvait vaincre les primordiaux, il s'agissait d'eux.

Elle sentit ses tatouages réagir à son humeur, entraînant aussitôt une vive douleur le long de ses avant-bras et sur le dos de ses mains. Elle grogna de souffrance. Des images dont elle ne voulait pas se souvenir s'imposèrent à elle. Le visage de Vassili. De branches couvertes d'épines tout autour. Le son des os broyés et de la chair se déchirant.

La panique manqua de la submerger. Terrifiée par ce qu'elle croyait trouver, mais incapable de se retenir, elle dégagea ses bras de sous les draps et regarda ses tatouages. Pas de cicatrices ni de matière végétale jaillissant de sa peau. Seuls les habituels entrelacs de ronces d'un noir profond, agrémentés de boutons de rose. Elle poussa un soupir de soulagement.

Hanosk approcha ses doigts longs et fins du motif et l'effleura. Mallory eut l'impression de recevoir une décharge électrique. Le vohrn rompit le contact et déclara :

— Nous avons restauré vos ornements dermiques, bien que nous n'en comprenions pas l'utilité. Ils resteront douloureux pendant plusieurs semaines, nous n'avons pas pu consacrer beaucoup de temps à cela : les blessures et les dégâts causés par Vassili ont requis toute notre énergie.

Elle repensa aux affrontements entre xilfs et gibrals sur Solicor. À Laorcq. Aux saharjs rendus fous de vengeance et aux innocents pris entre le marteau et l'enclume. Les victimes des machinations ourdies par les primordiaux se comptaient par millions, voire par milliards.

Toute peine oubliée, elle écarta les draps et décrocha les ventouses métalliques du stargonon. S'avisant qu'elle était en sous-vêtements, elle saisit le jufinol encore assoupi pour le caler au creux de son bras gauche et se leva :

— Où sont mes fringues ? On part chasser les ktols. Jusqu'au dernier !

CHERS LECTEURS…

Je vous remercie d'avoir lu cette histoire. En tant qu'auteur indépendant, me faire connaître auprès de futurs lecteurs est très important pour moi.
Si vous avez aimé ce livre, n'hésitez pas à laisser un commentaire positif sur le site où vous l'avez acheté…

Philippe Mercurio

Rejoignez l'équipage du *Sirgan* !

Inscrivez-vous à la newsletter et recevez gratuitement :

- La nouvelle « Station en péril » (ebook et audio)

- Le guide illustré de l'univers de Mallory Sajean (ebook réservé exclusivement aux abonnés)

- Le début du roman fantasy « L'arbre au bout du monde »

Visitez nogartha.fr

REMERCIEMENTS

À mes relecteurs, Marion, Étienne, Alain et Pierre, pour leurs remarques pertinentes et toujours bienveillantes.

À ma femme, pour sa patience et ses encouragements.

www.ingramcontent.com/pod-product-compliance
Ingram Content Group UK Ltd.
Pitfield, Milton Keynes, MK11 3LW, UK
UKHW041951230426
12048UKWH00008B/279